Richard Dooling

Bett Fünf

[illegible]rstes Zeichen beginnender Erkenntnis ist der [illegible]h zu sterben. Dieses Leben ist unerträglich, [illegible]eres unerreichbar.

Franz Kafka

Ma[illegible] eglückwünschen wir uns im Moment des [illegible]s geradezu, einem bösen Traum entronne[illegible]: Vielleicht wird es uns genauso im Mome[illegible]lem Tod ergehen.

Nathaniel Hawthorne

Der Tod ist [illegible] des armen Mannes.

Deutsches Sprichwort

I

Dr. Peter Werner Ernst hatte als diensthabender Arzt die Verantwortung für nächtliche Todesfälle. Für Werner war jede dritte Nacht eine Nacht ohne Schlaf – von einem kreisförmigen Schaltpult mit hochgetürmten Computerterminals und Herzmonitoren aus mußte er die Intensivstation im neunten Stock des Krankenhauses überwachen, und mit der Morgendämmerung fing ein neuer, regulärer zwölfstündiger Arbeitstag an. Danach fand er nur noch taumelnd nach Hause ins Bett.

In den frühen Morgenstunden stellte Werner sich gerne vor, das Schaltpult sei die Kommandobrücke im ›Raumschiff Enterprise‹ und er selber ... na, jedenfalls nicht Mr. Sulu. Denn statt ins All oder in ferne Galaxien zu spähen, war Werner von acht verglasten Kabinen umgeben, die in Form eines Achtecks ums Schaltpult angeordnet waren; zwei automatische Glastüren führten zur Feuertreppe und zum Besucherwarteraum.

Zwischen zwei und drei Uhr früh verblaßten Werners Weltraumphantasien für gewöhnlich, dann war er wieder einfach ein verrückter Wissenschaftler mit Haarwuchs auf Handrücken und Füßen, im weißen Laborkittel und in Sportschuhen, mit Stethoskop am Hals und Piepser am Durchziehband der Chirurgenhose.

Er drehte sich auf dem Stuhl an seinem Schaltpult hin und her, um sein Wahnsinnslabor aus Glaskästen zu beobachten, in denen die Stahlrahmen der Krankenhausbetten im Dämmerschein der Farbfernseher schimmerten.

In jedem Glaskasten dieses achteckigen Todeslabors lag ein nackter, sterbender Mensch, an Hand- und Fußgelenken mit Baumwollgurten an die Bettpfosten festgeschnallt. Mit den Körpern waren summende Maschinen, piepsende Apparate und blinkende Monitore verbunden, verdrahtet oder über Schläuche angeschlossen. Auf den Oszilloskopen liefen fluoreszierende Echozeichen zickzack; Ventilatoren zischten; elektronische Infusionspumpen teilten klickend Dosierungen zu. In jeder Kabine hing in einer Ecke oben an der Decke auf einer Leitschiene ein Farbfernseher – immer leicht schräg und nach unten gekippt, so daß sich vom Bett aus ein perfekter Blickwinkel ergab. Diese Fernsehgeräte waren offenbar von einem Architekten oder Krankenhausverwalter geplant worden, der keinen blassen Schimmer von Patienten auf der Intensivstation hatte. Wann hatte zuletzt jemand eine von diesen Leichen aufrecht im Bett sitzen und ein Baseballspiel verfolgen sehen? Diese Patienten starben einen langsamen Tod zum Geplärre von Werbespots für amerikanische Autos, von Nachrichten über Kredite zu Zinsen von 2,9 Prozent und unglaubliche Verbraucherschutzmaßnahmen ...

Werner blickte angespannt auf den Monitor mit dem Vermerk »Bett 1« und gähnte ausgiebig, mit weit aufgesperrtem Mund und feuchten Augen. »Kaffee«, rief er niemand bestimmtem zu, und dreißig Sekunden später stellte niemand bestimmtes ihm einen Plastikbecher neben den Ellbogen.

Es gab nichts, wonach Werner sich so sehr gesehnt hätte wie Schlaf. Wäre Schlaf ein Getränk, so würde er sich einen vollen Krug davon über den Handrücken hängen und schlürfen, bis er an den gierigen Zügen erstickte. Wäre Schlaf ein verbotenes, gefährliches Rauschgift, er würde Gefängnis und Degradierung riskieren, nur um sich acht Stunden lang seiner Wirkung hinzugeben. Wäre Schlaf eine Frau, er würde mit ihr schlafen, doch er wäre zu müde, um sie zu befriedigen. Wäre Schlaf ein Teich, er würde hineintauchen und ertrinken. Egal, was Schlaf wäre, abgesehen von der Zeit, die seinem Informationsverarbeitungssystem verlorenginge – Werner würde schlafen, schlafen, schlafen ...

Nach genau vierundzwanzig Stunden Dienst auf der Intensivstation im neunten Stock schrie ein Teil seines Gehirns, vielleicht war es eine Drüse, nur noch nach Schlaf. Seit er die Medical School hinter sich hatte, wollte er vom Leben nur noch eins –

zwölf Stunden lang tief, friedlich und ohne Unterbrechung schlafen. Während des Grundstudiums am College hatte er geglaubt, die ›Ode an eine Nachtigall‹ von John Keats verstanden zu haben. Im Krankenhaus wurde ihm klar, daß das Gedicht in Wahrheit von einem Arzt handelte, der vom Schlaftrieb übermannt worden war.

Entschwebe fern, löse dich auf, vergiß,
was du im Schutz der Haine nie gekannt;
die Müdigkeit, das Fieber, Kümmernis,
die Klagende mit Klagendem verband;
den Greis, vom Schlag gerührt, mit schütterm Haar,
die schwindsüchtige Jugend, die verkam;
die Zeit, wo alles Denken nichts als Gram, müde
Verzweiflung war;
wo Schönheit ihrer Augen Glanz verliert,
nicht ewig neuen Liebesdrang gebiert.

Werner drückte einen Knopf am Schaltpult. Während der Herzmonitor von Bett Eins daraufhin streifenweise EKG-Werte abspulte, klickte Werner den Drücker vom Werbekugelschreiber einer Pharmafirma ein dutzendmal rein und raus. Er beugte sich über die Ergebnisse, während er gegen Gehirnmüdigkeit und ein koffeinbedingtes Darmproblem ankämpfte. Ein Audio-Monitor fing eine Störung auf und dudelte über dem Zischen, Klicken und Piepsen der Life-Support-Systeme blechern eine Tonfolge, die wie ein Werbespot für Bier klang.

Eine Krankenschwester näherte sich Werner mit einem Stück Papier, das sie ihm geben wollte, ohne ihn zu stören.

»Ich habe die Blutsauerstoffwerte von Bett Eins, Dr. Ernst«, sagte sie schüchtern.

Werner hatte es sich zur Regel gemacht, nur älteren, erfahrenen Krankenschwestern Beachtung zu schenken, die ihren Job aus dem Effeff kannten, oder aber jüngeren, attraktiven, bei denen er eine Erektion bekam. Alle anderen waren für ihn unwichtige graue Mäuse – wie diese Kreatur an seinem Ellbogen. Es hätte ihn nur von der Arbeit abgelenkt, für sie Mitleid zu haben.

»Soll ich bei der Anästhesie anrufen und bitten, daß die Sauerstoffzufuhr erhöht wird?« fragte sie und errötete in vier oder fünf Rosatönen.

Früher hatte Werner zahllose Stunden jeder Arbeitswoche damit vergeudet, zu den Schwestern und zum Krankenhauspersonal einfach nur nett und freundlich zu sein. Er hatte jedoch bald bemerkt, daß – während er ganz damit beschäftigt war, nett und freundlich zu sein – die Patienten ringsum mit Sterben beschäftigt waren. Schlimmer noch: Während er sich damit beschäftigte, nett und freundlich zu sein, waren andere junge Assistenzärzte damit beschäftigt, aufmerksam Zeitschriftenartikel zu studieren und in den Akten früherer Patienten nach diagnostischen Hinweisen zu suchen. Durch sein freundliches Verhalten gegenüber Menschen, die nicht krank waren, war Werner bei einem besonders schwierigen Fall von Legionärskrankheit ins Hintertreffen geraten; irgendein Medizinstudent im dritten Jahr hatte sie schneller diagnostiziert als er. Bei einer anderen Gelegenheit hatte es dazu geführt, daß ein Assistenzarzt von der Radiologie seine Diagnose von Goodpasture-Syndrom absichern konnte, nachdem Werner auf den großen Visiten der gesamten hohen Ärzteschaft mitgeteilt hatte, es handle sich um einen Fall von idiopathischer Lungenhämosiderose.

In seiner Anfangszeit als Assistenzarzt war Werner schon bald zu der Einsicht gelangt, daß man hier am Medical Center der Universität nur dann etwas werden konnte, wenn man alle verfügbare Zeit und Energie dem Erforschen und Bekämpfen von Krankheiten widmete. Untergeordnete Tugenden wie nett und freundlich sein mußten an untergeordnetes Personal delegiert werden. Wenn ein Assistenzarzt am Medical Center eine Zukunft haben wollte, durfte er sich nicht in unnütze Gespräche verwickeln lassen – und das hier war ein entschieden unnützes Gespräch. Diese dumme Nuß hier brachte es doch tatsächlich fertig, vor einem sterbenden Patienten zu stehen und ihm Laborergebnisse auszuhändigen, die nur bestätigten, was er schon längst wußte: daß alle Zellen des Patientenkörpers nach Sauerstoff schrien. Und dann fragte sie auch noch allen Ernstes, ob die Sauerstoffzufuhr erhöht werden sollte.

»Nein«, sagte Werner, ohne sie anzublicken. »Wir sollten den Sauerstoff nicht erhöhen. Wir sollten bei der Hausverwaltung anrufen und einen großen Müllsack anfordern.«

»Einen Müllsack?« flüsterte Marie Soundso heiser, während ihr Gesicht vom Blutstau in den Kapillargefäßen knallrot anlief.

»Ja«, sagte Werner, »um ihn Bett Eins um den Kopf zu wikkeln. Dann können wir genau beobachten, wie lange es dauert, bis diese komischen kleinen Zacken auf dem Herzmonitor aufhören.«

Werner stürzte die Hälfte des kalten Kaffees aus dem Plastikbecher hinunter. Die Erkenntnis, daß nicht mal ein kleines Nikkerchen drin war, bevor der Tag um 6.30 Uhr morgens wieder von vorn anfing, machte ihn fertig. In bloß drei Stunden! Er beugte sich über seinen Papierkram. Die Augen fielen ihm zu. Es war noch schrecklicher, als am Lenkrad einzuschlafen: Wenn er die Augen schloß, explodierte sein Unterbewußtsein und spielte ihm Traumbilder vor, welche die Schrecken und Notfälle des zurückliegenden Tages noch einmal so lebhaft wiederholten, daß er aufschreckte und die Monitore überprüfte, um zu sehen, ob er von der Straße abgekommen war und auf der Intensivstation jemanden umgebracht hatte. Und was wäre, wenn die Alpträume, die unter seinen geschlossenen Lidern losprasselten wie Feuerwerkskörper, unbemerkt auf seine wachen Momente übergriffen? Es ist experimentell erwiesen, daß Versuchspersonen mit Schlafdefizit ihre Träume am Ende in der Wirklichkeit auszuagieren beginnen. Was wäre also, wenn Werner in einer Nacht ohne Schlaf plötzlich einen seiner Lieblingsträume auf der Intensivstation in die Realität umsetzte? Etwa die immer wiederkehrende Traumvorstellung, daß er eine Krankenschwester nach einem Fehler mit einer halbautomatischen Pistole exekutierte? Oder den Alptraum, in dem er einem Patienten das Leben zu retten versuchte und ihn dabei erwürgte? Es gab genug Schwestern und Patienten, die es geradezu darauf anlegten, erdrosselt oder mit rostfreiem Chirurgenbesteck verprügelt zu werden. Ob der leitende Assistenzarzt Dr. Marlowe ihm hinterher wohl die Behauptung abnehmen würde, er könne sich an nichts erinnern? Würde man ihm glauben, daß alles in einem schlafwandlerischen oder wahnartigen Geisteszustand passiert war? Eine somnambule Attacke? Würden die Schwachköpfe von der Krankenhausverwaltung das schlucken? »Das soll Mord sein?« würde Werner protestieren. »Sie hat mich geweckt! Ist das nicht eher ein Fall von entschuldbarem Totschlag?« Würde die Ärzteversicherung der Klinik das noch abdecken?

Werner wurde erneut aus seinem Dösen geschreckt – von einer anderen Schwester. Diese Schwester hatte strohgelbes Haar, trug eine Brille mit eckigen, kupfergetönten Gläsern, und wo ihre Brüste hätten sein sollen, gab es nur Schlabberfleisch mit Sommersprossen.

»Marie weint«, sagte die Schwester.

»Wer ist Marie?« fragte Werner, obwohl er sofort an die Patientin in Bett Sechs denken mußte. »Sie meinen den Leberfall in Bett Sechs?«

»Nein«, sagte die Schwester. »Marie. Die Schwester für Bett Eins.«

»Die Schwester für Bett Eins weint«, sagte Werner in einem Ton, als hätte ihm gerade jemand mitgeteilt, daß der Wind Müll über den Highway in Waco, Texas, fegte. »Wo ist Stella Stanley? Haben Sie sie gesehen?«

Die Schwester mit der eckigen Brille im Gesicht begriff, daß Werner von sich aus nicht nach dem Grund für Maries Tränen fragen würde. Sie schob nach: »Sie weint, weil sie sich nicht gern anbrüllen läßt.«

Werner goß den Rest kalten Kaffee in sich hinein und spülte sich damit den Mund, damit der Bodensatz nicht an den Zähnen kleben blieb.

»Ach so«, sagte Werner. »Verstehe. Eine Person, die sich nicht gern anbrüllen läßt, hat sich ausgerechnet als Krankenschwester ausbilden lassen. Ist das eine wichtige Mitteilung? Wo ist Stella Stanley?« fragte Werner, um gleich darauf laut zu rufen: »Stella!«

Vom Dämmerlicht bei Bett Drei tönte eine Stimme herüber. »Ich hab' den Sauerstoff für Bett Eins schon auf sechzig Prozent erhöht.«

»Aha«, sagte Werner. »Danke.«

»Mhm«, sagte Stella. »Aber tragen Sie die Anweisung sofort ein. Bevor Sie wieder wegdösen.«

Werner hörte zu, als die examinierte Krankenschwester Stella Stanley die geistigen Fähigkeiten der halbwachen Dreiundachtzigjährigen mit Darmverengung in Bett Drei überprüfte.

»Hallo«, sagte Stella. »Wissen Sie, wo Sie sich befinden?«

»Ja«, sagte die Patientin.

»Prima«, sagte Stella. »Könnten Sie mir dann bitte sagen, wo?«

»Zu Hause bin ich nicht«, sagte die Patientin. »Ich bin woanders.«

»Und wissen Sie, wo?« fuhr Stella fort.

»Ich bin jetzt bei Ihnen«, sagte die Frau.

Stella pumpte die Blutdruckmanschette auf. »Okay«, sagte sie. »Können Sie mir sagen, was für ein Tag heute ist?«

»Freitag«, teilte ihr die Patientin in Bett Drei mit, »oder Samstag. Freitags kommt immer der Eiermann, und der war gerade da. Vor ein paar Tagen hat er mir aber erzählt, daß er in dieser Woche erst am Samstag kommt. Heute ist Samstag.«

»Heute ist Dienstag«, sagte Stella. »Aber das macht gar nichts. Kein Grund zur Sorge. Ich habe selber oft Mühe, mich an den Wochentag zu erinnern. Versuchen Sie's mal mit dieser Frage: Wer ist Präsident der Vereinigten Staaten?«

»I like Ike«, sagte Bett Drei. »Sie doch auch. Haben Sie mir das nicht gestern gesagt?«

»Möglich«, zwitscherte Stella, »aber mir geht's wie Ihnen, ich kann mich nicht erinnern.« Sie zog ein Laken bis zum Kinn von Bett Drei hoch. »Wichtig ist nur, daß wir zwei das Spiel in Gang halten, daß die Karten immer neu gemischt und ausgeteilt werden, daß wir bereit sind. Ich komme bald wieder, mit ein paar Medikamenten.«

»Danke sehr, Schätzchen«, rief Bett Drei ihr nach.

Werner breitete die Diagramme, Krankenunterlagen und Laborergebnisse vor sich aus, in denen der Gesamtzustand von Bett Eins zusammengefaßt war, und versuchte sich für die anstehende Aufgabe zusammenzureißen.

Bett Eins lag mit ausgestreckten Beinen und dem Bauch nach

oben unter dem grellen Licht. Seine Haut war zyanblau und vom Alter verschrumpelt, sein Rumpf übersät mit den orangefarbenen Flecken von Desinfektionsmitteln. Eine mit Sauerstoff versorgte Leiche voller Hautmarkierungen, Muttermale, Leberflecken. In die noch verbliebenen brauchbaren Venen liefen Drähte, Schläuche und Leitungen; zwei externe Ventile sorgten dafür, daß die Arterien leichter zugänglich waren; ein Saum von Edelstahlklammern hielt den Brustkorb zusammen.

Den meisten Platz in der Kabine von Bett Eins nahm eine intra-aortale Ballonpumpe ein. Sie war größer als ein Rollcontainer und wies eine ganze Palette von Schaltern, Leuchtanzeigen und Zählern auf, mit der nur der Ballonpumpen-Techniker selbst zurechtkam. Vom Schaltpult der Pumpe liefen dicke Plastikschläuche in die Oberschenkelarterie auf der Innenseite des Beins von Bett Eins und wanden sich nach oben bis unters Herz, wo ein aufblasbarer Ballon als zusätzliches Ventil diente. Der Blasebalg der Pumpe schlug leise vor sich hin, es klang wie das Trommeln eines Kriegerstammes in weiter Ferne.

Vor ein paar Stunden war Bett Eins noch unten in der Chirurgie gewesen. Die Chirurgen hatten ihm das Brustbein aufgesägt und den Brustkorb geöffnet. Von allen Seiten hatte hochbezahltes Personal hineingespäht. Gummihände und Stahlinstrumente hatten in ihm herumgewühlt, im Thorax von Bett Eins die Polsterung erneuert und die Lungen hin und her geschoben wie billige Schweinslebern. Als die Chirurgen mit Bett Eins fertig waren, sah er aus, als wäre er Mary Shelleys Frankenstein-Alpträumen entsprungen: ganz und gar blau, bis auf die zarten Farbtupfer der Desinfektionsmittel.

Bett Eins bäumte sich gegen das Beatmungsgerät auf – ein Signal dafür, daß Absaugen und Lungentoilette fällig waren. Eine Frau im weißen Laborkittel zog sich Gummihandschuhe über. Sie hängte Bett Eins vom Beatmungsgerät ab und spritzte ihm fünf Kubikzentimeter verdünnte Kochsalzlösung in den endotrachealen Schlauch. Bett Eins würgte und hustete, als die Frau Absonderungen seiner Lungen in den 1-Liter-Sputum-Abscheider saugte.

»So ist es brav«, sagte sie. »Jetzt holen wir das schlimme Zeug da drin raus.«

Den Unterlagen zufolge hatten die Ärzte vor zwei Monaten einen Eingriff gemacht, um eine Herzklappe von Bett Eins zu ersetzen. Eine reine Routinesache – und das hieß, Bett Eins hätte danach wieder aufwachen müssen. Bett Eins wachte aber nicht auf. Er bildete eine statistische Ausnahme.

Wenn Patienten hinterher nicht aufwachten, mußte jemand die Familie mit der Aussage trösten, daß jede Art von Behandlung – so gering die Gefahren einer Komplikation bei dieser spezifischen Prozedur im allgemeinen auch sein mochten – ein gewisses Risiko in sich barg. Und sehr bald äußerte sich niemand mehr zu dem Fall, ohne vorher seinen Anwalt zu konsultieren.

Die Kardiologen mutmaßten, die Chirurgen hätten mit ihrem Herumhantieren im Brustkorb ein festsitzendes Gerinnsel aufgescheucht. Dieses Gerinnsel sei körperaufwärts gewandert und im Hirnstamm steckengeblieben; dort schnüre es nun die Blut- und Sauerstoffzufuhr zu allen nördlichen Punkten ab und mache alles oberhalb des Halses zu Brei. Die Chirurgen dagegen hatten die Hypothese aufgestellt, die Kardiologen hätten nach der Operation nicht genügend gerinnungshemmende Mittel verschrieben, wodurch sich ein Gerinnsel gebildet habe, das so oder so entstanden wäre und in keinerlei Zusammenhang mit der Operation stünde. Einig waren sich Chirurgen und Kardiologen insofern, als sie die Schuld dafür den Leuten von der Inneren Medizin zuschoben: Einen Patienten in solch schlechtem Allgemeinzustand hätten die Internisten gar nicht zur Operation freigeben dürfen.

Bett eins war das schmale Tortenscheibchen auf dem Diagramm, das Risiko und Komplikationen bei Herzklappenersatz anzeigte.

Das vielbeschäftigte Personal der Intensivstation im neunten Stock gab Bett Eins keine Chance. Die jungen Leute hier verstanden genug von Medizin und elementarer Physiologie, um zu begreifen, daß Bett Eins zwar noch Reflexe und ein paar schwache Lebenssignale zeigte, ansonsten aber nur noch ein Stück lauwarmes Fleisch war – ein Gebilde in Menschengröße, das statt aus Wachs eben aus Fleisch geformt war. Dennoch hatten sie allesamt einen gehörigen Respekt vor den Problemen, die Bett

Eins ihnen bereiten konnte. Der Patient war imstande, ihnen das Leben in den nächsten vier Stunden zur Hölle zu machen, er brauchte nur das elektrische Leitvermögen seines Herzens zu ändern und dadurch den Blau-Code-Alarm auszulösen. Durch schlichten Abgang konnte er die Krankenschwestern in einen Zustand irrer, kreischender Panik versetzen.

Die Tageslosung hieß Resignation. Von den Krankenschwestern bis hin zu den Beatmungsspezialisten und Labortechnikern waren sich insgeheim alle einig, daß Bett Eins irgendwann in dieser Nacht auf Blau-Code gehen würde. Das Herz von Bett Eins würde aufhören zu schlagen, oder er würde nicht mehr weiteratmen, oder auch beides auf einmal. Daraufhin würde die Telefonzentrale per Durchsage überall im Krankenhaus melden: »Blau-Code Intensivstation neunter Stock«, und dann würde ein rundes Dutzend Personen mit Spezialausbildung über Bett Eins herfallen, seinen Kopf nach hinten reißen, ihm die Lungen mit Sauerstoff vollpumpen, seinen Venen Blut für kostspielige Tests entnehmen, ihm Elektroschocks verpassen, auf seine Brust einschlagen und überhaupt alles nur Mögliche unternehmen, damit Bett Eins wieder ansprang – als wäre der Patient ein Chevy aus den fünfziger Jahren, der längst auf dem Schrottplatz hätte landen sollen, und die Ärzte und Schwestern ein Haufen besoffener Teenager, denen der Wagen auf dem Weg zu einer Grillparty liegengeblieben war.

Es würde Stunden dauern. Es würde bedeuten, daß noch mehr Blut-, Labor-, Stuhl- und Speichelproben abgenommen und ins Labor geschickt werden müßten. Und was noch schlimmer war – bis zur kleinsten Kleinigkeit müßte alles peinlich genau notiert und dokumentiert werden für die Rechtsabteilung. Hinterher würde es zu Zeugenvernehmungen kommen, wahrscheinlich sogar zu schriftlichen Aussagen, die unterzeichnet werden müßten, genauso wie in dem Fall, als die Craniotomie von Bett Sieben von einem Blitz getroffen wurde, der in das Fernsehgerät eingeschlagen war.

Bett Eins konnte nicht an einem simplen Herzklappenersatz sterben – das wußten die Anwälte nur zu gut.

Weil es 3.30 Uhr früh war, lag die Verantwortung für Bett

Eins und seinesgleichen einzig und allein bei Werner. Die Ober- und Chefärzte waren abends nach Hause gegangen, hatten Steaks gegrillt, ein paar Stunden Kabelfernsehen geschaut und sich schlafen gelegt. Als derzeit diensthabender Arzt war Werner für sämtliche medizinischen Notfälle zuständig, die sich außerhalb der normalen Arbeitszeiten ereigneten – und somit würde er auch im Falle eines vorzeitigen Ablebens von Bett Eins Rechenschaft ablegen müssen.

»Das gibt ja der ganzen Sache überhaupt erst ihren Sinn«, sagte er zu einer grauen Maus, die einsatzbereit neben ihm stand. »Menschen helfen zu können. Da macht sich die Ausbildung bezahlt.«

Werner sah der bevorstehenden medizinischen Krise offen ins Gesicht und wappnete sich innerlich, obwohl sein Selbstvertrauen kaum gegen seine von der Schlaflosigkeit geschürte Angst ankam. Wie üblich kämpfte er gegen seinen Drang zur Panik an, indem er sich im stillen an seine Qualifikationen erinnerte: *Ich bin Dr. Peter Werner Ernst. In der Abschlußprüfung an der Medizinischen Fakultät war ich Jahrgangsbester. Ich war Chefredakteur des ›Journal of Medicine‹ an der Universität. Ich bin ein hervorragend qualifizierter und fähiger Arzt. Ich werde nicht in Panik ausbrechen oder unter Streß eine falsche Entscheidung treffen. Das wäre unvernünftig und stünde im Widerspruch zu meinen bisherigen beruflichen Leistungen.*

Ein anderer Assistenzarzt hätte in Anbetracht der hoffnungslosen Lage von Bett Eins vielleicht die Waffen gestreckt und sich mit dem unausweichlichen Hinscheiden des Patienten abgefunden. Ein anderer Assistenzarzt hätte sich vielleicht durch die schicksalsergebene Miene der Schwestern auf der Intensivstation entmutigen lassen, die alle das gleiche zu denken schienen: »Bett Eins steht kurz vor dem Code und wird uns allen eine Menge sinnlose harte Arbeit und Papierkram verursachen.« Ja, ein anderer Assistenzarzt hätte die Dinge vielleicht ihren natürlichen Lauf nehmen lassen und dieses Menschenleben Verfall, Tod und Code Blau anheimgegeben. Nicht so Werner Ernst. Werner war mit einem überdurchschnittlichen medizinischen Sachverstand gesegnet, und er verstand sich auf die Künste des Heilens.

Eine harte Ausbildung hatte Werner vorbereitet auf diesen Moment, da er – als der im Augenblick für die Innere Abteilung zuständige und somit für das Wohl von Bett Eins unmittelbar verantwortliche Arzt – die genau richtige Kombination von Medikamenten in den jeweils genau richtigen Dosierungen in genau der richtigen Reihenfolge verordnen würde, um den Blutdruck von Bett Eins auf eine halbwegs akzeptable Höhe zu bringen, die CO_2-Werte zu drücken, den Herzschlag einigermaßen regelmäßig zu halten und dafür zu sorgen, daß der Urin weiter floß ... um das alles für mindestens sechs, sieben Stunden in genau diesem Zustand zu stabilisieren ... damit Bett Eins im Lauf der Tagesschicht abkratzte und nicht während der Nachtschicht. Damit Werner in dieser Nacht essen und möglicherweise ein Nickerchen halten konnte statt den Tod einer Leiche überwachen zu müssen. Damit das Pflegepersonal der Intensivstation in den frühen Morgenstunden sticken oder Liebesromane lesen konnte. Damit Bett Eins ein letztes Mal friedlich dahinvegetierend schlafen konnte, bevor er von einem Team attackiert würde, das seinen Blau-Code zu unterbrechen und sein Leben zu retten versuchte. Und vor allem, damit der ganze schreckliche, alberne Mist hinsichtlich des Abgangs von Bett Eins (der für die Menschen, die ihn hergebracht hatten, vor nur zwei Monaten noch ein Großpapa, ein liebender Ehemann und Vater gewesen war) auf den behandelnden Arzt von Bett Eins und das Personal der Tagesschicht niedergehen würde. Die Tagesschicht war es gewesen, die Bett Eins und seiner Familie klargemacht hatten, daß man mit achtzig keineswegs zu alt sei, um es noch einmal mit einem Herzklappenersatz zu versuchen. Der Arzt von Bett Eins, der Chirurg von Bett Eins und die Familie von Bett Eins hatten das Gemetzel und die Qualen verursacht. Warum sollten Werner und das Personal der Nachtschicht deren Suppe auslöffeln?

»He, Werner«, rief ein Krankenpfleger aus der Kabine von Bett Eins, »der Lungenkeildruck von Bett Eins fällt schon wieder.«

Werners Augen richteten sich auf die leuchtend grünen Zeichen, die über den Bildschirm mit der Aufschrift »Bett 1« zuckten.

»Haben wir den ersten Band mit seinen Krankenunterlagen?« fragte Werner. »Gibt es drei oder vier Bände davon?«

»Der Lungenkeil stürzt ab«, wiederholte der Pfleger.

»Okay. Gebt ihm dasselbe wie letztes Mal, als er diese Nummer abgezogen hat. Und macht ihm klar, daß er auf keinen Fall sterben darf, bevor er nicht die freundlichen Gesichter von der Tagesschicht gesehen hat.«

Werner überlegte: Wenn die Innere Abteilung ein in sich geschlossenes, rationales System wäre, das auf vernünftigen Prinzipien beruhte, dann hätte der behandelnde Arzt Bett Eins vielleicht zu einem codefreien Fall erklärt, und Bett Eins hätte sterben können, ohne in seinem letzten Stündlein belästigt zu werden. Doch wie es das böse Schicksal wollte, war der Arzt von Bett Eins ausgerechnet Randolph Hiram Butz – auch als Buttgesicht bekannt, wie ihn alle nannten, sobald er aus dem Zimmer war. Buttgesicht war ein hoffnungsloser, seniler Alkoholiker, der nach dem Mittagessen nicht einmal mehr zu den elementarsten geistigen und motorischen Tätigkeiten imstande war. Tag für Tag schraubte Butz Punkt zwölf Uhr seinen Flachmann mit Johnnie Walker Black Label auf, und gegen eins konnte man ihn dann quietschfidel in den Krankenhauskorridoren herumwandern sehen. Allerdings blieb er vorwiegend auf der Intensivstation, wo die Patienten von den vielen Medikamenten so hinüber waren, daß sie bei ihrem behandelnden Arzt nie auch nur den Hauch einer Whiskey-Fahne bemerkt hätten.

Mindestens zweimal war die Zulassungsbehörde für Ärzte bereits hinter Butz hergewesen, doch er hatte sie beide Male überlistet. Bevor er zum maßlosen Trunkenbold geworden war, hatte Butz eine unangreifbare Bastion von Qualifikations- und Leistungsnachweisen und außerdem ausreichende politische Kontakte aufgebaut, um die Untersuchungen der Behörde zu untergraben. Vor vierzig Jahren hatte Butz an der Yale Medical School mit summa cum laude abgeschlossen. Vor zwanzig Jahren – also vor seiner Bekanntschaft mit Johnnie Walker – war er Mitautor des Werkes ›Die Grundlagen der Inneren Medizin‹ gewesen, das mittlerweile alle fünf Jahre von einem Team von Redaktionsassistenten überarbeitet wurde. Der Text wurde noch immer an zwei Dritteln der medizinischen Hochschulen des Landes verwendet, und auf dem Einband prangte noch immer der Name von Butz – obwohl der mittlerweile nicht einmal mehr ein Scheckbuch bilanzieren oder einen vollständigen Satz schreiben konnte. Das Unvermögen zu schreiben schützte ihn übrigens bei Verfahren wegen medizinischer Kunstfehler, denn niemand außer ihm selbst konnte seine ärztlichen Anweisungen entziffern. Was bedeutete, daß die Anweisungen, die er in den Unterlagen seiner Patienten notierte, letztlich immer genau das besagten, was sie gemäß dem Rat seiner Anwälte besagen sollten.

Besonders boshafte Zungen im Krankenhaus hatten das Gerücht in Umlauf gebracht, daß Buttgesicht früher nur Schnürschuhe getragen habe und daß er die jetzigen Quastenmokassins nur auf Drängen von Mona Washburn anzog: Die Oberschwester der Herzabteilung habe es satt gehabt, ihm immer die Schuhe binden zu müssen, wenn er zu voll war, um es selbst zu tun.

»He, Wienerkopf«, sagte eine Schwester, ein kleines, burschikoses Wesen mit einer Helmfrisur aus kurzem Drahthaar. Sie knallte Werner einen Computerausdruck auf den Tisch. »Die Elektrolyte von Bett Zwei, Dr. Wienerschnitzel. Sieht verdammt beschissen aus, wenn Sie mich fragen.«

Die examinierte Krankenschwester Stella Stanley, genannt Stan, hatte zwanzig Jahre einschlägige Erfahrungen mit Tod, Krankheit und Exkrementen hinter sich. Vier Jahre lang war sie bei der U.S. Army in San Francisco gewesen; dort wurde sie in der Vietnam-Zeit zur Spezialistin für Amputierte und Brandopfer ausgebildet. Anschließend hatte sie in Chicago fünf Jahre lang auf einer Station für Brandwunden gearbeitet und bei Verbrennungen dritten Grades tote Haut aus rohem Fleisch herausgeschabt. Nach fünf Jahren bekam sie Hörbeschwerden, suchte einen HNO-Arzt auf und leitete bald darauf Anklage gegen das Krankenhaus ein, in dem sie arbeitete – mit der Begründung, ihr Gehör habe sich wegen des infernalischen Gebrülls der Brandopfer verschlechtert. Vor Gericht gab sie zu Protokoll, daß ihr nach dem Heimweg am Morgen die Ohren von den Schreien der Patienten noch stundenlang dröhnten, daß sie daher nicht schlafen könne und am Ende gezwungen sei, aus dem Bett zu klettern und das Gedröhn mit einem Zwölfer-Pack Budweiser zu ertränken. Sie machte das Krankenhaus sowohl für ihren Gehörschaden wie für ihren Alkoholismus verantwortlich, verlor die Schadensersatzklage jedoch und mußte sich mit der üblichen Kompensationszahlung für Krankenhausangestellte zufriedengeben. Bald darauf hatte sie im Medical Center auf der Intensivstation des neunten Stocks zu arbeiten begonnen. Im Vergleich mit der Abteilung für Brandwunden gehe es hier wie in einem Ferienhotel zu, pflegte sie zu betonen. Irgendwann im Laufe ihrer Karriere (wahrscheinlich in Chicago) hatte sie sich ihre Gangstermanieren im Umgang mit Kranken angewöhnt. Der Klang ihrer Stimme war etwa so sanft wie eine Rektalsonde mit Sägezähnen.

»Wie steht's mit seinem Kalium, Stan?« fragte Werner mit Bezug auf die Elektrolyte von Bett Zwei, obwohl sein Kopf noch ganz in rätselhaften Unterlagen von Bett Eins vergraben war.

»Was?« brüllte Stan und hielt eine Hand ans Ohr. *»Mein Hörgerät ist im Eimer.«*

»Ich hab' Sie gefragt: *Wie sind die Kaliumwerte von Bett Zwei?«*

»Ach so.« Stan warf noch einen prüfenden Blick auf den Computerausdruck mit den Elektrolyten von Bett Zwei. »Kommt drauf an«, sagte sie so laut, daß alle vier Komapatienten jedes Wort hätten hören können, wenn sie nur einen Augenblick lang von den Toten auferstanden wären. »Kommt ganz drauf an, was Sie mal werden wollen, wenn Sie groß sind, Wiener. Wenn Sie Leichenbeschauer werden wollen, würde ich sagen, die Kaliumwerte von Bett Zwei sehen ziemlich gut aus. Aber wenn Sie Arzt werden wollen ...«

»Danke, Stanley«, sagte Werner. »Das genügt.«

»Was?«

»Ich habe gesagt: Danke.«

»Klar doch, Kumpel«, sagte Stella. »Übrigens, ist es Ihnen immer noch recht, daß ich Bett Sieben jedesmal zehn Milligramm

Morphium reinhaue, wenn er aufwacht und an seinen Schläuchen rumfummelt?«

»*Jawohl*, Stanley.«

»Würden Sie das bitte auf der Stelle in die Arztanweisungen eintragen, bevor Sie wieder wegdösen?«

Bett Zwei hatte eine Hautfarbe, für die sich jeder andere 23jährige Weiße volle drei Wochen lang auf den Bahamas hätte grillen lassen müssen. Mit der Sonne hatte seine Bräune allerdings nichts zu tun – sie war vielmehr durch toxische Ausscheidungen verursacht, die früher von den Nieren aus dem Blut herausgefiltert und in die Blase geträufelt worden waren, von wo aus das orangefarbene Gift dann auf die übliche Weise weitergeleitet wurde. Weil die Nieren nicht mehr funktionierten, sickerte die ganze Pisse und Säure jetzt durch die Haut von Bett Zwei. Er war am ganzen Körper tief gebräunt, worum ihn das gesamte Personal der Intensivstation beneidet hätte, wäre es nicht ein Zeichen für das drohende physiologische Aus gewesen.

»Es gibt nichts Deprimierenderes als einen jungen Nierenpatienten«, sagte jemand im Besprechungsraum.

»O doch, das gibt's«, widersprach Stella Stanley. »Noch deprimierender als ein junger Nierenpatient ist die Aufgabe, den Stuhl eines jungen Nierenpatienten aufzuwischen.«

Bett Zwei als Nierenpatienten zu klassifizieren war eher eine Fehlbezeichnung; Bett Zwei hatte nämlich (wie übrigens die meisten Nierenpatienten) überhaupt keine Nieren mehr.

Jeder Nephrologe, jeder Arzt also, der die Niere zu seinem Spezialgebiet auserkoren hat, wird einem gerne erklären, daß der menschliche Körper im Grunde nichts anderes ist als eine sehr simple Maschine mit Pumpe, Drähten, Schläuchen, Kabeln, einem Klecks grauer Masse, der als rudimentäre Batterie dient, zwei Luftbehältern und etlichen Teilchen, die mit der Brennstoffverarbeitung und Reproduktion befaßt sind. Alles in allem ist der menschliche Körper für ihn nichts weiter als ein Transport- und Reproduktionsmechanismus für zwei hochentwikkelte kleine elektrochemische Wunder namens Nieren – komplexe Organe, die selbst die fortschrittlichsten Computer wie ungelenke Ablageregale mit Ein-Aus-Schaltern wirken lassen.

Es gibt Geschichten von Assistenzärzten, die religiös ungläubig oder Agnostiker waren, bis sie zur Nephrologie kamen und eine Vorstellung davon entwickelten, was in einer Niere wirklich vor sich geht – woraufhin sie mystische Erlebnisse hatten und erkannten, daß nur eine allwissende göttliche Intelligenz so etwas wie eine Niere erfinden könnte. Das hochempfindliche Gleichgewicht von Elektrolyten, Hormonen, Giften, Fluiden, Gasen in Lösungen, Zucker und Partikeln, die über Membranen in den Nieren ausgetauscht werden, ist für den sterblichen Verstand kaum faßbar. Jemand hat mal bemerkt, daß der Heilige Paulus – wenn er heute leben würde – auf dem Weg nach Damaskus nicht wegen eines Blitzstrahls vom Pferd gestürzt wäre; er wäre heute ein Assistenzarzt der Nephrologie, der angesichts der unglaublichen Komplexität einer Niere die Sprache verliert. Manche Nierenfachärzte gaben sogar ihre Praxis auf und wurden Fernsehprediger; sie gingen mit einem anatomischen Modell der Niere auf Sendung und verkündeten, das Ewige Leben könne nur durch ein tiefes Verständnis der Niere erlangt werden.

Da Bett Zwei keine eigenen Nieren hatte, karrte alle zwei oder drei Tage ein Dialysetechniker eine Maschine in die Kabine des Patienten – eine Maschine, die die unzähligen Funktionen der Nieren von Bett Zwei in etwa so erfüllte, wie ein Dampfradio einem Stereosystem von Bang & Olufsen nahekommt. Durch einen Nylonschlauch, der ständig im Unterarm von Bett Zwei installiert war, ließ der Dialysetechniker das Blut von Bett Zwei durch eine primitive künstliche Niere laufen, die sich nach besten Kräften um die Gifte, Hormone und Elektrolyte kümmerte. Der Hautfarbe von Bett Zwei hatte das Dialysegerät nicht viel gebracht; so wie es auch seiner Selbstachtung oder seinem Erfolg im Bridgespielen nicht viel genutzt hatte.

So wie er da lag, hätte man nie gedacht, daß Bett Zwei erst vor kurzem seinen Universitätsabschluß als Raketeningenieur gemacht hatte. Er war daraufhin nach Seattle geflogen und hatte sofort eine Stelle bei einem großen Luft- und Raumfahrtunternehmen bekommen. Anschließend war Bett Zwei nach Hause geflogen, um seine Verlobung bekanntzugeben – einer so netten Frau wie seiner Verlobten war noch niemand vom Personal der

Intensivstation begegnet. Er war zu einer Party gegangen, wo er sich mit Piña Coladas betrank, und er hatte mit seinem besten Freund Golf gespielt, neun Löcher. Zwei Tage später begann Bett Zwei Blut zu spucken, am Tag darauf versagten seine Nieren, und er wurde auf der Intensivstation im neunten Stock eingeliefert. Die anfängliche Diagnose einer idiopathischen Lungen-Hämosiderose wurde später auf Goodpasture-Syndrom abgeändert – eine Krankheit, die ihren Namen bestimmt einem Optimisten verdankte, der glaubte, daß im Jenseits auf alle Menschen bessere Weidegründe warten; denn das Goodpasture-Syndrom endet fast immer tödlich. Gewisse Heilungschancen gibt es allenfalls durch ein Entfernen beider Nieren, bei einem Leben mit Dialyse-Behandlung dreimal pro Woche. Gewöhnlich hilft nicht einmal das.

Die Ursachen des Goodpasture-Syndroms sind unbekannt. Man weiß nicht, warum die Krankheit vorwiegend junge, gesunde Männer trifft, die geradezu zwangsläufig gescheit, allseits beliebt und hochbegabt sind und eine vielversprechende Zukunft vor sich haben. Niemand weiß, warum ein Raketeningenieur und angehender Ehemann über Nacht zu einem Nierenpatienten wird. Das passiert eben, einfach so. Wenn aber etwas Schlimmes geschieht, dann ist es – egal, wie tragisch es auch sein mag – doch in jedem Fall sinnvoll, aus der Situation das Beste zu machen, oder etwa nicht? Die Tatsache, daß Bett Zwei über Nacht zu einem todkranken, orangefarbenen Nierenpatienten geworden war, der seinen Verstand verloren hatte und mit Vierpunkt-Fesseln ans Bett festgeschnallt war, ließ sich nicht bestreiten. Die Milch war verschüttet, das war Schnee von gestern. Statt nun wochen- oder monatelang über ein derart wahllos zuschlagendes Schicksal die Hände zu ringen, dachte Werner pragmatisch: Alle Mediziner haben schon vom Goodpasture-Syndrom gehört; tatsächlich zu Augen gekommen ist es jedoch nur einer kleinen Schar Auserwählter. Bett Zwei bot die seltene Gelegenheit, einen Fall von klinischem Goodpasture-Syndrom im Endstadium zu beobachten, und Werner schwor sich, von Bett Zwei alles zu lernen, was sich lernen ließe, bevor sich der Patient endgültig vom Leben verabschiedete.

Die toxischen Ausscheidungen, die sich im Blut von Bett Zwei ansammelten, verfärbten nicht nur seine Haut; sie machten ihn auch verrückter als eine Bettwanze in einem Glas mit Lachgas. Seit drei oder vier Tagen war er, wie es in den Unterlagen hieß, »geistig verwirrt« und starrte mit wildem Blick vor sich hin. Die Dialyse hatte ihm auch nicht eben gutgetan.

»Guten Morgen«, sagte Stella und zog mit den Zähnen eine Plastikkappe von einer Spritze, während sie eine weitere Infusionsflasche über dem Kopf von Bett Zwei einhängte.

»Der Arzt hat angeordnet«, erklärte Stella, ohne ihn anzublikken, »daß Sie keine Flüssigkeit zu sich nehmen dürfen. Verstanden? Sie können keine Flüssigkeit kriegen, weil Sie keine Nieren haben und darum auch nicht pinkeln können. Sie verstehen? Wenn Sie möchten, kann ich Ihnen aber ab und zu Eisstückchen geben. Wollen Sie vielleicht jetzt ein paar Eisstückchen?«

Voll Bestürzung über Stellas Frage öffnete Bett Zwei den Mund und teilte ihr mit: »Ich glaube nicht mehr an Gott.«

Stella spuckte die Kappe der Plastikspritze in den nächsten Papierkorb. »He, Poindexter«, rief sie, ohne den Kopf in Richtung der anderen Kabinen zu wenden.

»Was ist?« tönte die Antwort eines Pflegers aus der Richtung von Bett Sieben und Bett Acht.

»Bett Zwei glaubt nicht mehr an Gott.«

»Ich weiß«, sagte die Stimme. »Er hat's mir gestern gesagt, als ich die Gehirntests mit ihm gemacht hab'.«

Stella griff nach einem orangefarbenen Gummischlauch, der in der Nase von Bett Zwei steckte. »Ich werde Ihnen die Magensonde spülen«, sagte sie, während sie eine 20-ccm-Gummiballonspritze mit Kochsalzlösung füllte und sich die gummibezogenen Stöpsel ihres Stethoskops in die Ohren steckte. »Es kann sein, daß Sie in Ihrem Bauch ein Gurgeln spüren werden.«

»Gott ist tot«, sagte Bett Zwei. »Ich weiß auch, wer ihn ermordet hat.«

»Dieses Zeug mit Gott«, sagte Stella, »ist ziemlich ungewöhnlich, finden Sie nicht? Normalerweise werden Leute wie Sie gläubig und nicht umgekehrt.«

Stella spritzte die Lösung in den orangefarbenen Schlauch in der Nase von Bett Zwei und horchte auf das übliche Gurgeln tief im Innern der Organe des Patienten.

»Wenn Gott solche Qualen litte wie ich, würde er meine Gebete nicht erhören«, sagte Bett Zwei.

Stella klemmte den Schlauch ab und warf die Spritze in den Abfalleimer.

»Ich weiß nicht«, sagte sie. »Ich denk' mir immer, daß das Böse in der Welt daher kommt, daß es einen Bösewicht gibt.«

2

Sieben Jahre zuvor hatte Peter Werner Ernst sein geisteswissenschaftliches Studium abgeschlossen, indem er den akademischen Grad eines Bachelor of Arts erworben hatte. Nun wollte er sich zurückziehen und endlich all die vielen Bücher lesen, für deren Lektüre er am College keine Zeit gehabt hatte. Er suchte sich einen Teilzeitjob als LKW-Lader bei einem Nachtzustelldienst und mietete eine billige Wohnung. Da er davon überzeugt war, daß die besten Dinge dieser Welt – Schlafen und Lesen inbegriffen – im Liegen geschehen, möblierte er seine Wohnung mit einer Couch und einem Bett. Er wollte herausfinden, ob es im Leben reichte, Frauen nachzustellen und gute Bücher zu lesen.

Die anderen wichtigen Menschen in Werners Leben hatten jedoch andere wichtige Pläne mit ihm. Schöne Frauen, die Eltern, sogar der beste Freund drängten Werner zu einem Beruf. Es gehe um so elementare Dinge wie Essen und ein Dach über dem Kopf, sagten sie.

Ihre inständigen Bitten widerten Werner an. Jeder weise Mann, von dem Werner auf dem College gelesen hatte, hatte eine Menge gelesen und sich mit Frauen vergnügt, bevor er irgend etwas anderes im Leben geleistet hatte. Sokrates, der heilige Augustinus, Voltaire, Ignatius von Loyola, James Boswell, Samuel Johnson, Rimbaud, Valéry, Nietzsche – all diese Kerle hatten Jahre mit Lesen oder Ausschweifungen zugebracht, bevor sie einen Finger rührten, um selbst für ihren Lebensunterhalt zu sorgen oder auch nur den Müll wegzuräumen. Zudem hatte Werner im Hauptfach Linguistik und Sprachphilosophie studiert, also mußte er, wann immer jemand etwas sagte, erst einmal innehalten und über das Wesen der Worte nachdenken.

Werner suchte einen Job als netter Kerl mit Bildung, der gerne herumlag und Bücher las. Schließlich hatten ihn die Geisteswissenschaften auf die Härten des Herumliegens und Lesens vorbereitet. Seine Qualifikationen waren in Ordnung, und er hatte den richtigen Lebenslauf, um sie zu untermauern. Er raffte sich auf und studierte Stellenanzeigen. Er jagte jeder noch so geringen Möglichkeit nach und bewegte sich in den Bewerbungsgesprächen gekonnt auf dem schmalen Grat zwischen einem selbstgewissen Hervorkehren seiner herausragenden Qualitäten und einem bemitleidenswert verzweifelten Bedürfnis nach Einkommen.

Die Wahrheit war beunruhigend: Für einen netten Kerl mit Bildung, der gerne herumlag und Bücher las, gab es keine Vakanzen. Solche Stellen waren alle schon besetzt mit anderen netten Kerlen, die so lange herumgelegen und gelesen hatten, daß sie einen Magister- oder Doktortitel besaßen. Die westliche Welt war dermaßen heruntergekommen, daß es für einen Renaissancemenschen mit einem Uni-Abschluß in Linguistik, der auch ausführlich in den naturwissenschaftlichen Fächern herumgeschnuppert hatte, absolut keine freien Jobs gab.

Unter dem stetig wachsenden Druck von schönen Frauen, die ihm erklärten, daß sie nicht mit ihm schlafen wollten, wenn er keine Arbeit fände und nicht ans Heiraten dächte, erwog Werner, ein Jäger und Sammler oder ein Stammesmitglied bei den Kurden zu werden. Nein, sagten die schönen Frauen. Doch nicht irgendeine Arbeit. Einen guten Job!

Freud hätte sich bestimmt köstlich amüsiert darüber, daß der Renaissancemensch Werner schließlich auf Kosten seines Vaters einen Berufsberater aufsuchte, der ihm helfen sollte, einen guten Job von bloßer Broterwerbsarbeit zu unterscheiden.

»Bei einem guten Job«, klärte der Berater ihn auf, »stimmen Ihre persönlichen Neigungen mit ihren Talenten und Qualifikationen überein. Als erstes müssen Sie daher Ihre sämtlichen Fähigkeiten auflisten, anschließend machen wir dann eine Aufstellung aller Berufe, bei denen solche Fertigkeiten und Leistungen gebraucht werden, und zu guter Letzt werden wir eine Rangfolge dieser Berufe nach Ihren persönlichen Neigungen vornehmen.«

»Wieviel zahlt man Ihnen für so einen Rat?« fragte Werner.

Seine Leistungen faßte Werner in Form von Negativaussagen zusammen: Er war kein Alkoholiker; er nahm keine Drogen; er war nicht gewalttätig. Er nannte zwei Fähigkeiten: (1) sich in schöne Frauen zu verlieben; (2) zu lesen.

Die Sitzung endete damit, daß Werner sich um den Job des Berufsberaters bewarb und daß der Berufsberater Werners Vater die Hälfte des Honorars zurückzahlte.

Eine Zeitlang schliefen schöne Frauen mit Werner, weil er einen guten Job suchte und weil er schwor, der Ehe nicht ablehnend gegenüberzustehen. Der Suche nach einem Job zeigte sich Werner durchaus gewachsen, vor einem konkreten Engagement schreckte er allerdings zurück: Er fand einfach keinen guten Job.

Seine Eltern hatten im Zickzack von Werners akademischen Interessen ein Grundmuster entdeckt und waren mit hilfreichen Karrierevorschlägen bei der Hand. Schließlich gab es eine Reihe von verlockenden, angesehenen Berufszweigen, die einem gescheiten, ehrgeizigen jungen College-Absolventen offenstanden. Warum nicht Jura oder Medizin? Jeder wäre doch stolz darauf, in diesen Bereichen arbeiten zu können. Falls ihm die akademische Laufbahn nicht zusage, könne er ja Arzt oder Anwalt werden. Sie hatten die Vielfalt der Wahlmöglichkeiten betont und gemeint, es gebe für Werner sicher Schlimmeres, als Facharzt oder Steuerberater zu werden. Oder wie wäre es mit dem Beruf des praktischen Arztes oder dem des Prozeßanwalts? Zwei gute Berufe. Natürlich könne sich Werner ja auch innerhalb des juristischen oder medizinischen Bereichs umtun, schlug der Vater vor, und sich zunächst einfach mal um einen Studienplatz an einer Law School oder Medical School bewerben?

Aus der üppigen Vielfalt der Berufungen und Berufe wählte Werner die Medizin. Im September jenes Jahres wurde er schwerkrank, starb und begann dann Medizin zu studieren. Vier Jahre lang lag er herum, las dicke naturwissenschaftliche Bücher, legte Multiple-Choice-Tests ab und kam schließlich zu der Erkenntnis, daß das Medizinstudium gar keine so schlechte Sache war. Es war nicht unbedingt eine Materie, mit der er sich aus freien Stücken beschäftigt hätte, doch nachdem ihm das Zeug einmal zwangsweise eingetrichtert worden war, fand er es einigermaßen interessant. Solange man die wesentlichen Prämissen nicht in Frage stellte, besaß die Medizin eine gewisse innere Logik. Und im übrigen, so sagte er sich, handelte es sich dabei immerhin um einen Beruf, bei dem man gut dafür bezahlt wurde, daß man die Leiden der Mitmenschen zu lindern half.

So war es gewesen, bevor Werner seine erste Nacht auf der Intensivstation erlebt hatte. Nach einigen Nachtdiensten wurde Werner zu einem gespenstischen Wesen mit zeitweilig eingefrorenen Lebensfunktionen – ein gut ausgebildeter Geist, der dazu verdammt war, durch die Linoleumgänge der Todeslabors zu wandeln.

Werners Nasenflügel blähten sich und bebten leise – nicht etwa, weil interessante Frauen auf der Bildfläche erschienen wären, sondern weil er eben einen Schalter gedrückt hatte, der die automatische Tür zur Intensivstation im neunten Stock öffnete. Werner wappnete sich gegen den Geruch.

Als Werner zum erstenmal ein Krankenhaus gerochen hatte, sagte ihm seine Nase, daß er sich durch einen Ort der Pestilenz und des Bösen bewegte. Nicht einmal unten im Eingangsbereich konnten die Gerüche von Fußbodenwachs, Vinylbezügen und Blumen in der Geschenkboutique den krankenhaustypischen Gestank von Antiseptika und verrottendem menschlichem Fleisch überdecken. Was für das ganze übrige Krankenhaus galt, stieg auf der Intensivstation im neunten Stock um ein Vielfaches an. Das Todeslabor war die Sammelstelle sämtlicher unerträglicher Gerüche, denen man sonstwo im Krankenhaus begegnete.

Werner holte tief Luft und bemühte sich, so lange wie eben möglich damit auszukommen, bevor er notgedrungen die Luft der Intensivstation inhalieren mußte. Nach rund dreißig Sekunden atmete er erstmals durch die Nase ein, in der stillen Hoffnung, daß seine Nasenhärchen und Schleimhäute alle in der Luft schwirrenden Bakterien wegfiltern würden, bevor sie in seine Lungen gerieten. So wie die Nase gebaut ist, gelangen schädliche Umweltgase beim Einatmen üblicherweise nur bis in den Bereich der Geruchsnerven – unangenehme Dämpfe können nach einer Kostprobe ausgestoßen werden, bevor sie in den Atemtrakt eindringen. Dies setzt natürlich voraus, daß der Organismus so vernünftig ist, der Quelle des Miasmas zu entfliehen und sie für immer zu meiden. Das Gehirn des zivilisierten Menschen hat sich jedoch viel schneller »entwickelt« als seine Nase. Die Gesellschaft versprach Werner, ihm irgendwann einmal einen Haufen Geld dafür zu zahlen, daß er Selbstdisziplin übte und sein Gehirn zwang, den vom Sumpfgas dieser Leichen verursachten Fluchtreiz zu unterdrücken. Der Organismus Werner blieb also da und inhalierte tagein, tagaus den Geruch des Todes, obwohl der gleiche Geruch seine Vorfahren dazu veranlaßt hätte, Frauen und Vieh einzusammeln und binnen kürzester Zeit in eine andere Steppe auszuwandern.

Kaum hatte Werner die Intensivstation betreten, handelte er schon wie ein Arzt. Er studierte die Patientenunterlagen und zog EKG-Streifen aus den Herzmonitoren. Er warf einen raschen Blick in alle acht Glaskästen und bemerkte erneut, daß die Fenster der Kabinen Jalousien besaßen, die seines Wissens jedoch nie heruntergelassen wurden – vermutlich kamen die halbnackten Toten in den Kästen nie so weit zu Bewußtsein, daß sie eine Privatsphäre verlangt hätten. Dem Personal war es lieber, die Kabinen Tag für Tag vierundzwanzig Stunden lang im grellen Licht zu belassen, damit die Gespenster drinnen vom Schaltpult in der Mitte aus mit einem Blick erfaßt werden konnten.

»Wie sieht's aus, Dr. Salami?«

Der Anblick der examinierten Krankenschwester Stella Stanley stimmte Werner keineswegs unglücklich. Auch wenn sie bloß Krankenschwester war, sprach vieles für sie. Stella war beispielsweise weder zucker- noch herzkrank; sie hatte keine rheumatoide Arthritis und auch kein Emphysem. Sie war keine leitende Amtsärztin und weigerte sich im Unterschied zu manchen Patienten auch nicht, Urin zu produzieren.

»Ein grauenhafter Tag«, gestand Werner. »Tod und Chaos – und kein Sex zum Ausgleich. Außerdem ist mir gerade ein gefährlicher Fehler aufgefallen.«

Das Gerede von Tod und Chaos nahm Stella nicht allzu ernst.

Wenn Werner sich nach wie vor beklagte, bedeutete das nur, daß er sein Urteilsvermögen noch nicht verloren hatte. Wenn er diesen Tag als grauenhaft empfand, war das immerhin ein Indiz dafür, daß er immer noch einen Tag vom anderen unterscheiden konnte. Nicht schlecht für jemanden, der die Sonne in der Regel weder aufgehen noch untergehen sah und jede dritte Nacht ohne Schlaf auskam.

»Sie meinen Bett Eins?« fragte Stella.

»Genau«, sagte Werner und zeigte ihr den neuesten Band der Patientenunterlagen, auf dem eine große rote »1« prangte, umgeben von Allergiewarnstickern. »Was ist passiert?«

»Vielleicht hat er zuviel Dopamin bekommen«, sagte sie. »Sehen Sie mich bloß nicht so an! Ich hab' ja selbst gedacht, der würde sich noch vor Mittag davonmachen.«

»Das hat jemand von der Tagesschicht gedreht«, schimpfte Werner. »Und ich krieg' auch raus, wer. Die sind für solche Sachen personell doch viel besser ausgestattet als wir!«

»Da bin ich ganz Ihrer Meinung, Dr. Frankfurter«, sagte Stella, »für das Abwickeln von Todesfällen ist die Tagesschicht eindeutig besser qualifiziert. Die Kollegen haben es auch besser drauf, die genaue Todesursache zu klären. In unserer Schicht bringen es die Patienten einfach hinter sich, ohne große Umstände, und wir fragen nicht weiter nach dem Grund.«

»Ist heute abend Familie da?« fragte Werner.

»Es wimmelt nur so von Familie«, sagte Stella, »und die Leute sind fuchsteufelswild, weil sie nur für zehn Minuten pro Stunde reingelassen werden.«

»Familie« war ein Sammelbegriff, der auf der Intensivstation zur Bezeichnung von Anwesenden verwendet wurde, die weder Patienten noch medizinisches Personal waren. »Familie« war ein Begriff für Eindringlinge, die ein medizinisch unbrauchbares, hochemotionales Interesse an den Patienten hatten. Sie tendierten dazu, im Weg herumzustehen, Trübsal zu blasen, zu trauern und dumme Fragen zu stellen – das galt ganz besonders nachts.

Während der Tagesschicht waren die Geistlichen des Seelsorgeprogramms auf den Stationen anwesend – beide Geschlechter und alle Glaubensrichtungen waren vertreten; Seminaristen, Diakone, Nonnen und Kaplane halfen, den Kranken und ihren Angehörigen Beistand zu leisten. Das Programm brachte fast sofort wieder Geld herein; es ermöglichte nämlich den Ärzten, mehr Zeit auf die Ausübung verrechenbarer Tätigkeiten zu verwenden. Statt im Besucherraum verstörte Angehörige zu trösten, konnten sich die Ärzte auf den Intensivstationen wieder an die Arbeit machen. Nachts jedoch war die Abteilung Seelsorge geschlossen; dann wurden die Assistenzärzte und Krankenschwestern von Familie belagert.

Werner schaute auf die Armbanduhr und blickte über den Korridor hinüber zum Besucherraum. Es war soweit. Er konnte Familie herankommen sehen; sie bewegten sich langsam, wie betäubt und in Gruppen, als seien sie von einer Dürrekatastrophe getroffene Tiere auf der Suche nach Wasser.

»Da kommen sie«, sagte Werner. »Ich werde ihnen Ihre private Telefonnummer geben.«

Die Familie von Bett Eins erreichte die automatische Tür zur Intensivstation: die Ehefrau, eine untersetzte, rundliche, schwache Frau mit Silberhaar und einem lahmen Fuß; der Sohn, ein mit Rindfleisch gemästeter Farmer in Cowboystiefeln, Overall und einer Kappe mit Werbung für Autozubehör. Die zwei waren alt und fett genug, um selber hinterrücks von jemandem auf eine Tragbahre geschubst und in ihre eigene Glaskabine gerollt zu werden.

Werner steckte den Kopf in die Unterlagen von Bett Eins. Er hatte diesen Leuten schon ein dutzendmal gesagt, was sie nicht hören wollten.

»Wie geht's ihm?« fragte die alte Frau schniefend.

Stella ging in die Kabine von Bett Eins und zog ein Thermometer aus der Achselhöhle des Patienten. »Ein bißchen besser«, sagte Stella. »Eine Zeitlang ist's ihm schlechter gegangen, aber wir haben seinen Blutdruck medikamentös wieder hochgekriegt, und der Arzt hat angeordnet, daß das Beatmungsgerät ihm mehr Atemzüge pro Minute geben soll. Er bekommt jetzt mehr Sauerstoff als vorher. Seine Farbe ist allerdings immer noch nicht gut. Er hat heute ein ganz klein wenig Urin produziert – was immerhin mehr ist als in den letzten Tagen.«

»Es gibt also Hoffnung«, sagte der Sohn, während er verlegen von einem Stiefel auf den anderen trat und sich räusperte.

»Ist er denn noch nicht aufgewacht?« fragte die alte Frau und wogte energisch zum Bett hin. Die Haut an den wabbelnden roten Fettwülsten oberhalb der Ellbogen war aufgerissen.

»Nein«, sagte Stella, »er reagiert überhaupt nicht.« Sie griff über die Bettpfosten hinweg. *»Hallo, Melvin. Drücken Sie meine Hand. Können Sie mich hören? Drücken Sie meine Hand!«* Stella deutete auf die schlaffe Hand von Bett Eins.

Die alte Frau begann leise zu weinen. »Er heißt Elvin«, sagte sie. »Nicht Melvin.«

Der Sohn versuchte sich nützlich zu machen, indem er sagte: »Dad, hier ist Earl. Drück die Hand von der Schwester, wenn du uns hören kannst.«

Stella machte sich an die Arbeit und drückte Knöpfe. Bei einer Infusionspumpe von Bett Eins stellte sie die Skala neu ein. Ehefrau und Sohn von Bett Eins postierten sich auf je einer Seite des Bettes und schauten mit starrem Blick zu, wie sich mit dem Blasebalg des Beatmungsgerätes der Brustkorb hob und senkte, und wunderten sich, daß seine Augen geöffnet waren, obwohl er doch im Koma lag.

»Wie geht's ihm, Doktor?« schrie der Sohn zu Werner hinüber.

Werner blickte von seinen Krankenunterlagen hoch. »Seine Kaliumwerte sind besser«, sagte er. »Möchten Sie vielleicht eine Tasse Kaffee?«

Den Angehörigen Kaffee anzubieten, war für die Krankenschwestern ein vertrautes Signal, den Arzt unverzüglich von Familienangehörigen zu befreien, die im Wege waren.

Auf das Bimmeln hin erschien prompt Marie Soundso und führte die Angehörigen von Bett Eins wieder zurück in den Besucherraum.

Für den Fall, daß der Trick mit dem Kaffee nicht funktionieren sollte, hatte Werner vorsichtshalber noch eine persönliche Vereinbarung mit Stella getroffen. Wenn Werner im Gespräch mit Familie behauptete, einen Anruf zu erwarten, begab sich Stella sofort ins Ärztezimmer, aktivierte seinen Piepser und forderte ihn auf der Notfallstation an.

Werner notierte das Datum für die ärztlichen Anweisungen in den Krankenunterlagen von Bett Eins. Das Datum wußte er, beim Wochentag war er unsicher – das genaue Gegenteil zur außermedizinischen Welt. Im Geschäftsleben wissen die meisten Menschen den Wochentag, aber nicht das exakte Datum. Viele empfinden sich als Opfer einer Tortur, sie sehen sich auf einer Folterbank mit fünf Kerben liegen, die die Namen der fünf Arbeitstage tragen, und wissen immer genau, wie weit sich Rad und Getriebe noch drehen müssen, bis das Wochenende sie erlöst. Was sonst markiert das Verstreichen der Zeit? Für Werner jedoch gab es so etwas wie Wochenenden nicht, deshalb wußte er nie, welcher Wochentag es gerade war. Das genaue Datum hingegen starrte ihm jedes Mal entgegen, wenn er eine Patientenmappe öffnete und seine Anweisungen eintrug.

Auch die Zeit hatte Werner immer im Blick: Es war 02.00 Uhr, und in den nächsten sechzehn Dienststunden im Medical Center mußte er wahrscheinlich ohne Schlaf auskommen. Neben Bett Eins und Bett Zwei hatte er sich noch um sechs weitere Wracks zu kümmern; die Blutzuckerwerte von Bett Acht schossen in schwindelerregende Höhen; bei Bett Drei jagten ominöse ventrikulare Schläge über den Herzmonitor; falls sich der Zustand von Bett Sieben weiter verschlechterte, könnte die Nierenbank die Nieren von Bett Sieben herausoperieren und sie Bett Zwei schenken; Bett Fünf litt unter schwerer Atemnot; Bett Sechs ebenso; und er selbst, Dr. Peter Werner Ernst, war zumindest vorläufig ganz allein für ihr unmittelbares Wohlbefinden verantwortlich, obwohl er eigentlich nur einen Wunsch hatte – nach Hause zu gehen, ein kühles Budweiser zu öffnen und sich im Fernseher eine Wiederholung von ›Raumschiff Enterprise‹ anzusehen.

»Sind die Lungen von Bett Vier immer noch frei?« fragte Werner. Es war in dieser Nacht die einzige gute Nachricht, an die er sich klammern konnte.

»Ein leichtes Rasseln«, antwortete Stella. »Ich denke, Sie sollten besser das Lasix erhöhen und ihr etwas Flüssigkeit entziehen.«

Stan rollte mit den Augen, als Werner in die Kabine von Bett Vier hineinging, um es selbst zu hören.

In Bett Vier lag eine 87jährige Frau, die nach einem Herzversagen und einem Haufen anderer Leiden, die für einen auf neunzig zugehenden Menschen früher als »normal« gegolten hätten, nun auf dem Weg der Besserung war. Sie lag auf dem Rücken, mit Kissenkeilen unter dem Rumpf, damit sie auf ihrer gekrümmten Wirbelsäule nicht herumrollen konnte. Ihre Hände, die sie auf die Brust hochgezogen hatte, wirkten wie die Krallen eines toten Vogels, ihre Augen waren in die Höhlen zurückgesunken. Das Kinn war ihr heruntergesackt, ihr Mund stand permanent weit offen. Wenn sie dann von Zeit zu Zeit hyperventilierte, wurde das dunkle Loch ihres Mundes abwechselnd größer und kleiner. Gelegentlich stöhnte sie, dann hörte sie sich an wie ein erschöpfter Sportler oder ein verlassener Liebhaber.

Ihr Stöhnen erschreckte Werner. Er war nicht daran gewöhnt, daß seine Patienten Laute von sich gaben. Meist hingen sie an Beatmungsgeräten; der Schlauch, der den Sauerstoff von der Maschine zum Patienten leitete, ging in den Mund hinein, den Hals hinunter, an den Stimmbändern vorbei in die Lungen. Wenn der Schlauch erst einmal eingeführt war, konnten die Patienten nur noch lautlos mit den Lippen Worte formen, gestikulieren oder Notizen auf Blöcke kritzeln. Normalerweise kam nicht einmal mehr Gestikulieren in Frage, denn fast immer waren ihnen die Hände mit Baumwollfesseln an die Bettstangen gebunden, damit sie nicht an ihren Schläuchen herumzerren konnten. Jedes auch nur halbwegs wache Säugetier würde von einem Würgereflex geschüttelt, wenn ihm ein Schlauch vom Durchmesser einer dicken Zigarre in der Kehle steckte, und würde versuchen, den Fremdkörper bei der erstbesten Gelegenheit herauszureißen. Falls ein Schlauch aber in dieser Weise unbedacht entfernt wurde, mußte ein Team aus der Anästhesie angefordert werden, das ihn wieder neu anbrachte; außerdem fiel jede Menge Schreibkram an, denn man mußte dann erklären, wieso es dem Patienten überhaupt möglich gewesen war, den Schlauch zu entfernen – ganz zu schweigen von der Schweinerei, die weggeputzt werden mußte, falls mit dem Schlauch auch die Stimmbänder herauskamen.

Werner hatte ganz zu Beginn seiner Ausbildung bemerkt, daß beatmete Patienten sich häufig auf ihren Betten herumwarfen, gestikulierten und lautlose Worte an ihn richteten. In seiner Naivität hatte er Mitleid gehabt mit ihnen und ihrer verzweifelten Unfähigkeit zu kommunizieren. Er hatte ihnen die Hände losgebunden, ihnen Papier und Stift gereicht und geduldig gewartet, bis sie ihre Notizen hingekritzelt hatten. Er hatte ihnen zugeschaut, wie sie mit ihren Lippen mühselig Worte formten, Silbe für Silbe, und dabei zur Betonung jeden Vokal und jeden Konsonanten übertrieben. Und in der Tür der Kabine standen Assistenzärzte, die schon mehr Erfahrung gesammelt hatten, schauten auf die Uhr und forderten Werner mit einem Kopfrucken auf, sich endlich zum nächsten Patienten zu begeben. Doch Werners Mitgefühl war so leicht nicht auszutreiben.

Bei seinem ersten Beatmungspatienten hatte er für den Versuch einer Kommunikation mindestens eine Dreiviertelstunde aufgebracht. Es war ein aufgedunsener junger Hüpfer von Ende Sechzig gewesen, der seine Leberzirrhose dem Tageskonsum einer Literflasche Jim Beam über vierzig Jahre hinweg verdankte. Der Patient hatte Werner verzweifelt am Ärmel gezupft, mit Gesten um Papier zum Schreiben gebeten und um den Schlauch in seiner Luftröhre mit den Lippen emphatisch lautlose Worte gebildet. Werner war sich absolut sicher, daß dieser Mann eine Nachricht von ungeheurer Bedeutung mitzuteilen hätte, wenn sich nur jemand die Zeit dafür nahm. Mit Unterstützung der Stationsschwester war es Werner endlich gelungen, das Gekritzel zu entziffern. In hohen, zittrigen Lettern mit langen Verbindungsschnörkeln zwischen den Buchstaben und Wörtern, weil der Patient den Stift nicht vom Papier hatte hochheben können, stand dort zu lesen: »Dad ist nicht zu Hause.«

Bei ein paar weiteren Bemühungen dieser Art, bei denen sich Sterbende an Werners Ellbogen festgekrallt und ihm eindringlich signalisiert hatten, er möge sich näher zu ihren Schläuchen herabbeugen, damit er die Zischlaute von Lippen und Zunge vernehmen könnte, die unhörbare Vokale und Konsonanten formten, hatte Werner noch mehr dringliche Mitteilungen von ungeheurer Bedeutung entziffert. Ein 75jähriger Patient mit Aortenaneurysma wollte wissen, wo seine längst verstorbene Schwester seine Unterhosen hingelegt hatte. Ein Herz mit dem dritten Bypass sagte einfach nur: »Waffen.« Als Werner wiederholte: »Waffen?«, hatte das Herz heftig mit dem Kopf genickt und mit Daumen und Zeigefinger das Okay-Zeichen gemacht.

Selbst für einen Neuling wie Werner war bald nicht mehr zu übersehen, wie armselig die Resultate all dieses Lippenlesens und Zeichendeutens waren. Er erhielt nur selten eine Mitteilung, die überhaupt Sinn ergab, und wenn, dann war es mit Sicherheit ein Wunsch, den auch eine Krankenschwester hätte erfüllen können.

Bett Vier stöhnte erneut; und auf das Stöhnen hin stellte sich bei Werner ein unheimliches, ein glückliches Gefühl ein. Er beschloß, die Gesprächigkeit der Patientin zu nutzen.

»Hallo«, sagte er. »Wie geht's uns heute?«

Bett Vier starrte mit weit aufgerissenen Augen und offenstehendem Mund immer auf den gleichen Punkt an der Decke. Sie gehörte bestimmt nicht zu der Zielgruppe, die der lautlose Werbespot für Frühstücksflocken auf dem Fernseher über ihrem Bett ansprechen sollte.

Behutsam hob Werner eine der beiden Krallen, und als er einen Arm zur Seite bewegte, spürte er ihn erbeben wie die Flügel der sterbenden Vogeljungen, die er als Junge gefunden hatte. Er hob das Nachthemd von Bett Vier hoch und bewegte sein Stethoskop auf ihrem Brustkasten methodisch und aufmerksam auf und ab. In Momenten von besonders konzentriertem Lauschen hielt er inne und starrte ins Leere, schließlich streckte er den Arm aus und schaltete kurz die Geräte ab, die ihn beim Horchen störten. Er trat ans Fußende des Bettes und zog die Decke von ihren gelben Füßen. Mit dem Metallgriff seines Reflexhammers strich er über ihre Fußsohle, um ihren Babinski-Reflex zu testen.

Sie stöhnte von neuem, und ohne ihre nach hinten gekippten Augen von der Zimmerdecke zu nehmen, sprach sie ganz schlicht ein einziges Wort aus: »Doktor.«

Werner ging zum Kopfteil des Bettes und schaute in ihre ausdruckslosen Augen.

»Ja«, sagte er. »Ich bin Ihr Doktor.«

Bett Vier zog die Hand zusammen und starrte weiter die Decke an.

»Können Sie mich hören?« fragte Werner und berührte eine der Krallen. Er leuchtete mit der Taschenlampe in die Augen von Bett Vier, worauf die Patientin blinzelte.

»He, Stella«, rief Werner.

Stella eilte sofort herbei und drückte auf einen Schalter, so daß der Raum unter den starken Scheinwerfern an der Decke in grellstem Mittagslicht dalag.

»Stimmt was nicht?« fragte Stella. »Vor zehn Minuten war ihr Druck noch in Ordnung.«

»Das ist unglaublich«, sagte Werner, der sein Stethoskop wegsteckte und Stella mit dem Gummihammer leicht auf den Kopf klopfte.

»Stimmt was nicht?« fragte Stella noch einmal und musterte Bett Vier nach Anzeichen von neuem neurologischem Defizit oder Blässe. »Die Haut ist rosarot, und sie atmet.«

»Genau«, bestätigte Werner. »Ich kann Ihnen gar nicht sagen, was das für mich bedeutet«, sagte er, während er aus der Kabine hinaustrat und auf das Regal mit den Patientenunterlagen zusteuerte.

»Ihre Lungen sind frei«, sagte Werner. »Sie hat mich angesprochen – mit ›Doktor‹.«

»Das kann doch nicht wahr sein«, meinte Stella und warf einen ungläubigen Blick zurück in die Kabine.

»Es ist aber wahr«, sagte Werner. »Ich glaube, diese Frau wird es schaffen, lebend wieder aus der Intensivstation herauszukommen. Ich habe eine Patientin behandelt, die die Intensivstation allen Ernstes lebend verläßt und in eine medizinisch-chirurgische Abteilung verlegt wird! Das ist ein großes Ereignis! Vielleicht wird sie sogar ganz aus dem Krankenhaus entlassen!«

Bei Bett Sieben schrillte ein Alarm los. Stella vergewisserte sich mit hochgerecktem Hals, daß sich jemand anderer darum kümmerte.

»Na ja«, sagte Stella. »Nun übertreiben Sie mal nicht. Wenn sie ausgerechnet zu Ihnen ›Doktor‹ sagt, muß sie noch verdammt verwirrt sein.«

Werner schlug eine Mappe auf, winkte Stella zur Kaffeekanne hinüber und brachte mit einer raschen Drehung des Handgelenks einen Taschenrechner zum Vorschein.

Stella füllte zwei Plastikbecher mit schwarzem, nach Teer riechendem Kaffee. In ihren rührte sie Kaffeeweißer und Zucker. Werner bekam seinen schwarz.

»Haben Sie mal 'nen Blick auf die Familie bei Bett Fünf geworfen?« fragte Stella, während sie einen Knopf drückte und einen EKG-Streifen von den ziemlich ektopischen Zickzacklinien, die über den Bildschirm mit der Aufschrift »Bett 1« liefen, ausdruckte.

»Nein«, sagte Werner, der mit dem Überprüfen der ärztlichen Anweisungen von Bett Vier beschäftigt war. »Warum? Ist die dicke Dumme da, die immer unbedingt einen Arzt sprechen will?«

»Ob sie dumm ist, weiß ich nicht«, sagte Stella, »aber dick ist sie bestimmt nicht.«

Werner blickte durch das Glas der Kabine von Bett Fünf und sah das übliche Bild eines zugedeckten, auf dem Rücken liegenden Patienten. Doch außerhalb von dessen Blickfeld saß auf einem niedrigen Regal neben einem Stapel sauberer Bettlaken eine junge Frau. Ihre Augen waren in gespannter Aufmerksamkeit auf den Farbfernseher über dem Bett gerichtet; die Grün-, Blau- und Rosatöne der Werbesendungen flackerten über ihr ebenmäßiges Gesicht. Ohne den Blick von der Flimmerkiste zu nehmen, saugte sie an einem Strohhalm, der in einer Dose Diätlimonade steckte. Ihr Haar war in glänzenden Flechten nach hinten gekämmt und im Nacken zu einer Art Knoten gebunden; an den Schläfen kringelten sich gekonnt unordentlich ein paar wenige Locken. An einem gebräunten Ohrläppchen glitzerte ein goldener Ohrring in dem sanften Licht. Sie führte sich ein Alupapier an die Lippen und entfernte einen Kaugummi aus ihrem Mund. Ihr Nagellack war genau auf ihren Lippenstift abgestimmt.

Die synaptische Energie, die daraufhin sofort in Werners Zwischenhirn erzeugt wurde, löste eine kribbelnde periphäre Vaskularkontraktion in dem Organ aus, das er in seiner Freizeit zu erholsamen Beckenübungen benutzte. Ein Monitor ließ ein durchdringendes Piepsen hören und spuckte Stella und Werner ein paar Streifen mit Rhythmusstörungen entgegen.

»Wieder das gleiche Problem mit Bett Sieben«, informierte ihn Stella.

Gebannt betrachtete Dr. Werner Ernst das Gemälde, das vom Fenster von Bett Fünf gerahmt wurde. Die Komposition wurde beherrscht von der jungen Frau, deren Rock, Jacke und rosa Bluse im Todeslabor völlig deplaziert wirkten – es war, als hätte ein verrücktgewordener flämischer Meister einen geflügelten Engel des Portinari-Altars übermalt und durch ein Pinup-Mädchen in Spitze und Unterwäsche ersetzt. Hier war der Tod … und im Hintergrund, direkt über der Bildmitte, schwebte genau dort, wo in der »Allegorie vom Tode von Bett Fünf« der Engel hingehörte, ein Playboy-Häschen.

Stella zog eine 10-ccm-Spritze mit Kochsalzlösung auf und spritzte sie in ein Gefäß mit Dopaminen, schüttelte es und beobachtete, wie die Kammer sich wieder auffüllte. »Hübsches Ding, was, Wiener?« sagte Stella mit einer Bewegung ihrer Augenbrauen in Richtung von Bett Fünf.

»Reichen Sie mir die Unterlagen von Bett Fünf«, befahl Werner, der plötzlich mehr über die Krankengeschichte von Bett Fünf erfahren und das, was er bereits wußte, noch einmal mit Begeisterung rekapitulieren wollte.

Die rasche Durchsicht des sechsten Bands der Unterlagen von Bett Fünf bestätigte Werners Vermutung: Bett Fünf war ein klassischer Todeslabor-Fall. Ein 69jähriger Weißer mit multiplen Systemdysfunktionen. Nach den Papieren zu fragen, die über die Diagnose bei seiner Aufnahme im Krankenhaus Aufschluß gaben, wäre sinnlos gewesen, denn die ersten fünf Bände seiner Unterlagen waren schon vor langem ins Archiv geschickt worden. Und Werner wußte auch ohne Papiere, daß das größte Gesundheitsproblem von Bett Fünf sein Arzt war – der ehrenwerte Randolph Hiram Butz. Verantwortlicher Arzt von Bett

Fünf war nämlich der alkoholabhängige Autor des Standardwerks ›Die Grundlagen der Inneren Medizin‹; wenn auch die Kleinarbeit hauptsächlich von Werner erledigt wurde.

Stella konnte sich noch erinnern, daß man Bett Fünf einen Herzschrittmacher verpaßt hatte; sie erinnerte sich ferner an einen Gallenblaseneingriff und an Darmverengungen, die schließlich zu einer Kolostomie geführt hatten; an eine Amputation des linken Beins unterhalb des Knies wegen Faulbrand; an eine Nierendialyse, eine explorative Abdominaloperation und eine Kataraktoperation. Diese Maßnahmen waren sämtlich während des Aufenthalts von Bett Fünf auf der Intensivstation des neunten Stocks durchgeführt worden. Davor hatte er einige Zeit auf der Intensivstation im sechsten Stock gelegen, und nach Werners Informationen war ein Teil dieser Eingriffe dort schon einmal vorgenommen worden.

Mindestens die Hälfte der Funktionsstörungen von Bett Fünf hätte man früher als »iatrogen« bezeichnet und damit zum Ausdruck gebracht, daß es sich um Dysfunktionen handelte, die durch ärztliche Einwirkung verursacht waren. Die meisten Infektionen von Bett Fünf waren nach einem früher ebenfalls üblichen Begriff »nosokomial« – sie beruhten auf Bakterienarten, die nur in Krankenhäusern gediehen; Dutzende von Krankenschwestern, Technikern und anderen modernen Infektionsträgern übertrugen sie von Krankenbett zu Krankenbett. (Wie einer von Werners Hochschullehrern es ausgedrückt hatte: »Auf Intensivstationen florieren nur Keime, die nicht abgetötet werden können, und diese Superkeime florieren deshalb, weil die Antibiotika und Desinfektionsmittel alle sonstigen Konkurrenten vernichtet haben.«)

Es hatte einmal eine Zeit gegeben, in der die Ärzte ohne Risiko miteinander kommunizieren konnten, indem sie in den Unterlagen der Patienten Bemerkungen auf Griechisch oder Latein notierten; damals waren iatrogene – durch ärztliche Einwirkung verursachte – Dysfunktionen und nosokomiale – krankenhausbedingte – Infektionen häufig vorgekommen. Eine Behandlungsmaßnahme verursachte manchmal eine unerwartete iatrogene Störung, und schwerstkranke Patienten wurden zu einem idealen Nährboden für die Superkeime, die sich auf den Intensivstationen tummelten. Dann jedoch brachen die Zeiten an, in denen die Patientenunterlagen immer häufiger Anwälten in die Hände fielen, die ebenfalls Griechisch und Latein konnten, und daraufhin wurden die meisten iatrogenen Dysfunktionen und Nosokomialinfektionen dank der modernen Medizin plötzlich überwunden und besiegt – zumindest war das der Eindruck bei Durchsicht der Patientenunterlagen.

Das plötzliche Abebben dieser Art von Krankheiten und Dysfunktionen gab den Ärzten allerdings mitnichten Zeit, sich auf ihren Lorbeeren auszuruhen. Denn kaum waren die alten Leiden der Krankenhauspatienten bezwungen, da tauchten schon wieder neue auf. Die iatrogenen Dysfunktionen und Nosokomialinfektionen wurden abgelöst durch den plötzlichen Ausbruch einer Epidemie von »idiopathischen Dysfunktionen« – Dysfunktionen unbekannter oder spontan auftretender Ursache.

Bett Fünf war ein Musterbeispiel für diese neuen idiopathischen Dysfunktionen und Infektionen. Da Bett Fünf mehrere spontan auftretende Infektionen unbekannter Herkunft entwikkelt hatte, verdoppelte sich das bei ihm aufkreuzende medizinisch-technische Personal, denn nun mußte man ihm natürlich Blut-, Urin- und Sputumproben abnehmen, um die mysteriösen Bakterienarten zu kultivieren und zu beobachten. Und nach mehreren neuen Prozeduren tauchten idiopathische Nebenwirkungen auf, die wegen des Alters und des beeinträchtigten Immunsystems von Bett Fünf immer neue Komplikationen schufen.

Werner folgte Stella in die Kabine von Bett Fünf und gab sich alle Mühe, seinen Blick auf den Patienten zu konzentrieren.

Bett Fünf sah wirklich aus wie bloße fünfunddreißig Kilo – minus das Gewicht des fehlenden Beines, was immer es gewogen haben mochte. Unter einer Totenmaske aus trockener Haut war deutlich der Schädel zu erkennen. Der Beatmungsschlauch von Bett Fünf verlief nicht durch Mund und Luftröhre – der Arzt hatte ihm statt dessen ein Loch in den Hals geschnitten, damit der Schlauch direkt in die Lungen eingeführt werden konnte. Der kurze, weiße Schlauch wurde durch einen Stoffkragen gehalten und hing seinerseits an ein paar größeren, flexiblen Plastikschläuchen, die auf ein kastenförmiges schwarzes Beatmungsgerät mit Meßskalen, Kontrollämpchen und Flüssigkeitskristallanzeigen montiert waren. Das Beatmungsgerät hob und senkte die Brust von Bett Fünf mit einem rhythmischen pneumatischen Zischen. Mit jedem Atemzug der Maschine hob und senkte sich ein Blasebalg, der in ein Spirometer montiert war. Ein Gespinst von Infusionsschläuchen hing von Flaschen herab, sie waren mit Nadeln vorsichtig in seine Handgelenke eingeführt. Aus einem Nasenloch hing lose ein orangefarbener nasogastrischer Gummischlauch heraus, verschwand unter den Bettstangen und tropfte in eine große Glasflasche am Boden ab, wo eine quirlende Masse zusammenkam – aus Erbrochenem, Rotz, Medikamenten, geronnenem Blut und was sonst noch alles aus ihm abgesaugt wurde. Am Fuße des Bettes wand sich ein biegsamer, fleischfarbener Katheter aus dem Laken und entleerte sich in einen großen Kasten mit der Aufschrift »Urometer«; von dort tröpfelte trüber, dunkelbrauner Urin Tropfen um Tropfen in einen abnehmbaren Plastikbeutel. Auf einem kleinen Regal über dem Bett zeichnete ein Monitor die Herzschläge von Bett Fünf auf. Von dem Bildschirm hingen drei EKG-Elektroden wie drahtige Tentakel herab und machten an strategischen Punkten auf seiner nackten, vernähten Brust fest, wo sie sich mit ihren Saugfüßchen anklammerten wie kletternde Reptilien und geduldig auf den genauen Todesmoment warteten.

»Ich bin Felicia Potter«, sagte die schöne Frau.

»Ich bin Dr. Ernst«, antwortete Werner. »Nett, Sie kennenzulernen.«

»Kann mein Vater mich hören, wenn ich mit ihm spreche?« fragte sie.

Werner ging um das Fußende von Bett Fünf herum und sah nur mickrige zwei Kubikzentimeter dunklen Urins im Urometer. Er beobachtete den Herzmonitor, über den eine Runde ventrikularer Schläge zog.

Der weiße Kopf von Bett Fünf erzitterte und bebte leicht auf dem Kissen. Die blutigen Risse der Lippen waren mit Salbe betupft. Die langen Knochen seines Beins waren dünner als Werners Arme, bei der Kniescheibe wurden sie dicker und verjüngten sich dann wieder zu einem wadenlosen Schienbein bis zu dem gelben Klauenfuß.

Werner brauchte weder Krankengeschichte noch Unterlagen, um zu wissen: Wenn Bett Fünf überhaupt etwas hörte, dann das Blasen der Trompeten und das Heulen des Sturms in den schwarzen Löchern der Ewigkeit.

Werner kämpfte gegen den Impuls an, sich neben dem Engel niederzulassen, und setzte sich weiter weg, als er je zuvor von Familie Abstand gewahrt hatte. Er hielt eine Rede, die er schon viele Male gehalten hatte. »Was Ihr Vater hört oder nicht hört, vermag die medizinische Wissenschaft nicht zu messen. Wir können jedoch mit einem Elektroenzephalogramm, einem EEG, seine Gehirnwellen messen, und gewisse Arten von Gehirnwellen hat er noch immer.«

Werner führte das nicht weiter aus und verzichtete auf die Nebenbemerkung, daß selbst Meereswasser elektrische Aktivität erzeugt – wahrscheinlich sogar mehr elektrische Aktivität als die Ionen im Gehirn von Bett Fünf. Der Sinn seiner Rede bestand allein darin, der jungen Frau einen Begriff von der ungeheuren Komplexität der modernen Medizin zu vermitteln und ihr klarzumachen, daß nur außergewöhnliche Menschen wie Werner eine solch schwierige Materie zu begreifen vermochten.

»Ich sitze da und warte und warte«, sagte sie mit gebrochener Stimme und Tränen in den schönen Augen, »weil ich dasein möchte, wenn etwas passiert. Aber manchmal kommt's mir so vor, als wäre er schon fortgegangen.«

Werner beobachtete erneut den Herzrhythmus von Bett Fünf und wie der Blasebalg des Beatmungsgeräts sich hob und senkte. Einer Frau wie dieser mochte Werner nicht widersprechen.

An der Tür der Kabine erschien eine andere Frau. Ihr feistes Mondgesicht war gerötet, sie trug dunkle Kleidung und einen Schal, der offenbar ihre Fettleibigkeit verdecken sollte.

»Hi, Connie«, sagte die schöne Frau.

»Ist das dort der diensthabende Arzt?« fragte die Dicke.

»Dr. Ernst«, stellte Werner sich vor und schüttelte der Dicken die Hand, wobei ihm plötzlich bewußt wurde, daß er dem Engel in Unterwäsche nicht die Hand gegeben hatte – wahrscheinlich hatte er Angst gehabt, sie anzufassen. »Guten Abend. Oder vielmehr guten Morgen«, fügte er achselzuckend hinzu und sah auf seine Uhr.

»Ich bin Constance Potter«, sagte die Dicke.

Werner erkannte sie augenblicklich wieder als die Frau, die er vor ein paar Tagen mit einer Bibel in der Hand bei Bett Fünf beten gesehen hatte.

»Wie geht's Daddy?« fragte Connie und ließ den Blick von dem Engel zu Werner wandern.

Werner überlegte und schob die Unterlippe vor. »Seine Kaliumwerte haben sich gebessert.«

Der Engel schniefte in ein Taschentuch. »Ich kann es nicht ertragen, ihn so leiden zu sehen.«

»Mach dir keine Sorgen«, tröstete sie das Mondgesicht. »Es geht ihm wieder besser. Heute nachmittag hat er wieder meine Hand gedrückt. Ich weiß, daß er mich hören kann«, sagte sie und wandte sich Bett Fünf zu. »Nicht wahr, Dad?«

Die Dicke ging ums Bettgeländer herum. Als Werner das Gesicht von Constance Potter genauer betrachtete, wurde ihm klar, daß das aufgeschwemmte Gesicht nicht bloß auf Fettleibigkeit beruhte, sondern ein Anzeichen für das Cushing-Syndrom war, wahrscheinlich verursacht durch die Einnahme von Steroiden.

Sie nahm die skelettartige Hand von Bett Fünf in ihre rundliche Pfote. »Ich weiß, daß Daddy mich hört.«

Der Arm von Bett Fünf zuckte. Seine Finger schlossen sich einen Augenblick lang um die Hand der Frau.

»Sehen Sie«, sagte sie und zeigte Werner den rechten Metacarpus und die Fingerglieder.

»Sie könnten recht haben«, gab Werner höflich zu, »doch möglicherweise ist es auch nichts weiter als ein Zittern, wenn Sie fühlen, wie Ihr Vater Ihnen die Hand drückt – etwas, das wir Mediziner als Faszikulation bezeichnen. Ein Reflexspasmus. Sie werden bemerkt haben, daß er ziemlich viel zittert. Es ist daher schwer zu sagen, ob er Ihre Hand als Reaktion, als Antwort drückt oder nur ... faszikuliert.«

»Ich weiß, daß er mich hören kann«, beharrte die Frau. »Ich komm' nun schon seit Monaten jeden Tag her und sprech' mit ihm. Ein Drücken bedeutet: Ja. Kein Drücken bedeutet: Nein. Auf die Weise haben wir uns nach seiner ersten Operation verständigt. Und Sie wollen mir jetzt erzählen, daß das bloß eine Art von Krampf ist?«

Werner konnte sich nicht überwinden, ihr zu erklären, daß sie da eine Sprache geschaffen hatte, die nicht genügend Worte besaß.

3

Zweiundsiebzig Stunden später saß Werner vornübergebeugt auf dem Schleudersitz seines Kontrollturms im Herzen der Intensivstation des neunten Stocks – ein Fluglotse mit acht Maschinen in Warteposition, mit Flugplänen und Patientenunterlagen an der Hand. Die EKG-Monitore spuckten Herzrhythmusstörungen aus. Techniker in weißen Laborkitteln reichten ihm Computerausdrucke. Aus jeder der acht Kabinen riefen Krankenschwestern Laborergebnisse und Druckwerte herüber. Statt um zwei Uhr nachts eine richtige Pause zu machen, ließ er sich das Essen ans Schaltpult bringen: Gebäck aus dem Automaten mit einer Gummikugelfüllung von eingetrockneter Marmelade, gegrillte Mais-Chips, eine Cola.

Die Tagesschicht hatte Bett Eins gestern die Edelstahlklammern herausgerissen und ihn zu einer neuerlichen Überholung des Herzens nach unten in die Chirurgie gebracht. Dort wurde er geöffnet und das Bluten gestoppt; man frischte ihn innen auf, nahm ihm auf gut Glück die Milz heraus und heftete ihn wieder zu. Die Kosten für diese chirurgischen Eingriffe beliefen sich wahrscheinlich auf 15000 bis 20000 Dollar. Hinterher gelang es Bett Eins, für weitere sechsunddreißig Stunden Lebenszeichen von sich zu geben, bevor er, mit den Füßen nach vorn und mit Identitätsmarken am rechten Arm, linken Zeh und Torso aus der Intensivstation des neunten Stocks gerollt wurde.

Für Bett Eins war es ein Tag wie jeder andere – nur daß er kürzer war.

»Bett Eins ist während der Abendschicht von Harold abgeholt worden«, sagte Stella. Harold war der Pfleger der Leichenaufbewahrung im Krankenhaus.

»Oha«, sagte Werner. »Bett Eins ist tot? Das heißt, daß seine Familie eine Rückerstattung bekommt.«

»Rückerstattung?« Stella lachte.

»Klar«, sagte Werner. »Das ist eine neue Regelung, eine Art Geld-Zurück-Garantie. Wenn dir's nicht besser geht und du nicht wieder heimkannst, brauchst du deine Rechnung nicht zu bezahlen.«

»Das ist nur fair«, sagte Stella. »Wir könnten Harold den Scheck für die Angehörigen mitgeben, wenn er das nächste Mal kommt.«

»Eines Tages holt Harold jeden von uns«, entgegnete Werner. »Er wird auf einem Schimmel reiten und ein gräßliches Grinsen im Gesicht tragen. Der grimmige Leutnant ist unerbittlich.«

Harold war ein körperbehinderter Bauarbeiter, der seinen Job in der Leichenaufbewahrung haßte. Er hatte einen altmodischen Bürstenschnitt, der sein Haar mit dem spitz zulaufenden Ansatz steil in die Höhe steigen ließ. Er kaute unentwegt Tabak, den er dann in einen Plastikbecher vom Kaffeeautomaten ausspie. Meist machte er sich dabei nicht die Mühe, den Becher aus seiner Hemdtasche hervorzuholen – er senkte bloß das Kinn, schob die linke Schulter vor und spuckte in den Becher im Hemd. Wenn irgendwer das Gesicht verzog oder eine Bemerkung fallenließ, klopfte Harold auf den Becher und sagte nur: »Praktischer als direkt in die Hemdtasche.« Er hatte die Angewohnheit, zuerst einmal ordentlich zu fluchen und sich dann zu erkundigen, wer denn warum gestorben sei. »Wo ist der Patient ohne Puls?« pflegte er zu fragen, oder: »Wer muß hier mit 'ner Schippe ins Bett gebracht werden?« Spaß machte ihm an der Arbeit nur das Herausfinden der jeweiligen Todesursache – damit er darauf hinweisen konnte, in seiner Familie sei so eine Krankheit nie vorgekommen; und was ihn persönlich angehe, so sei er weder Raucher noch Trinker.

Wenn ein Patient gestorben war, so benachrichtigten die Krankenschwestern die zuständige Abteilung, und dann tauchte Harold auf, mit mürrischer Miene und einem Spezialwagen mit abnehmbarem Deckel und falschem Boden. Unter Mithilfe der Krankenschwestern legte Harold die Leiche in das rechteckige

Fach, schob den Deckel zu und deckte ihn mit einer Kunststoffdecke ab, so daß der Krankenwagen aussah wie ein harmloser Wäschewagen.

Harold haßte diese Spezialanfertigung. Früher war er mit einem einfachen, tragbahrenähnlichen Wagen gekommen, auf dem die Leichen bloß mit einem weißen Laken verhüllt lagen; manchmal lugten die Füße mit den Namensschildern heraus. In jener Zeit waren Krankenhausbesucher sofort ehrfürchtig still geworden, hatten Platz gemacht und mit großen Augen geschaut, wenn Harold mit seiner Fracht auf einem Krankenhauskorridor erschien. Und Harold hatte betont unbekümmert vor sich hingepfiffen, seinen Tabak gekaut oder gesummt, um den Zuschauern zu zeigen, daß ihm die toten Körper überhaupt nichts anhaben konnten.

Dann aber erwarb das Medical Center besagte Spezialanfertigung, und anstelle eines Pflegers, der furchtlos eine verhüllte Leiche über den Korridor schob, war nur noch ein ungehobelter Kerl mit einem Wäschewagen zu sehen. Manchmal befand sich Harold mit seinem Spezialwagen zufällig in einem Lift zusammen mit Besuchern, und es wurmte ihn, wie sie ungeniert Kaugummi kauten, die Namensschilder des Toten begafften oder einfach bloß so daherredeten. Dann hätte er am liebsten den Deckel hochgehoben oder zumindest den Umstehenden verkündet: »Da drin liegt 'ne Leiche. Macht mir überhaupt nichts aus. Stört es Sie?«

Für Werner bedeutete Harolds Auftauchen nichts als zusätzliche Arbeit. Wenn Harold während Werners Dienstzeit auftauchte, nannte Werner ihn jedesmal den bleichen Priester der Stummen oder den grimmigen Fährmann, von dem die Dichter singen. Harold nahm es übel, wenn man Bemerkungen über seinen Bürstenschnitt machte, und oft fragte er sich, ob er wohl damit durchkommen würde, wenn er ein paar dieser Klugscheißer von Assistenzärzten unbemerkt in seinen Leichenwagen steckte.

Werner lag ganz besonders daran, dem alten Mann in Bett Fünf Harolds Dienste zu ersparen. Obwohl Werner in der vergangenen Nacht dienstfrei gehabt hatte, hatte er Stella mehrmals angerufen und sich einen Lagebericht von Bett Fünf geben lassen. In der vorhergehenden Dienstschicht waren Herzrhythmusstörungen aufgetreten, und der Gedanke, Bett Fünf könne sterben, bevor Werner seinen Engel näher kennengelernt hatte, löste bei ihm prompt sympathetische Herzrhythmusstörungen aus. Werner wollte sich nicht darauf verlassen, daß der diensttuende Krankenhausarzt dem Patienten in Bett Fünf die erforderliche Aufmerksamkeit widmete; also setzte er vor dem Schlafengehen Stella auf die Sache an und gab ihr Anweisung, ihn bei den ersten Anzeichen von Komplikationen zu wecken.

Sobald Werner wieder selbst am Schaltpult saß, betraute er den Pfleger, den er nur als »Poindexter« kannte, mit der Aufgabe, die ganze Nachtschicht hindurch über Bett Fünf zu wachen.

Poindexter war ein blasser, bebrillter Homunculus, der seine Krankenhausuniform mit der Innenseite nach außen trug. Sein Gesicht wies Haarbüschel auf, die nie wie ein richtiger Bart wirkten. Seine Brillengläser waren so dick, daß er wie ein exophtalmisches Wesen der Meerestiefe wirkte, wie eine Muräne oder wie J. R. R. Tolkiens Gollum. Er war dauernd mißmutig und blühte nur auf, wenn er zur Arbeit einen Raum mit einem Patienten betrat, der an Unmengen von Maschinen angeschlossen war. Poindexter war ein lebender Beweis dafür, daß gute Patientenpflege wesentlich auf dem Sammeln und Analysieren relevanter Daten beruhte; er war nämlich dafür berühmt, daß unter seinen Händen noch nie ein Patient gestorben war. Zwar mochte gelegentlich ein Patient zehn Minuten, nachdem Poindexter das Krankenzimmer verlassen hatte, gestorben sein; doch niemals in seiner Gegenwart. Mit der entsprechenden technischen Ausrüstung konnte Poindexter eine Leiche tagelang am Leben halten.

Es war Jahre her, da hatte ein Patient während Poindexters Mittagspause tatsächlich einmal den Blau-Code ausgelöst. Diesen Code-Alarm und Beinahe-Todesfall hatte Poindexter als solch große Gefährdung seines guten Rufs empfunden, daß er sein Essen seither stets mitbrachte und während der Mahlzeiten und Pausen im Kaffeeraum der Intensivstation blieb, um alle paar Minuten hinausrennen und die Monitore überprüfen zu können.

Jetzt kam Poindexter alle ein bis zwei Stunden mit Computerausdrucken von Bett Fünf, welche die graphischen Kurven der

Herzleistung des Patienten, relative Körperflüssigkeit, Urinproduktion, Druck der Zentraladern, Lungenkeildruck und verschiedene Labor-Ergebnisse zeigten. Die Zahlen tippte Poindexter in den Laptop ein, den er immer bei sich hatte, und ließ sie ausdrucken; alle Streifen mit relevanten EKG-Kurven oder Druckkurven waren fein säuberlich angeheftet.

»Ich kriege da auf meinem Swan ein paar merkwürdige Formationen«, sagte Poindexter und reichte Werner einen Papierstreifen mit graphischen Kurven.

»Erhöhen Sie sein Dopamin, warten Sie eine Stunde und bringen Sie mir dann noch so einen Streifen. Okay?« sagte Werner.

Daß Werner Poindexter so mir nichts dir nichts Bett Fünf zugeteilt hatte, kam bei der Nacht-Oberschwester Martha Henderson gar nicht gut an. Auf ihrer Station hatte nur sie und nicht irgendein rotznasiger Assistenzarzt über die Arbeitszuteilung des Pflegepersonals zu entscheiden. Prompt stampfte sie aus ihrem Dienstzimmer schnurstracks auf Werner zu – sie wollte die Gelegenheit nutzen, dem diensttuenden Krankenhausarzt ein paar Dinge klarzumachen, bevor er sich bei abgeschaltetem Piepser heimlich irgendwo aufs Ohr legte.

Werner versuchte sich in den Unterlagen von Bett Fünf vor der nahenden, unförmigen, rosigen Fleischmasse in Weiß zu verstecken, die offiziell Oberschwester Martha Henderson genannt wurde. Werner mied ihren vorwurfsvollen Blick; es fiel ihm schwer, den Spitznamen zu verdrängen, den ihr das Personal der Intensivstation verliehen hatte – der Hippopanz.

Martha donnerte in seine persönliche Sphäre hinein wie ein Lieferwagen des Gerichtsvollziehers zum Abholen gepfändeten Guts in die Hauseinfahrt. Während er in der Akte von Bett Fünf Eintragungen vornahm, schlich sie mit verschränkten Armen um ihn herum. Sie stampfte erst mit einem Fuß auf den Boden, dann mit dem andern, was höchst lachhafte Schwingungen in ihrem Körper auslöste, von ihren massigen Schenkeln bis hoch zu ihren ungestalten Zwillingsknollen. Um ihren Hals hing an einer Kette eine Pierre-Cardin-Brille, die in den Gefilden ihres wogenden Brustansatzes baumelte – bis sie sie herausfischte und drauf herumkaute.

»Haben Sie die Blutzuckerwerte von Bett Acht gesehen?« fragte sie in einem tiefen Baß.

»Jawohl, ich habe die Blutzuckerwerte von Bett Acht gesehen«, murmelte Werner. »Und Sie?«

»Selbstverständlich habe ich sie gesehen«, bellte Martha. »Sonst würde ich ja nicht fragen, ob *Sie* sie gesehen haben.«

»Nun«, erwiderte Werner, »selbstverständlich hatte ich sie gesehen, sonst würde ich ja nicht fragen, ob *Sie* sie gesehen haben. Also, an *Ihrer* Stelle würde ich ihm jetzt vierzig Einheiten Insulin verabreichen und im übrigen noch mal eine Blutprobe ins Labor schicken. An *Ihrer* Stelle würde ich mich wie eine Krankenschwester verhalten und nicht den Arzt spielen, und ich an *Ihrer* Stelle würde auch keine Anweisungen ausgeben, es sei denn, daß ich um meine Meinung gebeten würde.«

»Haben Sie in letzter Zeit mal einen Blick auf Bett Sechs geworfen?« fragte sie giftig.

»Stellen Sie schon mal den Notwagen aufs Zimmer und beten Sie, daß die Patientin durchhält, bis wir sie auf die Tagschicht abladen können.«

»Bett Sieben?«

»Einfach eine Leiche«, erklärte Werner. »Kein Codefall.«

»Haben Sie das mit Dr. Butz abgeklärt?« fragte sie.

»Dr. Butz ist zur Zeit nicht anwesend«, erwiderte Werner. »Legen Sie vielleicht Wert darauf, ihn anzurufen?« Das war eine bloße Finte, denn Dr. Butz war dafür bekannt, über Telefon besoffene, schwachsinnige Anweisungen zu geben, Medikamente in letaler Dosierung zu verschreiben und am nächsten Morgen bei Dienstantritt im Krankenhaus zu bestreiten, überhaupt mit irgendwem gesprochen zu haben. Stella rief Dr. Butz nie an, ohne daß jemand am andern Apparat als Zeuge mithörte.

»Laborergebnisse für Bett Fünf«, maulte Martha und reichte Werner einen Ausdruck. »Ich glaube, wir müssen jetzt doch etwas aggressiver rangehen, wenn wir nicht total die Kontrolle verlieren wollen.«

»Jawohl, Doktor Henderson«, sagte Werner. »Lassen wir unseren Aggressionen freien Lauf, richten wir sie am besten gleich direkt gegen die Patienten.«

Martha gab sich größte Mühe, mit Eleganz auf dem Absatz kehrtzumachen und in Richtung Dienstraum abzurauschen, was jedoch mißlang – das Ganze sah eher nach einer Pirouette aus dem Eisbärenballett aus.

Während Poindexter Bett Fünf im Auge behielt, bewachte Werner mit Argusaugen die automatische Glastür. Er wartete darauf, daß Felicia Potter wiederkam. Jedesmal wenn die Tür aufging, stieg Werners Stoffwechseltätigkeit an und erzeugte jene Form von innerer Hitze, die von medizinisch unqualifizierten Menschen irrtümlicherweise oft als Begehren gedeutet wird. Doch der Engel kam nicht, und Werner war versucht, im Besucherraum nach ihr zu suchen – was für einen diensttuenden Krankenhausarzt allerdings purer Wahnsinn gewesen wäre, denn dort wäre er augenblicklich von der verzweifelten Familien-Hydra umzingelt worden, von einem Chor verstörter Häupter, die ihn um Informationen über ihre Lieben angefleht hätten.

Von seinem Schaltpult aus konnte Werner durch die Glastüren die schummrigen Korridore des neunten Stocks überblicken, bis zum breiten Lichtstrahl, der aus dem Besucherraum hereinfiel. Forschenden Blickes verfolgte Werner jede Person, die auf der Suche nach Zigaretten und Kaffee aus diesem Raum schwankte, jeden Sohn, jede Tochter, die betäubt und leiderfüllt, in Bittgebeten und Ängsten verloren, nach einem Getränkeautomaten oder Münztelefon suchte. Bis sich, endlich, aus einer schattenhaften Gruppe von Angehörigen eine Gestalt löste und Werner die Silhouette erkannte, die ihn während der letzten zwei Tage verfolgt hatte, die voll aufgeblühten, schaukelnden Brüste über einer traumhaften Taille und kurvenreichen Hüften.

Gebannt beobachtete Werner ihren Gang. Fast konnte er den elementaren Rhythmus der aktiven Muskeln ihres Beckengürtels hören, er lauschte auf den Klang der Bewegungen ihrer verhüllten Körperteile, die verführerische Melodie ihres Gangs, das Hauptthema ihrer Hüften, das Leitmotiv dieser ›Symphonie Fantastique‹ ... Und sich selbst empfand Werner als den betörten Dichter, dem diese Erscheinung den Schlaf geraubt hatte und der nun, ganz unverhofft, am andern Ende des gedrängt vollen

Ballsaals einen Blick von ihr erhaschte. Es genügte ihm nicht, die Musik zu hören; er wollte das Instrument spielen.

Wenn er ihr anderswo begegnet wäre, auf einer Hochzeit oder einer privaten Party, dann hätte es ihn vielleicht weniger stark getroffen. Hier aber deckte sie die schreckliche Dissonanz auf zwischen der Arbeit, die er ausübte, und dem Leben, zu dem er berufen war. Die Medizin war sein Job; seine Bestimmung jedoch die romantische Liebe.

Ach, die Kultur der westlichen Welt hatte sich auf eine erbärmliche Weise entwickelt, und Werner war ausgerechnet in eine Zeit hineingeboren, in der von romantischer Liebe niemand leben konnte. Das Wertesystem dieser Gesellschaft war total im Eimer. Anwälten, Ärzten, Buchhaltern, Raketeningenieuren, Börsenmaklern, Chemikern und Sportlern bot das moderne Wirtschaftssystem reichen Lohn; einem liebeskranken Verehrer dagegen bot es überhaupt keine Chance.

Die automatische Tür schwang auf. Abrupt wandte sich Werner wieder dem Schaltpult und den Monitoren zu und tat, als rätsele er über einem Herzrhythmus, der in Wahrheit seit Wochen unverändert war.

»Dr. Ernst?«

»Ja«, erwiderte er, und es gelang ihm nicht wirklich, Überraschung vorzutäuschen. »Was kann ich für Sie tun?«

»Es ist wegen meinem Vater«, sagte sie und deutete mit dem Kopf in Richtung Bett Fünf. »Ich …« Aus dem einen Augenwinkel rutschte eine Träne.

Ihr Gesicht war unbeschreiblich, so glatt und ebenmäßig, so makellos – es hätte aus Wachs oder Kakaobutter gegossen sein können. Werner hatte Sorge, daß die Träne ihre Wange beschädigen und eine bleibende Spur hinterlassen könnte.

Sie öffnete ihre Handtasche und nahm ein Taschentuch heraus, dabei verlagerte sich ihr Gewicht, und sie präsentierte das Hauptmotiv der Hüften in dem kastanienbraunen, enganliegenden Kleid auf ganz neue Art. Da schimmerte ein sonnengebräuntes Knie in hauchdünnem Silbernylon auf, es glitt aus einem Schlitz im Rock hervor, gerade weit genug, um das zu enthüllen, was er üblicherweise als *vastus lateralis* bezeichnete – in diesem

Fall war es ein warmes Stück vom Oberschenkel, abwärts ein Knie mit Grübchen und die Wadenkurve bis hin zu farblich genau abgestimmten kastanienbraunen Schuhen mit hohen Absätzen. Als seine Augen wieder zu ihrem Gesicht hochwanderten, kam sein Blick zwangsläufig auf ihrem Dreh- und Angelpunkt zu liegen; er hätte nur eine Stütze gebraucht, um sie ganz langsam nach hinten zu kippen, auf den Rücken …

Werner spürte die fragenden Blicke des Personals, die auf ihr und ihm ruhten. Solche Fälle von läppischer Weinerlichkeit wurden von den Ärzten üblicherweise an eine Schwester oder einen Mitarbeiter der Seelsorge delegiert. In der Betreuung von Angehörigen waren Ärzte nur zuständig für die Bekanntgabe eines Todesfalls, des unerwarteten Endstadiums einer Krankheit oder für Vorkommnisse blanker Hysterie. Es würde wahrscheinlich nicht eben korrekt wirken, wenn er diese Frau in ein Besprechungszimmer oder den Kaffeeraum begleiten würde, bloß weil sie ein bißchen herumschniefte und ein Taschentuch zog.

»Ich kann da einfach nicht mehr rein«, sagte sie und schwenkte ihren Kopf zu Bett Fünf. »Ich ertrag's nicht mehr, ihn anzusehen. Wer weiß denn, was er fühlt? Er könnte Schmerzen leiden, und ich würd's nie erfahren.«

Mehr Tränen, die mattgraue Bäche von Wimperntusche nach sich zogen. Sie begann zu zittern und zu schluchzen. Konnte das als Frühstadium einer inneren Erregung gedeutet werden, die eventuell in einen Anfall von Hysterie münden würde? Jetzt durfte er wahrscheinlich doch rasch mit ihr in den Kaffeeraum entschwinden, ohne Verdacht zu erregen.

»Hätten Sie vielleicht gern einen Kaffee?« fragte Werner.

Genau in diesem Moment erschien der Hippopanz auf der Bildfläche. Die Oberschwester betrachtete es als ihre Pflicht, wieder einmal einen lästigen Familienangehörigen aus dem Wege zu schaffen, und rückte Felicia zu Leibe. Werner winkte mit einer energischen Geste ab.

»Doch, ja, sehr gern«, sagte Felicia und verschmierte mit ihrem zerknüllten Taschentuch noch ein paar Tränen mehr.

Der Hippopanz und die Schwester mit der eckigen Brille wechselten vielsagende Blicke.

Als Werner sie schließlich ins Kaffeezimmer gelotst hatte, weinte sie sich erst einmal richtig aus. Er spürte, wie sich ein Rest von Mitleid in ihm regte. Er hatte schon so viele Menschen weinen sehen, daß er Tränen nur noch als einen Reflex deutete, so wie Rülpsen oder Gähnen, wie Husten oder Schluckauf. Wenn Leute in der Öffentlichkeit trauerten, empfand er das mittlerweile als eine Form von schlechtem Benehmen, so als vollführe die weinende Person vor einem unfreiwilligen Publikum ihre ganz persönliche Körperpflege.

Das Kaffeezimmer war eine kleine Küche neben dem Medikamentenraum, mit Frühstücksbar, Theke und Barhockern, alles kunststoffbezogen. Werner rückte ihr einen Stuhl zurecht, fiel wegen ihres Parfums kurz in ein Delirium und nahm ihr gegenüber Platz. Unter den gegebenen Umständen wäre es für einen besonders mitfühlenden Arzt wahrscheinlich vertretbar, eine nahe Verwandte eines Patienten zu berühren, um sie in ihrer Verzweiflung zu trösten. Doch die Felicia umgebende Atmosphäre war so stark mit Orgon-Energie oder irgendeinem anderen verdammten Zeug aufgeladen, daß ihm eine Berührung gefährlich erschien – wie bei einer herunterhängenden Überlandleitung.

»Ich komme mir so dumm vor«, sagte sie und ließ noch ein paar Tränen fließen.

»Völlig unnötig«, sagte Werner, berührte sie nun doch am Ellbogen – und überlebte. »Wenn einem etwas Schreckliches widerfährt, ist man erschüttert. Ich habe es tausendmal miterlebt.«

Weitere Absonderungen der Tränendrüsen. Werner griff nach der Kleenexpackung.

»Ich kann nicht schlafen«, heulte sie. »Ich kann mich nicht entspannen. Ich bin erschöpft. Ich bin erschöpft, kann aber nicht schlafen«, sagte sie. »Macht das Sinn?«

In dem Punkt hätte Werner gleich einstimmen können: *Kein Schlaf? Erschöpfung? Da hätten wir zwei uns aber eine Menge zu erzählen.*

»Ich hab' so schon genug Probleme mit der Gesundheit, und weil ich nicht richtig schlafe und esse, kommen alle wieder zurück.« Ein umwerfender feuchter Blick suchte seine Augen. »Sie sind Arzt, da wissen Sie doch, wie wichtig es ist, daß man richtig ißt und schläft.«

»Selbstverständlich«, erwiderte Werner. Von dem Gebäck mit der eingetrockneten Marmelade und den Mais-Chips sagte er lieber nichts.

Neuerliches Weinen, jetzt von der geschmacklosen Sorte, bei der der ganze Körper bebte und bei der Werner sonst oft auf die Idee kam, Mittagspause zu machen. Bis er zurück war, hatten die Angehörigen sich gewöhnlich wieder so weit im Griff, daß sie sich auf medizinische Sachfragen beschränkten.

»Wie sind die Chancen, daß es meinem Vater irgendwann wieder bessergeht?« fragte sie.

Er hatte sich angewöhnt, derartige Fragen strikt wörtlich zu nehmen. Mochte sie auch noch so klein sein – eine Chance der Besserung bestand immer. Wenn nicht gerade eine wichtige Entscheidung über eine neue Behandlungsmaßnahme anstand, war es jedoch am besten, nicht genauer zu werden und einfach zu erklären, daß die Chancen gut oder daß sie schlecht seien.

»Statistiken haben nur in bezug auf *Gruppen* Bedeutung«, erklärte Werner. »Wenn ich Ihnen nun mitteilen würde, daß Ihr Vater eine 99prozentige Chance auf Genesung hat – was dann? Da wären Sie froh und ganz erleichtert, zumindest für eine Weile. Was aber, wenn sich letztlich herausstellen würde, daß Ihr Vater zu dem einen Prozent der Patienten gehört, die eben nicht wieder gesund werden? Würde Ihnen das die erste Prognose in einem positiven Licht erscheinen lassen?«

»Ja«, sagte sie zögerlich, während sich in einem Grübchen ihres Kinns eine verirrte Träne verlor. »Was ist, wenn er bloß eine Chance von einem Prozent hat, daß es ihm wieder besser gehen wird?«

»Sehr hoch stehen die Chancen für ihn nicht«, sagte Werner, »aber bestimmt höher als ein Prozent.« In Gedanken fügte er hinzu: *Vielleicht zwei Prozent? Wie klingt das?*

»Okay«, sagte sie. »Könnten Sie mir das mit diesem Schlauch erklären, den man in ihn reinstecken will?«

»Eine Gastrostomie«, sagte Werner. Das war zwar nur geraten, doch er war sich absolut sicher, daß Bett Fünf alle sonstigen

Arten von Schlauch bereits eingeführt bekommen hatte. »Sie dient dazu, ihn mit Essen zu versorgen, mit Nahrung. Sie wissen ja, daß wir ihn im Augenblick durch die Nasensonde ernähren; die haben Sie bestimmt in seiner Nase bemerkt. Diese Methode hat nur ein Problem: Weil der Schlauch durch den Hals in den Magen führt, kann sich ein Rückfluß in die Lungen ergeben. Und wenn die Nahrungslösung in die Lungen gerät, verursacht sie Lungenentzündung.«

»Ja«, sagte sie, »das hat er schon mal gehabt.«

»Wir haben ihm auch schon parenterale Nahrung gegeben – ein Nahrungskonzentrat, das intravenös zugeführt wird. Das ist allerdings sehr teuer, über dreihundert Dollar pro Fläschchen, und außerdem kann es nicht für unbegrenzte Zeit verwendet werden. – Eine Gastrostomie ist ein kleiner Einschnitt, hier, im Abdomenbereich«, erklärte Werner und deutete an seinem eigenen Leib auf den linken Oberbauch. »Solch ein Einschnitt erlaubt es uns, dem Magen die normalen Nahrungslösungen direkt zuzuführen, ohne Umweg über die Luftröhre. Daher kann von der Lösung auch nichts in die Lungen des Patienten gelangen.«

»Also«, sagte sie weinerlich, »er kann nicht essen. Richtig? Er kann nicht trinken, stimmt's? Er kann nicht atmen, das Atmen besorgt ja die Maschine für ihn. Er kann nicht laufen, oder? Er kann nichts sehen, denn er hat ja die Augen geschlossen, nicht wahr? Und wegen dem Beatmungsgerät kann er auch nicht sprechen.« An den geröteten Augenrändern bildeten sich neue Tränen. »Was bleibt ihm überhaupt noch? Dabei war er mal Sportler!«

Vor Werners geistigem Auge zogen Bilder von Bett Fünf in jungen Jahren vorbei. Vom jungen Bett Fünf mit seiner Frau auf einem großen Ehebett. Wie sie es miteinander trieben. Seine Brust war dicht behaart, die Haut von einer gesunden Farbe, schweißglänzend und gut durchblutet, das Blut leuchtend rot von Sauerstoff, der Muskeltonus einwandfrei; die Nagelbetten waren rosa, die Pupillen waren zielgerichtet und wach und reagierten beide prompt auf Licht; die Darmgeräusche waren deutlich vernehmbar, die Brust frei zum Abklopfen und Abhören, die externen Geschlechtsorgane erigiert und innerhalb der normalen Größenskala, der Schließmuskeltonus normal ... Der junge Mann von Bett Fünf erreicht mit seiner Frau den Höhepunkt, während sie einander in die Augen schauen. Anschließend füllt Bett Fünf zwei Gläser mit einem kaltgestellten Chardonnay; der Wein leuchtet im Frühlingssonnenlicht. Das Zimmer ist weiß, unter der Zimmerdecke surrt ein weißer Ventilator leise vor sich hin. Die Verandatür führt hinaus auf einen Balkon, die Maibrise bauscht die Vorhänge. Bett Fünf und seine Frau kichern, wischen sich mit den Laken ab, füllen ihre Lungen mit Luft, lachen ...

»Beim Durchsehen der Unterlagen ist mir aufgefallen, daß hinsichtlich der Gastrostomie keine Einigkeit unter den Angehörigen besteht«, sagte Werner, um das Gespräch ein wenig zu steuern.

»Richtig«, sagte sie. »Weil meine Halbschwester Connie nämlich Mühe hat, die Realität zu akzeptieren. Sie will das Ganze so lang wie möglich hinauszögern, auch wenn mein Vater dabei nur noch mehr leiden muß.«

Im Vergleich zu anderen Familienangehörigen bewies sie bemerkenswertes medizinisches Verständnis.

»So einfach ist das nicht«, wandte Werner ein. »Einerseits ist die Wahrscheinlichkeit nicht sehr hoch, daß Ihr Vater sich wieder erholt. Andererseits ist aber eine Heilung nicht völlig ausgeschlossen, und deshalb würden viele Ärzte, so wie Dr. Butz – aber das wissen Sie ja –, Ihren Vater auch weiterhin aggressiv behandeln. Die Ärzte haben schon Patienten in noch schlimmerer Verfassung erlebt, die wieder gesund aus dem Krankenhaus entlassen wurden.«

Davon war Werner immerhin hinreichend überzeugt, um nicht das Gesicht zu verziehen. Rein theoretisch war es ja auch nicht falsch.

»Das ist die Meinung von Dr. Butz«, sagte sie. »Wie denken *Sie* darüber?«

»Nun.« *Ich denke,* dachte Werner, *wir sollten Harold rufen lassen, damit er Bett Fünf mit einem Namensschild versieht und abholt. Und anschließend führe ich eine entspannende Becken-*

exploration durch, bei der wir beide das Bett sinnvoll nutzen können. »Dr. Butz und ich bilden ein Team«, erklärte er. »Wir besprechen uns miteinander wie auch mit den Angehörigen, um für die Vorgehensweise Übereinstimmung zu erzielen.«

»Sie hören mir überhaupt nicht zu«, unterbrach sie ihn und wandte ihm offen ihr Gesicht zu, das ganz naß und verschwollen war. Es kam ihm vor wie ein zerquetschtes Blütenblatt. »Ich hab' Sie nach *Ihrer* Meinung gefragt!«

»Zur Gastrostomie?« fragte Werner.

»Über den Zustand meines Vaters.«

»Ihr Vater ist lebensgefährlich krank«, sagte Werner. »Deshalb müssen wir Schritt für Schritt vorgehen. Im Augenblick muß entschieden werden, ob wir bei ihm als nächstes eine Gastrostomie durchführen. Manche Ärzte würden geltend machen, daß Ihr Vater durch diese Art der künstlichen Ernährung nur auf unbestimmte Zeit am Leben erhalten und sein Sterbeprozeß verlängert wird. Andere Ärzte würden wiederum nicht minder überzeugend so argumentieren, daß Ernährung keine medizinische Behandlung darstellt und daß die Versorgung seines Körpers mit Nährstoffen ihm die nötige Kraft geben könnte, um gesund zu werden. Wenn dem Körper Nährstoffe fehlen, kann er weder Infektionen bekämpfen noch sich selbst heilen. Ich weiß nicht, was richtig ist. Im Augenblick können und müssen wir unsere Entscheidung allein anhand der uns zur Verfügung stehenden Informationen treffen.«

Sie hielt ein paar Tränen zurück und verschmierte mit dem Papiertaschentuch ihr Augen-Make-up noch ein wenig mehr. »Irgendwer hat mir gesagt«, erklärte sie, »daß man so einen Schlauch, wenn er erst mal eingeführt ist, überhaupt nicht mehr rausnehmen darf, selbst wenn man das wollte, außer man bringt die Sache vor Gericht. Ist das wahr?«

Alle Alarmsignale blinkten. Hier war ein Anwalt im Spiel. Und ihrer Garderobe nach zu urteilen, mußte es ein guter Anwalt sein. Werner hätte sich am liebsten dafür geohrfeigt, daß er den Mund aufgemacht hatte. Da hatte er drauflos geplappert, war versucht gewesen, ihr zu sagen, wie er wirklich über die Sache dachte, und war fast so etwas wie ihr Verbündeter geworden

– nur um dann plötzlich festzustellen, daß sie sich mit einem Anwalt beraten hatte!

»Wenn es eine Frage von Nahrung und Wasser ist«, sagte Werner und verschanzte sich nun wieder ganz hinter den üblichen Krankenhaustaktiken, »dann irren wir lieber in dem Sinne, daß wir den Patienten damit versorgen, als daß wir es ihm entziehen. Eine Inanspruchnahme von Gerichten ist unnötig, außer wenn hinsichtlich der weiteren Pflege des Patienten völlige Uneinigkeit herrscht. Es ist wirklich am besten, wenn das unter den Ärzten und Familienmitgliedern geklärt wird.«

»Wenn nun aber ein Familienmitglied ein Idiot ist?« fragte sie, während sie in ihre Handtasche langte und ein Zigaretten-Etui herausfischte.

»Menschen sind sich zunächst oft uneinig«, sagte Werner in aufmunterndem Ton, »mit der Zeit finden sie dann aber doch zu einer gemeinsamen Entscheidung.«

»Und währenddessen«, sagte sie und nahm eine lange, elegant dekorierte Zigarette aus dem Etui, »soll ich den ganzen Tag über in dem Bewußtsein leben, daß mein Vater hier … leidet.« Sie hielt beim Anzünden ihrer Zigarette inne, als ein neuerlicher Tränenansturm ihr Gesicht rötete und näßte.

»Seit sechs Monaten liegt er jetzt schon auf der Intensivstation. Und seit seinem Schlaganfall ist er so gut wie im Koma. In den ersten zwei Wochen haben wir mehr oder weniger im Besucherraum kampiert, seither sind wir ihn täglich besuchen gekommen. Wie lange soll das noch so weitergehen? Ich bleib' die ganze Nacht wach und zerbrech' mir den Kopf: Kann ich denn nicht irgendwas tun, um ihm zu helfen? Hätte ich bei ihm im Krankenhaus bleiben sollen? Soll ich versuchen, mit ihm zu reden, oder ist er schon tot? Hat es Sinn, daß ich ihn besuche? Weiß er denn überhaupt, daß ich da bin, wenn ich ihn besuchen komm'? Ist das da drüben überhaupt noch er? Oder ist er längst im Himmel?«

Sie zündete die Zigarette an und paffte. Ihr Lippenstift hinterließ auf dem schneeweißen Filterpapier einen rötlichbraunen Abdruck. »Ich brauch' meinen Schlaf«, sagte sie abwesend und ließ noch ein paar Tränen mehr auf die Theke tropfen. »Wenn das noch lang so weitergeht, werd' ich wieder krank.«

Hör zu, dachte Werner, *Schlaf brauchen wir beide. Hm? Wie wär's, wenn wir das gemeinsam angingen? Das wäre doch eine gute Lösung. Wir könnten* zusammen *schlafen.*

Werners Pieper ertönte, mit dem Hinweis, daß Familie von Bett Fünf ihn sprechen wollte.

»Das ist Connie«, sagte Felicia. Sie holte eine Puderdose hervor und begutachtete die Flutschäden. »Ich hau ab.«

»Moment mal«, sagte Werner. »Warum sprechen wir die ganze Sache nicht mit ihr zusammen durch?«

»Klar!« sagte sie und drückte ihre stilvolle Zigarette im Glasaschenbecher aus. »Bis dann.«

Werner blieb stehen, wo er war, um sie beim Fortgehen beobachten zu können – wie unter dem kastanienbraunen, enganliegenden Satin ihre Pomuskeln spielten.

»Werden Sie morgen da sein?« fragte sie, als sie die Hand auf den Türknauf legte.

»Die ganze Nacht, den ganzen Tag, bis abends um sechs«, sagte Werner. »Aber vor Mittag brauchen Sie gar nicht erst zu versuchen, mich zu erreichen. Morgens geht es hier immer chaotisch zu.«

Der Hippopanz lieferte die zweite Tochter von Bett Fünf ab. Werner streckte die Hand nach der Kaffeekanne aus.

»Was kann ich für Sie tun?« fragte er.

Anders als zuvor hatte Connie ihr Mondgesicht heute geschminkt. Werner konnte sehen, wo die bräunlichen Streifen endeten und der weiße Speck ansetzte. Sie trug ein anderes, aber wiederum schwarzes Kleid und jede Menge Schmuck, darunter auch dicke, breite Goldarmreife, die ihre Hände nicht gerade kleiner machten.

»Ich dachte, meine Schwester wäre hier bei Ihnen«, sagte sie.

»War sie auch«, antwortete Werner. »Sie mußte aber fort.«

»Haben Sie mit ihr über die Behandlung meines Vaters gesprochen?«

»Wir haben über die Frage einer Gastrostomie geredet«, sagte Werner.

»Bei Entscheidungen über die Pflege und Behandlung meines Vaters hat sie nicht mitzureden«, sagte Connie. »Als er so krank war, daß er sich nicht mal mehr im Bett aufsetzen konnte, hab' ich ihn gefüttert. Ich bin es gewesen, die sich um ihn gekümmert hat. Wo war sie in dieser Zeit?«

Werner goß sich eine Tasse Kaffee ein. »Es geht ihr nur darum, daß das Leiden Ihres Vaters nicht in die Länge gezogen wird«, sagte Werner, »außer wenn wirklich eine Chance auf Heilung besteht.«

»Komisch, daß sie sich nie Sorgen um ihn gemacht hat, bis er an den Rand des Todes gekommen ist«, fauchte Connie. »Davor hat sie nämlich gar nichts mit ihm zu tun haben wollen. Wenn Sie mich fragen, so war das auch der Grund, warum er krank wurde. Ein gebrochenes Herz. In einem Jahr ist sie nicht mal an Weihnachten nach Hause gekommen.«

»Ein tragisches Ereignis kann manchmal zur Beilegung von Differenzen führen«, sagte Werner. »Manchmal macht es den Menschen klar, wie wenig Zeit ihnen miteinander bleibt.« Er hob vielsagend die Augenbrauen.

Constance musterte ihn mit einem abweisenden, prüfenden Blick. »Sie sollten aufpassen, Dr. Ernst«, sagte sie. »Von Männern bekommt meine Schwester meistens, was sie will – sie wikkelt sie ein mit ihrer Schönheit und indem sie so tut, als wäre sie dümmer als sie.«

»Ach, wirklich?« sagte Werner in freundlichem Ton. Er mußte innerlich lachen, als er sich vorstellte, wie sein Leben wohl aussähe, wenn er bloß halb so weich in der Birne wäre wie eine von diesen zwei Marshmallow-Schwestern.

»Jawohl«, erwiderte Connie ruhig. »Aber ich bin nicht wegen meiner Schwester bei Ihnen«, fuhr sie fort, während sie sich auf einen Hocker hievte. »Ich bin da, weil ich mehrmals ohne Erfolg mit Dr. Butz gesprochen habe.«

Es war Werner sofort klar, daß sie Butz ihr Anliegen nach seinem flüssigen Mittagsmahl vorgetragen haben mußte.

»Ich weiß, daß Sie skeptisch sind, aber ich bin mir absolut sicher, daß mein Vater alles hört, was ich ihm sage. Davon bin ich aus tiefster Seele überzeugt. Ich habe mit ihm auch über seine

Behandlung gesprochen – er *wünscht*, daß wir den Nahrungsschlauch einführen. Er möchte auch menschlicher behandelt werden, mehr als Person. Es ist mir aufgefallen, daß die Schwestern ihn während ihrer Verrichtungen überhaupt nicht ansprechen. Sie respektieren ihn nicht. Sie ignorieren seine Privatsphäre, wenn sie bei ihm auf dem Zimmer sind. Ich finde es unangebracht, daß Krankenschwestern die Sportnachrichten auf dem Fernseher verfolgen, während sie ihn pflegen. Ich habe außerdem gehört, daß Medizintechniker und Therapeuten Witze machen, lachen und ihr Privatleben diskutieren, wenn sie bei meinem Vater im Zimmer sind – als ob er gar nicht da wäre. Als ob da nicht noch ein anderer lebender Mensch im Raum wäre. Ich möchte, daß so etwas aufhört.«

Werner neigte huldvoll das Haupt und gab sich Mühe, für sein Personal Reue zu zeigen. »Gestatten Sie, daß ich Ihnen zumindest teilweise eine Erklärung dafür anbiete«, sagte er. »Diese Menschen arbeiten unter ungeheurem Streß und Druck. Wenn sie gelegentlich lachen oder einen Witz machen, tun sie das aus Selbstschutz, weil all die Krankheiten und das Leiden ringsum einfach zuviel sind.«

»Ich sehe schon, wo Ihre Prioritäten liegen«, sagte sie. »Sie sind besorgt, daß die Acht-Stunden-Schicht für irgendeine Schwester eventuell zu anstrengend werden könnte. Sie vergessen wohl, daß mein Vater täglich vierundzwanzig Stunden an ein Beatmungsgerät angeschlossen ist und keine Witze machen kann, um sich's erträglicher zu machen. Oder?«

»Ich werde Ihre Wünsche an Dr. Butz und das gesamte Personal weiterleiten«, sagte Werner, während er sich insgeheim vornahm, Dr. Butz *vor* dem Mittagessen abzufangen und einen Plan zu schmieden, wie man dieser Xanthippe den Wind aus den Segeln nehmen könnte.

»Da wäre noch etwas«, sagte sie und legte die Handtasche auf ihrem Schoß zurecht – sie richtete sich offenbar auf eine lange Meckerstunde ein. »Da meine Schwester nicht der Meinung ist, daß meinem Vater lebenserhaltende Maßnahmen zuteil werden sollten, halte ich es für unangebracht, sie mit ihm allein zu lassen.«

Werner hörte, wie Stella im Medikamentenraum nebenan in einem Arzneimittelschrank kramte.

»Ich erwarte in anderer Sache einen Anruf von Dr. Butz«, sagte er so laut, wie er sich traute.

Das Herumkramen nebenan hörte auf.

»Ich werde ihm von unserem Gespräch berichten«, fügte er hinzu. »Vielleicht möchten Sie auch von unserem Seelsorgedienst Gebrauch machen. Ihm gehören religiöse Menschen aller Glaubensrichtungen, Berater und Psychologen an, die es sich zur Aufgabe gemacht haben, Patienten und Angehörigen –«

Werners Piepser stieß ein Signal aus, das »dringend« bedeutete. »Entschuldigung«, sagte er, stand rasch auf und schüttelte Constance Potter die Hand. »Es hat mich gefreut, mit Ihnen sprechen zu dürfen, aber jetzt muß ich leider diesen Anruf entgegennehmen.«

Stella kam Werner am Schaltpult entgegen.

»Wir haben 'ne Neue in Bett Sechs«, sagte Stella. »Eine alte Freundin von Ihnen.«

Werner ging im Geiste die ziemlich kurze Liste von Patienten durch, denen es in seiner Amtszeit als Assistenzarzt gelungen war, die Intensivstation im neunten Stock lebend wieder zu verlassen, und versuchte sich dabei jemand vorzustellen, zu dem der gemeine Ausdruck auf Stellas Gesicht paßte. Patienten, bei denen die moderne Medizin Wunder wirkte, wurden binnen drei oder vier Tagen aus der Intensivstation im neunten Stock entlassen; sie blieben nie lang genug da, um einen *nom de lit* zu bekommen. Ansonsten gab es Fälle wie Bett Fünf und Bett Sieben, die monate-, manchmal sogar jahrelang ohne Bewußtsein überlebten – bis sie zu Pilz und Schimmel wurden. Stella meinte jedoch offenbar eine Person, die wiederholt eingewiesen worden war. Sehr ungewöhnlich.

»Doch wohl nicht Orca«, sagte er.

»Niemand anders«, sagte Stella.

»Aber die hatten wir doch auf die Intensivstation im sechsten Stock abgeschoben«, protestierte er.

»Und die haben sie jetzt wieder an uns abgeschoben«, sagte Stella.

Orca gehörte zu den seltenen Patienten, die so oft eingeliefert und entlassen wurden, daß sie namentlich bekannt waren – normalerweise wurden Patienten nur mit ihrer Krankheit bezeichnet oder mit dem Begriff für den letzten chirurgischen Eingriff.

Die neue Patientin in Bett Sechs war eine 59jährige Weiße, die hier unter dem Namen *Orca* oder auch *Orca, das Gestrandete Weib* bekannt war. Auf der Intensivstation fiel sie außer durch ihr Körpergewicht – knapp über 150 Kilo – noch durch ihr relativ jugendliches Alter auf.

Orca erlebte alle zwei oder drei Monate eine »Fettattacke«, wie es beim Pflegepersonal hieß. Bei ihrer Einlieferung gab sie als erstes Anzeichen gewöhnlich an, daß sie nicht mehr aus dem Bett kommen und in die Küche gehen konnte. Solche Fettattacken waren im Frühstadium auch durch Stasophobie gekennzeichnet – Angst vorm Stehen. Die Stasophobie hatte eine Reihe von vorhersehbaren Auswirkungen und Folgeerscheinungen. Hatte sie erst einmal eingesetzt, entwickelte sie sich beispielsweise rasch weiter zu einer Kinetophobie – zur Bewegungsangst. Danach stelle sich akute Atemnot ein sowie eine allgemeine Lähmung aufgrund von Fettleibigkeit, mit dem Ergebnis, daß Orca ihre 150 Kilogramm Ballast zum Zweck der Ernährung nicht mehr in die Küche zu transportieren vermochte. Dann dauerte es nicht mehr lang, bis eine wahrhaft hysterische Panik einsetzte, Orca endlich das Telefon erreichte und das Krankenhaus anrief, bevor es zu spät war ... fürs Mittagessen.

Binnen Stunden lag sie dann wieder auf der Intensivstation, mit einem Bauch, der über dem Bett aufstieg wie der Atompilz einer Wabbelspeckbombe. Nur die Bettstangen gaben den wabernden Wülsten überhaupt noch Form. Ihr Riesenbauch färbte sich je nach ihrer Atemweise, mal war er rosa, mal blau, manchmal so weiß wie der Bauch eines Tümmlers, nur daß ihm eben die elegante Silhouette eines Tümmlers fehlte. Farbe und Masse verliehen ihr etwas entschieden Aquatisches, und so war der Spitzname, den das Personal der Intensivstation ihr gegeben hatte, an ihr hängengeblieben, so fest, als sei er ihr von Adam persönlich verliehen worden, als er allen Tieren ihren Namen gab: »Von diesem Tag an sollst du Orca genannt werden, dein Name soll Orca sein.«

Diesmal war der erste chirurgische Eingriff bei Orca eine Gallenblasenoperation gewesen. Nach der Entfernung der Gallenblase hatte sie eine methicillin-resistente Staphylococcus-aureus-Sepsis entwickelt, und es wollte den Lungenspezialisten einfach nicht gelingen, Orca vom Beatmungsgerät zu kriegen. Eine Pankreatitis machte eine explorative Laparotomie notwendig, und dabei entdeckten die Chirurgen Abszesse, die einen Einschnitt und Drainage erforderten. Anschließend erfolgte eine Gastrostomie und die Einführung eines Schlauchs zur Drainage der Abszesse. Darauf gab es Darmverstopfungen; es folgten Adhäsionen, eine Kolostomie und schließlich eine Tracheostomie sowie neuerlich eine Periode am Beatmungsgerät. Die Reinigung der Tracheostomie war eine ziemliche Tortur: Zwei Schwestern mußten am Hals ganze Fettwülste auseinandertrennen, um überhaupt an den Schlauch zu kommen. Die jüngste Diagnose lautete Nierenversagen.

Stella berührte Werner an der Schulter.

»Sie will 'nen Arzt sprechen«, sagte Stella und deutete mit dem Kopf zu Bett Sechs. »Sie soll von der Beatmungsmaschine entwöhnt werden. Man hat ihr eine Sprechröhre gelegt.«

»Hallo«, sagte Werner, als er sich Orca mit der gleichen Ehrerbietung näherte, die er einem öffentlichen Denkmal erwiesen hätte. »Ich bin Dr. Ernst. Dr. Butz hat mich gebeten, nach Ihnen zu sehen. Darf ich Sie bitten, sich für mich aufzusetzen?«

Orca starrte aus winzigen Augen, die in Massen von Fett versunken lagen, zu ihm hoch.

»Könnten Sie sich aufsetzen«, wiederholte Werner, »damit ich mal einen Blick auf Sie werfen und Ihre Lungen abhorchen kann?«

Orca streckte die Hand aus und suchte im Schwabbel ihres Halses nach dem Knopf der Sprechröhre. »Ich setz nich«, sagte sie und bewegte den Ringfinger ihrer Linken; dort, wo einst ein Ring gesteckt hatte, war eine blaßviolette Narbe zu sehen.

»Wie bitte?« fragte Werner.

»Ich setz nich«, wiederholte Orca.

»Sie setzt nicht, Wiener!« brüllte Stella vom Schaltpult aus in die Kabine herüber.

»Ob Sie sich wohl für mich aufsetzen könnten«, bot Werner an, »wenn ich Ihnen helfe?«

»Ich setz nich«, sagte sie, »ich krieg' keine Luft.«

»Verstehe«, sagte Werner. »Haben Sie deswegen nach mir gerufen?«

»Nein«, sagte sie, während sie an dem Knopf herumspielte. »Ich wollt' bloß Krankenvisite machen mit Ihnen.« Sie verzog das Gesicht, und ihr Doppelkinn wabbelte vor Ärger.

»Na schön«, sagte Werner, »dann checke ich Sie einfach durch, und dann wird man Ihnen Blut abnehmen, für ein paar Tests, okay?«

»Sie kriegen kein Blut von mir, wenn ich's nich will«, sagte Orca. »Geklärtes Einverständnis. Das is mein Recht.«

»Also«, sagte Stella, die plötzlich an Werners Seite auftauchte, »wenn Sie Ihr Okay nicht geben, werden wir Sie eben wieder nach Hause schicken. Wär Ihnen das lieber?«

Orca fixierte Stella, als wollte sie sie mit der Kraft ihrer Gedanken in ein Schwein verzaubern. »Bewegen Sie meinen Arm«, sagte sie. »Der fühlt sich nich gut an.«

Stella zog das schwabbelige Glied mit seinen zahllosen Wellen und Grübchen zwischen den Bettstangen hoch. »Wo soll er denn hin?«

»Bloß wieder aufs Kissen«, befahl Orca. »Das is alles.«

Am Schaltpult zurück, notierte Werner ein paar Dinge in Orcas Unterlagen.

»Ich würde gern bald ein Nickerchen machen«, sagte er zu Stella. »Das heißt, wenn Sie nichts dagegen haben.«

Neben Werner erschien plötzlich der Hippopanz.

»Wen haben wir denn da Neues in Bett Sechs?« fragte Oberschwester Martha Henderson.

Werner klickte den Drücker des Kugelschreibers rein und raus. »In Bett Sechs«, sagte er, »liegt das Vermächtnis einer der vier Säulen der modernen Medizin.«

»Und was sind die vier Säulen der modernen Medizin?« fragte

Stella und tat so, als hätte sie den Ausdruck nicht schon ein dutzendmal gehört.

»Die vier Säulen der medizinischen Industrie in Amerika sind: Zigaretten, Äthyl-Alkohol, Alter und Fett. Und alle vier sind selbstverschuldet.«

»Also, Moment mal« – Stella kicherte –, »wie kann Alter denn selbstverschuldet sein?«

»Jede Person über zweiundsiebzig, die ihrer Einweisung auf eine Intensivstation zustimmt, ist selber schuld«, sagte Werner.

»Irgendwelche Anweisungen, was Bett Sechs angeht?« fragte Stella.

»Jawohl«, sagte Werner. »Ein Flaschenzug, eine Kurbel, ein Kran, ein Flachbettlaster und einige belastungserprobte Haltetaue. Außerdem – sollte in irgendeinem Teil dieses Kontinents die Blutzirkulation nicht funktionieren, dann sollte er tiefer zu liegen kommen als das Herz. Im übrigen halten Sie Bett Sechs auf tausend Kalorien pro Tag und überprüfen Sie einmal stündlich die Lebenszeichen.«

4

Als er nach dem anschließenden Arbeitstag abends um sechs nach Haus gehen wollte, wartete sie in der Lobby auf ihn. Im ersten Moment glaubte er, im Fahrstuhl eingeschlafen zu sein und zu träumen. Sie trug ein geblümtes Sommerkleid in impressionistischen Pastellfarben; Lippenstift, Nagellack und Lidschatten nahmen jeweils einen anderen Farbton des Kleides auf. Ihr Teint war um eine Nuance dunkler als am Vortag. Sie wollte mit ihm sprechen. Aber nicht hier im Krankenhaus. Damit Connie nicht wieder stören könnte. Was ihm lieber wäre – eine Tasse Kaffee oder ein Glas Wein? Am liebsten wäre ihm ein Sechserpack Bier und zehn Stunden Schlaf gewesen, doch als Aperitif konnte er ja ein Glas Wein trinken.

Die helle Sonne tat seinen Augen weh. Er wurde in dem warmen Bad der hohen Juli-Luftfeuchtigkeit gleich schläfrig. Ob sie es ihm übelnahm, wenn er auf dem Weg zu ihrem Wagen ein wenig vor sich hindöste?

»Hübsches Auto«, bemerkte Werner, als er in den anscheinend brandneuen Porsche einstieg, den sie auf dem Krankenhausparkplatz abgestellt hatte – quer, genau auf zwei Streifen mit der Markierung »Reserviert für Behinderte«.

Sie feuchtete mit der Zungenspitze einen Finger an, um vor dem Einsteigen einen Wasserflecken auf der Motorhaube zu beseitigen. Dann schlug sie die Tür mit solcher Wucht zu, daß Werner die Ohren knallten.

Sie ließ den Motor aufheulen; vom Armaturenbrett gingen gleichzeitig verschiedene Pieps- und Blinksignale aus. Werner schmiegte sich in seinen Sitz, registrierte das Interieur des Porsche und fragte sich, wie er in diesen Auto-Werbespot hineingeraten war. Halb erwartete er, daß Felicia Potter sich auf dem

Leder räkeln, mit ihrer gepflegten Hand den Schalthebel liebkosen, mit einer oder auch zwei wilden Dschungelkatzen herumschmusen, atemlos aufstöhnen und wie unmittelbar vor dem Höhepunkt am ganzen Körper erschauern würde, nur um ihm dann mitzuteilen, wie viele Meilen sie auf dem Highway aus einer Gallone Benzin herausholen konnte.

Doch statt dessen schloß sie mit einem Knopfdruck das automatische Schiebedach und hantierte mit dem Rückspiegel. Und als er dachte, jetzt würde sie endlich losfahren, führte sie die Hand ans Gesicht und zupfte mit einer geschickten Bewegung von Daumen und Zeigefinger an einer Wimper, um einen Mascarakrümel zu entfernen. Werner war verblüfft, daß sie die Finger so dicht an die Augen heranbringen konnte, ohne blinzeln zu müssen.

Er wollte etwas sagen, schloß aber sofort wieder den Mund.

»Na schön«, sagte sie. »Was für einen Wagen fahren Sie denn?«

Werner räusperte sich. »Gar keinen.«

»Sie haben keinen Führerschein?«

»Ich habe kein Auto«, sagte Werner und starrte auf ihre Waden, während ihr bonbonrosa hoher Absatz das Gaspedal bearbeitete.

»Abnormal!« sagte sie und jagte den Porsche mit ruckartiger Beschleunigung bei Gelb über die Ampel. »Ich dachte, Sie sind Arzt.«

»Ich bin eben ein abnormaler Arzt.«

»Ein Arzt ohne Auto – das hab' ich noch nie gehört!«

»Na ja«, erwiderte Werner und faßte nach dem Haltegriff über dem Handschuhfach, »es gibt ein paar gravierende philosophische und ökologische Einwände gegen den Besitz eines Autos. Denken Sie mal nach! Die Verschmutzung unserer Luft stammt immerhin zu 98 Prozent nicht von Industrieanlagen, sondern von Automobilen. Ich kann mir einfach nicht vorstellen, wie ich guten Gewissens ein Auto besitzen könnte ... es sei denn, ich könnte mir eins leisten.«

»Ach so«, sagte sie völlig ausdruckslos. Sie drückte einen Knopf, woraufhin ein Crescendo von elektrischen Gitarren und der jubelnde Refrain einer Zahnpastawerbung ertönte.

Werners Blick ruhte auf ihrer rechten Brust, die mit der Federung des Porsche auf- und abwippte. »War bloß ein Witz«, sagte er.

»Weiß ich doch«, sagte sie. »Haben Sie gedacht, ich fall' da drauf rein? Ein Arzt, der behauptet, er hätte kein Auto!«

»Nicht doch«, sagte er, »ich besitze wirklich kein Auto. Was ich meinte, war ...«

»Ja, ja«, sagte sie. »Probieren Sie das mit wem anders. Kein Auto. Also wirklich.«

Durch die getönten Scheiben von Felicias ledergepolstertem Kugelblitz betrachtete Werner die vertraute Skyline der Stadt. Er beschloß, ihr nicht mitzuteilen, wie wenig Assistenzärzte verdienen. Sie drückte einen Knopf und löste einen Sturmschwall arktischer Luft vom Armaturenbrett her aus.

»Das mit Ihrem Vater tut mir leid«, brüllte er über den Radiolärm hinweg.

Felicia zuckte mit den Schultern, was ein erneutes Wippen ihrer Brüste zur Folge hatte. »Ist doch nicht Ihre Schuld«, sagte sie und drückte auf den Zigarettenanzünder. »Ich glaub', er hat einfach zu viele Steaks gegessen.«

Sie rasten mit 65 Meilen pro Stunde über eine vierspurige Straße und hielten nach einer Bar namens »Luxury Hour Lounge« Ausschau. Mit einem weiteren Knopfdruck aktivierte sie den CD-Player; das obszöne Riff einer Baßgitarre vibrierte in Werners Hoden.

»Es ist Wochenende«, sagte sie und stellte die Musik noch lauter.

»Wochenende?« fragte Werner.

»Klar doch«, sagte sie und trommelte mit ihren lackierten Fingernägeln auf dem Lederarmaturenbrett. »Heut' ist Freitag.«

Sie knallte den Fuß aufs Bremspedal – Reaktion auf die Warnpiepser, die aus dem Radarwarngerät tönten. »Kriegsschiffe in Sicht?« fragte sie.

»Bitte?« rief Werner aufgeschreckt und stierte durch seine schweren, geröteten Lider wie ein Bär im Winterschlaf.

»Bullen!« rief sie ungeduldig. »Sehen Sie welche?«

»Oh«, sagte Werner. Der Gedanke an eine mögliche Festnahme machte ihn immerhin etwas wacher. »Was piept denn da so?«

Sie verdrehte die Augen. »Vergessen Sie's. Schlafen Sie ruhig weiter.«

Die »Luxury Hour Lounge« war ein teurer Laden, jede Menge Spiegel, Messing und Tiffany-Lampenschirme. Muntere Grüppchen von Gelegenheitstrinkern, alles bürgerliche Typen in sportlichen Designerklamotten, die an pastellfarbigen, mit Obststückchen und Papierschirmchen dekorierten Drinks nippten. Werner mußte an die Lokale seiner Studentenzeit denken, Kneipen mit Billardtischen im Hinterzimmer, mit klebrigen Tischplatten und Fußböden, die Kunststoffbezüge vom Zigarettenqualm über Jahrzehnte braungegerbt.

Werner und Felicia saßen einander in den tiefen Sitzkissen einer Nische aus Eiche gegenüber, in einer Laube aus Farnen, Schefflera und Dieffenbachia.

»Sehr schön hier«, sagte sie.

Ein rascher Blick in die Spiegel versicherte Werner, daß er tatsächlich noch wach war, obwohl die Kissen lockten.

»Ich liebe Tiffany-Lampen«, sagte sie und nippte an irgendeinem tropischen Zeug. »Es ist doch echt angenehm, in so einer schönen Umgebung einen Drink zu nehmen. Manche Typen laden einen ja auch in so richtig eklige, verräucherte Lokale ein.«

»Die Atmosphäre ist in der Tat von höchster Wichtigkeit«, stellte Werner fest. »Ohne Atmosphäre bekämen wir keinen Sauerstoff, und ohne Sauerstoff ... also, da würden wir nicht mal Bier trinken können, nicht wahr?« Er hob sein Glas, um mit ihr anzustoßen.

War das witzig? Nach dem Ausdruck ihrer Augen zu urteilen – nein. Sie rührte mit einem Cocktailstäbchen in ihrem Mai Tai herum. Da keinerlei Chance auf Schlaf in Sicht war, wollte sein Gehirn vermutlich keine Energie für so etwas Überflüssiges wie einen Witz verschwenden.

Ein Kellner kam und ging wieder. Felicia fächerte ihre Fingernägel auf einer weißen Serviette aus und suchte mit prüfendem Blick nach Makeln.

»Wenn Sie nur ein ganz klein bißchen so sind wie die Ärzte im

Fernsehen, müssen Sie ja echt clever sein«, sagte sie. »Wie ist das eigentlich, ein richtiger Doktor zu sein?«

Er war einfach zu müde, um ihr zu erzählen, was sie hören wollte. Die Wahrheit war kürzer. »In etwa so, wie wenn man als Kellner in einem teuren und hochkomplizierten Restaurant arbeitet«, sagte er. »Mit dem einen Unterschied, daß die Leute nicht durchdrehen, wenn man ihnen etwas Falsches serviert, sondern sterben.«

»Au weia«, sagte sie.

»Und dann muß man sich auch noch den lieben langen Tag mit Inkompetenz herumschlagen«, klagte er. »Es ist absolut nervtötend, mit dummem, unfähigem Personal zusammenarbeiten zu müssen.«

Sie nahm einen Schluck und lächelte. »Da wünschen Sie sich wohl, daß alle so clever und kompetent wären wie Sie selber, was?« fragte sie mit Unschuldsmiene.

»Was soll denn das heißen?« fragte Werner.

»Na ja«, sagte sie achselzuckend, »wenn jeder so clever wäre wie Sie, dann wären Sie bloß Durchschnitt, oder?«

Werner suchte in ihrem Gesicht nach Anzeichen von bissigem Humor, fand aber nichts dergleichen.

Sie blinzelte, lächelte und machte sich daran, die zwei Enden ihres Cocktailstrohhalms miteinander zu verhaken. »Ich hab' mal 'nen Artikel über Streß gelesen. Da hat dringestanden, die Ärzte wären am schlimmsten dran. Stimmt das?«

»Nein«, sagte Werner. »Arztsein ist eher langweilig.« Ob sie bemerkte, daß ihm die Augen tränten und seine Lider flatterten? »Man hat viel mit Mathematik zu tun. Und wenn man zwei Tage lang nicht geschlafen hat, kommen manchmal falsche Zahlen heraus. Einige Leute muß das Arztsein aber wirklich stressen. An der Uni hat man uns nämlich gewarnt, daß Selbstmord, Alkoholismus und Drogenabhängigkeit unter Ärzten häufiger sind als in allen anderen Berufen.«

»So so«, sagte sie. Die langen Fingernägel kamen ihr bei der Beschäftigung mit ihrem Cocktailstrohhalm in die Quere. »Auf Selbstmord und Drogen bin ich nicht versessen. Aber wenn Sie's mit Alkohol versuchen wollen, da würd' ich mich anschließen.«

Ein zweites kühles Bier. Ein zweiter rosa Mai Tai.

»Ärzte sind wichtig«, sagte sie. »Die Menschen sind total auf euch angewiesen. Ihr könnt sie heilen. Weil ihr so viel wißt. Ich meine – was ist schon wichtiger für einen Menschen als die Gesundheit?«

Schlaf, sagte sich Werner.

»Ich hab' mal 'ne Inschrift gesehen, die hieß: ›Gesundheit ist eine Krone, die jeder Gesunde trägt, aber sehen kann sie nur der Kranke‹. Das ist ja so wahr«, sagte sie. »Wenn man sich nicht gut fühlt, kann einem alles Geld der Welt nicht helfen.«

Sich gut fühlen, dachte Werner. *Schlafen.*

»Ich hab' mehrmals ein spastisches Colon gehabt«, sagte sie. »Und immer wenn's mir schlecht ging, hab' ich wieder kapiert, daß ich Gesundheit für selbstverständlich gehalten hatte.« Sie blickte plötzlich von ihrem Strohhalm hoch. »Aber Sie haben ja immer mit Gehirntumoren und solchen Sachen zu tun, da finden Sie Darmkrämpfe wahrscheinlich nicht besonders schlimm.«

Du sagst es, dachte Werner. »Das würde ich so nicht sagen«, sagte er.

Sie begann ihre Symptome zu beschreiben. Werner fiel die Vorlesung über gastro-intestinale Störungen ein, die Dr. Butz an der Medical School vor Studenten im zweiten Jahr gehalten hatte. Der mittlerweile senile Autor des Standardwerks ›Die Grundlagen der Inneren Medizin‹ hatte das spastische Colon beziehungsweise Darmreizbarkeit als Spinnerkrankheit bezeichnet. »Obwohl dieses Symptom wahrscheinlich die Hälfte aller gastro-intestinalen Beschwerden ausmacht«, hatte Butz erläutert, »müssen Sie sich über diese sogenannte Krankheit nur eins merken – drei Viertel der davon betroffenen Personen sind Frauen, und eine anatomische Ursache kann nicht festgestellt werden.« Nach der Vorlesung hatte es Proteste seitens der Studentinnen gehagelt, doch es kam wie immer – seine unbestreitbaren Qualifikationen und seine Senilität hatten Butz vor den Angriffen geschützt.

»Haben Sie sich mit Ihrer Schwester verständigt?« wagte sich Werner vor – in der Annahme, daß sie vom Alkohol inzwischen gelöst genug war, um über die harten Dinge zu sprechen.

»Daß ich sie ständig sehen muß, ist das Schlimmste bei dem Ganzen«, sagte Felicia. »Ich besuche Dad jeden Tag, weil ich ja da sein muß, wenn er stirbt. Aber *sie* ist unerträglich.«

»Was ist passiert zwischen Ihnen?« fragte Werner.

»Sie ist so was von heuchelhaft«, platzte es aus Felicia heraus. »*Ich* bin egoistisch, ja? Sie erklärt mir, daß ich egoistisch bin« – der Sarkasmus war beißend –, »ich denk' nur an mich selbst und sonst niemand. Da hab' ich ihr gesagt: ›Jetzt hör mir mal gut zu, Connie. Wer ist eigentlich kein Egoist? Na? Jesus Christus vielleicht, der war vielleicht kein Egoist.‹ Weiß ich doch nicht, ich bin ja nicht vor sechs Millionen Jahren in Bethlehem oder Jerusalem oder Nazareth auf die Welt gekommen«, sagte sie. »Aber Connie auch nicht!«

Die Attacke kam so plötzlich, daß Werner das Mondgesicht reflexartig verteidigte. »Wenn sie ihren Vater während einer langen Krankheit gepflegt hat, empfindet sie Ihnen gegenüber wahrscheinlich Ressentiments, weil sie sich alleingelassen fühlte. So etwas kommt häufig vor.«

»Ach ja, da will ich Ihnen aber mal erzählen, warum sie ihn gepflegt hat. Weil ihr das einen Kick gegeben hat – das ist der Grund. Bevor er krank wurde, hatte sie nämlich gar nichts zu tun. Ihr war so schrecklich langweilig, daß sie sich wahrscheinlich am liebsten umgebracht hätte. Wissen Sie eigentlich, was sie ›gearbeitet‹ hat vorher? Freiwillige Pflegerin ist sie gewesen, in irgend 'nem Krankenhaus. *Freiwillige.* Konnte nämlich keinen finden, der ihr was bezahlt hätte – von einem festen Gehalt ganz zu schweigen. Nicht mal für sich selbst hat sie aufkommen können. Sie ist jetzt so 37 Jahre. Und ein zweitesmal hat *die* doch noch nie ein Mann angeschaut. Sie haben sie ja gesehen. Dick und häßlich ist sie, und wie sie sich anzieht, macht alles noch schlimmer. Was hat sie also den lieben langen Tag zu tun gehabt? Gar nichts. Das war für sie ein Geschenk des Himmels, als mein Vater krank wurde, da hatte sie plötzlich 'ne Lebensaufgabe. Aber ihn zu pflegen hat ihr natürlich nicht gereicht. Wo liegt da der Spaß? Nein, sie mußte auch noch allen lang und breit erzählen, wieviel Arbeit das ist, wie anstrengend es ist für sie und wie schwer ihr das alles fällt. Und da soll ich mich in Grund und Boden schämen, weil ich arbeite und nicht den ganzen Tag rumstehen und *selbstlos* sein kann?«

Werner begann die Wirkung des Biers zu spüren; er merkte, wie sein professionelles Denken nachließ. »Sie hat aber behauptet, daß sie sich schon lange vor seiner Krankenhauseinlieferung um Ihren Vater gekümmert hat. Das *ist* anstrengend für einen Angehörigen – besonders für Sohn oder Tochter. Im übrigen belastet Sie angesichts des drohenden Verlusts von einem Elternteil *beide* ein ganz normales Angst- und Schuldgefühl.«

Schlürfend leerte sie, mit einem neuen Strohhalm, den letzten Rest ihres Mai Tai. »Ich weiß nicht, warum Sie sich so für sie ins Zeug legen. Sie hält ihn bloß deshalb am Leben, damit sie was zu tun hat – ich meine, außer dicker werden. Sie ist oberflach. Ohne sie wäre Daddy längst aus seinem Elend erlöst, statt an diese Maschinen gefesselt zu sein …«

»Ober was?« unterbrach Werner. »Heuchelhaft« hatte er ihr ohne Gegenfrage durchgehen lassen, aber dieses »Oberflach« konnte er nicht einfach schlucken, das mußte sie ihm schon näher erklären.

»Oberflach«, wiederholte sie. »Sie wissen schon – oberflächlich. Sie läuft herum und tut so, als ob sie überhaupt nicht egoistisch wäre, als ob ihr andere Menschen wichtiger wären als sie sich selbst. In Wirklichkeit ist sie aber genau wie alle andern. Es gibt nämlich überhaupt nur einen Grund, warum sie so tut, als ob ihr die andern wichtig wären: Es gibt ihr einen Kick, wenn alle sie loben, was sie doch für ein großartiger Mensch ist, und so gottverdammt selbstlos. Also, es ist einfach so, daß sie alles tut, um sich beliebt zu machen und sich toll vorzukommen – und genau so sind doch alle, also was soll's? Mir gibt es keinen Kick, wenn ich selbstlos bin, und deshalb lauf' ich auch nicht herum, um überall Eindruck zu schinden, indem ich so tu', als ob ich's wäre.«

Hmmmm. Zuerst war Werner versucht, ihr die Brüchigkeit ihrer Argumente aufzuzeigen, doch er begriff rasch, daß er dazu erst einmal den ganzen Sumpf ihrer gedanklichen Grundannahmen trockenlegen und danach eine Brücke zur Verbindung ihrer beiden Hirnhälften errichten müßte. Er würde ihr klarmachen müssen, daß »oberflächlich« kein Synonym für »heuchlerisch« war und daß er nicht tatenlos zuschauen konnte, wie sie die englische Sprache durch den Wolf drehte. Andererseits würde sie ihn dann aber möglicherweise für einen muffigen Pedanten halten, was wiederum dazu führen könnte, daß sie nicht mehr geneigt wäre, außer Reden noch etwas anderes mit ihm zu machen – und das war ein schier unerträglicher Gedanke.

Doch sie war mit ihrer Tirade noch nicht am Ende. Connie achtete nicht auf ihren Körper. Connie hatte sich gehenlassen, war ein Fettpaket geworden, nur noch glücklich, wenn andere unglücklich waren. Connie hatte ihren Spaß daran, bei jeder Gelegenheit schöne, schlanke Menschen niederzumachen, nur weil sie neidisch war. Felicia dagegen gab auf sich acht. Sie gönnte sich alles nur mit Maßen. Sie joggte täglich drei Meilen. Na schön, sie war früher täglich drei Meilen gejoggt; jetzt joggte sie jeden zweiten Tag drei Meilen. Manchmal war ihr das Joggen aus gesundheitlichen Gründen einfach unmöglich. Aber sie war wirklich oft bei Langstrecken-Rennen mitgerannt. Sie rauchte am Tag zehn teer- und nikotinarme Zigaretten; jede Zigarette enthielt bloß 3 Milligramm Teer und 0,1 Milligramm Nikotin; das entsprach also pro Tag nur zwei normalen Zigaretten. Übertriebener Gesundheitsfanatismus tat dem Menschen nicht gut. Übertriebener Gesundheitsfanatismus konnte sogar die Gesundheit gefährden. Wer Sport trieb, sollte das deshalb immer nur maßvoll tun und Überanstrengungen oder ein Überstrapazieren der natürlichen Kräftereserven vermeiden. Das hatte sie von einem Arzt gelernt. Er hatte ihr auch erklärt, daß man sich mit zwei bis drei Zigaretten pro Tag viel Streß und Anspannung erspare und damit wahrscheinlich mehr für ein langes Leben tue als mit makellos reinen, sterilen Lungen. Der Arzt sei selber ein leichter, verantwortungsbewußter Raucher. Sie habe auch von Untersuchungen gehört, die seine Aussagen untermauerten.

»Ist wahrscheinlich sowieso alles egal«, sagte sie und blies den Rauch ihrer Zigarette in den Tiffany-Lampenschirm hinein. »Ich meine, auf die Dauer läuft doch alles auf dasselbe hinaus, oder? Am Ende landen wir alle am gleichen Ort. Stimmt's?«

»So ist es«, gab ihr Werner recht. »Aber wollen Sie, daß der

Pathologe nach Ihrem Tod in seinem Autopsiebericht vermerkt, Ihre Lungen seien gesunde, gut durchblutete Organe, auf die jedermann stolz wäre? Oder wollen Sie, daß er diktiert: ›Lungen – verhärtet, schwarz, fibrotisch‹? Man sollte den letzten Eindruck, den man hinterläßt, nicht geringschätzen.«

War das witzig? Dem Ausdruck ihrer Augen nach zu urteilen, war es nicht witzig. Sie beschäftigte sich wieder damit, aus Cocktailstrohhalmen eine Kette zu bilden.

Sie liebte schöne Kleider. Sie haßte Hunde. Mochte Katzen. Häßliche Menschen taten ihr leid. Häßliche Menschen taten ihr wirklich sehr, sehr leid. Sie würde sich umbringen, wenn sie gezwungen wäre, in einem häßlichen Körper oder mit einem häßlichen Gesicht zu leben. Wenn *sie* in einem so fetten, häßlichen Körper wie dem von Connie leben müßte, würde sie sich umbringen. Sie sah gern fern. Sie war Mitglied eines Vereins von Fernseh-Fanatikern mit dem Namen »Couch-Tomatoes« (die weibliche Sektion der »Couch-Potatoes«). Die Couch-Potatoes und die Couch-Tomatoes hatten sich verpflichtet, immer und überall ihre Wertschätzung des Fernsehens kundzutun, vor allem dann, wenn irgendwelche Intellektuelle oder Pseudo-Intellektuelle das Fernsehen miesmachten. Hatten diese Typen eigentlich mal darüber nachgedacht, wie das Leben *ohne* Fernsehen wäre? Sie hatte lange Zeit nicht an die Ehe geglaubt, aber durch die Krankheit ihres Vaters war ihr klargeworden, wie kurz das Leben sein kann; sie hatte zum ersten Mal gründlich darüber nachgedacht, was wirklich wichtig im Leben war. Sie war Model. In Werbeanzeigen waren Fotos von ihr erschienen, hauptsächlich in Kaufhaus-Anzeigen zum Schlußverkauf von Damenbekleidung. Sie war für eine Serie von Auto-Präsentationen verpflichtet worden. Demnächst würde in einer überregionalen Zeitschrift mit ihrem Bild für Lipgloss geworben werden.

Ohne auf ihr lebhaftes Plappern zu achten, vertiefte sich Werner in die Konturen ihres Gesichts. Es war so glatt, so makellos, daß es ihm vorkam wie von einem griechischen Bildhauer des Goldenen Zeitalters gemeißelt, nur daß der weiße Marmor durch kosmetisches Rosa und Sonnenbräune zum Leuchten gebracht wurde. Werners Phantasie wurde in umgekehrtem Verhältnis zum Niveau der Konversation beflügelt. (Felicia schwatzte mittlerweile von ihrer Selbsthilfe-Gruppe für Co-Abhängige und davon, daß sie nicht einmal gewußt hatte, daß sie co-abhängig war, bis sie sich der Gruppe angeschlossen hatte, und was für ein Glück es gewesen sei, das alles noch rechtzeitig entdeckt zu haben, damit sie etwas dagegen tun konnte, bevor es zu spät war.)

Er stellte sie sich als Galathea vor, als die Statue der Frau von vollkommener Schönheit, die Pygmalion im antiken Griechenland geschaffen hatte. Pygmalion hatte sie kaum fertiggestellt, als er sich auch schon wahnsinnig in sein eigenes Werk verliebte. Daraufhin flehte er die Götter an, die Statue zum Leben zu erwecken, aus seiner Marmorschönheit Fleisch und Blut zu machen.

Werner kam sich vor wie der alte Pygmalion, der auf einem Hocker saß und die staubigen, schwieligen Hände rang, mit wildem Blick, nach schlaflosen Nächten verrückten Schaffens, mit Steinstaub unter den Fingernägeln, mit unvollendeten Körperteilen zu seinen Füßen, mit Gipsbrocken im Haar, dem das Herz schier ein Loch in den Brustkasten hämmerte, während er zuschaute, wie der Odem der Götter den Stein füllte, den er so liebevoll gerieben und poliert hatte. Ihm stand der Mund offen, als die Glieder Fleisch wurden und sich im Mondschein bewegten, als die Marmorporen plötzlich Duft und Wärme verströmten. »Galathea!« rief er, als er sah, wie ihre Brust sich mit dem ersten Atemzug hob. Tränen sickerten ihm in die staubigen Risse um die Augen, als sie ihr feingeformtes Haupt neigte. Ihre Augen bewegten sich. Ihre geschmeidigen Finger schoben eine Locke echten Haars von den Schläfen, wo ein Mondstrahl auf einen Schimmer echten Schweißes fiel. Dann faßte sie in die Falten ihres dorischen Chitons und holte eine Marlboro Light hervor: »Hey, haben Sie Feuer?«

»Haben Sie Feuer?« wiederholte Felicia. Eine ihrer Brüste streichelte durch das Sommerkleid die Glasplatte des Tisches; ihre Lippen waren mit feuchtglänzendem Lippenstift zimtrot nachgezogen; ihr Schlüsselbein formte eine dunkle Höhle, in die sich eine streunende Locke verirrt hatte; unterhalb der gekräuselten, elastischen Taille ihres Kleids wölbte sich ihr schmiegsamer Po. Sie hielt die Zigarette zwischen sich und Werner, ein winziger Feuerherd, der sie enger zusammenbrachte.

»Ich brauch' Ihre Hilfe«, sagte sie.

Das war neu. Daß sie ihn direkt ansprach, statt die zu dem Nischenambiente passenden Gefühle zu mimen.

Er zündete ein Streichholz an. Die Schwefelflamme verstreute Feuerschein und Schatten in die getönten Höhlungen ihres Gesichts, als sie die Zigarette ansteckte. Er löschte die flackernde Flamme.

Sie schenkte ihm über einem neuen rosa Drink einen ausgiebigen Blick. »Werden Sie mir helfen, dem Leiden meines Vaters ein Ende zu machen?«

Zeigte sie ihm da etwa die Spitze ihrer Zunge? Oder war das nur ihre Art, den Zigarettenrauch zu genießen?

»Ähemm«, brummte er und versuchte sich in seinem leichten Rausch und seiner Erschöpfung zu artikulieren. Sein Verstand hatte Mühe, sich von ihrem Geplapper zu befreien. »Wie sollte ich Ihnen dabei helfen können?«

»Mein Anwalt muß versuchen, Connie und das Krankenhaus daran zu hindern, die künstliche Ernährung anzusetzen. Eine Intubierung, so nennt man das wohl.«

»Intubation«, korrigierte Werner.

»Ist doch egal«, sagte sie. »Der Anwalt hat mir erklärt, wenn ich nicht aktiv werde, bevor sie den Schlauch in ihn reinstecken, könnte es für immer zu spät sein. Das Krankenhaus könnte meinen Vater dann noch monatelang so am Leben halten, sogar jahrelang, und ich könnte gar nichts mehr dagegen tun. Außerdem hat er mir noch was gesagt: Damit das Gericht dem Krankenhaus verbieten kann, ihn künstlich am Leben zu halten, muß ich zwei Ärzte finden, die bezeugen, daß er im Dauerkoma liegt.«

»Erzählen Sie mir von Ihrem Vater«, sagte Werner. »Was hätte er Ihrer Meinung nach selbst gewollt?«

»Da muß ich gar nicht erst überlegen«, sagte sie. »Das weiß ich genau. Er hat's mir oft genug gesagt, daß er nie mit Maschinen künstlich am Leben gehalten werden möchte. Einmal haben wir uns die Nachrichten angesehen, da wurde gezeigt, wie jemand im Koma an Maschinen angeschlossen war. Die Angehörigen wollten klagen, damit die Maschinen ausgeschaltet würden. Da hat er zu mir gesagt, ganz klar und deutlich, so wie ich es jetzt Ihnen sage: ›Felicia, so möchte *ich* nicht sterben. Falls *mir* so etwas zustoßen sollte, dann sag ihnen bitte, daß ich nicht von einem Haufen Maschinen am Leben gehalten werden will.‹ Und er hat meine Hand genommen und gesagt: ›Versprichst du mir das?‹ Außerdem hat meine Mama mir erzählt, daß Dad während des Militärdiensts bei der Marine im Südpazifik auf einem Schiff Signalgast gewesen ist und einmal bei einer Explosion auf hoher See fast ums Leben gekommen wäre. Und hinterher hat er meiner Mama geschrieben, falls ihm je was zustoßen sollte, hätte er nur den einen Wunsch: daß es schnell geht. Er wollte nicht mit Lähmungen oder im Koma herumliegen. Genau so hat er's in dem Brief an sie geschrieben.«

Daher hat sie also ihre vernünftige Einstellung in medizinischen Dingen, dachte er.

»Hat Ihr Vater irgendwann einmal schriftlich festgehalten, welche medizinische Behandlung er wünscht, falls er je unfähig werden sollte, selbst zu entscheiden?«

»Falls er's getan hat«, sagte sie, »dann weiß ich jedenfalls nicht, wo das Papier sein kann. Vielleicht hat Connie es gefunden. Nach dem Tod meiner Mama hat sie sämtliche Papiere durchgekämmt. Das ist nämlich so – mein Vater war zuerst mit Connies Mutter verheiratet. Ich hab' sie nie kennengelernt, sie ist gestorben, bevor ich zur Welt kam. Dann hat er meine Mama geheiratet. Das war so eine von diesen Geschichten, wo der Mann viel älter ist als die Frau. Sie hat ihn aber nicht wegen seinem Geld geheiratet, weil sie selber Geld genug hatte. Sie waren beide richtige Philister.«

»Philanthropen?«

»Ja, genau.«

»Woran ist Ihre Mutter gestorben?«

»Krebs.«

Von einer Terroristenzelle ermordet, dachte Werner. Er wollte gar nicht wissen, an welcher Art von Krebs. Vielleicht war es

Brustkrebs gewesen? Die Vorstellung eines erhöhten Risikos für solche Prachtexemplare war ihm unerträglich.

»Das tut mir leid«, sagte er.

»Ist doch nicht Ihre Schuld«, sagte sie. »Es kam eben so.«

Er verfing sich in ihren Augen mit der zarten, federleicht bemalten Umrahmung. Die Iris hob sich strahlend kristallblau vom braunen Teint ab. Er hatte gedacht, Felicia hätte braunes Haar; bei genauerem Hinsehen erwies es sich als ein Braun von vielerlei Farbtönen, jede Strähne in einer neuen Nuance.

Sie fixierte ihn, während sie langsam den Kopf senkte, bis ihre Stirn einen Mondschatten über ihre Augen warf und sie wie durch einen silbrigen Nebel zu ihm hochschaute, ihn mit ihren zimtroten Lippen anlächelte und auf einmal schüchtern und unsicher wirkte.

»Meinen Sie, daß Sie mir helfen könnten, falls wir die Sache vor Gericht bringen müßten?«

Werner war noch immer von ihren Augen gebannt und fragte sich, ob die Püppchenlider sich wohl schließen würden, wenn er Felicia nach hinten kippte.

»Darüber muß ich nachdenken«, sagte er. »Und ich werde mit Dr. Butz und eventuell noch ein paar anderen Ärzten darüber sprechen müssen.«

Er konnte einfach nicht mehr. Er begann in der Lagune seines Unbewußten zu versinken. Sein Gehirn wies die fünf Anzeichen für eine Infektion auf, vor allem Hitze und Schwellung. Er spürte warmen Schlummer seine Augäpfel umströmen. Er schlief plötzlich zwischen den Sätzen ein, ohne den Anschluß zu verlieren. Dösend ging er ins Freie, zum Wagen, während sie ihn kichernd vorwärtssteuerte. Sie hielt ihn jedesmal auf den Beinen, wenn er wegsackte – das war okay, denn der Grund dafür war ja nur der, daß er ein überarbeiteter junger Arzt war. Er brauchte bloß sein Quantum Alkohol und seinen Schlaf. Würde es nicht allen intelligenten, ehrgeizigen, leistungsorientierten jungen Männern genauso gehen?

Bevor er weggesackt war, hatten sie sich auf einen Drink in ihrer Wohnung geeinigt. Er nickte unterwegs tatsächlich ein, und der Schlaf im Auto tat ihm wunderbar gut. Als er wieder aufwachte, befanden sie sich auf dem Parkplatz einer eleganten Wohnanlage, der mit indirekter Beleuchtung und Ziersträuchern ausgestaltet war.

»Was für eine schöne Wohnung!« rief er oben, obwohl er keinen Blick für Innenausstattung hatte und normalerweise gar nichts wahrnahm, bis andere Leute ihn darauf hinwiesen. Aber diesmal fielen ihm trotz des Alkohols wirklich ein paar Dinge auf: die üppigen, weichen lachsfarbenen Sofas, Sessel und Kissen, die ein sorgsam aufeinander abgestimmtes Ensemble bildeten; die kirchenartig gewölbte Zimmerdecke mit rosig getönten Oberlichtern, die rosaroten Wände; der tiefrote dicke Teppich. Viel Holz. Er hatte gehört, daß Holz für die Inneneinrichtung wichtig sei; deshalb rappelte er sich jetzt auf und verkündete: »Schönes Holz.«

»Massives Rosenholz«, erklärte sie und trommelte mit ihren bemalten Fingernägeln auf ein geschnitztes Kaminsims.

Und als er, auf den Druck seiner Blase hin, ins halbrunde Badezimmer ging, wo über einem muschelförmigen Marmorbecken ein riesiger Spiegel hing, bemerkte er die antikisierten Wasserhähne aus Messing, die teure Tapete, die kleinen Körbe mit Zierseife, verspielte Handtücher mit so vielen Rüschen, Stickereien und Bändern, daß selbst ein Bauer wie Werner begriff – diese Handtücher waren nicht fürs Trocknen der Hände gedacht.

Es war alles in allem das eleganteste, raffinierteste Badezimmer, in dem er je gepinkelt hatte. Es war sonnenklar, daß der Mensch, der hier stand (oder saß), ein Bewußtsein von seinem Platz im Leben bekommen sollte, so wie die Kirchen der Renaissance den Menschen das erbauliche Gefühl vermitteln sollten, Zentrum des Universums zu sein, in der Mitte zwischen Gott im Himmel und den Tieren der Erde. Im gleichen Sinne war auch Felicias Badezimmer eingerichtet, und für einen Humanisten wie Werner war es einfach großartig, sich mit einer Hand an der Wand abgestützt aufrecht zu halten, genau in der Mitte zwischen Scheißloch und Zimmerdecke, und einen kristallklaren Strom von nierengefiltertem Bier zu pissen. Er hatte seinen Platz innerhalb der Sphärenmusik gefunden.

Es lief alles viel zu glatt. Musik. Amaretto. Die Lippen. Die

Zungen. Vom Sofa herunter, auf einen Wollteppich mit Rosenblütenmuster, der so weich und glatt war, daß er fast rutschig schien. Willige, herrliche Brüste liebkosten seine Hände. Ihr Haar ergoß sich in einem duftenden Zauberteppich über sein Gesicht.

Sie unterbrachen, um sich atemlos, schweigend nach oben zu begeben. Bis in die Augäpfel konnte Werner das wilde Pochen seines Pulses spüren. Die hochhackigen Schuhe und das Pastellsommerkleid flogen davon.

Unter die Bettlaken, Fleisch A und Fleisch B vermischen, Hitze zuführen, alles bis zur kritischen Temperatur hochtreiben …

»Ich kann nicht«, sagte sie – drei Worte, ein Donnerschlag, der die Triebkraft zerstörte.

Werner rollte sich auf einen Ellbogen, in Wartestellung.

»Ich kann nicht«, wiederholte sie.

»Wieso nicht?« fragte Werner, freundlich wie ein Fernsehdoktor.

Sie stieß einen langgezogenen Seufzer ins Dunkel aus. »Ich glaub' nicht, daß ich jetzt darüber sprechen kann«, sagte sie.

Sie verschwand im Badezimmer. Nach der Rückkehr berührte sie ihn am Arm und sagte: »Können wir einfach bloß gemeinsam schlafen?«

»Klar«, sagte Werner. *Aber wie soll ich dann den peripheren Blutstau in meinen corpora cavernosa abbauen?*

Sie holte tief Luft und schob ein paar lose Strähnen hinter ihre Ohren. »Manchmal tut's weh. Ich weiß immer, wann's weh tun würde. Nicht, daß ich Jungfrau wäre oder so, und ich bin auch nicht frigid. Es ist nur so, daß es sich manchmal einfach nicht richtig anfühlt, und dann weiß ich, daß es weh tun würde. Auch wenn ich sicher bin, daß es mit dir Spaß machen würde. Nur daß es eben weh täte.«

»Gleitmittel«, sagte Werner.

»Hab' ich schon probiert«, sagte sie. »Dann tut's nicht weh, aber dann brennt's.«

»Dann hast du aber wahrscheinlich ein Gleitmittel auf Petroleumbasis benutzt«, sprach jetzt der Arzt. »Dieses Zeug taugt nichts. Was du brauchst, ist ein wasserlösliches Gleitmittel. Im Krankenhaus verwenden wir überhaupt nur noch wasserlösliche Gleitmittel, zum Einführen der Katheter, für nasales Absaugen, bei Rektaluntersuchungen ...«

Sie stöhnte und versteckte ihr Gesicht im Kissen.

Werner kroch wieder unter die Bettdecke, erschöpft und alkoholmüde. Er hatte seine Pflicht als heißblütiger betrunkener Mann getan und protestiert; jetzt konnte er die ganze Sache vergessen und einschlafen.

»Vielleicht hast du eine Entzündung oder so was«, murmelte er.

»Mein Arzt sagt, daß es keine Entzündung ist«, sagte sie. »Ich hatte ja erst diese Blasenentzündung, und danach bin ich dreimal bei ihm in der Praxis gewesen, und er wollte mir erzählen, daß mit den Tabletten, die er mir verschrieben hat, alles in Ordnung wäre, obwohl ich doch gemerkt habe, daß die Tabletten nichts gebracht haben. Würdest du Tetrazyclin bei einer Blasenentzündung verschreiben?«

Werner rappelte sich hoch. »Mit jungen, gesunden Menschen und Harntraktentzündungen kenn' ich mich nicht aus«, erklärte er. »Ich versteh' nur was davon, wie man alte Leute bei totalem Versagen der Körperfunktionen über längere Zeit am Leben hält.«

»Ich hab's schon gehabt, glaub' ich, als ich wieder zu ihm ging«, sagte sie, »aber da war's eben noch im Anfangsstadium. Da waren die Keime erst am Wachsen, glaub' ich. Sie waren zahlenmäßig noch grad unter der Zahl, wo die Typen im Labor feststellen: ›Das ist 'ne Infektion.‹ Andere Leute kriegen ja vielleicht 'ne leichte Infektion und merken noch nicht mal, daß sie öfter aufs Klo müssen oder daß sich's anders anfühlt, wenn sie müssen. Sie hören so lange nicht auf ihren Körper, bis was Schlimmeres passiert und es zu spät ist. Es kann vorkommen, daß jemand jahrelang mit einer leichten Infektion herumläuft und nichts merkt und nicht zum Arzt geht, bis es an die Leber geht, und das ist dann sehr ernst.«

»Die Nieren«, korrigierte Werner automatisch und gab sich innerlich einen Tritt, weil er sich nicht aus der ganzen Sache heraushielt. »Ernsthafte Harntraktentzündungen wandern manchmal bis in die *Nieren* hoch – aber nicht zur Leber. Es würde wirklich äußerster Anstrengungen seitens einer ganz ungewöhnlich wildentschlossenen Bakterienbande bedürfen, wenn sie von der Blase aus gegen die Leber operieren wollten.«

»Genau, ich meinte ja auch die Nieren«, sagte sie. »Natürlich, das ist nämlich der Schwester von einer meiner Freundinnen passiert. Die hatte eine Blasenentzündung, und die ist zu den Nieren hochgewandert, und dann mußte eine Nierentransplantation gemacht werden. Und all das nur, weil sie nicht auf ihren Körper gehört hat, als er Frühwarnsignale gab, daß sie eine Infektion hatte.«

»Jaja«, sagte Werner und überlegte, ob er eine Honorarforderung an ihre Krankenversicherung schicken sollte.

Ihre beiden Köpfe sanken im Einschlummern aneinander, und sie trieben im Märchenzustand zwischen Alkohol und Schlaf. Er griff sich an die Taille, um den Piepser abzuschalten, wachte auf, weil kein Piepser da war, und stellte fest, daß er sich nicht im Krankenhaus befand. Sie murmelte im Schlaf. Werner stützte das Kinn in den Handflächen und betrachtete voller Bewunderung für die straffe Spannung der *ligamenta suspensoria* ihre Brüste, und dabei kam ihm die Frage in den Sinn, ob in diesen zarten Brüsten wohl eine bösartige Zelle verborgen lag und nur auf die Chance zur Massenvermehrung wartete, um einen Tumor hervorzurufen.

Er glitt in unruhigen, alkoholisierten Schlaf mit Alpträumen. Er befand sich im Raum des diensttuenden Arztes im Medical Center. Er ging aus dem Zimmer, auf einen engen Korridor mit bläulicher Beleuchtung aus einer Quelle, die sich irgendwo in den oberen Regionen des Korridors verlor, doch immer noch einen weichen, mondartigen Schimmer über die ganze Länge des Flurs warf, wo Türen zu Zimmern und Toiletten abwechselten mit Mündungen dunkler Passagen, die sich wie die unterirdischen Gänge eines riesigen Kaninchenbaus gabelten und verzweigten.

Er schloß die Tür leise hinter sich und steckte einen großen eisernen Schlüssel in das rostige Schloß. Da hörte er, wie am anderen Ende des Gangs eine Tür geöffnet wurde, und er sah die Silhouette eines Mannes heraustreten, der leise die Tür hinter sich zumachte und, während er über die Länge des Korridors zu Werner hinsah, seinerseits einen Schlüssel ins Schloß seiner Tür steckte.

Sie begegneten sich in der Mitte des Korridors – zwei Leichenbestatter, die seit zwanzig Jahren im selben Leichenschauhaus tätig waren.

»Was hast du diese Nacht zu tun gehabt?«

»'n paar Normaltypen aus der Klapsmühle«, sagte Werner. »Und du?«

»'nen Typ, der Ernst heißt. Werner Ernst. Hat oben im Haus als Arzt gearbeitet. Vermutlich Herzinfarkt. Aber die Lungen sind gut.«

Werner folgte ihm ins Labor, wo ein anderer Mann in einer schwarzen Gummischürze und sterilen Handschuhen eine Leiche zunähte.

»He, Gilmore, was gibt's?« rief der Mann. »Das sind bloß Tote hier.«

»Weiß schon«, sagte Werners Begleiter, »ich such' einen. Hast du hier irgendwo einen mit Namen Ernst rumliegen? Werner Ernst. Irgendso 'n Doktor.«

»Jung oder alt?« fragte der Mann und stieß das sechzig Zentimeter lange Trokar genau in die Stelle unterhalb der Rippen, bis ans Heft.

»Jung, neunundsechzig oder so. Hat den Geist aufgegeben, als die 'n Ultraschall bei ihm gemacht haben.«

»Ach so, klar«, sagte der Mann mit der Gummischürze. »Der liegt in E-9, glaub' ich. Dem haben sie gestern alles rausgenommen. Den muß man nur noch mit Schaumgummi füllen und das Gesicht anmalen.«

5

Während Werner alles andere als den Schlaf des Gerechten schlief, schob Stella die Friedhofsschicht im Todeslabor. Der Nachtdienst war ihr lieber: Weil da nicht so viele Ärzte anwesend waren, besaß sie mehr Autorität und konnte übereifrige Techniker leichter von den Patienten fernhalten. Sie war lang genug im Geschäft, um zu wissen: Was diesen Patienten, seien sie nun tot oder lebendig, fehlte, das war nicht etwa medizinische Betreuung, sondern Schlaf. Sie hatte eine Vorliebe für Traumapatienten und Menschen mit angeborenen Krankheiten; sie verstand sich aufs Beruhigen von offenen Herzen, die in Panik gerieten. Gegenüber chronisch Lungenkranken, Alkoholikern, Drogensüchtigen und Suizidpatienten dagegen legte sie Härte an den Tag; sie haßte Jammerlappen und Querulanten. Sie lächelte nur noch selten; nur wenn sie der Meinung war, daß es jemanden beruhigen würde, der ihr sonst nur noch mehr Arbeit verursachen oder in totale Reaktionslosigkeit versinken würde.

Sie ließ das Grüppchen von Monitor-Technikern und Assistenzärzten im Dienstraum stehen und schlüpfte in die Kabine von Bett Zwei, zur stündlichen Routine. Sie zog die Tür hinter sich zu und ließ die Jalousien herunter, stellte die Wärmelampen niedriger und ließ die ganze großartige Wissenschaft am Schaltpult hinter sich zurück. Hier im künstlichen Zwielicht konnte sie mit dem Patienten allein und wenigstens für ein paar Minuten wieder Mensch sein.

In aller Heimlichkeit übte sie Mitgefühl – obwohl es keine verläßlichen, meßbaren Ergebnisse brachte. Falls Mitleid, Freundlichkeit oder, Gott behüte, Beten irgendwelche Wunder bewirkten, so waren die Resultate doch nicht wiederholbar; und aus eben diesem Grund konnte die Wissenschaft nicht das mindeste mit ihnen anfangen. Eventuelle Ergebnisse mochten interessant, provokativ, sensationell, wunderbar sein und Staunen erregen; aber wenn sie sich nicht in einem kontrollierbaren Rahmen durch andere Wissenschaftler wiederholen ließen, waren sie für die Wissenschaft und die schulmedizinische Praxis per definitionem unbrauchbar.

Bett Zwei lag wach und hatte Fieber – solch hohes Fieber, daß seine Temperatur unmittelbar unter dem Siedepunkt des menschlichen Körpers liegen mußte. Stella konnte sich nicht erinnern, wann sie zum letztenmal einen Patienten mit 40.6° Celsius Achseltemperatur gehabt hatte. Er steuerte auf einen Weltrekord zu. Wenn das Fieber weiter anstieg, würde er sich in der Stichflamme einer spontanen Feuerbestattung selber verbrennen.

Stella machte sich daran, die Kühldecke neu einzustellen – eine mit Wasser gefüllte Plastikmatte, die an einer Pumpe mit Thermostat hing und als Auffangbecken für die von Bett Zwei ausstrahlende Hitze diente. Stella drückte einen Knopf für den Swan-Ganz-Monitor, um einen Herzfunktions-Output für Bett Zwei zu erstellen. Sie übertrug die Informationen der Digitalanzeige auf Formulare. Sie kontrollierte die Medikation für Bett Zwei, überprüfte seine Lebenszeichen und machte in der Kabine Ordnung.

Sie band die orangefarbenen, knöchernen Hände des Patienten los und nahm eine davon in ihre Hand. Der Handteller von Bett Zwei war trocken und heiß wie gebackenes Leder und mit Harnstoffkristallen überzogen, die vom Schweiß vergangener Tage rührten. Sie löste die Manschetten an den Handgelenkbinden und erinnerte sich dabei an ihren ersten Tag auf der Intensivstation. Wie entsetzt sie damals gewesen war, als sie bemerkt hatte, daß die Patienten im wahrsten Sinne des Wortes an ihre Betten *gefesselt* waren. So wie die anderen Lernschwestern hatte auch sie den Dozenten gefragt: »Warum sind sie denn an Händen und Füßen festgebunden?« Die völlig logische Antwort war gewesen: »Damit sie sich die Schläuche nicht herausziehen können.« Diese Antwort schien alle zu befriedigen. Die eigentlich naheliegende Anschlußfrage stellte keiner: »*Warum* wollen sie sich immer die Schläuche herausziehen?«

Später hatte sie dann erfahren, daß Gerichtsprozesse der Grund waren, warum die Patienten angebunden waren. Denn wenn es einem Patienten tatsächlich einmal gelang, sich von seinen Schläuchen zu befreien und sich auf diese Weise eigenmächtig von der Intensivstation auf den Friedhof zu befördern, dann verklagten die Angehörigen die Ärzte und konnten die Geschworenen leicht davon überzeugen, daß ein vernünftig denkender Arzt die Eventualität einer Selbstentschlauchung der lieben Oma vorausgesehen hätte und sie deshalb am Bett hätte festbinden lassen müssen.

»Ich will sterben«, sagte Bett Zwei und rollte sich zusammen, um den Rücken dann urplötzlich in einem gewaltsamen Bogen zu krümmen. Es war ein Anblick, der Stella an einen Streifen eiskalten Tintenfisch erinnerte, der in der heißen Pfanne landet.

»Ich weiß«, sagte Stella.

»Das ist kein Witz«, sagte Bett Zwei. Sein Blick folgte ihr auf ihrer Inspektionstour der Maschinen, die sein Bett umgaben.

»Ich weiß, daß Sie keine Witze machen«, sagte Stella.

Für Bett Zwei hatte sie wirkliche Anteilnahme; er war ihr Schwachpunkt. Es war zwar so, daß die meisten ihrer Patienten stark litten und im Sterben lagen; aber die meisten hingen an Schläuchen und waren geistig ganz und gar weggetreten, konnten also über das, was sie durchmachten, auch nicht klagen. Und falls sie tatsächlich einmal sprachen, so war es ein sinnloses Gebrabbel, das höchstens anderem menschlichen Gemüse etwas hätte bedeuten können.

Bett Zwei war bereits zweimal intubiert worden, und jedesmal hatte sich seine Lungenfunktion so verbessert, daß die Pulmonologen ihn wieder von den Schläuchen befreit hatten. Jetzt, wo das dritte Mal bevorstand, war er gerade klar genug, um Zicken zu machen.

»Ich will nicht mehr an die verdammte Atemmaschine angeschlossen werden, verstanden?« sagte er zu Stella. »Sagen Sie diesen gottverdammten Ärzten, daß sie sich selber an dieses Scheiß-Beatmungsgerät hängen können. Ich will's nicht.«

»Ich werd's in Ihrem Krankenblatt vermerken«, versprach Stella. »Ich glaub' allerdings nicht, daß es Ihnen was bringt.«

»Warum nicht?« wollte Bett Zwei wissen.

»Wegen Ihrer Angehörigen«, sagte Stella. »Versetzen Sie sich doch mal in die Lage Ihrer Verwandten. Die wollen doch nicht, daß Sie sterben. Die hängen an Ihnen. Ihre Verlobte, Ihr Vater, die beiden ganz besonders ... Die möchten, daß alles getan wird, um Sie zu retten, solange eine Chance besteht.«

»Scheiß auf meinen Vater«, sagte Bett Zwei. »Was weiß der schon vom Sterben? Außer daß er vom Hals an aufwärts sowieso tot ist. Was haben die denn für eine Ahnung vom Sterben? Wart nur, bis es die selber erwischt und packt wie Gestank über Scheiße.«

Stella hörte, wie Bett Zwei die Stimme brach, und ihre Anteilnahme für ihn nahm weiter zu. Wenn er noch etwas Flüssigkeit im Leibe gehabt hätte, würde er jetzt bestimmt weinen. Sie hielt ihm die Hand und schaute zärtlich in sein orangefarbenes, heißes Gesicht.

»Ich brenne«, sagte Bett Zwei. »Ich schwitze Benzin. Könnten Sie mir nicht einfach ein paar Tabletten geben oder diese verdammten Maschinen abschalten? Einfach Schluß machen, ja? Ist doch sowieso alles vorbei. Mit so einer Krankheit bin ich ohnehin so gut wie tot. Okay? Warum also das ganze Theater? Das läuft doch schon seit fünf Millionen Jahren so, daß Menschen krank werden und sterben. Jetzt bin eben ich an der Reihe. Glauben Sie etwa, Sie könnten die Regeln ändern?«

Stella musterte Bett Zwei von Kopf bis Fuß und überlegte, welche Möglichkeiten sie überhaupt hätte. Da gab es natürlich immer die Langsam-Taktik. Sie könnte zulassen, daß sein Herz stillstand, und daraufhin vielleicht Mühe haben, sich gleich zu erinnern, was sie in diesem Fall zu tun hatte. Sie könnte beispielsweise einen ganz gewöhnlichen Fehler machen und statt des Sauerstoffs komprimierte Luft ans Beatmungsgerät anhängen. In der Aufregung könnte sie dann vergessen, die Notfallzentrale zu verständigen, bis es zu spät war. Oder sie könnte Bett Zwei, aus Versehen selbstverständlich, zuviel Kalium geben; es wäre ein Fehler, der bei der Autopsie eines Nierenpatienten sicher nicht ans Licht kommen würde. Bei einem Nierenpatienten waren verrücktspielende Elektrolyte ungefähr so ungewöhnlich wie Wolken in einem Sturm. Könnte es nicht auch sein, daß jemand vergaß, das Formaldehyd aus seinem Dialysegerät zu spülen, bevor sein Blut durchlief? Im übrigen war Bett Zwei vor kurzem ganz auf intravenöse Ernährung umgestellt worden, was ja zu einem Anstieg seiner Blutzuckerwerte führen könnte, die wiederum Insulin erforderlich machen würden – und eine Überdosis Insulin würde sich bei der Autopsie ebenfalls so leicht nicht feststellen lassen.

»Ich werd' das alles in Ihrem Krankenblatt eintragen«, versprach Stella. »Und wenn morgen früh der Arzt seine Visite macht, dann erzählen Sie ihm genau dasselbe, was Sie jetzt mir erzählt haben.«

Stella spürte ihre Schwäche für Bett Zwei geradezu physisch: sie saß links von der Mittellinie ihres Körpers direkt hinter dem Brustbein. Sie fühlte, wie sich diese Stelle weitete vor Verlangen, Bett Zwei zu helfen, und fragte sich wieder einmal, ob die Empfänglichkeit für solche Gefühle wohl durch die Operation entstanden war, die man vor drei Jahren bei ihr vorgenommen hatte – nachdem sie einen Knoten in ihrer linken Brust entdeckt hatte.

Sie hatte einen Arzt hier im Krankenhaus gebeten, den Knoten zu untersuchen. »Machen Sie sich keine Sorgen«, hatte ein Assistenzarzt sie getröstet, »wahrscheinlich handelt es sich bloß um fibrocystisches Gewebe. Für derartige Knoten kann's viele Gründe geben. Es muß nicht gleich Krebs sein.«

Drei Tage danach hatte sich der Onkologe über den Tisch gebeugt und erklärt: »Die Probe, die wir untersucht haben, war bösartig.«

Der Begriff »bösartig« hatte sich wie ein Fangarm um ihren Hals gelegt. Ein einziger Satz hatte sie zur Patientin gemacht. Sie weinte und schlug um sich – wie eine Patientin. Sie bettelte um die Zusicherung, daß man sich möglicherweise geirrt hätte – genauso wie Patienten und ihre Angehörigen es tun. Und kaum hatte sie die Fassung halbwegs wiedergewonnen, da beugte sich der Onkologe erneut vor und meinte: »Der Chirurg ist vor allem wegen Ihrer Achselhöhle besorgt. Sie haben stark geschwollene Lymphknoten.«

Seine Antworten auf ihre naheliegenden Fragen bezüglich Heilungschancen, Prognose und Lebenserwartung klangen überhaupt nicht gut.

»Ich bin dazu verpflichtet, die Patienten über ihren Zustand zu informieren«, sagte der Onkologe kurzangebunden. »Ich muß es tun, ganz gleich, ob es sich nun um eine gute oder eine schlechte Nachricht handelt. Danach berate ich den Patienten bei seiner Entscheidung im Hinblick auf die uns zur Verfügung stehenden Optionen. Ich will Ihnen zeigen, wie es laut einer statistischen Übersicht für Sie aussieht. Das Schaubild ist anhand von Erhebungen bei zweitausend Frauen erstellt worden, die Ihren Typ von Krebs haben«, sagte er und zog eine Fotokopie des Diagramms hervor.

»Ich persönlich würde Sie an dieser Stelle hier sehen«, sagte der Onkologe und deutete auf die 20-Prozent-Linie. »Das heißt, daß Sie eine zwanzigprozentige Chance hätten, noch fünf Jahre zu leben. Der Chirurg sah Ihre Situation allerdings weniger optimistisch.«

»Bedeutet das fünf Jahre Leben?« hatte sie wissen wollen. »Oder heißt das fünf Jahre Dahinvegetieren?«

Als sie aus seinem Büro hinaustrat, fühlte sie sich wie auf einem anderen Planeten, wo alles größer, greller und unpersönlicher war als auf der Erde. Statt der Probleme mit der Schwerkraft, mit denen Astronauten auf der Mondoberfläche zu kämpfen hatten, war es für Stella die Zeit, die sich verändert hatte. Statt daß Stella nur noch ein Sechstel ihres normalen Erdengewichts wog, verstrich für sie jetzt die Zeit mit einer auf ein Sechstel reduzierten Geschwindigkeit. Die Ewigkeit war verkürzt auf eine Fünf-Jahres-Dimension; die Sekunden wurden zu einem weiten Raum, wo sie im Bewußtsein des drohenden Todes allein war.

Sie konnte nicht schlafen. Wenn sie zu Bett ging, glaubte sie jedesmal Blumen zu riechen; sie sah sich tot in einem Sarg liegen, hörte Menschenstimmen, die von ihr in der Vergangenheitsform sprachen.

Um herauszufinden, ob der Krebs sich bereits in ihrem Körper ausgebreitet hatte, unterzogen die Fachärzte sie einer ganzen Reihe von Spezialuntersuchungen. Diese Tests wurden wie üblich an einem Freitag durchgeführt, so daß sie das Wochenende in banger Erwartung der Resultate verbrachte. Danach mußte sie noch eine ganze Woche warten, bis sie operiert wurde. So saß sie grübelnd herum und fragte sich, ob die Chirurgen sie beim Öffnen des Körpers wohl »voll damit« finden würden, wie es im Krankenhausjargon hieß, und ob man sie in diesem Fall gleich wieder zunähen und nach Hause schicken würde, damit sie ihre persönlichen Angelegenheiten in Ordnung brachte.

Der Krebs hatte sich aber noch nicht ausgebreitet. Die Chirurgen hatten alles getan, um ihn vollständig zu entfernen; absolut sicher konnten sie da allerdings nicht sein. Das konnte nur die Zeit zeigen – die aber bewegte sich mit einem Sechstel ihrer Normalgeschwindigkeit. Der Krebs konnte überall in ihrem Körper wieder auftauchen, irgendwann. Fünf Jahre würde es dauern – oder dreißig, je nach Zeitgefühl –, bevor sie wußte, ob sie die Fünf-Jahres-Marke tatsächlich erreicht hatte. Und selbst nach den fünf Jahren konnte er eines Tages wieder von neuem aufbrechen, konnte sich mit einem Krampf oder trockenem Husten, Magenschmerzen, Lethargie, einem neuen Knoten oder Kopfweh ankündigen.

Nach der Entlassung aus dem Krankenhaus verbrachte sie den ganzen ersten Tag nur damit, daß sie den Sonnenschein im Haar ihrer vierjährigen Tochter beobachtete, und sie fand einfach keine Antwort auf die Frage, was ihr denn nun lieber wäre – daß Tammy sie ganz schrecklich vermissen würde oder daß sie sie total vergaß. Sie stellte sich vor, wie Tammy ihre neue Pflegemutter mit dem Mund voller Cornflakes fragte: »Ist meine Mama jetzt im Himmel?«

Banale Werbesongs und Kassetten mit Kinderliedern, die sie für ihre Tochter abspielte, waren für sie auf einmal voller Pathos und Tragik. ›Rockabye, Baby‹ trieb ihr Tränen in die Augen; sie hatte es jahrzehntelang gesungen, gehört und abgespielt, ohne daß sie die Stelle über den Zweig, der bricht, und die Wiege, die umstürzt, vorher überhaupt wahrgenommen hatte.

An jenem ersten Tag kam ihr der Abendspaziergang vor, als

dauerte er ein halbes Jahr. Wolken segelten durch Farblandschaften, die Natur war wie in Trance und zeigte sich ihr zum ersten und letzten Mal in ihrem ganzen Reichtum.

Wenn sie während der folgenden zwei Jahre krank wurde und, ganz gleich wo, das Zwicken eines Schmerzes spürte, hielt sie es jedesmal für ein Indiz, daß der Krebs erneut zu wuchern begonnen hatte. Sie studierte dicke Bücher, um zu erfahren, wo er am wahrscheinlichsten wieder auftauchen könnte – in Lungen, Leber, Knochen oder Gehirn –, und welcher Tod sie dann erwartete. Abend für Abend tastete sie die ihr verbliebene Brust ab und war überzeugt, Knoten zu fühlen.

Sie begann, brennende Kerzen zu betrachten. Und wenn sie, nachts, ganz für sich allein, in den Kerzenschein starrte, überlegte sie: *Was, wenn ich heute zum letztenmal Kerzenlicht sehe? Wenn dies mein letzter Frühling ist? Mein letztes Weihnachtsfest?*

Jetzt, nachdem sie drei Jahre geschafft hatte, war sie nicht besser und nicht schlechter dran als die meisten; sie alle konnten morgen schon tot sein. Das einzige, was sie von ihnen unterschied, war diese Schwäche, diese Stelle irgendwo in ihrem Inneren, wo sie wußte, auch sie war eine Kandidatin für die Schläuche.

In die Kabine von Bett Zwei trat ein Assistenzarzt in rosarotem Polohemd und blütenweißem Laborkittel. »He Stan«, rief er, »will dieser Typ sich schon wieder davonmachen?«

Für Bett Zwei sah es so aus, als sei er im fernen Weltraum festgeschnallt, ganz weit weg, noch hinter dem Planeten Pluto – gut versteckt hinter einer Radarabschirmung und atmosphärischen Störungen von Sonnenflecken. Man hielt ihn auf einer Weltraumstation gefangen, die vor langer Zeit von abtrünnigen Wissenschaftlern besiedelt worden war. Durch verschiedene Mutationen hatten sie sich allmählich zu einer menschlichen Abart entwickelt. Den Regierungen der Erde und den Medien war von dieser Weltraumstation nichts bekannt, weil die wissenschaftliche Gründerelite alles geheimgehalten hatte.

Bett Zwei war Teil eines bedeutsamen, streng geheimen Experiments, in dem die medizinische Möglichkeit ewigen Lebens erforscht werden sollte. Vorbereitende Studien hatten ergeben, daß – bei gleichbleibend fortgesetzter Ernährung und Atmung – unerbittliches Leiden eine verjüngende Wirkung auf kranke Wirbeltiere ausübte. Irgendein glücklicher Gewinner des Nobelpreises hatte entdeckt, daß auf Grund eines noch unbekannten physiologischen Prozesses physischer Schmerz stimulierend auf die Zellen wirkt und eine Reaktion mit Zellkernteilungen auslöst, die den Alterungsprozeß aufhebt. Unter Umständen war es möglich, ein Wirbeltier Hunderte, ja Tausende von Jahren lang leben zu lassen, solange es nur in einem stabilen Schmerzzustand gehalten wurde. Aufregend. Die medizinischen Implikationen waren grenzenlos.

Und deshalb lag Bett Zwei hier nun in hellwachem Zustand, deshalb mußte er leiden. Vor ihm dehnten sich die Jahrhunderte aus. Er reichte ein Gesuch ein mit der Bitte, nach tausend Jahren sterben zu dürfen; doch die Bearbeitung des Gesuchs nahm hundertvierzig Jahre in Anspruch. Es mußte zur Erde weitergeleitet und von drei Generationen von Wissenschaftskomitees und einem Appellationsgericht gebilligt werden.

Fieber. Bevor Bett Zwei explodierte, entwickelte er eine solche Hitze, daß die Plastiksäume seiner Kühldecke schmolzen und um ihn herum Dampf aufstieg. Er japste nach Luft; unerträgliche Hitze- und Ekelwellen durchliefen ihn.

»Alles sonst, nur nicht noch einmal drei Fieberwellen. Alles sonst!« schrie er der Weltraumschwester zu, die ihn in seinem Bett umdrehte.

Das Fieber kam stets in drei aufeinanderfolgenden Wellen. Dreimal rauf und runter. Dreimal. So oft wie Petrus den Herrn verleugnet hatte. Die Zahl der Personen in einem schlechten Nationalitätenwitz – bei der dritten kommt die Pointe. Die Zahl der Heiligen Dreifaltigkeit. Die Anzahl der menschlichen Wesen, die sich jetzt bei ihm in diesem Raum aufhielten – das heißt, falls …

O je o je. Genau das, wovor er Angst hatte. Drüben, auf dem Fenstersims, ja, da saß es. Das war … Den Namen wagte Bett Zwei nicht auszusprechen; er wagte nicht einmal an ihn zu denken. Manche afrikanischen Stämme nennen Schlangen nie beim

Namen, aus Angst, daß sie darauf antworten und herbeikommen könnten. Die alten Hebräer wollten den Namen Gottes nicht aussprechen. Und Bett Zwei begriff instinktiv, daß er den Namen von diesem Du-weißt-schon-wem nicht laut denken durfte. Er konnte es aber nicht lassen, nach ihm zu schielen; aus purer Neugier.

Unterhalb der Gürtellinie war dieses Wesen ohne Namen ein Ziegenbock; ein zottiger Pelz aus übelriechendem Haar, krumme Faunbeine mit einem Joggingschuh an dem einen und einem Pferdehuf am andern Fuß. Der Rumpf oberhalb der Gürtellinie hatte Menschengestalt, die Haut dagegen war reptilienartig. Sie bestand aus krustigen roten Hummerschalen und verkohlten Schuppen. Am fürchterlichsten waren jedoch die Orangenaugen in tiefen, schwarzen, schmierigen Höhlen, die über einem Bart aus schwarzer Stahlwolle voll Ruß und Asche zu ihm herüberspähten.

Das Wesen trug ein knallig pinkfarbenes Polohemd und eine Hornbrille, die perfekt zu den Ziegenbockhörnern paßte, die von seinem Kopf ragten. Hinter dem Rücken wippte ein spitzer, muskulöser Schwanz auf und nieder.

Bett Zwei wand sich in eine Fötuslage. Ihm brannten die Gelenke vor Fieber und Juckreiz, und zwar innen, wo er sich nicht kratzen konnte.

»Hallo«, sagte die Kreatur. »Ich bin der Mann vom Feuerofen. Man hat mich hergeschickt, damit ich Ihnen ein paar Dinge erkläre.«

»Ich will sterben«, sagte Bett Zwei. »Das heißt ... falls ich nicht schon tot bin.«

Der Mann vom Feuerofen kicherte leise vor sich hin, nahm auf einem Stuhl Platz und legte seine Ziegenbocksbeine übereinander.

»Arbeiten Sie für diese technischen Leichenbeschauer?« fragte Bett Zwei. »Oder für wen sonst arbeiten Sie?«

»Mit solch schwierigen Dingen sollten Sie sich in Ihrem Zustand nicht abplagen«, riet ihm der Mann vom Feuerofen. »Wir fangen lieber mit einfachen Dingen an. Zu den Arbeitsverhältnissen kommen wir dann vielleicht später.«

Der Mann vom Feuerofen griff hinter sich und zog seinen Schwanz nach vorn, um ihn während der weiteren Unterhaltung mit Bett Zwei in einem fort liebevoll zu streicheln. »Sie haben Mühe, andern Ihre Wünsche mitzuteilen, hab' ich recht?«

»Woher wissen Sie das?« fragte Bett Zwei.

»Ich weiß alles«, sagte der Mann vom Feuerofen und zeigte auf ein verschmiertes Klemmbrett. »Also gut«, sagte er und blätterte in einem Bündel von Quittungen und Durchschlägen. »Der Herkunft nach sind Sie ... Katholik. Aktueller Stand ... nicht praktizierend.« Er machte einen Vermerk auf einem Stück Papier. »Das vereinfacht die Sache.«

»Ach ja?« sagte Bett Zwei.

»Jawohl«, sagte der Mann vom Feuerofen. »Sie können andere Leute verstehen, wenn sie mit Ihnen sprechen, umgekehrt können die Leute Sie jedoch nicht hören. Und das hat einen einfachen Grund: Sie befinden sich im Fegefeuer und diese andern Menschen eben nicht.«

»Was hat das damit zu tun, daß ich katholisch bin?«

»Alles«, sagte der Mann vom Feuerofen, dessen Orangenaugen belustigt glitzerten. »Ins Fegefeuer kommen nämlich nur Katholiken, und zwar deshalb, weil nur Katholiken ans Fegefeuer *glauben*. Das ist genauso wie bei den afrikanischen Stämmen, die kein Wort für ›nein‹ kennen. Die wissen überhaupt nicht, was ›nein‹ bedeutet, einfach weil es bei ihnen kein Wort dafür gibt.«

»Verstehe«, sagte Bett Zwei. »Dann bin ich also schon tot.«

»Nun ja, das ist wieder so ein Kunstbegriff, auf den wir noch zurückkommen müssen im Verlauf unserer ... nennen wir es mal Therapie, einverstanden? Es ist durchaus möglich, im Himmel, in der Hölle oder im Fegefeuer und trotzdem am Leben zu sein. Es kommt ganz darauf an, wie man die Begriffe definiert.«

»Aha«, sagte Bett Zwei.

»Ich will Ihnen auch sagen, was Ihr größtes Problem ist«, sagte der Mann vom Feuerofen. »Durch Ihre Krankheit sind Sie für Ihre Mitmenschen völlig nutzlos geworden. Von da an bis zu Ihrem Ende fallen Sie den Lebenden zur Last. Kein Mensch hat etwas davon, wenn er freundlich zu Ihnen ist. Sie und Ihre

Krankheit bedeuten nur unangenehme Arbeit, die getan werden muß – möglichst nicht von einem selbst, sondern von andern. Ihre engsten Angehörigen sehen Sie als ein vom Schicksal geschlagenes Mitglied des Clans und werden Ihnen darum weiterhin eine instinktive Zuneigung zukommen lassen. Aber am Ende werden auch Ihre Angehörigen Sie meiden.«

Tränen flossen Bett Zwei über die Wangen, so daß er selbst ganz überrascht war – er hätte nicht gedacht, daß in seinem Körper überhaupt noch Flüssigkeit übriggeblieben wäre.

»Lassen Sie es mich folgendermaßen ausdrücken«, fuhr der Mann vom Feuerofen fort. »Als Sie gesund waren und dem Geld und schönen Frauen hinterherjagten – wieviel Zeit haben *Sie* damals wohl für Sterbende erübrigt? Um sie zu trösten? Bestimmt nicht viel. Ich will Ihnen auch sagen, warum. Weil das eine deprimierende, irritierende, undankbare Sache ist. Was erwarten Sie also von Ihren Freunden? Was sollen die denn tun? Ihnen Karten schicken mit Sprüchen wie: ›Sieh zu, daß es Dir bald wieder besser geht‹? Oder vielleicht Grußkarten mit geistreichen Phrasen wie ›Deine Ärzte werden sicher bald mit der krankhaften Schwellung Deines Portemonnaies fertig‹?«

Der Mann vom Feuerofen lachte gutmütig und zeigte Bett Zwei eine Reihe schwarzer und goldener Zähne sowie eine geschwollene Zunge, die von blutigem Speichel glänzte. »Sie haben eben nichts mehr zu bieten. Gar nichts. Bis auf eins.«

»Und das wäre?« fragte Bett Zwei.

»Ihre Krankenversicherung«, sagte der Mann vom Feuerofen unter schallendem Gelächter. »Kapiert? Sie haben immer noch eine Krankenversicherung.«

»Verschwinden Sie«, sagte Bett Zwei schwach.

Der Mann vom Feuerofen schaute von seinem Klemmbrett auf und gönnte Bett Zwei ein Lächeln. »Es ist unerträglich, nicht wahr? So leiden zu müssen, wie Sie jetzt leiden, und das ohne jeden ersichtlichen Grund. Ich meine, so ist es doch, Sie liegen da am Bett festgeschnallt, müssen eine Tortur nach der andern durchstehen, und alles ohne Sinn und Vernunft. Haben Sie mal überlegt, wo sich Ihre Freunde jetzt befinden? Hier sind sie jedenfalls nicht. Sie sind ja auch gesund. Sie sind Anwälte, Versicherungsagenten, Börsenmakler. Sie fahren in der Gegend herum, um die Vorzüge von Propangas-Grillgeräten mit denen von Holzkohlengrills zu vergleichen. Sie denken darüber nach, ob sie sich einen Müllvernichter oder eine Geschirrspülmaschine anschaffen sollen. Sie bekommen Kinder. Sie zahlen Monatsraten für ihre neuen Autos. Sie probieren neue, teure Weine, während Sie hier bei uns liegen und leiden – und wozu leiden Sie? Nur damit Sie morgen noch ein bißchen mehr leiden können!«

»Verschwinden Sie«, sagte Bett Zwei.

»Was mich aber wirklich umwirft«, fügte der Mann vom Feuerofen mit einem breiten Grinsen hinzu, während er einen Lachanfall unterdrückte, »ist die *Ungerechtigkeit*. Warum ist das alles Ihnen zugestoßen? Wieso haben ausgerechnet Ihre Nieren versagt und nicht die von irgendwem anderen? Ist Ihnen eigentlich klar, daß das Risiko einer Erkrankung am Goodpasture-Syndrom für einen Weißen männlichen Geschlechts in Ihrer Altersgruppe annähernd 1:1400000 beträgt? Das bedeutet: In der Welt dort draußen laufen einskommavier Millionen Menschen wie Sie frei herum, die das Goodpasture-Syndrom *nicht* haben! Mehr noch – die werden es auch niemals bekommen! Die befinden sich *nicht* im Fegefeuer, die leiden und verrecken *nicht* wie ein Hamster. Die werden *nicht* vom Fieber ausgebrannt, mit denen wird *nicht* in Weltraumlabors herumexperimentiert. Die meisten dieser Männer werden zweiundsiebzig Jahre alt werden und zu Hause einen friedlichen Tod sterben.«

Bett Zwei griff nach einer kleinen Brechschüssel aus Metall und kotzte halbherzig, hier und da ging ein bißchen daneben, doch das meiste fand den Weg in die Brechschüssel. Schwester Stella Stanley nahte mit einem warmen Waschlappen und einer Spritze.

»Sie werden wirklich immer besser mit dieser Brechschüssel, Maynard. Vielen Dank, daß Sie so vorsichtig sind. Dafür bin ich Ihnen etwas schuldig.«

»Wasser«, bettelte Bett Zwei.

»Tut mir leid«, sagte Stella. »Es tut mir wirklich leid. Aber Wasser darf ich Ihnen nicht geben, weil Ihre Nieren doch nicht funktionieren. Ich kann Ihnen höchstens den Mund austupfen.«

»Mit Essig?« fragte Bett Zwei beunruhigt.

»Mit Wasser, Schätzchen.« Stella kicherte. »Halten Sie mich etwa für die böse Hexe oder was?«

»Ich dachte, Sie gehören zu dem da«, sagte Bett Zwei mit einer Geste zum Mann vom Feuerofen.

»Das ist Dr. Hansen«, sagte Stella.

»Ich bin immer noch da«, warf der Mann vom Feuerofen in einem bösartigen Singsangton ein. »Sie dürfen es ihr nicht verraten, aber ich verstehe mich ausgezeichnet auf das Grillen von Spareribs. Was würden Sie von einer hübschen Portion Rippchen Country Style mit meiner Spezialmarinade halten?«

Bett Zwei spuckte Schwefel und unterdrückte einen neuerlichen Anfall von Ekel. Er spürte, wie sein geschwächter Körper der nächsten Fieberwelle entgegenritt, und er keuchte immer hastiger in dem Bemühen, die Hitze wegzublasen. Feuer. Wenn jetzt jemand hereinkäme und ihm mit Hammer und Skalpell den Schädel öffnen würde, würden sich Schlangen und glühende Lavamassen über sein Kopfkissen ergießen.

»Oh, mein Gott!« schrie Bett Zwei. »Bitte, laßt mich einfach sterben!«

Bett Zwei spürte, wie der Mann vom Feuerofen ihm mit einer Berührung seiner schuppigen Hand die Stirn versengte. Er schaute von seinem heißen Schmerzens- und Fieberlager auf, sah die glasierte Echsenhaut, die leuchtendroten Schuppen und stellte mit einem Prickeln des Entsetzens fest, daß von den glänzenden Rubinschuppen sein eigenes Spiegelbild zurückgeworfen wurde – das Bild von ihm selbst auf dem Totenbett.

»Ich sage es Ihnen wirklich nicht gern«, sagte der Mann vom Feuerofen, »aber Sie sind schon tot. Es ist nämlich so, daß das Fieber nach dem Tod nur noch schlimmer wütet.«

»Machen Sie, daß Sie wegkommen!« schrie Bett Zwei.

»Ich rufe die Anästhesie an«, sagte der Assistenzarzt zu Stella. »Ohne Beatmungsgerät hält er nicht bis morgen früh durch.«

Nach der Reintubation wusch Stella Bett Zwei mit einem warmen, seifigen weißen Waschlappen und verwandte besondere Sorgfalt darauf, das wunde Rektum zu spülen und mit einer beruhigenden Salbe einzuschmieren. Sie drehte Bett Zwei behutsam um, von einer Seite auf die andere, rollte ihn einmal so, und dann wieder so, als wenn er ein vergilbter Pergaminumschlag auf ausgetrockneten Knochen wäre. Sie suchte seinen Körper nach den bösartig roten Flecken ab, die auf wundgelegene Stellen hindeuteten.

Nachdem der Schlauch wieder eingeführt worden war, wurden die Augen von Bett Zwei leer, die Pupillen wurden feucht, weiteten sich und starrten durch die Luft hindurch wie die eines sterbenden Fisches. Stella konnte ihn herumdrehen, wie sie wollte, seine Augen blieben auf die Zimmerdecke fixiert, der Blick der Sterbenden.

Nach dem Baden rieb Stella Bett Zwei mit einem Spezialöl ein, um das Jucken zu lindern, das durch den urämischen Frost auf seiner ledernen Haut verursacht wurde. Bei gedämpfter Beleuchtung und heruntergelassenen Jalousien überließ sie sich ganz dem Rhythmus ihrer Liebkosungen; ein paar Minuten lang wurde der Körper von Bett Zwei zu ihrem eigenen. Sie untersuchte ihn mit der gleichen Intensität, der gleichen zärtlichen Wachsamkeit, mit der sie sich selbst badete oder ihre Lymphknoten nach neuen Schwellungen abtastete.

Sie spürte, daß sich ein neuer Vorfall anbahnte. Seit einem Jahr etwa kamen diese Zustände nun schon mit fast bösartiger Regelmäßigkeit wieder. Etwas Unerklärliches, für das ihr die Bezeichnung »idiopathischer Tränenfluß« noch am passendsten erschien. Andere Leute hätten es vermutlich Weinen genannt. Sie war schon so lange in diesem Beruf tätig, daß sie innerlich nichts mehr berührte. Sie hatte ihre Hände schon in alles hineingesteckt, von septischen Wunden bis zu offenen Einschnitten; hatte mit eigenen Augen alles gesehen, von giftbedingten letalen Schocks über Aids bis hin zu unbeschreiblichen Verbrennungen, tertiärer Syphilis, brandig werdenden Därmen. Sie hatte Dinge gesehen, die Narben auf ihren Augen hinterlassen hatten. Doch aus irgendeinem Grund geschah es nun, daß sich nach Jahrzehnten des Kampfes in den Schützengräben an vorderster Front diese seltsamen ... Ausbrüche einstellten. Ein Weinen, ohne daß sie etwas fühlte. Die Tränen kamen völlig unerwartet, nicht einmal in besonders streßreichen Augenblicken und gewöhnlich auch nicht aufgrund von irgendwelchen Traumata bei ihr oder bei ihrem Patienten, nicht in »bewegenden« Momenten, nicht in Augenblicken von Schock – es waren ganz einfach Weinkrämpfe, die mitten im routinemäßigen Alltag einer Krankenschwester der Intensivstation auftraten. Innerlich spürte sie überhaupt nichts.

Sie befeuchtete Bett Zwei mit Zitronentupfern die Lippen und rieb ihn mit kühlenden Salben ein.

Was ihre Empfindungen betraf, so hätte sie genausogut ein Schinkensandwich essen oder bei einem Spiel Black Jack zuschauen können. Sie fühlte überhaupt nichts. Was jedoch ihr aktives Verhalten betraf, so kümmerte sie sich um Bett Zwei, sie hielt seine orange verfärbte knöcherne Hand, streichelte ihm tröstend die Stirn, war ganz einfach und ohne jeden Grund nett und freundlich zu Bett Zwei … und weinte.

6

Am nächsten Morgen traf Werner mit Verspätung im Krankenhaus ein. Felicia hatte einfach nicht glauben wollen, daß es Leute gab, die tatsächlich schon um sechs Uhr früh zur Arbeit mußten.

Die Sonne ging auf. Zwischen sechs und sieben Uhr kamen dann allmählich die richtigen Ärzte – die Thoraxchirurgen, Neurologen, Nephrologen, Pulmonologen, Onkologen, Radiologen, Chefärzte dies und Abteilungschefs das, die Leuchten der Medizin, die auf den Korridoren wichtig aneinander vorbeirauschten; jeder tat, was er nur konnte, um den andern auszustechen. Bei Tag mußte Werner sich in die niederen Ränge der Ärztehierarchie einordnen, ein bloßer Abglanz des Lichts, das von oben herabstrahlte. Bei Tag mußte er Anweisungen entgegennehmen, bevor er Anweisungen gab; er mußte sich anbrüllen lassen, bevor er andere anbrüllen konnte. Da mußte er sich das selbstzufriedene Lächeln aus dem Gesicht wischen, ordentliche Schuhe, Krawatte und Hosen mit Bügelfalte tragen.

Frisch und munter trafen die illustren Ärzte ein. Sie hatten acht Stunden lang fest und ungestört in ihren mit Alarmanlagen gesicherten Häusern geschlafen, waren aufgedreht vom Koffein, fit und bereit für einen neuen Tag im Dienst von Mammon und Medizin. Mit neuen schnurlosen Telefonen hörten sie ihren Antwortdienst ab, sie überprüften ihre Piepser, griffen nach dem Stethoskop im Handschuhfach. Sie stellten ihre Luxuslimousinen auf den für sie reservierten Parkplätzen gleich am Eingang der Unfallstation ab. Man hatte berechnet, daß diese simple Maßnahme pro Arzt täglich eine Viertelstunde des sonst unvermeidlichen Herumkurvens auf der Suche nach einem freien Parkplatz sparte – ein Zeitgewinn, der sich insgesamt in Stunden zusätzlicher hochqualifizierter Patientenbetreuung auszahlte.

Gegen 6.30 Uhr traf Werner in der Cafeteria mit Roy Hansen zusammen, wo die beiden sich von dem Arzt, der die Nacht über Dienst gehabt hatte, Bericht erstatten ließen. Hansen war Werners »Dritter«, das heißt der ihm unmittelbar vorgesetzte Assistenzarzt im dritten Jahr. Er sollte Werners Arbeit beaufsichtigen, so wie Werner die Arbeit der beiden Assistenzärzte unter sich beaufsichtigte; jede Stufe auf der Leiter der Medizinerhierarchie war der nachfolgenden an Dienstzeit und Fronterfahrung um ein Jahr voraus.

Der Idee nach war der Dritte für den Assistenten im zweiten Jahr, also für den Zweiten, der große Arztbruder oder auch die große Arztschwester. Ein guter Dritter sorgte dafür, daß der Zweite durch Fehler lernte. Ein guter Dritter ließ den Zweiten bei der Meinung, daß der Patient unter einer atmungsbedingten Acidose litt, bis die Blutgase zurückkamen und anzeigten, daß es sich vielmehr um ein Stoffwechselproblem handelte. Ein guter Dritter ließ es geschehen, daß der Zweite einen Patienten in den Blau-Code steuerte und zuviel Bikarbonat gab, bis er schließlich merkte, was wirklich mit dem Patienten los war. Ein guter Dritter machte eine freundliche Miene, wenn der Zweite dann Isuprel verordnete, obwohl das übrige Blau-Code-Team genau wußte, daß der Zweite Atropin hätte verordnen müssen. Ein guter Dritter ließ den Zweiten gewähren, wenn er EKGs falsch interpretierte, bei Blutdruckanstieg aufgrund von Gefäßverengungen falsche Dosierungen anordnete und in einem Notfall mit Panik reagierte.

Ein guter Dritter wußte, daß es so etwas wie einen Notfall gar nicht gab. Schlimmstenfalls konnte der Patient sterben, und da die meisten Patienten hier sich die allergrößte Mühe gaben, genau das zu tun, war es schließlich kein Notfall, wenn es ihnen zu guter Letzt auch gelang. Ein guter Dritter wußte, daß es in einem solchen Fall – wenn also der Patient endlich doch seinen Willen bekam – nur wichtig war zu gewährleisten, daß die Schuld dafür einzig und allein beim Patienten selbst lag und bei niemand sonst. Bei einer eventuellen kritischen Überprüfung der Krankenunterlagen des Toten mußte unmißverständlich klar zutage treten, daß der Zweite und der Dritte alles in ihrer Macht Stehende unternommen hatten, um dem Patienten den Zutritt zum Jenseits zu verwehren.

Falls mit einem Patienten, der einen bloß halbherzigen Versuch zu sterben unternahm, irgend etwas schiefging und im Krankenhaus die Nachricht umlief, da hätte jemand einen so bösen Fehler gemacht, daß auch noch so geschickte Dokumentation ihn nicht verdecken konnte – dann kriegten der Zweite, der Dritte und ihre sämtlichen Untergebenen eine doppelte Null hinter dem Namen verpaßt, so wie in »007«: die Lizenz zu töten. Daraufhin verfolgte sie für den Rest ihrer Ausbildungszeit die Verachtung der Kollegen, bis sie – vor Augenzeugen – durch eine staunenerregende Diagnose oder eine schwierige Leistung unter besonders großem Streß alles wiedergutmachten.

Der Dritte war einer, den der Zweite in der Mitte der Friedhofsschicht anrufen konnte, wenn auf der Intensivstation ein Hexensabbat tobte, wenn Geister und Dämonen auf einer Frequenz heulten, die für menschliche Ohren nicht mehr zu hören war, die höher lag als die Ultraschallwellen der Fledermaus-Echopeilung und Hundepfeifen; wenn der Tod seine häßliche Fratze gegen die Scheiben der Kabinen preßte; wenn Angehörige von Patienten sich am Laborkittelärmel des Zweiten festkrallten und die geschändeten Leiber in den Krankenbetten nach dem Zweiten riefen, indem sie auf den Monitoren Alarm auslösten; wenn die Nacht auf einmal zur Nacht der lebenden Toten wurde, nur daß die Leichen hier, statt aus geöffneten Gräbern emporzusteigen, sich die Schläuche zur intravenösen Versorgung aus dem Körper rissen, damit sie sich in ihren Sarg legen und ein für allemal schlafen konnten. Wenn der Zweite seinen ganzen wissenschaftlichen Sachverstand bemüht hatte und alles nur noch schlimmer geworden war, dann stürzte er zum Telefon und wählte die Privatnummer seines Dritten.

Gedacht war es so, daß der Dritte mehr wußte als der Zweite, eine für Werner äußerst unglückliche Annahme, weil Hansens gesamtes Wissen von Innerer Medizin in einem Spucknapf Platz gefunden hätte. An medizinischer Praxis hatte Hansen kein Interesse; er war einfach gern Arzt. Mit dem Abschluß des Medizinstudiums hatte Hansen alles, worauf es ihm ankam. Er konnte in jeder beliebigen Bar Blondinen ansprechen und sich als Arzt vorstellen. Mit welcher Note er abgeschnitten hatte, behielt er für sich.

Nach dem Studium hatte Hansen schnell bemerkt, daß er nur einer von vielen Anfängern war, und das in einem Umfeld, in dem es von Egomanen und hochintelligenten Köpfen nur so wimmelte. Hansen stellte auch noch etwas anderes fest – daß er nämlich die nächsten zwanzig Lebensjahre drangeben müßte, falls er sich durch größeres Fachwissen vom Rest der Ärzteschar abheben wollte. Angestrengtes Arbeiten kam für ihn nicht in Frage; andererseits empfand er es aber als unerträglich, bloßes Mittelmaß zu bleiben. Deshalb hatte er sich statt medizinischer Kenntnisse eine farbige, schneidige Persönlichkeit zugelegt; es war sein Image, durch das er unter allen übrigen Ärzten hervorstach. Er trug Cowboystiefel, kaute Tabak, etablierte sich als Frauenheld und hatte sich mit drei anderen Ärzten zusammen ein Rennpferd angeschafft. Werner war klar, daß Hansen sein burschikoses Rancher-Auftreten als faszinierendes Gegenstück zur herkömmlichen Vorstellung des sensiblen, gelehrten Arztes pflegte. Werner hatte nur das Problem, daß er in seinen Gesprächen mit Hansen rein gar nichts vom gelehrten Arzt zu sehen bekam; er hatte es immer bloß mit einem Cowboy zu tun.

Wenn Werner auf der Station ganz allein war und bis zu den Knien in Blut und Kotze steckte, wußte er genau: Es hatte keinen Sinn, Hansen anzurufen, denn wenn der Cowboy-Doktor erst einmal zu Hause und schlafen gegangen war, war er überhaupt nur noch zu *einer* Diagnose imstande – und ganz egal, was mit dem Patienten los war, es war stets die gleiche Diagnose. Dieser gefährliche Umstand wurde Werner allerdings erst deutlich, als er sich ein paarmal in Schwierigkeiten befunden und seinen Dritten um Hilfe gebeten hatte.

Als Werner das erstemal bei Hansen angerufen hatte, war es vier Uhr morgens gewesen. Werner hatte ein 74jähriges offenes Herz vor sich, die Operation lag ein paar Tage zurück. Der

Mann begann plötzlich totalen Unsinn zu reden. Es war nicht der übliche Quatsch, wie er einem bei CO_2-Entzug oder allgemeiner Intensivstation-Psychose vertraut ist; dieser Kerl hielt sich nicht für einen der Jünger Jesu auf dem Wege nach Emmaus und rief auch nicht lauthals nach Jeb, er solle den Traktor aus der Scheune holen. Solche Art von Schwachsinn war gewissermaßen ortsbedingt: Patienten auf der Intensivstation redeten selten vernünftig daher, aus dem einfachen Grund, daß sie nie Schlaf bekamen. Irgendwer mühte sich immer mit ihnen ab, verabreichte ihnen eine Behandlung, gab ein Bad, schaltete Transfusionen ein, maß den Blutdruck oder zapfte Blutproben ab, drehte sie im Bett herum, überprüfte das Warninstrumentarium ihrer Maschinen, stellte die Geräte stündlich ein – als ob solche Geschäftigkeit den Patienten nicht nur vom Schlaf, sondern auch von dessen großem Bruder, dem Tod, fernhalten könnte.

Doch ganz abgesehen davon, daß das Gerede dieses Patienten keinerlei Sinn ergab, war er anscheinend nicht einmal imstande, überhaupt verständliche Wörter zu bilden. Wenn er etwas zu sagen versuchte, erfand er im Reden jedesmal eine ganz neuartige Sprache. Wenn Werner genau hinhörte, konnte er manchmal Silben ausmachen – es war, als würden die Wörter irgendwo im Kopf des Patienten in Stücke zerhackt und dann falsch wieder zusammengesetzt, bevor sie als sinnloses Kuddelmuddel aus seinem Munde kamen – als Wortsalat, wie es im Jargon hieß. Sehr merkwürdig. Also rief Werner bei Hansen an und setzte ihn über alles ins Bild, über Blutgase, Laborwerte, Untersuchungsergebnisse, den EEG-Befund. Hansen sagte gähnend: »Herrje, ich weiß nicht, Werner. Das klingt mir ganz nach Lungenembolie.«

Werner empfand das als plausible Hypothese, weil so ein Blutgerinnsel in der Lunge praktisch allen Krankenhauspatienten zustoßen konnte. Es konnte von allen möglichen Symptomen begleitet sein und so viele andere Fehlfunktionen auslösen, daß man, wenn einmal alles schiefging, getrost davon ausgehen durfte, daß vor, während oder nach dem betreffenden Vorfall – was immer der sein mochte – eine Lungenembolie eingetreten war.

Als Werner das nächstemal bei Hansen anrief, war der Patient ein 33jähriger Mann mit der Hodgkinschen Krankheit, der oben und unten, Steuerbord und Backbord blutete. Werner suchte verzweifelt nach Möglichkeiten, das Blut im Körper seines Patienten zu halten. Bestrahlung und Chemotherapie hatten beinahe alle Blutplättchen des Patienten zerstört, und nachdem die Blutung erst einmal begonnen hatte, schien es fast unmöglich, daß überhaupt wieder eine Gerinnung einsetzen könnte.

»Ich hab' ihm schon zwanzig Einheiten Blutplättchen, fünf Einheiten gefrorenes Plasma und zwanzig Milligramm Vitamin K eingefüllt«, teilte Werner Hansen mit, »und er blutet noch immer wie wild.«

Hansen brummelte irgend etwas, das offenbar einer Person am andern Ende der Leitung galt. »Also, Werner, ich weiß nicht«, sagte er dann. »Ich an deiner Stelle würde mal auf Lungenembolie tippen.«

Beim Gedanken an das Ausmaß der Krise bei diesem Patienten fand Werner eine Lungenembolie etwa so relevant wie einen kaputten Scheinwerfer bei einem Frontalzusammenstoß. Da der Patient im übrigen im ganzen Körper zu keiner Blutgerinnung fähig schien, also wohl kaum ausgerechnet in der Lunge, empfand Werner Hansens Vorschlag bestenfalls als lächerlich, legte auf und beschloß, das Problem nach bestem Wissen und Gewissen selbst anzugehen.

Bei Werners letztem Anruf bei Hansen hatte der Patient eine krankhafte Arterienerweiterung im Gehirn und klagte über heftige Bauchschmerzen. Hansen bat Werner, einen Moment zu warten, während er in seinem Notfall-Handbuch nachschlug. Zwei Minuten später war er wieder am Apparat. »Ich wette, es handelt sich um Schmerzen, die auf eine vorangegangene Lungenembolie zurückzuführen sind«, erklärte er in vollem Ernst.

Das war das Ende von Werners Arbeitsbeziehung mit Hansen. Danach sah sich Werner auf der Intensivstation im neunten Stock ganz auf sich gestellt; beim Nachtdienst trug er die schwere Bürde der acht Körper allein.

Trotzdem mußten sich die beiden Assistenzärzte jeden zweiten Morgen in der Cafeteria zusammensetzen. Hansen nahm den Kaffee mit Milch und Zucker, Werner trank ihn schwarz. Wenn sie die Ereignisse der vorausgegangenen Nacht miteinander durchsprachen, schaffte es jeder in der Regel mindestens einmal, den anderen zu beleidigen, und sie gaben sich keine Mühe, einander ihre entgegengesetzte Auffassung von Medizin zu verhehlen.

Um 6.45 Uhr stieß Dr. Paul Marlowe zu Werner und Hansen – der leitende Assistenzarzt, ein hochgewachsener, tolpatschig wirkender Mensch, der aussah wie John Lennon in seiner Hausmannsphase. Alle Assistenten, die Werner auf das Thema angesprochen hatte, erklärten Marlowe zum brillantesten medizinischen Kopf, der je im Medical Center der Universität die Stelle des leitenden Assistenzarztes innegehabt hatte. Werner hatte jedoch nie Gelegenheit gehabt, sich mit Marlowe über medizinische Fragen zu unterhalten, und konnte daher auch nicht wissen, wieviel Marlowe wirklich von Medizin verstand. Marlowe trank keinen Kaffee, sondern Tee, aus mystischen Gründen, wie irgendwer Werner erzählt hatte – Marlowe sei ein Zen-Anhänger, der früher in Indien gelebt habe und dort vor vielen Jahren erleuchtet worden sei, um anschließend zu erkennen, daß es jenseits von Satori noch etwas gebe: die Medizin.

Marlowe nahm an ihrem Tisch Platz, ohne sie eines Blickes zu würdigen. Er zog einen Zeitschriftenartikel über Hämodynamik aus einem Haufen Fotokopien hervor und begann mit einer kursorischen Lektüre. »Schießen Sie los«, sagte er zwischen zwei Schluck Tee. Werner und Hansen gaben ihm ein Resümee der Vorfälle der vergangenen Nacht. Marlowe las weiter, unterbrach an und ab mit einer knappen Frage, etwa: »Was war noch mal seine Prothrombin-Zeit?« oder: »Wieviel Nitroprussid haben Sie ihm gegeben?«, und so ging das weiter, bis Marlowe die Lektüre seines Artikels beendet hatte, seinen Teebeutel in der Plastiktasse ausdrückte, ihn in den Aschenbecher legte und sagte: »Baut bloß keinen Mist! Wenn ihr Mist gebaut habt, ruft mich sofort an!« – ein Spruch, den er Morgen für Morgen hersagte.

Werner verließ die Cafeteria beladen mit einem Plastikbecher Kaffee, seiner schwarzen Arzttasche und einem Bündel Prospekte von Pharmafirmen. Beim Personal-Lift drückte er den »Aufwärts«-Knopf und fragte sich, ob den armen Seelen im Todeslabor wohl inzwischen etwas zugestoßen war. Die Liftglocke läutete, der »Aufwärts«-Pfeil leuchtete auf, die Tür öffnete sich, und Werner driftete in einen Wachtraum ab, der ihn regelmäßig heimsuchte: Eines Tages würde er auf einen Aufzug warten, hier oder in einem anderen öffentlichen Krankenhaus, während einer gewöhnlichen Tages- oder Nachtschicht; es wäre ein gewöhnlicher Aufzug, der auf sich warten ließ und in jedem Stockwerk stehenblieb; es erwartete ihn die übliche Visite der üblichen Abfolge von Patienten; ihm gingen die üblichen leidigen Medikamente, Zahlen, Symptome und Laborresultate durch den Kopf ... Die Tür des Aufzugs würde sich öffnen, um eine neue Leiche zu zeigen oder einen Marsmenschen, einen Mann mit Melone, der auf dem Kopf stand oder ein weißes Einhorn, einen Kobold oder einen Plasmaklecks von einer anderen Galaxie, das Haupt Johannes des Täufers, eine Kristallkugel, einen aufgeschlitzten Drachen auf einem Haufen feuriger Juwelen, einen Geisterbeschwörer mit dem spitzen Hut eines Zauberers, Abraham, Moses und Elias ... die Beatles, munter und wohlauf, oder den kleinen Peter Werner Ernst beim Murmelspielen ... einen Kerl, der drei Tage zuvor auf dem OP-Tisch gestorben war und Werner bat, die Hände in seine dampfende Wunde zu legen ... irgend etwas absolut Ungewöhnliches, etwas, das sich unmöglich behandeln ließe, ohne alles bisher Gelernte in Zweifel zu ziehen, eine Sache, die es ihm erlauben würde, das Krankenhaus zu verlassen und die Wissenschaft für immer zu vergessen.

Statt dessen stand in dem Aufzug jedoch die hohe, kantige Gestalt Dr. Richard Hofstaders – des größten unter allen richtigen Ärzten.

»Guten Morgen, Dr. Hofstader«, sagte Werner, der bei dem Gedanken, ganz allein mit dem Chefarzt für Innere Medizin im Lift zu fahren, erst einmal schlucken mußte.

Dr. Hofstader warf Werner einen flüchtigen Blick zu und öffnete die Lippen, als ob er gedächte, Werners Anwesenheit zur Kenntnis zu nehmen oder gar den Gruß zu erwidern. Dann jedoch besann sich der Chefarzt für Innere Medizin eines Besseren, hob die rechte Hand und sprach in ein handtellergroßes Diktiergerät: »Gladys, Brief an Dr. Kohn, betreffend die subdurale Blutung auf Intensivstation Sieben, Bett Vier, Name wie auf dem Aktendeckel, Dr. Kohn, Komma ...«

Während Werner höflich dem Brief Dr. Hofstaders an Dr. Kohn lauschte, dachte er über die perfekten geometrischen Figuren nach, die von Dr. Hofstaders Gesichtshaaren gebildet wurden: der parabolische Schnurrbart, der rechteckige Abschluß der einen Kotelette im Profil (der untere Rand verlief haargenau parallel zum Rand des Kinns und zum Fußboden). Dr. Hofstader wußte natürlich ebensogut wie Werner, daß Werner eigentlich längst im neunten Stock sein sollte, um sich auf die Lehrvisite mit Dr. Hofstader vorzubereiten. Werner sollte keinesfalls sozusagen kalt dazustoßen und passiv mitlaufen. Obwohl Dr. Hofstader einen Brief diktierte, dachte er vermutlich an die eigene Zeit als junger Assistenzarzt und wie er damals immer schon zwei Stunden vor Beginn der Lehrvisite im Krankenhaus eingetroffen war, damit er vor dem Erscheinen des Chefs der Inneren Medizin alle Krankenblätter zweimal gründlich durchlesen konnte.

Als der neunte Stock sich näherte, ließ Dr. Hofstader das Diktiergerät in seinen langen, makellosen Laborkittel gleiten – natürlich ein gestärktes, blütenweißes Kleidungsstück mit den goldgestickten Initialen RLH auf den Manschetten – und zog einen schmalen, schwarzen Terminkalender hervor.

»Was haben Sie und Dr. Butz mit dem jungen Goodpasture-Syndrom gemacht?« fragte Dr. Hofstader, ohne den Blick vom Terminkalender zu heben.

Werner ließ ein keineswegs vorgetäuschtes Husten hören und schluckte. »Wir haben einigen Erfolg mit erhöhten Dosierungen von Steroiden. Und inzwischen haben wir seinen Flüssigkeitshaushalt besser unter Kontrolle, obwohl die Dialyse noch immer nicht den erhofften Erfolg bringt.«

»Verstehe«, sagte Dr. Hofstader. »Und wie sehen Ihre Pläne für Bett Fünf aus? Wie ich von der Rechtsabteilung höre, widersetzt sich ein Familienmitglied der Gastrostomie.«

»Genau«, stammelte Werner. »Eine Tochter. Ich habe sie darauf angesprochen ... mehrfach, aber sie setzt sich gegen die Einführung zur Wehr.«

»Es müßte Ihnen aber doch möglich sein, sie zu überzeugen«, sagte Hofstader. »Er ist erst Ende Sechzig, nicht wahr?«

»Neunundsechzig«, sagte Werner.

»Ein Mann in jungen Jahren«, sagte Hofstader. »Könnte in ein paar Monaten entlassen werden, wenn Sie ihn bloß aus dem neunten Stock herausbekämen.« Er setzte ein abwesendes Lächeln auf.

Werner ließ sich diese hochbedeutsame Mitteilung ein zweitesmal durch den Kopf gehen, bevor er um Erläuterung zu bitten wagte.

»Sie meinen, Sie glauben, daß er auf die Lungen-Intensivstation verlegt werden sollte?« fragte Werner.

»Nein«, sagte Dr. Hofstader. »Ich meine, daß Sie ihn aus dem neunten Stock hinausbekommen sollten. Neun ist eine Unglückszahl.«

Die Lifttüre ging bereits im achten Stock auf, Dr. Hofstader trat hinaus. »Eines Tages«, sagte er, ohne sich noch einmal umzudrehen, »werden Sie verstehen, was ich damit meine.«

Werner blieb sich selbst überlassen, um den Spruch des Großen Orakels zu überdenken. Die Fahrt im Lift hatte sich als Besuch in der Höhle des Trophonios erwiesen und ihn in Schrecken und Verwirrung gestürzt. Wieso hatte die Rechtsabteilung Hofstader wegen Bett Fünf angerufen? Und was sollte das mit der Zahl Neun? Werner hatte irgendwann einmal etwas über Hofstaders Aberglauben munkeln gehört; nun hatte er zum erstenmal persönlich beobachten können, daß vielleicht etwas dran war.

Falls Hofstader sich für eine Gastrostomie aussprach, dann war die Gastrostomie zweifelsohne medizinisch indiziert; im Umkreis von 800 Kilometern existierte kein Menschenwesen, das so viel von Innerer Medizin verstand wie Hofstader. Aber wie sollte Werner das Felicia beibringen?

Durch bloße medizinische Sachverständige war Hofstaders Entscheidung nicht zu erschüttern. Wenn Hofstader den Schlauch für richtig hielt, dann würde er eingeführt werden – Anwälte hin, Anwälte her. Er war medizinisch ein Visionär. Die herkömmliche ärztliche Art und Weise der Untersuchung von Patienten hatte er schon vor Jahren aufgegeben. Seine Zeit war zu kostbar, um sie mit der Beschäftigung mit einzelnen Patienten zu vergeuden. Es konnte gelegentlich vorkommen, bei einem ganz und gar außergewöhnlichen Fall, daß er sich flüchtig einmischte, in einem Nachhall des liebevollen Interesses, das man für ein Hobby aus Kindheitstagen empfindet – so wie Beethoven vielleicht auf einem Cembalo im Keller herumklimperte, während oben auf seinem Schreibtisch die Partitur für die Neunte Symphonie lag.

Statt sich auf Patienten persönlich einzulassen, hatte Dr. Hofstader sich mit einem Team hochqualifizierter, serviler Techniker umgeben, mit ganzen Computeranlagen und den besten verfügbaren Diagnostikgeräten. Er war der zentrale Makro-Prozessor eines riesigen Informationsverarbeitungssystems. Er war auf ganz ähnliche Weise mit seinen Untergebenen und Computern verbunden wie ein Gehirn an ein Nervensystem angebunden ist oder ein Herz an den Blutkreislauf; von seinem formidablen Verstand strömte reines medizinisches Wissen in die Adern und Kapillare des medizinischen Gemeinwesens und trug den Schwall reinen Wissens bis in das ignorante Gewebe hinein.

Von seinem Büro im Medical Center aus stand Dr. Hofstader mit vierzig Krankenhäusern in fünf Bundesstaaten in Verbindung. Wenn in diesen Kleinstadtunternehmen alle großen Leuchten und Chefinternisten ratlos und konfus waren, wenn deren Maschinen und technisches Personal voller Verzweiflung an ihre Grenzen stießen, dann rief man Dr. Hofstader an, dann setzte man die cleveren Modems der eigenen Computer mit den viel clevereren Modems von Dr. Hofstaders Computern in Kontakt.

Ein treuergebener medizinischer Programmierer traf die notwendigen Vorbereitungen zum Transfer der Rohdaten und speicherte die Informationen dann später nach den Anweisungen des Allerhöchsten auf dem sogenannten File ab. Das File enthielt alle nur erdenklichen Labortests und -befunde, Röntgenbilder, Ergebnisse des Swan-Ganz-Überwachungssystems, Ultraschallscans, Computertomogramme, Schlafstudien, Untersuchungen im Ruhezustand, Perfusionstests, oxymetrische Untersuchungen, überhaupt alles, was auf »-test«, »-gramm« und »-graph« endete, sowie Dutzende über Dutzende von Werten – Zahlen, die Hofstader darüber informierten, was im Inneren eines Patienten vor sich ging, der wahrscheinlich fünfhundert Kilometer weit entfernt war. Die Ergebnisse wurden nach Organen und Krankheitsbildern in schwarzen Heftern abgelegt.

Der persönliche Besuch eines Patienten war bloße Zeitverschwendung und drohte außerdem die zu einer korrekten Diagnose erforderliche Objektivität zu beeinträchtigen. Was der Patient selbst über seine Beschwerden und Symptome äußerte, sein psychologisches Profil, eine erste ärztliche Grobuntersuchung – das waren Dinge, die man am besten Medizinern der unteren Ränge überließ, die ihre Informationen sodann auf ein oder zwei Seiten komprimieren konnten.

Dr. Hofstader war eine Erscheinung, die jeden Morgen auftauchte, und Morgen für Morgen wurde er am Eingang der Intensivstation von einem Haufen unwürdiger Assistenzärzte erwartet, die darauf brannten, diese Inkarnation des Wissens persönlich zu erleben.

Werner konnte die unendliche Reise vor sich sehen, die acht Stufen bis zu den hohen medizinischen Weihen, die Riten des Übergangs und des Leidens. Er konnte immerhin ein Drittel von allem lernen, was Dr. Hofstader wußte, wenn er nur hart dranblieb und jede zweite Nacht vier Stunden Schlaf bekam. Es war denkbar. Es war durchaus zu schaffen. Es könnte sogar intellektuell anregend sein – aber würde es ihm auch guttun, ihm persönlich etwas bringen? Nach einem Leben voll bitterer Anstrengungen und Entbehrungen, nach Selbstverleugnung und erbarmungsloser Disziplin würde er sich am Ende Nacht für Nacht in dem Bewußtsein schlafen legen müssen, daß er rund ein Drittel der Kenntnisse erworben hatte, die in Dr. Hofstaders Gehirn gespeichert waren. Wozu also der Aufwand?

Werner drückte den Leuchtknopf für die automatische Tür und hielt den Atem an. Auf der Intensivstation des neunten Stocks war die Maschinerie der Tagesschicht bereits voll im Gang. Die Zeit der Klone. Werner bildete das letzte Glied einer Prozession von Assistenzärzten und Medizinstudenten im dritten und vierten Jahr (den M3 und M4) – fromme Ministranten in weißen Soutanen; Akolythen, Diakone und Diakoninnen, die in stiller Erwartung Dr. Hofstaders, des Hohepriesters der Inneren Medizin, harrten.

Als Hofstader durch die automatische Tür trat, kam hinter ihm her eine weitere Prozession von Priestern und Dienern. *Introibo ad altarem dei.* Die gesamte Prozession marschierte in die Kabine von Bett Zwei und postierte sich als Halbkreis von jungen, gut ausgebildeten Köpfen um das Bett – jeder Kopf vollgestopft mit medizinischem Wissen im Wert von 100000 Dollar. Die Köpfe intonierten Lateinisches, hin und her gingen die eleganten, medizinischen Begriffe; jeder Kopf erfand eine leicht abgewandelte Variation des Themas, das die Köpfe vor ihm entwickelt hatten, und gab es dann weiter, zu Nutz und Frommen anderer Köpfe.

Werner schlüpfte in die Reihe, ein weiterer weißer Laborkittel in einer Versammlung langer, weißer Laborkittel, ein jeder von ihnen ausgerüstet mit einem Känguruhbeutel – einer großen Seitentasche, die vollgestopft war mit Handbüchern, Instrumenten, Otoskop, Ophthalmoskop, Reflexhammer, Taschenrechner, Piepser und Kugelschreiber-Taschenlampen (Werbegeschenke von Herstellern medizinischer Geräte), mit denen man in die Augen der Toten leuchten konnte, deren Pupillen starr und geweitet waren.

Die Haut von Bett Zwei war um ein bis zwei Nuancen dunkler geworden, seit ihn Werner zuletzt gesehen hatte, und er war wieder an das Beatmungsgerät angehängt worden, zum dritten- und vielleicht letztenmal. Benommen und erschöpft, schwach und verfallen trieb Bett Zwei auf einer Kühldecke, mit den Händen per Baumwollfessel am Bettgestell festgebunden, mit der orangefarbenen Nasensonde und korrekt angebrachtem Endotrachealtubus. Seine Handgelenke und Ellbogen waren durch Laborkleber und die fortwährende Entnahme von Blutproben aus den Adern verschrammt und blutig. Das Beatmungsgerät am Kopf des Bettes war durch einen langen Bogen aus geriffeltem Plastikrohr, der durch einen verstellbaren Stützarm gehalten wurde, mit Bett Zwei verbunden. Von Deckenhaken baumelten Flaschen und Beutel mit Flüssigkeiten; aus ihnen träufelten Nahrung, Medikamente und Flüssigkeit in Bett

Zwei hinein. Bett Zwei phantasierte nicht mehr wild über den Weltraum oder was ihm Gott zugefügt hatte; der ET-Tubus und das Beatmungsgerät hatten ihn zum Schweigen gebracht. Er aß nicht mehr, trank nicht mehr, urinierte nicht mehr; das besorgte das wuchernde Gewächs der Schläuche und Leitungen für ihn.

Von Monitor zu Monitor wanderte Dr. Hofstaders Blick in der Kabine von Bett Zwei, dann schritt er zum Patienten, um einen flüchtigen Blick aufs Krankenblatt zu werfen. Er sprach in kurzen, bündigen, schneidigen Sätzen, als er die jüngsten Wechselfälle in der Behandlung von Bett Zwei zusammenfaßte, die relevanten Komplikationen und Organdefekte, die das bevorstehende Dahinscheiden von Bett Zwei begleiteten: die steigenden Bakterienmengen, die abnehmende Deckung durch seine Krankenversicherung.

»Der Patient hatte vor acht Wochen Lungenblutung, schwere Hämoptyse, Dyspnoe und Hämaturie«, sagte Hofstader.

Die Kulis klickten und flogen zu den Klemmbrettern.

»Nierenbiopsie zeigt im Glomerulum der unteren Membran eine lineare Deposition von Immunglobulin und Komplement. Brusträntgenaufnahmen zeigen bilateral wandernde flockige Dichte. Blutkulturen zeigen rasch zunehmende Gebilde von Staphylococcus aureus und Pseudomonas-Bakterien. Laborwerte zeigen progressives, schweres Nierenversagen mit ansteigendem Harnstickstoff im Blut und wachsendem Creatinin wie auch zunehmende metabolische Übersäuerung des Blutes. Herzversagen durch Blutstau aufgrund der Retention von Flüssigkeit. Herzbeutelentzündung, die als Folge von Urämie häufig zu beobachten ist. Das EEG des Patienten zeigt Abläufe von flachen und verlangsamten Wellen als Indiz von Enzephalopathie.«

Die Klon-Brigade kritzelte verzweifelt im Gleichtakt, um bloß keine Silbe zu verlieren.

Werner zog einen kleinen Spiralblock aus der Westentasche, trug oben auf der Seite das Datum ein und notierte: »Visite Intstat. 9. Stock«, und ein wenig weiter unten: »Bett Zwei – eingelegtes Essiggemüse.«

Als nächstes berichtete Dr. Hofstader über die zur Zeit verabreichten Medikamente. »Wir geben alle sechs Stunden 250 Milligramm Solu-Medrol. Cefobid 2 Gramm, BID Dobutamin 10 Mikrogramm pro Kilogramm die Minute. Zwei Ampullen Natriumbikarbonat pro Liter Kochsalzlösung. Aminophyllin 30 Milligramm pro Stunde bei kontinuierlicher Einträufelung. Mercaptopurin. Eisensulfat 300 Milligramm TID ...«

Werners Blick tastete eine erfreulich anzusehende M 3 ab. Süß. Knackige Kurven. Freundliches, unpersönliches Lächeln. Er schrieb: »Sabrina Romple wäre einen Versuch wert.« Den Namen las er von ihrem Kennausweis ab.

Bett Zwei rüttelte an den Bettstangen, krallte sich an die Gurte und machte eine Bewegung, die ein M 3 als Bitte um Bleistift und Papier interpretierte. Dr. Hofstader wandte sich der Klon-Brigade zu und ließ sich über die relativen Vorzüge von Kortikosteroiden, Azathioprin und Mercaptopurin aus. Der M 3 gab der Krankenschwester von Bett Zwei ein Zeichen. Die Schwester band den Gurt vom rechten Handgelenk und hielt Bett Zwei einen Notizblock hin. Bett Zwei schrieb in riesigen, krakeligen, kaum lesbaren Lettern: »WASSER.«

Ein M 4 zeigte Dr. Hofstader das Gekritzel.

Allgemeines Lächeln über die medizinische Unmöglichkeit des Wunsches von Bett Zwei. Es war allen klar, daß Bett Zwei kein Wasser bekommen durfte. Allen außer Bett Zwei.

»Teilen Sie dem Patienten mit, daß Flüssigkeitszufuhr durch den Mund absolut nicht in Frage kommt«, wies Dr. Hofstader den M 4 an.

»Flüssigkeitszufuhr durch den Mund kommt absolut nicht in Frage«, teilte der M 4 dem Patienten mit.

Bett Zwei öffnete den Mund, Lippen und Zunge versuchten, trotz ET-Tubus Worte zu formen, dabei stieß der Schlauch gegen den Knebel aus Heftpflaster, das von Blut und vertrocknetem Klebstoff verkrustet war. In den Mundecken von Bett Zwei brachen Wunden auf, die um Wasser bettelten. Auf dem EKG-Monitor zeigte sich Herzflimmern. Er rastete einmal kurz aus, rüttelte mit seinen knochigen Armen an den Bettstangen; die Iris seiner Augen wurde ein wildes, helles Blau, sie starrten so angestrengt, daß die gelbgewordenen Augenbälle hervortraten.

»Man könnte eine Hypokalziämie vermuten«, erläuterte Dr. Hofstader, während er einen goldenen Füllfederhalter aus dem Laborkittel zog, um damit auf die spastischen Finger von Bett Zwei hinzuweisen.

Bett Zwei wand sich in seinen Fesseln und gab ein Zeichen mit dem Kopf, daß er noch einmal Bleistift und Papier wolle. Er kritzelte wieder etwas, ein einziges schräg laufendes Wort: »STERBEN.«

Die Krankenschwester zeigte es dem M4, der es wiederum Dr. Hofstader zeigte.

Dr. Hofstader las und reichte es wieder zurück, ohne daß seine Dozentenmiene auch nur den Hauch einer Reaktion verraten hätte.

»Die geistige Verwirrung des Patienten ist wahrscheinlich das Resultat von schwerer Enzephalopathie.«

Werner widmete sich der Busenfülle des Laborkittels von Sabrina Rompie. Sehr hübsch. Groß, aber fest und wohlgeformt. Er stellte Augenkontakt her und vollzog eine absichtlich krude Musterung ihres wohlgeformten *corpus mammae*.

Gar nicht komisch, sagte ihm ihr irritierter Blick.

Die kannst du vergessen, dachte Werner. Wieder so ein weiblicher Unterklon.

Ein Erster stellte Dr. Hofstader eine abstruse Frage betreffs Acidose und endokriner Störungen, die er geflissentlich so formulierte, daß er kohlenstoffhaltige Anhydrase, renale tubuläre Acidose und alles übrige anzubringen vermochte, was ihm von der Vorabendlektüre sonst noch im Gedächtnis hängengeblieben war.

Das Krankenhauspersonal wechselte sekundenbruchstücklange Blicke, um sich gegenseitig zu versichern, daß der Klon aber auch gar nichts über Nieren wußte.

Zur Enttäuschung aller ersparte Dr. Hofstader dem Ersten jedoch die verdiente Demütigung. Statt dessen griff der Chef der Inneren Medizin jeden einzelnen Punkt auf, erläuterte ihn kurz, aber systematisch und schloß mit einer knappen Darstellung der

Bezüge und Zusammenhänge zwischen ihnen, auf eine Art, als habe er soeben einen Haufen elementarer geometrischer Figuren aussortiert und einander zugeordnet, die in einem Spielzeugkasten durcheinandergeraten waren.

Als nächstes wies Dr. Hofstader auf das kaffeemehlartige Aussehen des alten Blutes hin, das aus dem orangefarbenen Schlauch in der Nase von Bett Zwei abgesaugt worden war.

»Dies könnte entweder gastro-intestinale Geschwürbildung bedeuten oder das Resultat eines Traumas im oberen Gastro-Intestinal-Trakt sein«, sagte er. »Die rosarote Tönung des Urins stammt von Sediment und Schleimfasern. Beachten Sie auch den auffälligen urämischen Frost auf der Haut«, empfahl Dr. Hofstader, indem er auf die zarten Schuppen zeigte, die sich über die orangefarbene Haut von Bett Zwei zogen und ihr das Aussehen eines glasierten Krapfens verliehen.

»Wäre der Patient nicht festgebunden, so würden Sie wahrscheinlich Kratzspuren feststellen können, weil die Gifte, die durch die Haut ausgeschieden werden, einen akuten Pruritus verursachen.«

Werner setzte hinter den Ausdruck »eingelegtes Essiggemüse« ein Komma und fügte hinzu: »Auschwitz.«

Dr. Hofstader neigte sich über die Bettstangen und fuhr mit dem Stethoskop über das knöcherne, orangefarbene Waschbrett des Brustkorbs von Bett Zwei.

»Bemerkenswertes Perikardgeräusch am vierten Zwischenrippenraum direkt über der Medioklavikularlinie.«

Und die Klone wechselten sich ab, um einer nach dem andern das bemerkenswerte Perikardgeräusch abzuhorchen. Wow, war das vielleicht ein Perikardgeräusch! Es klang ganz so, wie man es in den Lehrbüchern nachlesen konnte.

»Bemerkenswert«, sagte ein Erster.

»Absolut bemerkenswert«, sagte ein Zweiter.

Dr. Hofstader dozierte weiter, ohne je wirklich jemand anzuschauen, am wenigsten Bett Zwei. Er richtete den Blick stets auf einen Punkt unmittelbar ober- oder unterhalb der Augenlinie seiner Zuhörerschaft, wie in intensiver Beschäftigung mit Abstraktionen, die von ihnen sowieso niemand begreifen würde.

Die Minderbelastung durch diese wenig komplizierten Lehrideen verursachten bei ihm ein leichtes Stirnrunzeln, als ob Dozieren ein konditionierter Reflex wäre, den das Stammhirn steuerte und der die übrigen Teile seines Bewußtseins unbeansprucht ließe, so daß sie sich wichtigeren Aufgaben zuwenden konnten.

»Behandlung mit Solu-Medrol löste Immun-Unterdrückung aus, was zu Sepsis führte und die bakterielle Endokarditis verschlimmerte. Lungenbluten hat schwere Atemstörungen und Anämie hervorgerufen ...«

Von Zeit zu Zeit machte Dr. Hofstader eine Atempause. Dann hielt die komplette Gruppe die Luft an, aus Angst, er könnte einen von ihnen auffordern, irgendein Laborresultat zu interpretieren oder eine vom fraglosen Eintreten des Todes abweichende Prognose zu stellen; in der Befürchtung, daß sie gezwungen sein könnten, ihr 40-Watt-Licht in die Sonnenexplosion des Reinen Wissens hineinzuhalten.

»Nun, wie lauten Ihre Optionen für diesen Patienten?« fragte Dr. Hofstader.

Das »Ihre« in der Formulierung fiel sofort allen auf, denn es signalisierte, daß Bett Zwei, der einst ein Patient in Dr. Hofstaders persönlicher Obhut gewesen war, nun also nicht mehr sein Patient war. Auf Grund der ebenso schrecklichen wie simplen Prognose war der Patient nicht länger von klinischem Interesse. Wenn für Bett Zwei noch eine Chance bestanden hätte, hätte Dr. Hofstader nach »unseren Optionen« gefragt. Dr. Hofstader teilte den Assistenzärzten auf diese Weise indirekt mit, daß es nun an ihnen sei, die Sache in die Hand zu nehmen; daß jetzt sie ihre schwachen Fähigkeiten an Bett Zwei ausprobieren könnten, daß sie weitermachen und sich ruhig in Fehler verstricken dürften, durch die sie eventuell ein elementares Verständnis von klinischem Goodpasture-Syndrom im Endstadium gewinnen würden.

In diesem Moment schaltete sich Werners Piepser ein. Dr. Hofstader unterbrach seine Ausführungen.

Bevor Werner die Lautstärke umstellen konnte, verkündete die Krankenhauszentrale in bleiernem Singsang: »Melden Sie sich wegen externen Anrufs bei der Zentrale. Bitte wegen externen Anrufs bei der Zentrale melden.«

Der Piepser sollte eigentlich Mitteilungen machen wie »Intensivstation wegen Blutgaswerten anrufen« oder »Sofort bei Röntgenabteilung melden«. So etwas wie »Wegen externen Anrufs bei Zentrale melden« sollte der Summer eigentlich nicht verlautbaren, schon gar nicht während der Lehrvisite der Gottheit persönlich.

Werner stürzte zur Tür der Kabine von Bett Zwei. Dr. Hofstader setzte sein Dozieren fort.

Der Piepser meldete sich von neuem. Daß er die Lautstärke hochgedreht hatte, statt sie herunterzustellen, bemerkte Werner zu spät. Für Bruchteile von Sekunden spürte er die ungläubigen Blicke aller auf sich ruhen, als die Krankenhauszentrale der Gruppe meldete, daß der Anruf auf Apparat 9909 durchgestellt würde – auf den Apparat, der sich unmittelbar neben Werner befand.

»Hier Dr. Ernst«, meldete er sich in der Hoffnung, daß es eine medizinische Angelegenheit beträfe.

»Ich bin's.« Sie sagte es mit einem Kichern. »Bist du wegen mir heut morgen wirklich zu spät gekommen?«

Zwischen seinen Beinen regte sich etwas, eine Reaktion, die ihm zu verstehen gab: Es ist Felicia. Werner erstarrte, blickte im Todeslabor herum und hatte Mühe, beim Klang ihrer Stimme die Fassung zu behalten. Er wußte nicht, wie er ihr jetzt klarmachen konnte, daß sie ihn unter gar keinen Umständen tagsüber anrufen dürfte, und ganz bestimmt nicht, während er an einer Visite von Dr. Hofstader auf der Intensivstation im neunten Stock teilnahm. Er wollte ihr erklären, daß er jetzt unmöglich mit ihr sprechen könne – aber dann würden alle prompt mitbekommen, daß dies ein privater Anruf war. Moment mal – es war doch gar kein Privatanruf, oder? Nein, es handelte sich ja um den Anruf der Angehörigen eines Patienten.

»Ich schau' gleich nach«, sagte er und zog seinen Terminkalender hervor. »Bis 16.30 Uhr bin ich besetzt. Könnten wir es danach besprechen?«

»Ist jemand bei dir? Ich wollte dir nur sagen, wie leid es mir tut, daß du zu spät gekommen bist wegen mir.«

»Ja. Nein. Das ist in Ordnung«, sagte Werner, dem die monotone Stimme Dr. Hofstaders mit Glomerulonephritis und Immunofluoreszenz im Ohr lag.

»Ich … es hat mir Spaß gemacht«, sagte sie. »Ich wollte dir nur dafür danken.«

Mir hätte es beinahe Spaß gemacht, dachte Werner.

»Ich habe über deinen Rat nachgedacht«, sagte sie.

»In welcher Hinsicht?« sagte Werner, dessen Stimme wachsende Ungeduld verriet.

»Über deine Empfehlung«, sagte sie.

»Hinsichtlich der Behandlung des Vaters?« fragte Werner, überzeugt, daß seine Stimme den Eindruck erweckte, es ginge hier um etwas Medizinisches.

»Nein«, sagte sie mit einem gezierten Seufzer. »Ich meine wegen dem Gleitmittel. Ich finde, wir sollten dieses Wasserzeugs ausprobieren, das du erwähnt hast.«

Werner zerrte seinen Laborkittel nach vorn. »Ja«, sagte er mit plötzlich trockener Kehle. »Der Meinung bin ich auch. Das wäre wohl das Beste, denke ich, und wir sollten jetzt gleich einen Termin für die Behandlung vereinbaren.«

»Ist dieser Dr. Butz gerade bei dir?«

Bei dem Sprung von ihrer Ölung zu Dr. Butz setzte Werners Herz einen Takt aus.

»Nein«, sagte Werner. »Dr. Butz befindet sich momentan nicht auf der Station, wir erwarten ihn aber in Kürze.«

»Ich hab' mich nur gefragt, ob du schon Gelegenheit hattest, mit ihm über meinen Dad zu sprechen. Außerdem muß ich dich vorwarnen –«

Aus einem Augenwinkel bemerkte Werner, wie sich Dr. Hofstaders Blick über die Köpfe des speichelleckenden Grüppchens von weißen Laborkitteln hinweg direkt auf ihn richtete.

»Ich werde die Behandlung so rasch wie möglich anberaumen und mich mit den verfügbaren Terminen wieder bei Ihnen melden. Ihre Telefonnummer haben wir.«

Als der Hörer auf die Gabel fiel, rief Dr. Hofstader: »Dr. Ernst, Dr. Romple hat mich gerade gefragt, ob es sonst noch Störungen gibt, bei denen sowohl Lungenblutung als auch Nierenversagen auftreten und die irrtümlich als Goodpasture-Syndrom diagnostiziert werden könnten. Würden Sie die Freundlichkeit haben, uns an Ihrer Sacherfahrung teilhaben zu lassen?«

»Gewiß«, sagte Werner und verstand die »Sacherfahrung« als Seitenhieb, um ihn wie auch die übrigen Assistenzärzte daran zu erinnern, daß er Bett Zwei ursprünglich als einen Fall von idiopathischer Lungen-Hämosiderose fehldiagnostiziert hatte.

Werner sah Dr. Romple an, unterzog sie für den Bruchteil einer Sekunde einer neuerlichen Augen-Brust-Prüfung, wartete, bis er sich vergewissert hatte, daß sie, aber sonst niemand es bemerkt hatte, um dann auszuführen: »Bestimmte collagene Gefäßerkrankungen, akute Glomerulonephritis mit Blutstau, bakterielle Endokarditis und idiopathische Lungen-Hämosiderose können allesamt von Lungenblutung und Nierenversagen begleitet werden, können aber für gewöhnlich mittels Nierenbiopsie und anhand der sonstigen typischen Krankheitsmerkmale ausgeschlossen werden.«

Die Schlußfolgerung unterbrach Werner mit einer neuerlichen Augen-Brust-Musterung. Sabrina lief rot an und wollte ihm einen weiteren verärgerten Blick zuschicken, ließ es dann aber bleiben, um keine Aufmerksamkeit auf sich zu lenken.

»Sie haben Wegeners Granulomatose zu erwähnen vergessen«, rügte Dr. Hofstader, »eine granulomatöse Vasculitis unter Einbeziehung der oberen und der unteren Atemtrakte, von Haut, Lungen und Nieren.«

»Ich hatte gesagt: bestimmte collagene Gefäßerkrankungen«, wehrte sich Werner. »Und Wegeners Granulomatose *ist* eine collagene Gefäßkrankheit.«

Schweigen ringsum. Vereinzeltes Räuspern.

»Dr. Ernst«, sagte Dr. Hofstader, »Sie liegen in der Einfahrt zu Ihrem Haus unter Ihrem Auto auf dem Rücken und benötigen einen Vier-Zentimeter-Fünfkant-Schraubenschlüssel. Worum werden Sie mich in dieser Situation wohl bitten – daß ich Ihnen einen Schraubenschlüssel reiche? Oder einen Vier-Zentimeter-Fünfkant-Schraubenschlüssel?«

Vereinzeltes Kichern, das jedoch sofort wieder unterdrückt wurde.

»Ich war davon ausgegangen, daß Sie als *Arzt* angesehen werden wollen«, sagte Hofstader. »Falls Sie jedoch wünschen, daß man Sie für einen *Mechaniker* hält, dann werde ich Sie in Zukunft gern als solchen betrachten, und dann werde ich Ihnen einen *Arzt* rufen, damit er Ihnen bei der Unterscheidung von Wegeners Granulomatose von anderen collagenen Gefäßerkrankungen zur Seite steht.«

Irgendwer sagte: »Au weia.«

Hofstader schloß das Krankenblatt von Bett Zwei. »Präzision!« betonte er. »Wie sich manche von Ihnen erinnern werden, hat unser Mechaniker Dr. Ernst bei diesem Patienten ursprünglich eine Fehldiagnose gestellt. Die Symptome deuteten auf zwei Möglichkeiten: Es handelte sich entweder um Goodpasture-Syndrom, eine ungewöhnliche Überempfindlichkeitsstörung des Typs Zwei, oder es handelte sich um idiopathische Lungen-Hämosiderose, eine seltene Krankheit unbekannter Ätiologie, die am häufigsten bei kleinen Kindern auftritt, bei Erwachsenen jedoch selten vorkommt. Unser Mechaniker hier entschied sich bei seiner Diagnose für letzteres. Er übersah einen Punkt, den ich schon einmal der Beachtung *aller* anheimgestellt habe: Wenn Sie Hufschlag hören, sollten Sie ›Pferd‹ denken und nicht ›Zebra‹.«

Werners Piepser meldete sich erneut. Diesmal war die Lautstärke immerhin so stark reduziert, daß nur die ihm nächststehenden Klone mithören konnten, als die Krankenhauszentrale ihm meldete, daß für ihn ein zweiter externer Anruf gekommen sei. Die Klone gingen auf deutliche Distanz zu ihm, um nicht mit einem Assistenzarzt assoziiert zu werden, der während der großen Lehrvisite mit Dr. Hofstader zwei externe Anrufe erhalten und zudem eine freche Lippe riskiert hatte.

Werner machte sich auf den Weg zum Schaltpult und wählte die Nummer der Zentrale, bevor sie den Anruf in die Kabine von Bett Zwei umstellen konnte.

»Dr. Ernst«, sagte eine männliche Stimme, »mein Name ist Sheldon Hatchett. Ich bin Felicia Potters Anwalt. Sie sagte mir, daß ich Sie im Krankenhaus erreichen kann.«

»Ich kann jetzt nicht sprechen«, sagte Werner. »Ich bin extrem beschäftigt.«

»Darf ich Ihnen dann meine Telefonnummer geben?« sagte die Stimme. »Wie Sie vielleicht wissen, sind wir bemüht, in den nächsten Tagen eine Einstweilige Verfügung zu erreichen, und dazu hätten wir gern, falls möglich, Ihre Zeugenaussage.«

»Ich glaube nicht, daß das möglich ist«, sagte Werner.

»Ms. Potter wünscht den Abbruch aller invasiven Behandlungsmaßnahmen und eine Untersagung weiterer chirurgischer Eingriffe einschließlich der geplanten Gastrostomie, die unter den gegebenen Umständen kaum etwas bewirken wird, außer daß sie Mr. Potters Leiden verlängert.«

Der typische eindimensional denkende Anwalt, dachte Werner. Den Luxus, komplexe Probleme von einem einzigen, simplen Standpunkt aus zu betrachten, können sich wirklich nur Anwälte leisten.

»So einfach ist das aber nicht«, sagte Werner, wobei er mehr mit sich selbst als mit dem Anwalt rechtete. »Es ist keineswegs sicher, daß eine weitere medizinische Behandlung sich als absolut fruchtlos erweisen wird.«

»Na schön, sagen wir, daß sie sich als relativ fruchtlos erweisen wird«, erwiderte der Anwalt. »Sagen wir, daß die Chancen auf Besserung tatsächlich gering und das Leiden nicht wert sind, das Mr. Potter erdulden müßte, nur um die ethischen Prinzipien des Krankenhauses unangetastet zu lassen.«

»Für Sie ist die Sache einfach«, widersprach Werner. »Sie vertreten in dieser Sache nur einen Klienten. Ich dagegen habe einen Patienten und seine zwei Töchter zu berücksichtigen, die unterschiedlicher Ansicht sind.«

»Constance Potter ist nachweislich verrückt«, sagte der Anwalt. »Kommen Sie zu der gerichtlichen Anhörung, dann werden Sie selber sehen. Sie hat eine Art hysterische Persönlichkeitsstörung mit religiösen Wahn-, Zurückweisungs- und Schuldvorstellungen und was weiß ich sonst noch alles. Ich überlasse es Ihnen, mich aufzuklären, was das zu bedeuten hat.«

»Sie scheint dem Patienten jedenfalls näherzustehen als Ihre Klientin«, sagte Werner.

»Geben Sie uns nur Ihre ehrliche Einschätzung der Lage«, bat der Anwalt, »und nicht die offizielle Firmenmeinung, die wir von all den andern Ärzten hören werden. Wir brauchen Ihre Zeugenaussage, damit wir diesem Mann und seiner Tochter helfen können, seinem Leiden ein Ende zu machen. Nach bundesstaatlichem Recht benötigen wir die Aussage von zwei Ärzten, daß der Patient sich in einem andauernden decerebralen Zustand befindet und daß keinerlei Hoffnung auf Wiedergewinnung kognitiven, vernünftigen Denkens besteht.«

»Ihr Wortschatz gefällt mir«, sagte Werner.

»Darf ich Ms. Potter mitteilen, daß Sie uns helfen werden?« fragte der Anwalt.

»Ich brauche Zeit«, sagte Werner.

»Wie Sie wahrscheinlich wissen, müssen wir uns um eine vorläufige Unterlassungsverfügung bemühen, und zwar innerhalb der nächsten achtundvierzig Stunden, weil Ihr Freund Dr. Butz sonst nämlich diesen Schlauch einführen wird. Und wenn der Schlauch erst einmal drinnen ist, wird es, vor allem in diesem Bundesstaat, eines monatelangen juristischen Gerangels bedürfen, um ihn wieder herauszubekommen. Abhängig davon, was bei dem Antrag für die Einstweilige Verfügung herauskommt, könnte es innerhalb der nächsten zehn Tage zur Anhörung wegen eines gerichtlichen Unterlassungsurteils kommen.«

Werner sah das Gefolge aus der Kabine von Bett Zwei herausdefilieren und zu Bett Drei hinübergehen.

»Ich habe jetzt wirklich keine Zeit mehr«, sagte Werner.

»Ms. Potter oder ich werden Sie innerhalb der nächsten achtundvierzig Stunden wieder anrufen. Sie wäre Ihnen für Hilfe in dieser Angelegenheit wirklich sehr dankbar, und ich ebenfalls.«

»Auf Wiederhören«, sagte Werner.

Werner schloß hinten an die Versammlung um Bett Drei auf. Dr. Hofstader nahm einen Anruf am Schaltpult entgegen. Kaum war Hofstader aus sicherer Hörweite, da ergriff Cowboy Hansen die Gelegenheit, um das Wissensvakuum zu füllen, indem er einen kurzen Abriß darüber lieferte, was die Proktoskopie bei Bett Drei am morgigen Tag zeigen würde, über die prozentualen Erfolgschancen bei Divertikulose im Unterschied zu Karzinomen, so wie es sich im Lichte jüngster Forschungen darstelle. Der leitende Assistenzarzt Dr. Marlowe ließ daraufhin prompt einen Hagel von Gegenstatistiken auf Hansen niederprasseln und zitierte eine Unmenge von Forschungsarbeiten, die schlichtweg Hansens Existenzberechtigung in Zweifel zogen.

Eine graue Maus berührte Werner am Ellbogen und reichte ihm ein Telefon. »Anruf für Sie auf Null Eins. Und bei Bett Fünf werden Sie von Familie erwartet.«

Werner hob den Hörer ans Ohr und deckte die Sprechmuschel mit der Hand ab. »Die Dicke?« fragte er.

Die Krankenschwester nickte.

»Dr. Ernst, hier spricht Wilson von der Rechtsabteilung«, sagte das Telefon. »Ich verständige sämtliche Ärzte, die Anweisungen ausstellen für Bett Fünf, Intensivstation Neun, Patient namens Potter. Seit etwa neun Monaten bei uns. Patient von Dr. Butz. Wir haben zwei gerichtliche Verfügungen erhalten, sämtliche medizinische Unterlagen über ihn herauszugeben. Ich habe mit einem der Anwälte gesprochen: Sie sind anscheinend von den Angehörigen des Patienten beauftragt worden, auf Unterlassung weiterer invasiver Maßnahmen zu klagen. Falls irgendwer unter Ihnen Anweisungen ausstellen sollte, machen Sie ihn vielleicht darauf aufmerksam, daß er besser vorsichtig ist.«

7

Constance Potter stand über die abgezehrte Gestalt in Bett Fünf gebeugt und las, mit dem Rücken zu Werner und zum Eingang der Krankenkabine, laut aus einem Buch vor:

»Jener Götzen sind Silber und Gold,
von Menschenhänden gemacht;
Sie haben Mäuler und reden nicht;
sie haben Augen und sehen nicht;
Sie haben Ohren und hören nicht;
sie haben Nasen und riechen nicht;
Sie haben Hände und greifen nicht;
Füße haben sie und gehen nicht;
sie reden nicht durch ihren Hals.
Die solche machen, sind ihnen gleich,
und alle, die auf sie hoffen.«

Prompt schloß Werner Steroide als Erklärung für das aufgedunsene Gesicht Constance Potters aus und zog den Schluß, daß die Ursache für ihre aufgeschwemmten Züge bei starken Psychopharmaka zu suchen sein müßte – vermutlich ein Medikament aus der Gruppe der Phenothiazine. Das würde auch erklären, warum sie einem Komatösen laut aus der Bibel vorlas.

»Soll ich später wiederkommen?« fragte er so demütig wie eben möglich und gab sich innerlich den Befehl, Constance für eine theologische Beratung an die Abteilung Seelsorge zu verweisen.

»Nein«, sagte sie und legte die Bibel aufs Nachttischchen. »Ich hatte um eine Unterredung mit Ihnen gebeten.«

Sie schob das Patienten-Tablett beiseite und wackelte mit ihren Massen durch einen Wald von Infusionsständern, die mit intravenösen Schläuchen und Beuteln mit Lösungen überwachsen waren.

»Das hier ist verändert worden«, sagte sie und deutete auf das Spirometer, als es sich mit Luft aus den kollabierenden Lungen von Bett Fünf füllte.

Das Beatmungsgerät setzte erneut an, die Lungen von Bett Fünf mit Luft zu füllen; im Thorax von Bett Fünf knarrte es. Die Pumpe hob und senkte sich in einem klaren Plastikschlauch, der in Kubikzentimetern kalibriert war.

»Ein Medizintechniker hat mich informiert, daß dieses Gerät die Luft mißt, die mein Vater ausatmet«, sagte sie.

»Beinah richtig«, sagte Werner. »Tatsächlich mißt es die Luft, die von dem Gerät in die Lungen Ihres Vaters gepumpt wird, sowie auch die Luft, welche dieses Gerät in all die Röhren und Schläuche pumpt.«

Werner nahm einen Bleistift, um den Weg der Luft aus dem Beatmungsgerät durch die Luftbefeuchter und Einweg-Ventile in Bett Fünf hinein und ihren anschließenden Rückweg in das Spirometer aufzuzeigen.

»Um auszurechnen, wieviel der Patient tatsächlich bekommt«, fuhr er fort, »müssen wir die Luftmenge in den Schläuchen, die wir als ›toten Raum‹ bezeichnen, abziehen. Sie beträgt gewöhnlich 150 Kubikzentimeter. Und das bedeutet: Obwohl der Spirometer etwa 650 ccm angibt, bekommt der Patient in Wirklichkeit nur ungefähr 500 ccm.«

Die ergänzende Bemerkung, daß die Lungen von Bett Fünf wahrscheinlich ebenfalls toter Raum waren, hielt Werner zurück.

»Aber dieser Zeiger klettert nicht so weit nach oben wie gestern«, sagte sie. »Gestern ist er bis auf 750 ccm hochgestiegen.«

»Das liegt nur daran, daß wir das Atmungsvolumen verändert haben«, erläuterte Werner geduldig. »Um es so einfach wie möglich auszudrücken: Er bekommt noch immer die gleiche Menge Luft, nur bekommt er jetzt zehn kleine Atemzüge pro Minute statt acht große.«

»Aha«, sagte sie. »Ich hatte schon gedacht, daß vielleicht jemand bei einem dieser Geräte die Meßskala verstellt oder angerempelt hätte.«

»Nein«, sagte Werner. »So etwas wäre theoretisch zwar denkbar, ist jedoch äußerst unwahrscheinlich. Jede einzelne Skala wird nämlich jede Stunde von den Beatmungsspezialisten überprüft. Und falls zwischenzeitlich eine Veränderung der Menge eintreten würde, schaltet sich automatisch die Alarmvorrichtung ein.«

Werner drückte den Testknopf des Alarmsystems am Spirometer. Die Krankenkabine wurde von einem durchdringenden Piepsen erfüllt.

»Aber was ist, wenn das Alarmsystem nicht funktioniert?« fragte sie.

»Es gibt in jedem Fall zwei Alarmsysteme«, erklärte Werner, »eines ist am Spirometer angebracht und ein weiteres direkt am Beatmungsgerät.« Er preßte den Testknopf für die Alarmanlage am Beatmungsgerät und löste einen andersgearteten hohen Piepston aus.

Ihr Blick folgte den Schläuchen des Beatmungsgeräts zurück zu Bett Fünf. Plötzlich stürzte sie sich wieder durch das Dickicht der Ständer und ergriff die schlaffe Hand von Bett Fünf.

»Es ist ja alles in Ordnung, Daddy. Der Doktor hat nur mal rasch die Alarmfunktion deiner Maschinen überprüft.«

Werner brachte einen heftig ausschwingenden Beutel mit fünfprozentiger Glucoselösung wieder zum Stillstand und richtete den Blick auf seine Schuhe, um nicht die Augen zu verdrehen.

»Wir haben nur eben mal rasch die Alarmsysteme an deinen Maschinen überprüft«, wiederholte sie und drückte ihm von neuem die Hand. »Es funktioniert alles genau so, wie es sein soll.«

Falls sich Bett Fünf von dieser Information irgendwie getröstet fühlte, so ließ er es sich jedenfalls nicht anmerken. Er wirkte ganz so, wie jeder Mensch in den Siebzigern wirken würde, der in einem Zeitraum von sieben Monaten sieben chirurgische Eingriffe durchgestanden hatte, gekreuzigt, gestorben und begraben worden war, hinabgestiegen in das Reich des Todes und am dritten Tag wieder auf Code gesetzt und an seinem Bett festgeschnallt worden war und nun sitzt zur Rechten eines Bennett-MA-2-Beatmungsgeräts.

»Könnten die Alarmvorkehrungen versehentlich abgestellt werden?« fragte sie mit lautem Flüstern.

»Ausgeschlossen«, sagte Werner. »Die Schalter zum Abstellen des Alarmsystems befinden sich nämlich unter einem Metallverschluß auf der Maschinenrückseite.«

»Könnten sie dann aber absichtlich ausgeschaltet werden?« fragte sie, und ihre Augen zogen sich zu Schlitzen zusammen.

»Ja«, sagte Werner. »Aber erst dann, wenn der Patient gestorben ist oder nachdem der Arzt schriftlich Anweisung gegeben hat, das Beatmungsgerät auszuschalten.«

Sie musterte ihn scharf und legte einen Finger auf die Lippen, um Werner gleich darauf zornig aus der Kabine zu winken.

Werner folgte ihr nach draußen, wobei er mit den Füßen über den Boden scharrte wie ein Schuljunge, der dem Direktor zur Bestrafung ins Amtszimmer nachtrottet.

Draußen vor der Patientenkabine machte die Intensivstation mit ihren zuckenden Lämpchen, den dudelnden Weckern, läutenden Telefonen, quäkenden Piepsern und dem von Kabine zu Kabine jagenden Personal den Eindruck eines Flipperautomaten.

»Hat man euch Leuten hier unmenschliches Verhalten antrainiert?« fragte sie und hob die Stimme so laut, daß sie über all dem Lärm klar und deutlich zu hören war. »Ich habe Bücher über Heilung und holistische Medizin gelesen.«

Holistisch im Sinne von hohl, dachte Werner.

»Wie Sie sehr wohl wissen«, fuhr sie fort, »bekommen Menschen, die im Koma oder unter Narkose liegen, im Unterbewußtsein jedes Wort mit, das in ihrer Umgebung gesprochen wird. Negative Bemerkungen können den Krankheitsverlauf drastisch beeinflussen – vor allem dann, wenn die negativen Äußerungen von Ärzten gemacht werden.«

Werner war klar, daß es keinen Sinn hatte, mit Angehörigen eines Patienten über die Relevanz und Stichhaltigkeit von Thesen aus den neuesten medizinischen Bestsellern zu diskutieren. Ein Arzt praktiziert gemäß den Forschungen, die in angesehenen medizinischen Fachzeitschriften publiziert werden? Vergiß es! Solche Daten waren durch wissenschaftliche Verschwörungen des medizinischen Establishments korrumpiert. Angehörige wollten für ihren Kranken einen aufgeklärten Arzt, der nach dem Gewäsch in den Selbsthilfebüchern praktizierte. Werner konnte es an Constances Augen ablesen. Gleich würde sie ihn davon in Kenntnis setzen, daß man Bett Fünf nur positives Denken beizubringen brauchte, dann könnte er sich ein neues Bein wachsen lassen und mit der Vitalität eines Basketball-Profis wieder aus dem Bett klettern.

»Was habe ich denn Schlimmes gesagt?« wehrte er sich.

»Hören Sie«, sagte sie und deutete auf die Kabine von Bett Fünf, »dort drinnen erholt sich ein menschliches Wesen von einer lebensgefährlichen Krankheit. Mein Vater. Ihr Patient.«

Werners Blick folgte der Richtung ihres Zeigefingers durch das Fenster der Kabine und sah ein 75 Pfund schweres, eingeschrumpftes Etwas, das am Bett festgeschnallt war.

»Stellen Sie sich doch mal vor, *Sie* wären für jeden Atemzug von einer Maschine abhängig«, sagte sie mit vor Zorn brechender Stimme, »und müßten sich anhören, wie Ihr Arzt ganz nebenbei davon spricht, die Maschine abzustellen! Würden Sie es vielleicht zulassen, daß jemand solche Äußerungen macht, wenn der Mann dort drinnen *Ihr* Vater wäre?«

Werner versuchte sich vorzustellen, daß er dort in Bett Fünf festgeschnallt wäre, und hatte damit ähnlich große Mühe wie bei einem Versuch, sich als Zaunpfosten oder Türstopper zu fühlen. Daraufhin versuchte er es mit dem Gedanken, daß sein Vater in Bett Fünf angebunden wäre, was ihm jedoch ebenso mißlang, weil er niemals zulassen würde, daß sein Vater in solch eine Abteilung eingeliefert würde. Wer redete da eigentlich von unmenschlichem Verhalten? Den eigenen Vater an eine Intensivstation ausliefern? Das wäre tatsächlich unmenschlich.

Aus einer anderen Kabine drang Lachen herüber, irgendwer rief laut: »Der Typ hier kaut sich schon wieder seinen Schlauch kaputt. Einen Luftkanal und Klebestreifen!«

Constance musterte Werner mit einem Ausdruck des Ekels von Kopf bis Fuß. »Das Böse liegt im ganzen System«, sagte sie.

»Weiß bei Ihnen überhaupt noch jemand, wie man weint oder betet oder Mitleid für Kranke empfindet? Oder hat man für Kranke hier bloß noch Gelächter und Verachtung übrig?«

Werner witterte eine Chance, dieses lästige nichtmedizinische Problem auf niederes Hilfspersonal abzuwälzen. »Haben Sie schon einmal mit einem Kaplan oder einer Nonne vom Seelsorgedienst gesprochen?« fragte er.

»Ja, das habe ich«, sagte Constance. »Wunderbare Menschen sind das. Aber leider viel zu wenige.«

Werner zog einen Kugelschreiber mit dem Werbeaufdruck einer Pharmafirma aus der Tasche seines Laborkittels und klickte die Schreibspitze mehrmals aus und ein.

»Weil Sie den ganzen Tag über menschliches Leiden sehen müssen, nehmen Sie es gar nicht mehr wahr, stimmt's?« sagte sie.

»Ein Arzt übt nur seinen Beruf aus«, sagte Werner. »Sie verlangen Menschenunmögliches. Sie fordern von uns, daß wir Ihren Vater genauso lieben, wie Sie ihn lieben, und ihn gleichzeitig auch noch im medizinischen Sinne gut behandeln. Haben Sie schon einmal davon gehört, daß kein guter Arzt sich selbst behandelt? Das gilt auch für die eigenen Angehörigen oder Personen, die ihm allzu nahestehen. Objektivität ist in der Medizin von fundamentaler Bedeutung.«

»Ist es etwa ein Zeichen für Objektivität, wenn über Kranke gelacht wird?« fuhr sie ihn an. »Oder wenn über Fernsehsendungen gelacht wird, während im selben Zimmer Menschen im Sterben liegen – verstehen Sie das als Objektivität?«

»Nein«, sagte Werner. »Darin zeigt sich nur die menschliche Natur. Man kann nicht tagtäglich zwölf Stunden deprimiert sein, weil man mit todkranken Patienten zusammen ist.«

»Wie viele Ihrer Patienten werden wieder gesund, nachdem sie von Ihnen gehört haben, daß sie todkrank sind?« gab sie zurück. »Mein Vater ist nicht todkrank. Er befindet sich auf dem Weg der Besserung.«

In diesem Moment intervenierte Werners Piepser mit der Aufforderung, Dr. Butz anzurufen.

»Vor zwei Tagen hat Dr. Butz mir erklärt, daß man den chirurgischen Eingriff für den Schlauch zur künstlichen Ernährung binnen achtundvierzig Stunden vornehmen würde«, sagte sie. »Vielleicht könnten Sie ihm bei Ihrer Unterredung ein wenig beim Rechnen helfen.«

»Wahrscheinlich will er mir jetzt gerade mitteilen, daß in der Chirurgie ein Termin für den Eingriff angesetzt worden ist«, sagte Werner und wünschte sich insgeheim, man könnte Angehörigen von Patienten per schriftlicher Generalanweisung strikt verbieten, nach zwölf Uhr mittags mit Butz zu sprechen. Entweder das oder eine Verfügung, daß Buttgesicht sich vor einem Gespräch mit Angehörigen jedesmal einem Alkoholtest unterziehen müßte.

»Ein paar Tage machen letztendlich keinen Unterschied ... für den Eingriff«, fügte er noch hinzu.

»Ach nein?« sagte sie. »Mir gegenüber hat Dr. Butz aber betont, es sei von größter Wichtigkeit, daß mein Vater die entsprechende Ernährung möglichst rasch bekäme.«

Vielleicht wäre es das einzig Richtige, in diesem Konflikt jetzt Farbe zu bekennen und Partei zu ergreifen. Er konnte sich auf die Seite der schönen Felicia schlagen und vor Gericht als Zeuge die Wahrheit über Bett Fünf aussagen; und Buttgesicht könnte sich mit dem Fettgesicht Connie und ihrer Bibel zusammentun. Vielleicht war der Moment gekommen, darauf hinzuweisen, daß Bett Fünf sich keine Gedanken mehr über Probleme wie regelmäßige Zahnhygiene machen mußte.

Constance schaute an ihm vorbei zu Bett Fünf. Ihre Lippen zitterten; ihr traten Tränen in die Augen. »Ich will ja gar nicht so sein«, sagte sie. »Ich will doch gar nicht ... wütend sein.«

»Seien Sie unbesorgt«, sagte Werner. »Ich will auch nicht unmenschlich sein.«

»Das weiß ich doch«, sagte sie. »Wir sind alle Sünder. Aber den Sünder hat Gott lieb.«

Werner war erleichtert, diese frohe Botschaft zu hören.

Randolph Hiram Butz, M. D., Ph. D., saß hinter einem Schreibtisch, der überhäuft war mit schiefen Türmen aus medizinischen Zeitschriften, Computerausdrucken, Krankenblättern und Gratisnotizblöcken von Pharmafirmen. Eingekeilt zwischen diesen

Türmen standen Aschenbecher, die von alten Zigarrenstummeln überquollen. In eine offenstehende Schublade war eine Sprechanlage gerammt. Die Schreibtischlandschaft war zudem mit Kaffee-Plastikbechern gesprenkelt. Die Wände waren vollgehängt mit gerahmten akademischen Diplomen und Anerkennungsurkunden für besondere Verdienste, herausragend das Abschlußdiplom, mit Magna cum laude, von der Medizinischen Fakultät der Universität Yale.

Butz war ein hagerer, gelbsüchtig wirkender Mann, mit Tränensäcken und einer kleinen Wampe, die sich über die silbertürkise Gürtelschnalle schob. Wenn er grinste, kam es zu einem unheimlichen Ton-in-Ton-Effekt zwischen den Zähnen und der gelblichen Haut, und die schwarzen Füllungen der hinteren Eckzähne demonstrierten die verheerenden Folgen einer miserablen Mundpflege über fünfundsechzig Jahre.

»Mein Lieblingsassistent!« rief Butz und schlug sich wiehernd auf die Schenkel. Er schob sich im Lehnsessel zurück und paffte an seiner Zigarre. »Was kann ich für Sie tun?« fragte er und nahm ein paar Papiere vom Schoß, um sie durchzusehen.

»Sie haben mich über den Piepser rufen lassen«, sagte Werner.

»Machen Sie keine Witze.« Butz lachte. »Warum wollen Sie mich eigentlich immer auf den Arm nehmen? Ich habe Sie nicht angepiepst.« Butz hielt die Papiere hoch, die oben das Staatswappen trugen, und reichte sie Werner. »Aber wenn Sie schon mal da sind, dann werfen Sie doch einen Blick auf diesen Katzendreck.«

»Worum geht's denn?« fragte Werner.

Butz entfernte ein Stück Tabak zwischen seinen Zähnen und spuckte in den Papierkorb. »Vor zwei Jahren haben die Hammel von der staatlichen Aufsichtsbehörde mich beschuldigt, ich wäre ein Alkoholiker. Sie erinnern sich?«

»Es hat ein entsprechendes Gerücht gegeben«, sagte Werner.

»Sie wissen, daß zwischen Trinken und Alkoholismus ein Unterschied besteht, nicht wahr?« sagte Butz.

»Selbstverständlich«, sagte Werner.

»Von diesen Amtsschimmeln hat sich keiner beim Trinken in

der Hand, deshalb halten sie jeden Mann, der regelmäßig trinkt, für einen Alkoholiker.«

»Ach, so ist das«, sagte Werner.

»Nehmen Sie mich als Beispiel«, fuhr Butz fort. »Ich habe mein ganzes Leben lang schwer gearbeitet. Ich habe mit Magna cum laude an der Yale Medical School graduiert, ich bin Mitverfasser der ›Grundlagen der Inneren Medizin‹. Sie haben das Buch gelesen. Verdammt, alle Mediziner haben das Buch gelesen. Ich habe es vor zwanzig Jahren geschrieben, bevor ich anfing zu trinken, Frauen nachzustellen und das Leben zu genießen. Heute bezahlt der Verlag ganze Büros von jungen Lektoren, damit das verflixte Ding alle fünf Jahre in einer überarbeiteten Fassung herauskommt.«

Butz holte einmal tief Luft, legte die Hände hinter seinem grauen Kopf zusammen und ließ sich wieder in seinen Stuhl zurücksinken. »Mittlerweile bin ich fünfundsechzig Jahre alt, da ist es mein gutes Recht, die Dinge langsamer anzugehen und meinen Spaß im Leben zu haben. Anstelle des Mittagessens genehmige ich mir für gewöhnlich ein oder zwei Scotch, im Laufe des Nachmittags gönne ich mir dann noch ein bis zwei Schlückchen, und wenn ich abends nach Hause komme, vielleicht noch mal ein oder zwei. Ich geh' Abend für Abend Punkt acht schlafen und stehe morgens um vier Uhr früh auf. So gesehen verbringe ich nicht mal ein Drittel des Tages mit Trinken. Ich werde nie betrunken, und wenn ich trinke, führe ich nie chirurgische Eingriffe durch und treffe auch keine wichtigen medizinischen Entscheidungen. Dann lasse ich mich nur auf Routinearbeiten ein, auf Papierkram und ähnliches, oder auf eine Unterredung mit Ihnen zum Beispiel. Hören Sie mich?«

»Jawohl«, sagte Werner.

»Also – und da hetzt mir nun diese teuflische Ärztezulassungsbehörde eine Meute von bösartigen Anwälten auf den Hals!« brüllte Butz, und zwar so laut, daß es mindestens vier Büros weiter am Flur zu hören war, wo sich Wartezimmer voller Patienten von anderen Ärzten befanden.

»Da hat schon wieder jemand so eine verdammte Beschwerde gegen mich eingereicht!« brüllte er. »Und sehen Sie sich das an«

– er stach mit dem Finger auf die Papiere – »diesmal wirft man mir nicht einfach bloß Alkoholismus vor. O nein, diesmal heißt es, ich sei ein *chronischer* Alkoholiker. Können Sie sich das vorstellen?«

»Doch, das kann ich«, sagte Werner.

»Also – und jetzt schickt mir irgendso ein Amtsschimmel eine Aufforderung, Angaben über mich selbst zu machen, und hier, da wollen sie doch glatt wissen: ›Haben Sie gegenwärtig oder hatten Sie zu irgendeiner Zeit in der Vergangenheit wegen Alkoholabhängigkeit Probleme?‹ Macht das vielleicht einen Sinn, verdammt? Falls ich Alkoholiker wäre, würd' ich's doch abstreiten, oder? Weil Abstreiten doch ein Symptom des Alkoholismus ist. Habe ich recht?«

»Genau«, sagte Werner.

»Ich mach' natürlich nur Spaß«, sagte Butz. »Ich würde doch im Leben nie absichtlich lügen. Aber wissen Sie was? Wenn ich tatsächlich ein chronischer Alkoholiker wäre, hätte ich doch das Wernicke- und das Korsakow-Syndrom, nicht wahr? Und ich wäre unfähig, mich zu erinnern, ob ich Alkoholiker bin. Stimmt's?«

»Stimmt«, erklärte Werner. »Chronischer Alkoholismus kann das Korsakow-Syndrom verursachen, was wiederum üblicherweise einen Totalausfall des Kurzzeitgedächtnisses zur Folge hat.«

»Und was ist ein weiteres klassisches Symptom des Korsakow-Syndroms?« fragte Butz.

»Konfabulation?« äußerte Werner.

»Richtig!« schrie Butz, schlug auf die Schreibtischplatte und strahlte vor Stolz, daß sein Protégé die Innere Medizin so perfekt beherrschte.

Butz durchwühlte die schiefen Haufen von Unterlagen und Fachzeitschriften auf seinem Schreibtisch und zog sein medizinisches Handbuch heraus. »Hier, da haben wir's.« Er fuhr mit dem Zeigefinger durch das Register, schlug die entsprechende Seite auf und las laut vor: »›KORSAKOW-SYNDROM. Ein amnesischer Zustand, in welchem die Unfähigkeit, neue Gedächtnisspuren aufzunehmen, zu Konfabulation und der scheinbar paradoxen Situation führen kann, daß der Patient schwierige Aufgaben durchzuführen vermag, die er vor seiner Erkrankung erlernte, aber außerstande ist, die einfachsten neuen Fähigkeiten zu erlernen.‹ Blablabla … Hier, noch etwas: ›Da das Erinnerungsvermögen für neue Informationen beeinträchtigt ist, nicht dagegen das Erinnerungsvermögen für lang zurückliegende Vorfälle, steht die frühere Erfahrung dem Patienten als Maßgabe für sein Handeln zur Verfügung; dem Anschein nach ist die Beeinträchtigung seiner geistigen Fähigkeiten gering.‹ «

Butz hielt inne und schaute von dem Handbuch auf. »Das könnte durchaus auf mich zutreffen, nicht wahr? Ich meine, ich führe dauernd schwierige Aufgaben durch, und ich zeige kaum verminderte geistige Fähigkeiten.«

»Es könnte auf Sie zutreffen«, gab ihm Werner recht.

»Ich mach' natürlich nur Spaß. Es trifft nicht auf mich zu. Aber gut, in Ordnung, und nun zur Konfabulation«, sagte Butz und las weiter laut vor: » ›Konfabulation ist ein auffälliges Merkmal, das in Verbindung mit Gedächtnislücken in der Anfangsphase der Krankheit häufig vorkommt … Der verwirrte Patient substituiert eingebildete oder verwirrte Erfahrungen für andere, an die er sich nicht zu erinnern vermag. Überzeugende Konfabulationen können den Arzt täuschen, so daß er den geistigen Zustand des Patienten für normal befindet.‹ – Sie sehen, was ich meine?« sagte Butz und hob erneut den Blick.

»Was denn?« fragte Werner.

»Also«, sagte Butz, »diese Kerls da fordern mich schriftlich auf, ihnen Mitteilung zu machen über Dinge, die mich nicht einfach nur des Alkoholismus, sondern eines *chronischen* Alkoholismus überführen würden.«

»Ja«, sagte Werner.

»Wenn sie mit ihren Vorwürfen recht hätten«, argumentierte Butz, »dann leide ich, wie wir zwei beiden soeben eruiert haben, wahrscheinlich unter Wernicke- und Korsakow-Syndrom.«

»Und das heißt?« sagte Werner.

»Das heißt«, fuhr der alte Arzt fort, »daß ich verwirrt bin und daß ich eingebildete oder verwirrte Erfahrungen für Erfahrungen substituiere, an die ich mich nicht erinnern kann. Und deshalb werde ich diesen Bürohengsten erzählen, daß es in meiner Familie einen Todesfall gegeben hat und daß ich aus diesem Grund eine Zeitlang wegen Depressionen in ärztlicher Behandlung war, daß ich mittlerweile jedoch voll wiederhergestellt bin. Unterdessen kann ich weiterhin soviel trinken, wie ich will, weil ich noch immer die schwierigen Aufgaben zu erledigen vermag, die ich vor meiner Krankheit zu meistern gelernt habe, und weil meine geistigen Fähigkeiten kaum beeinträchtigt sind.«

»Verstehe«, sagte Werner.

»Ich mache natürlich nur Spaß«, sagte Butz. »Aber verdammt noch mal, es kann mir doch nur gut tun, wenn ich weiterhin trinke, weil ich schließlich eine Menge wußte, bevor ich an dieses gottverlassene Krankenhaus kam. Wenn ich all den kurzzeitigen Blödsinn aus dem Gedächtnis löschen könnte, den ich während der vergangenen zehn Jahre in diesem Höllenloch aufgesogen habe, dann wär' ich wieder ein Genie«, brüllte er und deutete heftig mit dem Daumen über die Schulter auf sein Yale-Diplom.

»Also«, sagte Butz und schlug das Handbuch zu. »Was kann ich für Sie tun?«

»Sie haben mich zu sich bestellt«, sagte Werner. »Sie haben mich ausrufen lassen.«

»Blödsinn«, sagte Butz. »Sie haben mir das medizinische Handbuch gebracht und mich über Priapismus befragt.«

Werner schüttelte den Kopf. »Nein, keineswegs.«

»Aber klar doch«, sagte Butz und zeigte ihm das Handbuch. »Sehen Sie selbst. Es ist sogar noch auf der Seite aufgeschlagen, die Sie gelesen haben. Hier, sehen Sie?«

»Ich habe Sie aber nicht über Priapismus befragt.«

»Genau hier«, sagte Butz mit leicht zitterndem Finger. »›Priapismus. Schmerzhafte, dauerhafte und abnormale Erektion des Penis, ohne begleitendes sexuelles Verlangen oder Erregung.‹« Butz lehnte sich in seinem Stuhl zurück. »Ich habe einmal unter Priapismus gelitten«, sagte er.

»Wirklich?« sagte Werner.

»Doch. Vor zehn Jahren hat mich eine Krankenschwester wegen sexueller Belästigung verklagt«, erklärte er, »und wie sich dann herausstellte, war das Ganze eine Folge von Priapismus. *Untypischer* Priapismus, so lautete die abschließende Diagnose, und zwar vermutlich deshalb, weil es sich in meinem Fall um eine schmerzlose, dauerhafte Erektion *mit* sexuellem Verlangen als Begleiterscheinung handelte. Aber es geht jetzt nicht um mich. Was kann ich für Sie tun?«

Werner atmete einmal tief durch. »Sie haben mich angefunkt.«

»Nun hören Sie mir mal zu, Sie Gauner!« sagte Butz und drohte ihm mit dem Finger. »Sie mögen ja vielleicht eine Rakete von Wissenschaftler sein, aber bei uns werden Sie nicht weit kommen, wenn Sie sich von einer zur nächsten Minute nicht mehr erinnern können, was Sie gerade getan haben. Ich weiß nicht einmal, wie dies gottverdammte Funksystem überhaupt funktioniert, wie soll ich da, in Gottes Namen, Ihren jämmerlichen Corpus per Funk rufen können?«

»Okay«, sagte Werner seufzend. »Ich bin wegen Bett Fünf auf Intensivstation Neun zu Ihnen gekommen.«

»Bett Fünf?« rief Butz. »Ist mit Bett Fünf etwas nicht in Ordnung?« Er zog einen Manilahefter aus dem Regal und nahm prompt zwei Durchschlagblätter heraus. »Es ist alles gezahlt worden. Er hat drei Versicherungsgesellschaften, die seine Rechnungen monatlich begleichen. Verläßlich wie eine Schweizer Uhr.«

Werners Summer piepste, mit der anschließenden Aufforderung, sich sofort auf die Unfallstation zu begeben.

»Lassen Sie mich das machen«, sagte Butz, stellte die Sprechanlage ein und drückte die Taste für die Unfallstation.

»Hier Butz«, sagte er zu der Frauenstimme. »Dr. Ernst ist gerade bei mir. Was wollen Sie von ihm?«

»Dr. Hansen hat uns aufgefordert, Dr. Ernst anzurufen«, sagte die Stimme in der Notfallstation. »Wir sind hier völlig überlastet und haben jetzt noch einen Neunzehnjährigen mit einer potentiell schweren Kopfverletzung hereinbekommen, den die Unfallaufnahme des County Hospital abgewiesen hat, weil sie ihn nicht rasch genug behandeln könnten.«

»Ist der Patient versichert?« wollte Butz wissen.

»Wie bitte?« sagte die Frauenstimme von der Unfallstation.

»Versicherung. Krankenversicherung!« brüllte Butz und hämmerte auf das Sprechgerät ein. »Hat der Patient eine Krankenversicherung?«

»Ich werd' mich erkundigen«, sagte die Frau und stellte Butz auf Warten.

Butz drückte die »Stumm«-Taste und meinte zu Werner: »Das ist mir vielleicht eine Knallerbse – fragt nicht mal nach der Krankenversicherung. Ich sag' Ihnen gleich: Der Typ ist so ungedeckt wie ein nackter Babyarsch.«

»Dr. Butz?« meldete sich die Unfallstation.

»Am Apparat«, sagte Butz in einem Singsangton.

»Der Patient hat keine Krankenversicherung«, sagte die Frauenstimme. »Der Rettungswagen der Ambulanz ist noch immer da. Man hatte den Jungen zunächst zum County Hospital transportiert, das County war aber vollbelegt.«

»Was für eine Überraschung«, sagte Butz zu der Stimme. »Und Sie haben sicher geglaubt, das County Hospital würde nur Patienten mit erstklassigem Versicherungsschutz auf uns abladen?«

»Entschuldigung, Dr. Butz, aber ich –«

»Das können Sie sich schenken!« brüllte Butz. »Dr. Ernst und ich sind im Moment sehr beschäftigt. Ich werde ihn zu Ihnen schicken, sobald ich ihn entbehren kann. Es wird aber wahrscheinlich mindestens eine halbe Stunde dauern, bis er zur Verfügung steht. Wenn der Ambulanzdienst mittlerweile von freien Kapazitäten in einem anderen Krankenhaus erfährt, soll er ihn dorthin schaffen.«

Die Stimme von der Unfallstation wurde unruhig. »Aber Dr. Hansen hat gesagt –«

»Teilen Sie Dr. Hansen mit, daß er nur Stroh im Kopf hat«, riet Butz. »Und falls er das bestreitet, soll er sich bei mir melden. Guten Tag.«

Butz stellte die Sprechanlage ab. Werner sprang vom Stuhl auf und tat einen Schritt auf die Tür zu.

»Ich kümmere mich darum«, bot er an.

Butz knallte die Faust auf den Schreibtisch. »Verfrachten Sie Ihre Knochen wieder auf den Stuhl oder ich schlag' Ihnen die

Füllung aus dem Leib! Haben Sie denn Ihr bißchen Verstand verloren, junger Mann? Sind Sie so blöd, daß Sie umsonst arbeiten wollen? Und selbst wenn *Sie* blöd genug dazu sein sollten – ich bin's jedenfalls nicht, und Sie arbeiten für mich. Und wenn Sie umsonst arbeiten, so heißt das ja, da Sie für mich arbeiten, daß auch *ich* unentgeltlich arbeite.«

»Aber es handelt sich um eine potentiell schwere Kopfverletzung!« protestierte Werner.

»Kopfverletzung?« rief Butz. »Wie oft hab' ich Ihnen schon gesagt, daß Sie lernen müssen, genau zuzuhören! Ihr jungen Böcke könnt schlau daherschwatzen ohne Ende, aber von Zuhören wollt ihr nichts wissen! Es hieß, daß es sich um potentiell starke Schmerzen im Bauchbereich handelt. Und das ist der springende Punkt. Falls es sich tatsächlich um starke Schmerzen handeln würde, hätte man's doch erwähnt, es ist aber nicht erwähnt worden, oder? Nein, man sagte *potentiell* starke Schmerzen, weil man Sie hat hereinlegen wollen – damit Sie unentgeltlich arbeiten! Eine Kopfverletzung? Klar, wenn es um eine Kopfverletzung ginge, dann würde ich Sie hinschicken. Die könnte ja schwerwiegend sein. Aber potentiell starke Brustschmerzen bei einem Neunzigjährigen? Warten Sie nur mal ab, wie sich Ihre Brust anfühlt, falls Sie's bis neunzig schaffen!«

Werner vergrub das Gesicht in den Händen.

»Wie hoch war das Darlehen, das Sie aufnehmen mußten, um dieses sogenannte Medizinstudium absolvieren zu können?« krähte Butz, zündete seinen Zigarrenstummel wieder an und machte es sich erneut im Sessel bequem. »Hunderttausend? Und wie hoch war Ihr Verlust an Einkommen während der vier Studienjahre? Weitere zweihunderttausend? Okay, Sie sind nicht so clever wie ich, aber zehn Dollar pro Stunde hätten Sie doch wenigstens verdienen können, irgendwie schon. Sagen wir also weitere achtzigtausend Dollar. Und das bedeutet: Sie fangen das Leben mit 180000 Dollar Miesen an, und da wollen Sie jetzt auf die Unfallstation nach unten und unentgeltlich Leroy Washingtons Gallenblase behandeln?«

Werner holte tief Luft und artikulierte seine Worte mit größter Deutlichkeit: »Es geht um einen Neun*zehn*jährigen mit einer potentiell schweren Kopfverletzung. Von Gallenblase war nicht die Rede.«

Butz schüttelte den Kopf. »Sie irren sich. Aber nehmen wir einmal an, daß Sie recht haben, okay? Der Mann ist neunzehn Jahre alt, er ist ohne Versicherung, er hat eine Kopfwunde und heißt Leroy Washington. Also gut. Was würde Ihrer Meinung nach wohl geschehen, wenn ich an einem Sonntagnachmittag zu Leroys Wohnung hinüberführe und ihn anbrüllte: ›He, Leroy, mein Rasen muß gemäht werden, aber ich habe keinen Rasenmäher. Geld hab' ich auch keins. Bringen Sie doch Ihren Rasenmäher zu meinem Haus und mähen Sie mir den Rasen. Ich bezahl' Sie, falls ich mal Geld übrig habe. Schicken Sie mir einfach die Rechnung, Leroy.‹«

Jetzt schlug Werner mit der Faust auf den Schreibtisch, allerdings mit erheblich weniger Autorität als Butz. »Aber Rasenmähen ist etwas ganz anderes als Unfallmedizin«, widersprach er.

»Natürlich ist es etwas ganz anderes!« schrie Butz. »So wie ja auch Hund und Jagdhund etwas völlig anderes sind. Wir leben in einer Dienstleistungsgesellschaft. Früher hatten wir in Amerika Fabriken, früher haben wir nützliche Dinge produziert, beispielsweise Raketen, um in der Welt für Frieden zu sorgen. Aber es hat sich eben alles verändert. Heute sind wir eine Dienstleistungsgesellschaft. Wenn man Dienstleistungen braucht, muß man dafür zahlen. Wenn man in einer Dienstleistungsgesellschaft Dienstleistungen verschenkt, kann man das ganze Land ruinieren!«

Werner hob die Hand. »Aber –«

»Kein Aber!« brüllte Butz. »Wenn Sie Leroys Schädel jedesmal zusammenflicken, wenn er von seiner Freundin mit der Bratpfanne eins über die Rübe kriegt, sind Sie bald so blank wie eine Kröte ohne Warzen! Und nicht nur das – Sie steuern unser ganzes Land in die Scheiße!«

Werner stützte den Ellbogen vorn auf Butz' Schreibtisch und den Kopf in die Hand.

Butz schob einen Stapel Papier auf dem Schreibtisch an einen anderen Platz. »Sie mögen ja den ganzen Tag Zeit haben, sich über Kürzungen des Verteidigungsbudgets aufzuregen. Aber ich nicht. Kommen wir zum Geschäftlichen. Was kann ich für Sie tun?«

Werner rieb die Handflächen in den Augenhöhlen. »Bett Fünf«, stöhnte er mit zusammengebissenen Zähnen.

»Bett Fünf?« rief Butz. »Ist mit Bett Fünf etwas nicht in Ordnung?« Er zog den gleichen Manilahefter aus dem Regal wie vorher und nahm die gleichen Durchschlagblätter heraus. »Keine unbeglichenen Rechnungen. Er hat drei erstklassige Versicherungen, die seine Rechnungen prompt bezahlen. Alles so regulär wie ein spastisches Colon, das mit Abführmitteln geschmiert wird.«

Werner biß sich auf die Lippe. »Er ist für eine Gastrostomie vorgesehen, aber eine Angehörige verweigert die Zustimmung.«

»Na und?« entgegnete Butz. »Wir sind die Ärzte, und Bett Fünf ist der Patient. Ist mir doch egal, was seine Frau denkt. Ich habe in Yale studiert. Wo hat sie denn Medizin gelernt?«

»Es geht nicht um seine Frau«, sagte Werner. »Es geht um eine Tochter. Er hat zwei Töchter. Die eine ist ein bißchen übergewichtig, und die andere ist ... ziemlich attraktiv.«

»Dann schaffen Sie mir die Attraktive her«, sagte Butz. »Ich werde sie schon noch überzeugen können, daß sie der Tracheostomie zustimmt.«

»Gastrostomie«, korrigierte Werner.

»Vorher haben Sie aber Tracheostomie gesagt«, sagte Butz. »Ich habe hier gesessen, ich hab's gehört.«

»Ich habe bereits eingehend mit ihr über die Gastrostomie gesprochen«, erklärte Werner.

»Wenn sie ein solcher Leckerbissen ist, haben Sie sicher tüchtig an ihr herumgeknabbert«, sagte Butz. »Wie ein Bluthund haben Sie ihr nachgeschnüffelt. Meinen Sie vielleicht, ich hätt's nicht bemerkt?« Er spuckte in einen Papierkorb und steckte sich erneut seine Zigarre an.

»Und nachdem ich mit ihr gesprochen hatte«, fuhr Werner fort, »kam mir der Gedanke, daß sie vielleicht recht haben könnte, ich meine, daß man die Gastrostomie vielleicht nicht durchführen sollte.«

Butz fiel das Kinn aus dem Gesicht.

»Für sie spricht eins«, erläuterte Werner rasch. »Warum sollten wir ihn künstlich ernähren, wenn er sich doch nicht mehr erholt?«

»Für diese Frau spricht nur eins, junger Mann«, donnerte Butz, »und das steckt in Ihrer Hose. Ich darf doch wohl annehmen, daß dem Mann ein Schlauch eingesetzt werden muß, weil er nicht essen kann. Ist das richtig?«

»Ja«, gab Werner zu, »aber verzögern wir nicht nur das Unvermeidliche, wenn wir ihm einen Schlauch einsetzen?«

Butz machte den Eindruck, als ob er kurz vor einem Schlaganfall stünde. »Sie wollen einen Menschen verhungern lassen, nur weil er eventuell bald stirbt? Du heiliger Strohsack! Ich werde selber bald abberufen! Wollen Sie vielleicht auch mir den Brotbeutel wegnehmen? Warum sollte überhaupt wer essen? Wir müssen doch alle sterben! Warum gute Nahrung zu Scheiße machen, wo wir doch sowieso alle aufs Jüngste Gericht warten?«

»Ich habe nur gedacht –«

»Ach was, gevögelt haben Sie!« unterbrach ihn Butz. »Ihnen ist es nicht genug, Arzt zu sein. Jetzt wollen Sie auch noch den Allmächtigen am Tag des Jüngsten Gerichts spielen! Bringt sie alle um, damit Gott sich um sie kümmert. Ist es das, was Sie wollen?«

»Aber es gibt für ihn doch keinerlei Aussicht auf Heilung, warum sollten wir dann weitermachen?« flehte Werner.

Butz wollte mit der Faust auf den Schreibtisch schlagen und traf daneben. »Wo haben Sie bisher bloß gelebt, Sie Mondkalb!? Zu Einkommenszwecken, deshalb!« Butz verwies neuerlich auf die Durchschläge im Manilahefter. »Dieser Mensch hier hat eine Versicherung für alle möglichen gesundheitlichen Katastrophen, er hat eine Langzeitpflege-Versicherung, er ist schlechthin für alles versichert! Und da wollen Sie ihm den Schlauch vorenthalten? Hier liegt Geld herum! Hier haben wir es nicht mit so einem Fall zu tun, wo das Krankenhaus sich am Ende über eine zweite Hypothek auf das Eigenheim absichern muß. Das hier ist ein fetter Spatz in der Hand. Einkünfte. Bares. Ich mache natürlich nur Spaß. Trotzdem.«

Werner schüttelte den Kopf. »Wieso sollten die Versicherungen einen Unterschied machen?«

»Warten Sie«, sagte Butz. »Ich laß mir von meiner Sekretärin die Unterlagen bringen.« Butz drückte eine Taste auf der Sprechanlage. Eine Frauenstimme meldete sich.

»Hier spricht Gwen.«

»Gwen?« fragte Butz quengelig. »Wo ist denn Doris?«

Über Lautsprecheranlage war Gwens Stöhnen zu hören. »Doris hat vor zwei Jahren gekündigt.«

»Leeres Stroh«, sagte Butz. »Ich will zur Hölle fahren, wenn sie gestern nicht da war.«

Werner konnte hören, wie die Sekretärin am anderen Ende tief einatmete.

»Bringen Sie mir die letzte Rechnung, die wir Bett Fünf, Intensivstation Neun zugeschickt haben«, sagte Butz.

»Wie lautet der Name des Patienten?« fragte Gwen.

»Der Name?« brüllte Butz. Er drückte die »Stumm«-Taste und erklärte Werner: »Ich hätte mir einen Nobelpreis sichern können, wenn ich diese Art von weiblicher Inkompetenz erforscht hätte. Die Ursache liegt in den Eierstöcken. Sie sondern eine Art Hormon aus.« Er gab die »Stumm«-Taste frei und sagte zur Sekretärin: »Susan, in Gottes Namen, wie soll denn ich seinen Namen wissen? Nun bringen Sie mir endlich die letzte Krankenhausrechnung für Bett Drei, Intensivstation Sieben.«

»Bett Fünf, Intensivstation Neun«, rief Werner. »Der Name ist Potter.«

»Sie brauchen mir die Rechnung nicht zu bringen, Dolores«, brüllte Butz. »Nennen Sie mir einfach bloß die Endsumme.«

Gwen stellte Butz und Werner mit Nachdruck auf Warten.

Butz legte den Manilahefter von Bett Fünf wieder zurück ins Regal. »Wollten Sie mich wegen irgendwas Bestimmtem sprechen?« fragte er. »Was kann ich für Sie tun?«

Gwen meldete sich wieder über die Sprechanlage. »Die Endsumme der letzten Rechnung, nur für den Monat Mai, betrug siebenundsechzigtausendneunhundertunddreiundsiebzig Dollar und zweiunddreißig Cent.«

»Die Rechnung?« kreischte Butz. »Welche Rechnung? Ich befinde mich gerade in einer Sitzung! Wer behauptet, daß ich ihm 67000 Dollar schulde?«

Gwen legte auf.

»Hallo!« brüllte Butz, drückte gleich mehrere Tasten auf einmal und erntete ein Besetztzeichen am anderen Ende. »Ist denn das die Möglichkeit? Eine so gottverdammt miserable Sekretärin hab' ich überhaupt noch nie gehabt. Absolut unbrauchbar!«

»Bett Fünf, Intensivstation Neun«, sagte Werner.

»Bett Fünf?« rief Butz und griff erneut nach dem Manilahefter.

»Ich weiß, daß seine Rechnungen beglichen worden sind«, sagte Werner. »Er ist komatös. Es geht um die vorgesehene Gastrostomie.«

»Nur zu!« sagte Butz, der in dem Hefter studierte. »Ich kriege einen Anteil von dem Geld für jeden Test und jeden Eingriff. Er hat eine Versicherung für gesundheitliche Katastrophen. Das Geld kommt so prompt wie der Leichenbestatter zum Begräbnis.«

»Meine Frage lautet folgendermaßen«, sagte Werner. »Wenn *Sie* komatös wären, würden Sie dann monatelang mit Maschinen am Leben erhalten werden wollen?«

Butz setzte sich kerzengerade auf und warf Werner einen Blick blanken Erstaunens zu. »Nein, verdammt!« gab er zurück. »Denken Sie etwa, daß ich mit fremden Menschen in einem Zimmer eingesperrt werden will? Ich will bei mir zu Hause sterben, in meinem eigenen Bett, mit einer Flasche Scotch und einem kühlen Bier neben mir.«

»Und?« sagte Werner und streckte die Hände nach einer Erklärung aus.

»Und was?« sagte Butz irritiert.

»Wieso soll es dann in Ordnung sein, daß wir Bett Fünf hier im Bett anschnallen und von fremden Menschen quälen lassen, wenn das nicht richtig ist? Sie haben eben selber gesagt, daß Sie so etwas für *Ihre* Person nicht wollen. Könnten wir ihn nicht zumindest zu einem Fall ohne Code machen?«

Butz schaute Werner mit einem Ausdruck blanken Unverständnisses an. »Das muß der Generationensprung sein. Sie können wohl nicht mehr zwischen Knöchel und Ellbogen unterscheiden, wie? Jetzt will ich Ihnen mal die ganze Sache erklären, aber unterbrechen Sie mich nicht, bis ich fertig bin. Verstanden?«

»Ja«, sagte Werner.

»Sie sind Arzt. Korrekt?«

»Korrekt«, sagte Werner.

»Ich bin Arzt. Korrekt?«

Na ja, dachte Werner. »Korrekt«, sagte er.

»Also dann, man zahlt Ärzten haufenweise Geld, damit sie Menschen am Leben erhalten. Korrekt?« sagte Butz. »Können Sie mir noch folgen? Das sind unsere Einkünfte. Geld. Berge von Geld, gezahlt an uns, an Sie und an mich, damit wir Menschen am Leben halten. Kapiert?«

»Kapiert«, sagte Werner, »aber –«

»Jetzt hören Sie mir doch einmal zu, Sie hoffnungsloser Hohlkopf!« schrie Butz. »Sehen Sie sich das an«, sagte er und hielt die Durchschlagblätter aus dem Manilahefter in die Höhe. »Gemäß diesen Unterlagen hat dieser Typ in Bett Fünf drei verschiedene Krankenversicherungspolicen erworben, die uns Schubkarren voll Geld bringen dafür, daß wir ihn am Leben erhalten. Wenn wir ihn nicht am Leben erhalten, bekommen wir auch kein Geld. Verstanden?«

»Ja«, sagte Werner, »aber –«

»Ruhe!« brüllte Butz. »Lassen Sie mich's anders ausdrücken, damit es völlig klar wird«, sagte er etwas ruhiger. »Sobald er stirbt, hören die Versicherungen auf, uns Millionen Dollar zu zahlen.«

»Ich weiß«, unterbrach ihn Werner, »aber Sie –«

»Zu mir selber komme ich gleich«, brüllte Butz. »Ich will nicht ans Bett gefesselt und gemartert werden, bevor ich sterbe«, erklärte Butz, »ich möchte auf meiner Veranda sterben, die Beine hochgelegt und den Bauch voll mit Spare Ribs vom Grill. Und das ist auch der Grund, warum ich keine Versicherung für den Fall gesundheitlicher Katastrophen abgeschlossen habe. Um ehrlich zu sein, ich bin überhaupt nicht versichert.«

»Ach ja?« sagte Werner.

»Selbstverständlich«, sagte Butz. »Und mein gesamtes Vermögen ist in Treuhandkonten angelegt, die es jedermann streng untersagen, das Geld für meine Gesundheitspflege auszugeben.«

»Aber was ist, falls Sie krank werden?« fragte Werner.

»Wenn ich krank werde«, entgegnete Butz, »wird mir kein Arzt auf Erden nahekommen, das schwöre ich Ihnen. Das kann sich doch jeder Trottel vom Land ausrechnen. Sie haben von diesen gottverdammten Verfügungen gehört, mit denen man sicherstellt, daß im Fall einer unheilbaren Krankheit keinerlei Maßnahmen zur künstlichen Lebenserhaltung zur Anwendung kommen? Solche Papiere sind doch gar nicht notwendig. Man muß bloß dafür sorgen, daß für solche Fälle kein Geld zur Verfügung steht, dann kann man mit einem Lächeln auf dem Gesicht im eigenen Bett zu Hause sterben.«
suchte sich einen Zigarrenstummel in einem der gläsernen Aschenbecher, zündete ihn an und paffte genüßlich. »Das arme Schwein in Bett Fünf hat sich doch nicht mit Versicherungsschutz vollgepackt, damit er leichterdings in die ewigen Jagdgründe hinübergehen könnte. Er hat gewollt, daß wir für ihn kämpfen, und er hat gewollt, daß wir mit Barem bezahlt werden, damit wir auch ganze Arbeit leisten. Sonst hätte er doch solche Policen gar nicht erst erworben.«

Butz' Telefon läutete. Er nahm den Anruf auf dem Handapparat entgegen, grüßte und hörte eine halbe Minute lang zu. »Hat der Patient eine Versicherung? Verstehe. Er *hatte* eine Versicherung, sie ist jedoch abgelaufen. Ich will Ihnen etwas sagen. Warten Sie einen Moment.«

Butz drückte die »Stumm«-Taste. »Arbeitet dieser Hansen für mich?«

»Nein«, sagte Werner.

»Hallo?« sagte Butz. »Ich bin zur Zeit beschäftigt. Würden Sie Dr. Hansen anpiepsen und ihm bestellen, daß er sich so rasch wie möglich um den Patienten kümmert? Sehr gut. Vielen Dank.«

»Nun denn«, sagte Butz. »Sie haben hereingeschaut, weil Sie sich nach zwei Baseball-Saisonkarten erkundigen wollten, nicht wahr?«

»Nein«, sagte Werner müde, »keineswegs.«

»Sie brauchen mehr Schlaf«, sagte Butz. »Hatten Sie vergangene Nacht Dienst? Es ist noch keine zwei Minuten her, daß Sie zu mir gesagt haben, Sie hätten gern Karten für Samstagabend, Logenplatz, für das 37. Spiel der Saison.«

»Nein«, sagte Werner. »Hab' ich nicht.«

»Na gut«, sagte Butz achselzuckend. »Was kann ich also für Sie tun?«

Werner verließ Butz mit rasenden Kopfschmerzen. Er fuhr mit dem Lift hoch zur Intensivstation im neunten Stock und trug Bett Fünf für eine Gastrostomie ein.

Anschließend begab er sich zu Bett Fünf, wo Stella die Infusionsschläuche auswechselte.

Stella hielt ein Paket hoch, das zwei Längen klarer, schmaler IV-Schläuche von jeweils zirka vier Metern enthielt. »Fünfzig Dollar für so 'n Paar«, erklärte sie laut. »Ich kenn' ein Geschäft für Tropenfische, wo ich die gleichen Dinger für Aquarienpumpen für anderthalb Dollar kriege.«

Werner beugte sich über Bett Fünf und untersuchte den Schädel unter der Haut. Die rechte Hand von Bett Fünf wurde von heftigem Zittern befallen, so daß sie gegen die Bettstangen trommelte und ein leises, schwirrendes Geräusch verursachte. Er hustete. In seiner Luftröhre gurgelten dunkle Absonderungen.

Stella streifte sich ein Paar Gummihandschuhe über und wikkelte einen Saugkatheter aus einer sterilen Umhüllung. »Die hier kosten fünfzehn Dollar das Stück«, sagte sie und hielt den Katheter in die Höhe, »und er wird stündlich einmal abgesaugt. Das bedeutet täglich 350 Dollar für Saugkatheter. Denken Sie mal, was ein lebender Mensch mit dem Geld alles anstellen könnte. Ich könnte mir drei Tage freinehmen, gar nichts tun und kühles Bier trinken.«

»Wie ist Ihre Einschätzung dieses Patienten?« fragte Werner sie.

»Ein Schätzchen was?« brüllte Stella. *»Mein Hörgerät ist gerade in Reparatur.«*

»Ich habe gefragt: Wie ist Ihre Einschätzung dieses Patienten?«

»*Von dem da?*« sagte Stella. »Nun spielen Sie mal nicht den Clown.« Sie drückte eine 5-ccm-Ampulle mit Kochsalzlösung in die Luftröhre und in die Lungen von Bett Fünf, was starkes Husten bei ihm hervorrief. Der Saugkatheter füllte sich mit braunem Schleim.

»Der Vorgang heißt nicht umsonst Lungentoilette«, bemerkte Stella, die den Katheter geschickt herumwirbelte und den linken Hauptbronchus absaugte.

»*Haben Sie ihn schon einmal gebeten, Ihnen die Hand zu drücken?*« fragte Werner und beobachtete das starke Zittern von Bett Fünf.

»Der?« Sie lachte. »Wozu denn?«

Werner beobachtete, wie die schlaffen Muskeln bei Bett Fünf durch einen neuerlichen Anfall von Starrkrampf kurz in Bewegung kamen.

»Wenn wir schon mal beim Thema sind, Dr. Wurst«, brüllte Stella. »Kann mir vielleicht mal einer erklären, warum wir jeden Tag für tausend Dollar intravenös Nahrung und Medikamente in diesen Saftsack träufeln müssen, wenn unser Land übervoll ist mit Kindern, die nie eine Impfung erhalten haben? Eine Impfung kostet so etwa, na, zwei Dollar. Allein mit den Mäusen von diesem einen Typen hier könnten wir ganz Brooklyn durchimpfen!«

»Wegen der Angst vor dem Tod«, erwiderte Werner. »In dem Punkt empfinden alte Menschen nicht anders als wir. Sie fürchten sich vor dem Tod. Lieber zahlen sie dafür, daß wir sie in einem Zustand von suspendierter Animation erhalten. Diese faulen alten Knacker verstehen sich auf zwei Dinge: Golfspielen und bei Wahlen die Stimme für Kongreßabgeordnete abgeben, die ihnen Geldgeschenke zukommen lassen statt das Geld an kleine Kinder zu verschwenden, die ja nicht wahlberechtigt sind.«

Beim Verlassen von Bett Fünf begegnete Werner dem Hippopanz. Sie zeigte ein breites Lächeln und strahlte beim Blick auf ein aufgeschlagenes Krankenblatt.

»Sie erinnern sich, daß Sie neulich nachts für Bett Sieben die Anweisung ›ohne Code‹ gegeben haben?«

»In etwa«, sagte Werner.

»Ich glaube, Sie haben wörtlich gesagt: ›Leiche. Ohne Code‹«, sagte sie. »Kommt Ihnen das bekannt vor? Und ich hatte Sie daraufhin gefragt, ob Sie das mit Dr. Butz abgeklärt hätten. Sie erinnern sich?«

»Fragen Sie aus konkretem Anlaß?« wollte Werner wissen.

»Dr. Butz hat heute schriftlich Anweisung gegeben, die Bett Sieben zu einem Voll-Code-Fall erklärt«, sagte sie und zeigte Werner ein absolut unentzifferbares Gekritzel im Krankenblatt von Bett Sieben.

»Eines Tages werde ich Sie bestimmt auch zum Voll-Code-Fall erklären«, sagte Werner.

Die Krankenhaus-Zentrale überreichte ihm beim Verlassen des Krankenhauses drei Nachrichten. Eine kam von Sheldon Hatchett: »Beantrage morgen Einstweilige Verfügung gegen weitere Behandlung.« Eine kam von Mr. Wilson in der Rechtsabteilung des Medical Center: »Betrifft Einlegen von Widerspruch gegen gerichtlichen Unterlassungsbeschluß. Suchen Sie mich morgen früh um 8.30 Uhr auf. In meinem Büro.« Die dritte kam von Felicia Potter: »Könnten wir heute abend mit der Behandlung beginnen? In Deiner Wohnung? Die Adresse hab' ich.«

8

Werner trudelte kurz vor acht Uhr abends zu Hause ein (19.45 Uhr, medizinisch korrekt ausgedrückt) und hatte wieder einmal vierzehn Stunden innere Medizin hinter sich gebracht. Er stieg durch das wüste Durcheinander in seinem Apartment – es war ein einziger, großer Raum, voll mit schmutzigem Geschirr, Bierflaschen, Haufen dreckiger Kleidung, Bergen von Lehrbüchern, Papieren und Fachzeitschriften; eine weiße Plastiktüte quoll über vom Styropor-Müll der letzten Mahlzeit, die er daheim gegessen hatte; in einer Tasse mit Aufdruck des Medical Center schwammen auf einem Tümpel Instantkaffee winzigweiße Schimmelbeete.

Es war nur eine Studiowohnung mit Kochnische und Bad, aber die Miete war niedrig – und es gab hier keine Patienten. (Auch keine Küchenschaben.)

Er hatte Felicias Telefonnummer auf eine pharmazeutische Umrechnungstabelle gekritzelt, aber die mußte irgendwo in seinem Laborkittel untergegangen sein. Nachdem er fünf Minuten lang vergeblich im Innern des Känguruhbeutels gewühlt hatte, fand er die Nummer in der Gesäßtasche seiner Hose. Keine Antwort. Vielleicht hatte sie es aufgegeben, Hilfe von ihm zu erhoffen. Vielleicht war sie auf der Intensivstation, bei Bett Fünf.

Er blätterte seine Post durch – Fachzeitschriften, Rechnungen, einmalig supergünstige Angebote für Lebensversicherung, Autoversicherung, Haftpflichtversicherung, Mietschutzversicherung und Krankenversicherung. Die Rechnungen landeten in einem horizontal durchgeschnittenen menschlichen Schädel, den er aus dem Labor der Pathologie-Abteilung gestohlen hatte und der bereits überquoll von anderen ungeöffneten Rechnungen. Die einmalig supergünstigen Sonderangebote der Versicherungsgesellschaften landeten in einem Müllsack auf dem Fußboden.

Er dachte über sein Schlafdefizit nach: Handelte es sich bei seinem Zustand um die übliche tiefe Erschöpfung, die nach sofortigem Schlaf verlangte, oder um eine gemäßigtere Abart, die man mit Hilfe von Alkohol manchmal zu einem geradezu entspannenden Erschöpfungszustand umwandeln konnte, bei sorgfältiger Dosierung sogar zu einem Gefühl normalen Wachseins oder gar Euphorie?

Er nahm zwei Dosen Bier aus dem Kühlschrank und stellte sie ins Gefrierfach. Vier Eiswürfel in ein hohes Glas, dazu vier Fingerbreit Scotch, kein Wasser. Er ging zu einem hohen Schrank in der Zimmerecke, stellte die Stereoanlage an und kramte in einem Wäschekorb mit Kassetten auf der Suche nach etwas Lautem, Geistlosem, das einen guten Beat hatte, etwas Vertrautes, das nicht zu vertraut war, irgendwas ...

Er rief erneut bei Felicia an. Wieder keine Antwort.

Er klappte das Bett herunter, stopfte sich ein Kopfkissen hinter den Rücken und schlug eine Fachzeitschrift auf. Es ging doch nichts über eine gute Lektüre. Er rülpste und vertiefte sich in den Leitartikel: »Gehemmte Sekretion von HCL im Magen bei Patienten unter medikamentöser Behandlung mit Prostaglandinen.«

Etwa auf der Hälfte der geheimnisvollen Reise zur Wirkung von Prostaglandinen kam Werner die Idee, daß sie vielleicht nur kurz weggegangen war, um Lebensmittel einzukaufen. Er probierte es noch einmal. Keine Antwort. Als er die Fußnote Nummer 25 erreichte, kippte er das Glas Scotch hinunter und holte sich ein kaltes Bier.

Es war absolut notwendig, sehr bald einen Termin für Felicias Behandlung zu finden. Er blätterte in der Zeitschrift, um zu sehen, ob in jüngster Zeit Artikel über Dyspareunie erschienen waren (Schmerzen der Frau während des Geschlechtsverkehrs, die sexuelle Störungen verursachen und orgasmushemmend wirken). Es wäre gut möglich, daß Felicia sich zu einer der wichtigsten klinischen Erfahrungen seiner Karriere entwickelte. Scheidenkrampf, Scheidenentzündung, Divertikel unter der Harnröhre und Entzündungskrankheiten des Beckens wollte er ausklammern und statt dessen mit dem Verführen vorankommen. Er suchte nach einer Möglichkeit, um irgendwie eine Exploration des Beckens einzuschieben oder sich, für den Fall, daß sie sich etwas Ansteckendes zugezogen haben sollte, einen Abstrich zu besorgen, damit er eine Kultur entwickeln und auf Gramfärbung untersuchen konnte.

Er wählte erneut ihre Nummer – wie die Taube in der Skinner-Box, die immer wieder die bunten Verteilerknöpfe anpickt, obwohl schon seit Stunden keine Getreidekörner mehr herauskommen. Er mußte aufpassen, sonst kam es noch dahin, daß er dem altbekannten Liebe-auf-den-ersten-Blick-Virus zum Opfer fiel – dem LEB-Virus, wie er ihn während des Medizinstudiums genannt hatte, als er wohl ein Dutzendmal darunter gelitten hatte. Die Symptome waren akute Dementia, Erotomanie und libidinöse Hysterie. Ein starker Anfall von LEB konnte seine beachtlichen Informationsverarbeitungs-Systeme unnötig beeinträchtigen.

Er holte sich Bier Nummer zwei. Das Leben war schön. Er befand sich nicht im Krankenhaus. Sofern er nur seinen Piepser bei sich trug, war er völlig frei, sich vollzufuttern, auf Partnersuche zu gehen und sogar – verbotenste aller Freuden – zu schlafen. Er nahm das Telefon ab und versuchte, eine 25jährige gesunde Frau anzurufen, bei der alles in bester Ordnung war – die zwölf Hirnnerven intakt; Brüste symmetrisch, ohne Knoten oder Absonderungen; Herztöne normal, mit regelmäßiger Frequenz; Atemfrequenz 12, Puls 72, Blutdruck 120/80, die Haut warm, trocken und rosarot …

Das Leben war einfach und rein. Wenn er nur hart arbeitete, kam das Geld schon herein. Und dann konnte er es ausgeben. Wenn er wollte, konnte er ein großes Haus erwerben und sogar mit einer 25jährigen gesunden Frau seßhaft werden. Sie war langweilig, simpel und oberflächlich – aber welcher Mann wollte nach sechzehn Arbeitsstunden auf der Intensivstation schon eine hochdramatische, vielschichtige Frau mit Tiefgang? Es könnte sich als angenehm erweisen, zu einem hübschen Dummkopf heimzukommen.

Zur Feier des Tages vielleicht noch ein Bier. Das letzte. Hart arbeiten und richtig genießen. Buttgesicht war ein harmloser, netter, alter, großväterlicher, rassistischer, sexistischer, habgieriger, seniler Mistkerl, aber er war eben alt und konnte nichts dafür. Leben und leben lassen. Die Sache mit Bett Fünf würde sich wahrscheinlich ganz von selbst erledigen. Constance war zwar eine Spinnerin, doch sie meinte es nur gut. Felicia war ... hinreißend. Werner war ein fleißiger junger Arzt, der sich Mühe gab, es in der Welt zu etwas zu bringen, und der liebe Gott lächelte freundlich auf sie alle herab. Falls es Gott dort oben noch gab.

Auf dem College hatte er gelesen, daß Gott tot sei. Während des Medizinstudiums hatte er dann gelernt, daß Gott nicht tot sei. Er war bloß schwerkrank. Die ersten Meldungen über den Tod Gottes waren vor rund hundert Jahren umgegangen – und man wußte, weiß Gott, in jener so weit zurückliegenden Zeit wenig von Gehirntod und Herz-Lungen-Wiederbelebung. Wahrscheinlich war Gott voreilig für tot erklärt worden. Statt zu sterben oder ermordet aufgefunden worden zu sein, war Gott möglicherweise bloß ins Koma geglitten, oder er hatte einen Anfall von zeitweiliger Totalamnesie erlitten, hatte schlichtweg vergessen, daß er Gott war, und das Universum sich selbst überlassen. Statt der Welt seinen Schwächezustand mitzuteilen, hatte Gott sich möglicherweise zurückgezogen, so wie kränkelnde russische Staatspräsidenten es tun, und hatte die Massen während seiner langen Rekonvaleszenz mit ihren Spekulationen über die Gründe seiner Abwesenheit alleingelassen.

Es fiel gar nicht schwer, sich dieses Szenario vorzustellen. Vermutlich hatte Gott aus Neugier irgendein Nepplokal auf der falschen Seite des Fegefeuers aufgesucht und zechte mit Sündern und Erzengeln, um sein Wissen um die menschlichen und göttlichen Schwächen aufzufrischen. Gott ging an die Bar, um sich Wechselgeld für die Flipperautomaten und Videospiele zu besorgen, und weil er ein bißchen zuviel intus hatte, fiel ihm ein 25-Cent-Stück aus der Hand. Er suchte auf allen Vieren den Boden ab, zündete ein Streichholz an und wühlte inmitten von Sägemehl und Erdnußschalen, bis er die Münze fand. Beim Aufstehen schlug er sich den Kopf an der Unterseite eines Barhockers höllisch an und zog sich eine Gehirnerschütterung oder ein Hämatom im Subduralraum zu. Daraufhin kam es zu retrograder Amnesie und posttraumatischem Hirnödem, und Er vergaß, daß Er Gott war.

Mittlerweile brach der Planet Erde auseinander. Die Bücher von Nietzsche kamen heraus, Erzherzog Ferdinand wurde ermordet, der Erste Weltkrieg begann. Bis Gott endlich auf einer anständigen Notfallstation eingeliefert wurde, war Hitler an der Macht und der Zweite Weltkrieg voll im Gange. Bevor der richtige Facharzt privat erreicht werden konnte, war die Atombombe erfunden.

Es sieht schlecht aus für die Welt – aber wieso voreilige Schlüsse ziehen und Gott für tot erklären, wenn ihm wahrscheinlich nur eins fehlt, nämlich die Verlegung auf eine Super-Intensivstation mit der gesamten Technologie? Mit Wunderdrogen könnte man seinen Blutdruck aufrechterhalten und die Strömungen seines Elektrolytgleichgewichts regulieren. Mag sein, daß Gottes Zustand kritisch ist und daß er auf zehn Einheiten rote Blutkörperchen oder auch drei Einheiten Blutplasma wartet. Das Labor könnte verdammt Mühe haben, seine Blutgruppe zu bestimmen und eine entsprechende Blutkonserve zu finden.

Die Medizin schreitet in solch rasendem Tempo fort, daß die jüngsten Durchbrüche bis dort oben eventuell noch gar nicht durchgedrungen sind, so daß Gott mit längst überholter medizinischer Ausstattung und hoffnungslos uninformierten Ärzten vorliebnehmen muß. Man kann nur hoffen, daß das verstorbene medizinische Personal, das bereits im Himmel weilt, das Wenige, was dort an lebensrettender Technologie vorhanden ist, effizient zu nutzen versteht und Gottes Lebenszeichen so lange in Schwung hält, bis der Chefinternist der Mayo-Klinik oder eine fachliche Koryphäe von Sloan-Kettering mit ein bißchen Knowhow den Weg nach oben schafft, den Posten von Gottes Leibarzt übernimmt, Gott an ein Beatmungsgerät anschließt, ihm einen Herzkatheter einführt und für einen Ganzkörperscan die Radiologie heranzieht.

Wenn es Gott erst einmal wieder bessergeht, kann er sich ja

wieder selbst als Arzt begreifen, auf ähnliche Weise, wie ein Arzt sich für Gott hält. Vielleicht weiß Gott ja, wie es einem geht, wenn man rund um die Uhr Dienst hat und nie ausreichend Schlaf kriegt. Vielleicht hat Gott ja die Nase gestrichen voll von unheilbaren Krankheiten und Katastrophen, von Totgeburten und Geschlechtskrankheiten, Verdauungsstörungen und Aortenaneurysmen. Vielleicht trägt Gott einen weißen Laborkittel und grübelt über jedem Krankenblatt, kaut pausenlos auf dem Ende eines Kugelschreibers herum und drückt den Stift hinein und heraus, während er verzweifelt mit sich ringt wegen der Entscheidung, ob er Bett Fünf dahinscheiden lassen oder ihn für weitere zwei Wochen Dialyse dabehalten soll. Vielleicht ist er völlig durchgedreht wegen des Problems, ob und wann er den 82jährigen Leberpatienten in Bett Sechs holen soll. Was, wenn Gott die ganze Nacht aufbleiben muß, um sich darüber klarzuwerden, ob er an Harnblasenfibrose leidende Patienten unter acht Jahren aufnehmen oder sie bis ins frühe Erwachsenenalter weiterleben lassen soll? Sind ein paar Hochzeitsempfänge und Sonnenaufgänge ein Leben mit unaufhörlichen Schmerzen wert? Wäre es besser, krankheitsgeschwächte Babys schon in der Wiege zu sich zu holen oder sie eine Tragödie nach der andern durchstehen zu lassen, auf die unwahrscheinliche Chance hin, daß sie einige vereinzelte Momente der Verzückung erleben oder vielleicht sogar den geheimnisvollen Trick lernen, ihr Leiden in Freude umzuwandeln?

Werner wandte sich wieder dem Artikel über Prostaglandine zu. Er fand kaum genug Zeit zum Studium der wissenschaftlichen Fakten und hatte erst recht keine Muße, in den verzauberten Wäldern der Spekulation herumzutollen. Die wichtigen Fragen des Lebens waren gewöhnlich nichts weiter als verschleierte medizinische Probleme. Die Religion beschäftigte sich mit den letzten Fragen, die immer erst dann primäre Bedeutung gewannen, nachdem medizinische Alternativen versagt hatten. Die meisten Menschen erfaßten das intuitiv, obwohl sie es nicht wirklich zu begreifen vermochten.

Werner hörte, wie ein Wagen mit einem starken, leisen Motor unten auf den Parkplatz fuhr – es klang eher nach einem Stealth-

Bomber als nach einem Auto. Der Motor erstarb; es folgten ein Surren, als die Scheinwerfer eingezogen wurden, und ein kurzer, dumpfer Schlag, wie wenn jemand den Deckel eines teuren Sarges hätte zufallen lassen. Werner hörte das Ticktock hoher Absätze auf dem Bürgersteig, dann auf der Feuertreppe, auf dem Treppenabsatz vor seiner Tür.

Die Patientin war eingetroffen.

»Dr. Ernst?« rief sie schüchtern durch die äußere Drahttür. »Bist du zu Hause?«

Er ließ sie herein, küßte sie. *Angehörige von Patienten sind wie Krankenschwestern*, dachte er. *Die reden einen sogar dann noch mit »Doktor« an, wenn man gerade mit ihnen ins Bett steigt.*

Sie stöckelte auf weißen hohen Sandaletten ins Zimmer. Ihr Haar war mit Bändern und Spangen zu einem üppigen Gebilde hochgesteckt. Weiße Ohrringe baumelten ihr bis auf die Schultern. Sie kicherte, errötete und drehte sich zu ihm um, so daß der Saum ihres weißen Baumwollnetzkleids hochwirbelte und die weißen Armreifen am Handgelenk rasselten.

Sie hatte einen Mini-Fernseher und eine prallvolle kleine Reisetasche mitgebracht.

»Du hast doch gesagt, daß du keinen Fernseher hast«, erklärte sie. »Deshalb hab' ich uns einen besorgt.«

»Gefällt's dir?« fragte sie, während sie das Kleid bis über die Knie hochzog und ein Bein mit einem goldenen Fußkettchen ausstreckte. »Das hab' ich mir heute gekauft.«

Sie wiegte sich auf ihren hohen Absätzen. »Wie macht sich meine Sonnenbräune gegen das Weiß?« wollte sie wissen und hielt ihm zum Inspizieren eine braungebrannte Schulter mit einem weißen Träger hin.

Werner hielt sie fest und berührte die weiche braune Haut mit den Lippen, schmeckte warmes Kokosöl und spürte die vom hingebungsvollen Sonnenbaden des Tages verbliebene Hitze. Das Kleid war so eng, daß er die Spitzen und Bögen und Stickerei der Unterwäsche fühlen konnte.

Sie machte sich von ihm los und fächelte sich mit den Händen Luft ins Gesicht. »Igittigitt!« quiekte sie. »Ist das hier stikkig! Ich werd' ja schon ganz matschig. Hast du denn keine Klimaanlage?«

»Gegen den Besitz einer Klimaanlage habe ich eine ganze Reihe von schwerwiegenden moralischen und weltanschaulichen Einwänden«, bemerkte Werner. »Überleg doch nur mal –«

»Hör auf!« sagte sie. »Das sind garantiert die gleichen Einwände, die du gegen den Besitz eines Autos hast, oder? Wann zahlen die dir endlich ein anständiges Gehalt?«

»Sobald sie sich absolut sicher sind, daß ich zu alt bin, um was davon zu haben«, sagte er.

Sie gab ihm einen Kuß, ging zu ihrer Reisetasche hinüber und kam mit einer Packung Zigaretten und einer Dose Diätlimonade zurück. »Würdest du sie für mich aufmachen?« Sie reichte ihm die Dose und wedelte ihn mit den Fingernägeln an. »Ich stecke den Fernseher ein.«

Sie siedelten um zum Sofa. Sie hatte es offenbar gar nicht eilig, mit der Behandlung anzufangen. Werner betrachtete ihre braune Haut, die durch den zarten Stoff durchschimmerte, während sie das TV-Gerät installierte. Statt an ihrem Körper herunterzuhängen, schien der Stoff die Kurven ihres geschmeidigen Leibes zu umfließen. Unter dem Oberteil kamen ihre bemerkenswert beweglichen Brüste zum Leben, ohne Maulkorb streiften sie frei herum – eine Beobachtung, die Werners Gedanken euphorisch machte, als er sah, wie ihre Nippel sich durch den Stoff abzeichneten.

Sie steckte sich eine Zigarette an und schaltete das Gerät per Fernbedienung ein. »Hoffentlich hab' ich dich mit meinem Anruf heut' früh nicht gestört«, sagte sie beim Zappen von einem Kanal zum andern.

»Ich war gerade auf der Großen Lehrvisite mit dem Chefarzt«, sagte Werner. »Du darfst mich nie vor Mittag anrufen. Niemals. Der Vormittag ist tabu. Ich hab' dir das schon gesagt, du hast nur nicht zugehört«, sagte er und fing sich gerade noch rechtzeitig, bevor er ganz in den Tonfall verfiel, mit dem er im Krankenhaus die Schwestern traktierte.

»Entschuldigung«, sagte sie. »Irgendwie hatte ich den Eindruck, daß der Abend gestern schiefgelaufen ist, und ich wollte mit dir darüber reden. Ich wollte nicht, daß du sauer bist oder so.«

»Ich bin nie sauer«, erklärte Werner. »Falls ich mal sauer bin, brauche ich mich nur richtig auszuschlafen … vorausgesetzt, daß ich nicht im Dienst bin.«

»Na ja«, sagte sie und hantierte mit der Fernbedienung. »Ich kann nur hoffen, daß du auch die Wahrheit sagst, weil es mir wirklich nicht recht wäre, daß du sauer bist. Ich fand es schön mit dir im Bett, auch wenn wir nicht …«

Werner verstand das als Hinweis und rückte näher, um sie noch etwas genauer in Augenschein zu nehmen.

»Außerdem hab' ich dich warnen wollen, daß du einen Anruf von meinem Anwalt bekommen würdest«, sagte sie. »Ich hab' alles getan, um ihn davon abzuhalten. Er hielt es aber für unbedingt nötig.«

»Ich habe mit ihm gesprochen«, sagte Werner. »Und ich habe auch mit den anderen Ärzten gesprochen.« Er holte tief Luft. »Ich glaube nicht, daß ich euch helfen kann.«

Da lösten sich die Tränen, verschmierten die Wangen, jagten eine nach der andern übers Kinn. »Ich hab's auch gar nicht erwartet«, sagte sie, während ihr Blick sich geistesabwesend auf eine Popcorn-Werbung auf dem Bildschirm heftete.

Er griff nach ihrer Hand. »Ich empfinde wie du«, sagte er, lehnte sich vor und fing ihren Blick auf. »Ich kann aber nicht gegen meine Vorgesetzten aussagen. Ich bin bloß ein Assistenzarzt.«

»Mit anderen Worten«, sagte sie, »du glaubst, daß ich recht habe, kannst es aber vor Gericht nicht sagen.«

»Wir sollten nicht mehr darüber sprechen. Bitte«, sagte er und umfaßte ihre beiden Hände. »Reden wir über uns.«

Sie schnippte die Asche von ihrer Zigarette in die Limonadendose. »Okay«, sagte sie, noch immer schluchzend. »Ich heiße Felicia Potter. Mein Daddy liegt seit Monaten auf der Intensivstation im Koma, und ich hab' immer Angst, ihn alleinzulassen, weil ich's nicht aushalte bei dem Gedanken, daß er sterben könnte, wenn ich nicht da bin. Okay«, sagte sie. »So viel zu meiner Person. Und wie heißen Sie?«

»Die ganze Sache ist total verfahren«, klagte Werner, »und der Grund ist das Ungewißheitsprinzip. Wenn du ein Problem studierst, veränderst du es – es wird zu etwas anderem. Es gibt kein Schwarz oder Weiß, es ist alles nur grau. Der eine Spezialist sagt: Tut es. Der andere sagt: Wozu?«

»Mein Anwalt hat mir erzählt, daß du Chefredakteur vom ›Journal of Medicine‹ dieser Universität warst«, sagte sie. »Er sagt, auf einen Assistenzarzt, der Chefredakteur einer medizinischen Zeitschrift war, würde der Richter möglicherweise hören.«

»Aber wieso denn?« sagte Werner. »Mit dem Job ist bloß ein Haufen Schreibtischarbeit verbunden. Mit medizinischer Praxis hat das nicht das mindeste zu tun. Das ist alles rein akademisch.«

»Ich geh' ins Krankenhaus und schau ihn stundenlang an«, sagte sie. »Aber meinen Vater seh' ich da nicht. Mein Vater ist voller Leben gewesen. Er ist so gern gelaufen, geradelt, geschwommen, hat Basketball gespielt. Er war ein aktiver Mensch. Er hat Ärzte verabscheut, und Krankenhäuser auch. Schau ihn dir doch jetzt an. Er hat einmal zu mir gesagt: ›Komm mir bloß nie mit Pflegeheimen, ist das klar? Du sollst dich später mal an mich erinnern als den alten Kerl, der mit dir tanzen gegangen ist, und nicht als einen Typen, dem du die Windeln wechseln mußtest.‹«

»Ich würde dir ja gern helfen«, sagte Werner, »aber ich kann vor Gericht einfach nicht für dich aussagen. Man würde mich rausschmeißen.«

»Es ist auch nicht nötig, daß du aussagst«, unterbrach sie ihn. »Mein Anwalt hat inzwischen zwei medizinische Sachverständige aufgetrieben, die für uns aussagen werden.«

Na wunderbar, dachte Werner. Jetzt konnte er sich mit Felicia vielleicht wichtigeren Dingen zuwenden.

Sie drückte ihre Zigarette aus und steckte sich eine neue an. »Er hat gemeint, daß *du* als Zeuge für uns besser wärst«, fügte sie hinzu, »daß wir aber auch ohne dich auskommen können.«

»Großartig«, sagte Werner. »Und morgen ist euer Gerichtstermin?«

»Morgen soll eine Anhörung stattfinden, sagt mein Anwalt. Um das Krankenhaus fürs erste davon abzuhalten, meinem Daddy diesen Schlauch einzusetzen. Zehn Tage später kommt es dann zu einer zweiten Anhörung, da wird der Richter entscheiden, ob wir dem Krankenhaus die Einführung des Schlauches grundsätzlich verbieten können.«

»Vermutlich habt ihr ohne mich sogar bessere Chancen«, betonte Werner. »Du verstehst aber schon, daß ich natürlich für dich aussagen würde, wenn ich könnte?«

»Du kannst mir auf andere Weise helfen«, sagte sie und sah ihm fest in die Augen.

Ihm fiel nichts ein, jedenfalls nichts Anständiges.

»Du könntest ja damit anfangen, daß du mir sagst, ob ich das Richtige tu'«, bat sie. »Dann könnte ich vielleicht nachts wieder schlafen.«

»Du tust das Richtige«, sagte er. »Frag mich nicht, warum. Glaub mir einfach.«

»Bitte, erklär mir's doch«, sagte sie und legte ihre Hand auf die Innenseite seines Schenkels. »Sag mir, warum ich das Richtige tu'. Für meinen Seelenfrieden. Damit ich in der Nacht schlafen kann.«

»Es wäre viel zu kompliziert«, sagte Werner. »Glaub mir's einfach. Er befindet sich in einem sogenannten permanenten decerebralen Zustand.«

Als sie ihn berührte, lösten die Rezeptoren in seiner Haut einen Stromfeuerstoß aus, der durch sein vegetatives Nervensystem raste und einen Blutstrom zur Beckengegend lenkte (ein Phänomen, das man als Genital-Kurzschluß bezeichnen könnte).

»Ich muß dich um noch was bitten«, sagte sie. »Hoffentlich findest du's nicht komisch. Ich meine, es handelt sich um einen Gefallen für eine Freundin von mir. Sie hat einmal abgetrieben, und danach war sie richtig krank, drei Tage lang. Richtig krank, ich meine, sie konnte nicht mal mehr aus dem Bett ... die Art von krank.«

Ah ja, dachte Werner. *Jetzt versteh' ich, was du meinst.*

»Und danach hat sie andauernd Gesundheitsprobleme gehabt. Richtige Anfälle, weißt du. So was wie Angstattacken, haben die Ärzte gesagt. Aber sie hatte auch Probleme mit der Lunge, so was Ähnliches wie Asthma. Und nun hat sie Angst, daß die Abtreibung Blutgerinnsel verursacht hat, die ihre Lungen verstopfen. Oder daß es vielleicht die Antibabypille war, denkt sie. Ist es nicht so, daß die Pille bei manchen Frauen Blutgerinnsel verursacht? Kann das zu Lungenbeschwerden führen, so in der Art, daß man keine Luft kriegt oder so?«

»Normalerweise nicht«, sagte Werner, der genau beobachtete, wie sie ausatmete und sich Rauchringe um ihre Nasenlöcher bildeten. Sie streifte die Zigarettenasche langsam an der Limonadendose ab, nahm einen neuen Zug und schmeckte den Zigarettenrauch auf Lippen und Zunge, als hätte sie einen Zuckerwattebausch inhaliert.

»Es gibt verschiedene Arten von Abtreibung, und jede kann zu anderen Komplikationen führen«, erklärte Werner. »Aber was weiß ein Typ wie ich schon über Abtreibungen? Ich versteh' nur etwas davon, wie man Sterbende am Leben hält, das ist alles. Von welcher Art Abtreibung reden wir jetzt überhaupt? Sprechen wir von Absaugen, von Dilatation und Ausschabung, von Dilatation und Evakuation oder von einer Abtreibung durch Injizieren einer Kochsalzlösung? Jede Art hat ihre eigenen Risiken, die von Übelkeit und Erbrechen bis zum plötzlichen Tod reichen.«

»Man kann an einer Abtreibung *sterben?*« fragte sie ungläubig.

»Klar«, sagte Werner. »Man kann sogar an einem Thunfisch-Sandwich sterben, nur kommt das nicht häufig vor. Bei einer Absaugung ist das Risiko meines Wissens während der ersten drei Monate ungefähr eins zu hunderttausend. Ein Risiko, das man praktisch ignorieren kann, wie du siehst.«

»Okay. Aber was ist mit der Pille?« fragte sie. »Könnte die Pille eine Ursache für Blutgerinnsel in der Lunge sein?«

»Orale Verhütungsmittel können zum Entstehen von Thromben oder Gerinnseln beitragen, die sich gewöhnlich in Armen oder Beinen bilden. Wenn Gerinnsel sich lösen und durch den Blutkreislauf strömen, nennt man sie Emboli. Es gibt auch noch andere Dinge – Luft, Fette, Fremdkörper –, die zu Emboli werden können. Gerinnsel in Armen und Beinen schicken Emboli in die Lungen. Gerinnsel im Herz schicken Emboli ins Gehirn«, erläuterte Werner und sah ihren Kopf offen vor sich und konnte die zuckende graue Materie fast sehen, die im Hirnwasser trieb, »dann verursachen sie den sogenannten Schlaganfall«, sagte er.

Er trank den letzten Schluck Bier aus der Dose und rief sich die Gehirnproben in Erinnerung, an denen er in der Anatomie gearbeitet hatte – das Kleinhirn eines anonymen Patienten, der an einem Aneurysma-Einriß gestorben war –, ein Klumpen von feingeädertem grauem Gehirngewebe, das eine schwarze, blumenkohlförmige Blutexplosion aufwies.

»Falls Emboli beziehungsweise treibende Gerinnsel in deiner Lunge festsitzen«, fuhr Werner in sachlichem Ton fort, »blockieren sie einen Teil der Lunge, so daß dir auf einmal die Luft ausgeht.«

Sie war ganz bleich und still geworden.

»Wir reden da aber über Dinge, die äußerst selten vorkommen«, sagte er. »Es ist nur so, daß sie bei Frauen, die die Pille nehmen, etwas weniger selten sind – das gilt insbesondere für starke Raucherinnen«, fügte er noch hinzu, wobei er sich Mühe gab, diesen Hinweis nicht extra zu betonen.

Sie ließ ihre Zigarette durch den Schlitz in die Limonadendose fallen.

»Trotzdem handelt es sich immer noch um ein sehr niedriges Risiko«, sagte er, »vor allem bei einem jungen Menschen. Auch ein vier- bis fünfmal größeres Risiko ist da immer noch relativ niedrig. Andererseits sind vier oder fünf Prozent eben vier oder fünf Prozent«, sagte er. »Übrigens ist es jedoch so, daß ein Gerinnsel in der Lunge Dauerbeschwerden verursachen würde – nicht nur ab und zu. Und du hast doch vorhin gesagt, daß es sich bei dir um ein Phänomen handelt, das in Phasen beziehungsweise in Form von Anfällen kommt, nicht wahr?«

»Nein«, sagte sie. »Es geht um eine Freundin von mir.«

»Ach, nun hab' dich nicht so«, spottete Werner. »Welche Art von Abtreibung ist es denn gewesen?«

»Ehrlich«, sagte sie. »Es geht wirklich nur um eine gute Freundin von mir. Sie hat mit Kochsalzlösung abtreiben lassen und war danach echt krank. Inzwischen hat sie Anfälle.«

»In Ordnung«, sagte Werner achselzuckend und beschloß, sich von nun an an das Script zu halten, das sie ihm vorgab.

Sie stand vom Sofa auf, um die Dose zur Theke in der Kochnische zu tragen; das Kleid umspannte ihre Hüften, so daß es auf reizvollste Weise ihre Gesäßmuskeln zeigte.

»Wenn man ein Blutgerinnsel im Gehirn hat – könnte einem das rasende Kopfschmerzen machen?«

»Möglich«, sagte Werner. »Wahrscheinlich nur ein einziges Mal – ein wahnsinniger Kopfschmerz, danach würde man entweder sterben oder einen Schlaganfall erleiden. Für chronische Kopfschmerzen kann es dagegen tausend Ursachen geben, einfach alles vom Gehirntumor bis zum Essen im chinesischen Restaurant. Mit Kopfschmerzen ist es wie mit Ohrensausen. Weißt du überhaupt, wie wenig Anhaltspunkte uns jemand liefert, der über Ohrensausen klagt? Diese Information ist genausowenig hilfreich, wie wenn einem jemand nach einer üppigen Mahlzeit erklärt, müde zu sein.«

»Ich habe manchmal Ohrensausen«, sagte sie.

»Da hast du's«, sagte er und warf die Arme in die Höhe.

»Warum ist alles nur so kompliziert«, sagte sie. »Ich weiß gar nicht, wie man da noch durchblicken soll.«

Mit wogendem Busen kam sie zum Sofa zurück, beugte sich über ihn und gab ihm einen langen, feuchten Kuß.

Werner griff unter ihr langes Kleid und ließ seine Hände hinten an ihren kühlen, weichen Beinen nach oben gleiten; das Blut rauschte ihm in den Ohren.

»Du hast doch vorhin gesagt, daß deine Freundin die Pille nimmt, nicht wahr?« fragte er, ohne mit dem Küssen aufzuhören.

»Ja«, sagte sie. »Deshalb hab' ich dir ja die vielen Fragen gestellt. Wieso – hat die Pille noch andere Nebenwirkungen?«

»Sei unbesorgt«, sagte er, während er seinen Kopf an ihre Brüste schmiegte, die wie warme Weintrauben über ihm hingen.

»Ich möchte mit dir schlafen«, sagte er zu den Brüsten.

Sie rieb ihre Brüste mit einem leisen Stöhnen an seinen Lippen. »Ich möchte ja auch mit dir schlafen«, sagte sie, schwieg, um mit der Zunge seinen Mund innen entlangzufahren, »und genau das werde ich tun«, murmelte sie, »wenn ich aus der Dusche zurückkomme.«

»Duschen gibt's jetzt nicht«, sagte Werner und zog sie zu sich herunter, mit einem Ruck, der leidenschaftlich begann und herrschsüchtig endete. »Wie wär's, wenn du später duschst ... hinterher?«

»Es ist so muffig hier drin«, wimmerte sie. »Ich stinke. Ich bin ganz klebrig.« Sie gab ihm ein Küßchen auf den Nacken.

»Ich kann nichts davon riechen«, sagte Werner und gab der Situation mit dem Versuch, ihre Achselhöhle zu lecken, eine komische Wendung, »und wenn ich's könnte, würde der Geruch mich wahrscheinlich total wahnsinnig machen.«

»Und was ist mir mir?« sagte sie. »Ich kann Körpergeruch bei mir selber nicht leiden. Aber wenn ich frisch und sauber bin, fühl' ich mich gut.« Sie gab ihm noch einen Kuß. »Und wenn ich frisch und sauber bin, fühl' ich mich sexy. Hast du mir dieses Mittel mitgebracht?«

Zuerst begriff Werner nicht. Dann geriet er in Panik. Wie hatte er das bloß vergessen können? Es war an diesem Tag das Wichtigste überhaupt, und er hatte es total vergessen. »Ich ...«

»Du hast es vergessen!« sagte sie. »Na schön. Vielleicht geht's auch so.« Sie sprang auf, schnappte sich ihre Reisetasche und verschwand im Badezimmer. »Ich schließ die Tür hinter mir zu. Eine Überraschungsattacke kannst du dir also gleich sparen.«

Zweite Runde, dachte Werner und hätte sich ohrfeigen können, daß er nicht daran gedacht hatte, sich nach ihrem Anruf gleich ein paar Gel-Päckchen zu besorgen. Er schenkte sich erneut einen Fingerbreit Scotch ein und kippte ihn hinunter.

Er durchwühlte ein weiteres Mal die Taschen seines Laborkittels in der Hoffnung, daß von einer Intubation oder einer Rektaluntersuchung zufällig ein Päckchen übriggeblieben war. »Mist!«

Das Telefon läutete. »Verdammt noch mal!« Er kalkulierte die Risiken, die er eingehen würde, falls er nicht antwortete, und nahm den Hörer ab. Er stieß ein schwaches »Hallo« hervor und beschloß, sofort aufzulegen, falls er die Stimme nicht gleich erkannte.

»Wiener? Hier Stella. Der Kerl in Bett Fünf probiert, aufs Ganze zu gehn.«

Werner deckte die Muschel mit der Hand ab. »Verdammt!« sagte er. Er hielt den Hörer hoch in die Luft und schüttelte die Fäuste.

»Sind Sie noch dran?« fragte Stella.

Im Badezimmer lief noch das Duschwasser. »Ja«, sagte Werner. »Ich bin dran.«

»Wir kriegen immer noch Schrittmacherzacken, sie packen aber nicht«, sagte sie. »Er hat ein paarmal abgebaut. Seine CO_2-Werte klettern weiter hoch, die pH-Werte sinken«, fuhr sie mit monotoner Stimme fort. »Ich habe ihn mit Lidokain vollgepumpt. Er hat ein paar Ampullen Bikarbonat bekommen. Wenn er abbaute, habe ich ihm jedesmal Atropin gegeben.«

»Ich hab' heute versucht, für ihn den Status ›ohne Code‹ zu kriegen«, sagte Werner. »Buttgesicht ließ sich aber nicht erweichen.«

»Hm«, sagte sie. »Buttgesicht haben wir zu Hause angerufen. Sie können sich ja vorstellen, was dabei rausgekommen ist. Er hat lallend eine Herz-Lungen-Transplantation angeordnet, er käme morgen früh und würd' sie persönlich durchführen.«

»Verdammt«, sagte Werner und horchte erneut, ob die Dusche noch lief. »Wie ein Stein würde dieser Patient sinken, wenn wir ihn nur in Ruhe lassen dürften.«

»Tja«, sagte sie. »Dürfen wir aber leider nicht. Die fette Bibel-Tucke ist total hysterisch geworden. Wir haben ein paar Schlägertypen von der Seelsorge-Einheit rufen müssen. Seine andere Tochter, das Playboy-Häschen, können wir nicht erreichen. Im Krankenblatt steht eine Notiz, daß sie sofort über alle Veränderungen benachrichtigt werden will. Das Blau-Code-Team steht Gewehr bei Fuß, Hansen ist gerüstet, sich um eventuelle Emboli in der Lunge zu kümmern ...«

Die Dusche wurde abgestellt.

Werner spürte, wie sich ihm die Brust zusammenzog. Er legte die Hand über das Mundstück. Verdammt.

»Hoppla!« sagte Stella. »Schon wieder Herzflimmern. Ich meld' mich später.«

Sie legte auf. *Na toll*, dachte Werner. *Einfach toll. Verdammt!* Er ging zur Küchentheke, goß noch einen Fingerbreit Scotch hinunter, horchte – er hörte sie im Badezimmer summen. Und erlebte von neuem einen Genital-Kurzschluß.

Sie kam in einem zaubrigen Hochglanz-Body heraus, der mit jedem Atemzug seine Farbe änderte. Der Ausschnitt lief in ein elegantes, abgerundetes V aus, das ihre Brüste unter dem glatten Satinstoff betonte. Das Haar war auf einer Seite des Kopfes raffiniert glattgestrichen, aufgesteckt und oben und hinten durch ein Arrangement von Kämmen in Form gehalten, das es auf die andere Kopfseite hinübersteuerte, wo es sich in eine Fülle von Locken und Wellen ergoß. Das eine sichtbare zarte Ohr wirkte blaß und nackt, ein kleines, zierliches Schmuckstück aus Haut und Knorpel mit durchstochenem Läppchen und einer Goldträne als Ohrring.

»Wie hast du das denn so schnell geschafft?« wollte der Doktor wissen, der angesichts der künstlerischen Wirkung ihrer Leistung weiche Knie bekam.

»Ich bin Model«, sagte sie und berührte ihre feuchtglänzende Unterlippe. »In meinem Beruf lernt man, sich auf die Schnelle schön zu machen.« Sie schlenderte zu ihm herüber, indem sie ihr Profil zeigte.

Er küßte sie auf den Hals, schmeckte Lotion und Parfum. Eine 40-Watt-Birne warf einen weichen orangenen Schatten vom Badezimmer her.

»Ist das vielleicht nicht besser als klebrig zu sein und Körpergeruch zu haben?« fragte sie.

»So eine schöne Frau wie dich habe ich noch nie gesehen«, sagte Werner, gab ihr noch einen Kuß auf den Hals und drückte sie mit ihren schwingenden Brüsten an sich.

»Ehrlich?« sagte sie.

»Absolut«, sagte Werner.

»Und was ist mit Fernsehen?« fragte sie.

»Was soll mit Fernsehen sein?« sagte Werner und riß sich mühsam von seinen Wonnen los.

»Bin ich die schönste Frau überhaupt, die du gesehn hast? Oder nur die schönste Frau im wirklichen Leben? Hast du im Fernsehen oder im Kino schon mal eine schönere Frau als mich gesehen?«

»Nein«, sagte er. »Habe ich nicht.«

»Gut«, sagte sie. »Weil ich nämlich *dort* gegen die Konkurrenz gewinnen muß. Ich muß es unbedingt auf einen überregionalen Kanal schaffen, möglichst in einem Werbespot für Kosmetik.«

Werner küßte sie und zog ihr den Body herunter, zur gleichen Zeit, wie er sich der eigenen Hüllen entledigte. Als sie sich dann erst einmal auf dem Bett ringelten, begann er eine Vorspiel-Strategie zur Heilung ihrer wiederkehrenden idiopathischen Dyspareunie zu entwickeln.

Er konzentrierte sich ganz auf eine Oral-Forschungsreise; seine Zunge und Lippen oskulierten mit den rosaroten Zwillingsknoten, wobei er den raffinierteren Aspekten der Nippelbehandlung besondere Sorgfalt widmete. Sie richteten sich auf, doch Felicia ging nonchalant darüber hinweg, bugsierte ihn weg von ihnen und zog ihn hoch, damit er sie auf den Mund küßte. Ein stiller Kuß, der im rein technischen Sinne erotisch war, doch ohne die Gier der eigendynamischen Betätigung von Werners Lippen. Er suchte bei ihr nach erogenen Zonen an Hals und Ohren.

Er hob sich zur abschließenden, andauernden Exploration; wie ein Tal mit weichen Kurven breitete sich ihr geöffneter Mund, ihr Körper vor ihm aus. Sie beugte sich zur Seite und riß an der Schalterschnur der Nachttischlampe – die Video-Show kam zu einem abrupten Ende. Werner ließ sich nicht abschrekken und machte sich gleich wieder ans Werk, wobei er sich jedoch geflissentlich von seinem Endziel fernhielt.

Wahrscheinlich ist sie von irgendeinem Primitivling mißhandelt worden, dachte Werner. Irgendein Kerl hatte ihr weh getan, weil er das Material nicht auf die Prozedur vorbereitet hatte. Werner beschloß, sich die nötige Zeit zu nehmen. Er hatte vor, sie zu bearbeiten, bis sie ein warmer, nasser Tonklumpen auf einer Töpferscheibe geworden war. Mit seinen Händen wollte er sie warmreiben, wollte er ihre Haut und Muskeln kneten, sie mit seinen Fingern zu einem wohlgeformten Gefäß gestalten, sie zu einer warmen, weichen Urne mit geöffneten Lippen und überfließenden Ovalen bilden, mit einer Hand in ihrem Inneren sie formen, während er mit der anderen den äußeren Konturen folgte, sie aus sich herausholen, sie öffnen und sich behutsam in sie ergießen, um ihre weichen, süßen Kammern mit Lust zu füllen.

Er löste sich von seinen Phantasien und küßte sie von neuem. Hatte sie sich bewegt? Ja, ihre Arme hatten sich bewegt. Sie hatte ihn wirklich umarmt. Er konnte sich aber nicht erinnern, daß sie ihre Beine bewegt hatte. Er richtete sich erneut zur Herrscherposition auf und arbeitete darauf hin, ihre Beine auseinanderzubringen, indem er vorsichtig seine Knie ausdehnte.

»Küß mich«, sagte sie, während sie ihre Beine merklich zusammenzog und alles wieder zunichtemachte, was er gerade erreicht hatte.

Nachdem er sie weitere zehn Minuten lang geküßt, massiert und ihr leise flüsternd versichert hatte, wie wunderschön sie sei, schickte er seine Hand behutsam auf Erkundung, indem er im Dunkeln nach den warmen, nassen, rosenblättrigen Hautlappen tastete, die so ganz anders waren als alles, was ein Arzt im klinischen Bereich sieht oder fühlt ... Doch statt dessen fühlten seine Fingerspitzen Membrane. Schleimhäute, die so kühl und trokken wie sterile Chirurgenhandschuhe waren. Nichts. Kein einziges Tröpfchen Flüssigkeit. Nicht ein Schimmer von jener wunderbaren Essenz, welche ein Körperorgan zu einem Geschlechtsorgan macht.

»Was ist los?« fragte sie nervös. »Stimmt was nicht?«

»Nein«, sagte Werner, »alles okay«, während er seinen Schwung ziemlich verlor. »Stört's dich, wenn ich dich berühre?«

»Nein«, sagte sie, während sie sich spürbar verkrampfte, »das mag ich gern.«

Werner berührte sie ein Weilchen, indem er es mit den drei bis vier Methoden probierte, die er im Laufe seiner Ausbildung zum Männchen aufgegabelt hatte. Er küßte sie, während er das bißchen, was von ihm geblieben war, gegen sie preßte – in der Hoffnung, daß alles weitere von selbst kommen würde.

»Irgendwas ist aber doch nicht in Ordnung, ja?« sagte sie.

»Es ist alles in Ordnung«, versicherte ihr Dr. Ernst, während er nachdachte, ob er dem Problem wohl durch eine indirekte Stimulierung ihrer Klitoris auf dem Umweg über die innere Schamlippe beikommen könnte.

»Du kannst nicht, oder?« sagte sie in einem Ton der Enttäuschung.

»Nun mal langsam!« stieß Werner hervor.

»Er ist aber gar nicht mehr steif, oder?« sagte sie und schob ihn von sich herunter. »Siehst du, es liegt nicht einfach nur an mir, oder? Es liegt auch an dir.«

9

Am folgenden Morgen saß Werner nach einer Cola und vier Aspirin um 6.30 Uhr mit Kopfschmerzen im Todeslabor und sah die Morgendämmerung anbrechen. Auf der Konsole neben ihm lagen alle Krankenunterlagen; er wollte sie vor Beginn der Lehrvisite mit Dr. Hofstader noch einmal gründlich durchgehen. Auf dem Programm stand unter anderem, daß die Klon-Brigade um 7.30 Uhr eine Koloskopie an einer 83jährigen Patientin mit Darmverengung in Bett Drei beobachten sollte. Nach seiner jüngsten Erfahrung mit Dr. Hofstader hielt es Werner für ratsam, das Krankenblatt von Bett Drei in- und auswendig zu kennen, nur für den Fall, daß es Dr. Hofstader weiterhin nach intellektuellem Sadismus gelüstete.

Obwohl Werner bereits seit 6.00 Uhr im Todeslabor war, hatte er noch kein Krankenblatt angerührt. Vor ihm auf der Konsole lag das Standardwerk über geistige Erkrankungen der American Psychiatric Association, in der dritten Auflage; aufgeschlagen war das Kapitel über die Ätiologie und Diagnose psychosexueller Störungen. Er hatte auch das ›Allgemeine diagnostische Handbuch‹ zu Rate gezogen, insbesondere Abschnitt 171 über Störungen der sexuellen Funktionen, wo es hieß: »Die normale Sexualfunktion beinhaltet einen antizipatorischen psychischen Zustand (die sexuelle Motivation), physische Erregung (beim Mann eine Erektion, bei der Frau die Sekretion), und den Orgasmus.«

Aha! Sollte er anrufen, um es ihr sofort mitzuteilen? Oder die Seite einfach fotokopieren und ihr zuschicken? Purer Humbug, ihre Unterstellung, daß es nicht bloß an ihr lag. Ha! *Sein* antizipatorischer psychischer Zustand hatte mit zwölf Jahren begonnen und gestern abend einen neuen Höhepunkt erreicht. *Er* war normal. Das Handbuch hielt ausdrücklich fest, daß für die fehlende Ingredienz *sie* verantwortlich gewesen war.

Was die Ätiologie und Diagnose ihrer dazwischenfunkenden Neurose betraf, so gab es da mehrere Hypothesen. Eine lautete dahingehend, daß Felicia zwischen ihrer beider Anatomie eine Inkompatibilität wahrnahm. Das war gar nicht so weit hergeholt, wie es einem Laien vorkommen mochte. Es ist keineswegs ungewöhnlich, daß Patientinnen ärztlichen Rat suchen, weil erste sexuelle Begegnungen wegen Inkompatibilität der Geschlechtsorgane unbefriedigend sind. Es war durchaus möglich, daß Werners mächtiger Phallus ihr Furcht einjagte, sobald er sein edles Haupt erhob. Angesichts der Majestät dieses Organs konnte es eine Frau schon mit der Angst bekommen. Um sicherzugehen, schlug er sogleich im zuverlässigen Handbuch nach. Aha! »Zu den psychologischen Hemmfaktoren gehören auf den Partner gerichteter Zorn, Furcht vor den Genitalien des Partners bzw. vor Intimitäten bzw. davor, die Kontrolle zu verlieren, vor Abhängigkeit ...«

Vielleicht hatte sie ja auch vor seinem Intellekt Angst. Vielleicht konnte sie sich in seiner Nähe nicht entspannen, weil sie fürchtete, daß er sie einfältig oder dumm fände. So etwas hatte er ja schon erlebt: Krankenschwestern, die während des Geschlechtsverkehrs unfähig waren, sich zu entspannen, weil sie Angst hatten, eventuell etwas falsch zu machen, Angst, daß Dr. Ernst sie anbrüllen würde. Nein, du Schaf! Was soll denn das? Ich hab' »schneller« gesagt, nicht »fester«. Ich rede von Frequenz, nicht von Intensität! Kapiert? Es macht mir nichts, daß du vorübergehend die dominante Position einnimmst, aber halt dich bitte an die Anweisungen!

Werner starrte auf den Monitor, der den Herzrhythmus von Bett Fünf anzeigte, und griff nach den Unterlagen des Patienten. Die neue ärztliche Anweisung füllte ganze drei Seiten. Das Medical Center sammelte Beweismaterial, um gegen die einstweilige gerichtliche Unterlassungsverfügung vorzugehen. Butz hatte ein weiteres Kernspin-Tomogramm angeordnet, um das Ausmaß der cerebralen Atrophie zu bestimmen – mit dem Vermerk, daß der Befund Dr. Hofstader und den beiden Fachärzten für Neurologie zugeleitet würde. Die Rechnung für den laufenden Monat würde absolut Spitze sein.

Die Morgenroutine sorgte für geschäftiges Treiben im Todeslabor. Zum Wiegen mußten die Patienten auf Bahren verfrachtet werden, die sodann mit Winde und Kran auf Bettwaagen gehoben wurden. Während die Patienten in der Luft schwebten, wurden die Laken und saugfähigen Unterlagen von ihren Betten abgezogen und ausgewechselt. Bäder mußten verabreicht werden. Flaschen und Beutel mit Medikamenten mußten über den Betten aufgehängt werden. Die geistigen Fähigkeiten von Patienten mußten unerbittlich überprüft werden.

»Können Sie mir sagen, was heute für ein Tag ist?«

»Heute ist der Tag vor gestern. Und der Lohn wird jeden zweiten Freitag ausgezahlt. Bringen Sie mir meine verdammte Hose.«

»Wissen Sie, wo Sie sich befinden?«

»Natürlich. Ich befinde mich beim Trinkwasserspender von Woolworth in Yankton, South Dakota. Und wo sind Sie?«

»Wer ist Präsident der Vereinigten Staaten von Amerika?«

»Der Mann, der uns den Fair Deal gebracht hat. Harry Truman. Das weiß ich doch. Fragen Sie mich was Schweres.«

Und wenn solche Überprüfungen der Hirntätigkeit auch sonst keinen anderen Zweck hatten, so bereiteten sie die Patienten zumindest auf den Eingangstest an der Himmelspforte vor. Wer den Namen des amtierenden Präsidenten der USA nicht weiß, kommt nie und nimmer am heiligen Petrus vorbei.

Allmorgendlich erneuerten die Krankenschwestern auch sämtliche Schläuche, welche die Patienten mit den Maschinen verbanden. Die Beatmungsspezialisten wechselten Komponenten der Beatmungsmaschinen aus. Die Labortechniker nahmen Blut ab. Andere Techniker überprüften alle Geräte, testeten die Alarmsysteme, inspizierten die Wartungsunterlagen und setzten instand, was instandgesetzt werden mußte. Anschließend erschienen die Umwelttechniker und sammelten mächtige Müllsäcke mit den Massen an Abfall ein, der von der Intensivmedizin innerhalb von 24 Stunden verursacht wurde.

Werner fiel eine Kommilitonin ein, die in ihrem vierten Studienjahr von humanitären Illusionen übermannt wurde und sich als Ärztin bei einer Nonne verpflichtete, die Krankenhäuser in Indien betrieb. Die beflissene junge Assistenzärztin wurde bei ihrer Ankunft in ein höhlenähnliches Lagerhaus in Kalkutta geleitet, wo auf Holzpaletten Hunderte von hungernden, kranken Menschen lagen. Angehörige der wohlhabenderen Patienten brachten bei ihren Besuchen Tag für Tag Medikamente mit, die sie den Kranken selbst verabreichten. Es waren die einzigen Medikamente, die dort vorhanden waren.

Werners Freundin hatte innerhalb von fünf Minuten ein gutes Dutzend Patienten bemerkt, die an der Schwelle des Todes standen, und wandte sich daraufhin mit der Frage an ihre Begleiterin: »Wo befindet sich die Intensivstation?« Als der Nonne die Frage übersetzt wurde, zeigte sie prompt ihre Hände und erwiderte: »Das sind die Werkzeuge intensiver Pflege.«

Während die Schwestern damit beschäftigt waren, Bett Zwei auf die Bettwaage hochzuhieven, schlich Werner in die Kabine von Bett Fünf. Der Kontakt mit dem Blau-Code-Team hatte den Zustand von Bett Fünf keinesfalls verschlimmert. Sein weißer Kopf scheuerte nach wie vor gegen das Kissen, und das heftige Zucken im angebundenen rechten Arm löste noch immer ein gedämpftes Geklingel in den Stahlrohren des Bettes aus. Es war vermutlich die Serie von Tests am Vortag gewesen, die ihn ausgelaugt und gestern zum Herzstillstand geführt hatten. Mittlerweile war er ein warmes, aufgebahrtes Skelett.

Werner lugte aus der Kabine hervor, um sich zu vergewissern, daß ihn niemand beobachtete; anschließend band er die rechte Hand von Bett Fünf los.

»Drücken Sie meine Hand«, befahl er.

Das Zucken der knöchernen Finger von Bett Fünf dauerte an.

»Sir? Drücken Sie mir die Hand, falls Sie mich hören können.«

Außer passivem Zittern ist gar nichts mehr da, dachte Werner. Er war gespannt auf den MRT-Befund. Keine Frage: Fortgeschrittene cerebrale Atrophie. Das Gehirn von Bett Fünf wurde allmählich zu Haferbrei.

Wahrscheinlich hatten Felicia und ihr Anwalt recht. Wenn Bett Fünf sein eigener Vater wäre, würde Werner gegen die Gastrostomie und den Einsatz des Beatmungsgeräts Einspruch erheben. Allerdings würde er da in seiner Eigenschaft als Sohn protestieren, als Familienangehöriger und mitnichten als Arzt. Man konnte durchaus argumentieren, daß er als Arzt einfach Gesundheitsfürsorge praktizieren und es den Rechtsanwälten und Ethikern überlassen sollte zu bestimmen, wann und wo die Medizin aufhören müßte.

Es war gut und schön, im Todeslabor herumzulaufen und der Meinung zu sein, daß es die meisten hier tot besser hätten; es war aber etwas völlig anderes, vor Gericht in den Zeugenstand zu treten und unter Eid auszusagen, daß eine konkrete Einzelperson dem Tod überlassen und abtransportiert werden sollte. Was, wenn nun auf seine Aussage hin entsprechend gehandelt wurde? Eine medizinische Behandlung absetzen, das war eine Sache – aber dem Patienten Wasser und Nahrung vorzuenthalten? Falls Bett Fünf nun noch irgendwelche Empfindungen hatte – wie war das, wenn man langsam verhungerte? Und mit alldem war noch nichts über die letzten Fragen gesagt, wie beispielsweise: Wieviel Behandlung wird die Versicherung von Bett Fünf noch abdekken?

Es tauchten Klone auf, zu zweit, zu dritt, hocherfreut über die Gelegenheit, einmal etwas anderes als Fallgeschichten und allgemeine Untersuchungen machen zu dürfen. Etwa um 7.15 Uhr erschien Hofstader mitsamt Entourage, und die Klon-Brigade begab sich zur Koloskopie von Bett Drei ins Magen-Darm-Labor.

Bett Drei war eine fettleibige 83jährige mit wiederholten Vorfällen von Darmverengung und Herzversagen. Sie hatte seit 24 Stunden keine Nahrung mehr über den Mund bekommen. An diesem Morgen war sie, in der Dämmerung ihrer goldenen Jahre, um vier Uhr früh geweckt worden, man hatte ihr einen Einlauf gemacht, sie gebadet und gewogen, weil sie um 6.30 Uhr ins Magen-Darm-Labor mußte. Während der ganzen frühmorgendlichen Tortur rief sie unentwegt nach ihrem Hund – er solle aufhören, in Nachbars Garten zu wühlen.

»Smoky! Ich hab' dir doch gesagt, daß du nicht in Mr. Mulligans Blumengarten darfst! Nun komm schon, sei ein braver Junge. Sonst ruft Mr. Mulligan wieder den Hundefänger, Smoky. Wenn du nicht sofort kommst, setzt es was.«

Um 7.15 Uhr legten zwei Techniker sie bäuchlings auf einen Kipptisch und kurbelten ihr schwergewichtiges Hinterteil einen Meter in die Höhe. Die Klon-Brigade sah bloß noch zwei rundliche schwabbelige Backen, die von rosa Sternblumen aus geplatzten Venen, Zellulitis und Dehnungsstreifen gezeichnet waren.

Er persönlich sei anderweitig beschäftigt, erklärte Hofstader und stellte der Runde daraufhin Dr. Thea Hallorhan vor, Gastdozentin für Gastroenterologie. Dr. Hallorhan war eine schlanke Rothaarige, Werner konnte sie von dem Moment an nicht leiden, als er hörte, daß sie verheiratet war. Sie war bekannt und beliebt dafür, daß sie keinen Wert auf Formalitäten legte und Klone nicht von oben herab behandelte.

Acht oder neun Assistenzärzte und Studenten versammelten sich im Halbkreis um das 83jährige Hinterteil. So viel Beachtung, kam es Werner in den Sinn, hatte diese Frau wahrscheinlich seit zwanzig Jahren nicht mehr gefunden. Und sie hätte sich wahrscheinlich auch jetzt gefreut, Gesellschaft zu haben – nur daß sie eben nackt war und verkehrt herum in der Luft hing.

»Smoky – komm jetzt her!«

Dr. Hallorhan zeigte ihnen das Fiberendoskop, einen schwarzen Gummischlauch mit dem Durchmesser eines Besenstiels, der mit einer Lichtquelle, einer Biopsiezange und Schläuchen für Kochsalzlösung und Luft versehen war. Mit der Kochsalzlösung war es den Ärzten möglich, die Membranwände im Laufe der Prozedur zu spülen, so daß man die darunter befindlichen Krankheitsprozesse besser erkennen konnte. Das Aufblasen der Gedärme mittels Zuführung von komprimierter Luft, die sogenannte Insufflation, verursachte so etwas wie künstliches Furzen, das den Ärzten eine Aufdehnung der Darmlandschaft und ihre Untersuchung mit dem Endoskop ermöglichte. Das Endoskop war außerdem mit einem Lehrbeobachtungsinstrument ausgerüstet – während des Vorgangs konnten die Klone abwechselnd durch dieses Zusatz-Endoskop schauen.

Krankengeschichte: taub; senil; die dritte Darmverengung. Die Zehen waren wegen Diabetes amputiert worden. Ein audiovisuell aktivierter Schrittmacher stand einsatzbereit, Swan-Ganz-Herzkatheter und Intubator, Arterienleitung, Telemetrie-Monitor waren oben an einem Infusionsständer angehängt. Dank der modernen Medizin würde dieses taube, senile, diabetische, darmgeschädigte und herzkranke 83jährige Huhn mit einem Kolostomie-Beutel versehen in die Reha-Abteilung verlegt werden – um dort für sechs Monate zum Tagessatz von 300 Dollar intensiv betüttelt zu werden. Danach würde sie aus dem Krankenhaus entlassen und für weitere drei Wochen in die bestmögliche ambulante Pflegebehandlung überstellt werden – bis sie endlich alle auffordern würde, sie in Ruhe zu lassen, und friedlich im Schlaf sterben würde.

Mit der Einverständniserklärung, die für die Behandlung erforderlich war, hatte es ein paar Probleme gegeben. Allem Anschein nach hatte sich da eine unerfahrene Krankenschwester bei der Patientenaufklärung ein bißchen zu enthusiastisch ins Zeug gelegt – sie hatte der alten Hexe doch tatsächlich das faseroptische Endoskop gezeigt und ihr dann auch noch erzählt, was damit gemacht werden sollte. Daraufhin hatte sich Bett Drei in einem unerwarteten Anfall von geistiger Wachheit geweigert, überhaupt etwas zu unterzeichnen. Man hatte sie mit Xanax und beruhigenden Worten traktieren müssen, um sie zu erweichen und davon zu überzeugen, daß es in ihrem eigenen Interesse läge, wenn man dieser wiederkehrenden Darmverengung auf den Grund ginge.

Ein M4 drückte die Hinterbacken von Bett Drei auseinander, während ein R1 den größten Teil des zwei Meter langen Endoskops mit Gleitgel einschmierte und es in den Dickdarm schob. Werner ließ heimlich sechs oder sieben Päckchen wasserlösliches Gleitgel in den Taschen seines Laborkittels verschwinden.

Dr. Hallorhan schob ihren Rock bis über die Knie hoch, beugte sich auf dem Hocker vor und übernahm die Bedienung des Endoskops. Als sie ihre Absätze über den unteren Metallring ihres Hockers hakte, folgte Werners Blick den Konturen ihrer Schenkel. *Hübsches Gestell, Dr. Hallorhan.* Er fragte sich, ob Dr. Hallorhan wohl Lust haben könnte, mit ihm nach Tibet zu reisen, statt den lieben langen Tag in Arschlöcher zu blicken. Im Himalaya gab es vermutlich nicht ein einziges Fiberendoskop.

»Und jetzt werden wir mit Hilfe des Insufflators den Hohlraum des Darms dehnen«, erklärte Hallorhan, während sie mit einem schlanken, blassen Finger den Knopf für die komprimierte Luft betätigte.

Sie ließ eine Reihe Baby-Klone durch das Lehr-Endoskop auf den 83jährigen Darm blicken, der wie die Oberfläche eines noch unerforschten Planeten vor ihnen lag.

Die Unterhaltung umfaßte Party-Anekdoten, Baseball-Ergebnisse, Differentialdiagnostik von Darmstörungen, Krankenhausklatsch und die Ergebnisse von Tests mit Abwehrstoffen gegen Karzinome im Anfangsstadium.

»Beachten Sie die Divertikelwucherung«, empfahl Hallorhan, als sie den Gummischlauch ein paar Zentimeter weiter hineinschob, »und die verminderte Motilität des Darms.«

»Ich finde, wir sollten miteinander ausgehen«, sagte ein A3, ein Assistenzarzt im Dritten, zur schönen Hallorhan. »Ist es definitiv, daß Sie sich scheiden lassen?«

»Schneiden Sie sich davon was ab!« rief Hallorhan, die mit ihrem Daumen den Insufflator, mit dem Zeigefinger die Zange handhabte und über die künstlich induzierten Furzstöße kicherte.

»Sie übersehen das Drüsenkarzinom«, erklärte sie, »und Sie übersehen die Tatsache, daß ich nicht mit Ihnen ausgehen will. Ich achte darauf, mein Privatleben von allen Komplikationen freizuhalten.«

»Ich bin aber kein bißchen kompliziert«, widersprach der A3. »Ich will nur eins.«

»Legen Sie das hier ins Fixiermittel und schicken Sie's in die Zytologie«, sagte Hallorhan mit einem Kichern.

Aha. Falls Werner richtig gehört hatte, bestand Anlaß zu

Hoffnung. Wieder eine Ehe, die dem Moloch Medizin geopfert wurde. Dr. Hallorhan und er könnten sich möglicherweise gegenseitig von Nutzen sein: Sie konnte ihm helfen, den Belagerungszustand zu überleben, als den er seine Ausbildungszeit zum Internisten empfand; er wiederum konnte ihr zu ein bißchen Spaß in der Single-Welt verhelfen.

»Schauen Sie durch das Lehrendoskop«, sagte Hallorhan, »und geben Sie mir Bescheid, wenn wir den Blinddarm erreichen.«

Sie war wirklich süß, wie Werner erneut feststellte; außerdem hatte sie einen perversen Humor, auf den sich jeder etwas hätte einbilden können.

Von Zeit zu Zeit kam eine Krankenschwester herein, hielt Bett Drei die Hand und fragte sie nach dem Namen des amtierenden Präsidenten der USA.

»Belohnung kriegst du keine, Smoky. Ich habe dir gesagt, daß du nicht im Garten herumwühlen darfst.«

Um 8.30 Uhr fuhr Werner mit dem Lift hinunter zu Wilson, in die Verwaltungskatakomben der Rechtsabteilung.

Wilson war klein und stämmig. Er führte Werner in ein Büro, das die Größe einer Krankenkabine auf der Intensivstation hatte, und nahm hinter einem Metallschreibtisch Platz, auf dem ein Foto von ihm selbst nebst Familie auf Angelurlaub in einem hochtouristischen Badeort stand. Sein durchscheinendes kurzärmeliges Polyesterhemd zeigte schwarze und blaue Flecken oberhalb der Hemdtasche, wo Filzschreiber ohne Kappe steckten. Das dunkelblaue Jackett eines billigen Anzugs hing an einem Kleiderständer gleich neben Werners Stuhl; als Werner die Ellbogen auf die Armlehnen legte, konnte er den Polyesterstoff fühlen.

»Das Wichtigste zuerst«, sagte Wilson und wühlte mit seinen kurzen, dicken Fingern in einem Berg von Dokumenten.

Den angebotenen Kaugummi lehnte Werner dankend ab.

»Da sind Ihre Kopien«, sagte Wilson und reichte Werner einen Stapel Akten – jede war so dick wie College-Semesterabschlußarbeiten.

Jede Mappe trug den Vermerk: »Felicia E. Potter in eigener

Sache und für ihren Vater JOSEPH F. POTTER, als KLÄGER gegen ...« Werners Blick überflog die anschließend aufgeführten Namen, bis ihm plötzlich sein eigener Name ins Auge sprang: »DR. PETER WERNER ERNST« und zum Schluß die Worte: »als BEKLAGTE.«

»Wieso erscheint dort mein Name?« fragte Werner. Die völlig neue Erfahrung, in einen Rechtsstreit verwickelt zu sein, trieb ihm die Röte ins Gesicht. »Ich dachte, sie klagen gegen das Medical Center.«

Wilson reckte den dicken Hals und zerrte an seinem Kragen; dabei wurden die Klammern seiner Fertigkrawatte sichtbar. »Ich seh' schon, Sie sind kein Neuling«, meinte er lachend. »Wenn man gutes Geld fürs Aufsetzen einer solchen Klageschrift bezahlt, dann kann man gleich alle verklagen, die einem einfallen, und das Aussortieren dem Richter überlassen. Im übrigen wollen sie damit sicherstellen, daß ohne Ausnahme alle, die an der medizinischen Behandlung dieses Herrn beteiligt sind, an die Entscheidung des Gerichts gebunden sind.«

»Aber ich habe doch gar nichts getan«, wandte Werner ein.

»Ach, Sie und all die Tausende von Menschen, die Tag für Tag verklagt werden!« meinte Wilson. »Glauben Sie etwa, daß da jemand im Gericht sitzt und aufpaßt, daß niemand Klage erhebt gegen Werner Ernst, es sei denn, daß Werner Ernst wirklich etwas verbrochen hätte?«

»Aber wieso mich persönlich?« jammerte Werner. »Soll das heißen, daß ich am Ende womöglich zahlen muß ... an diese Leute?«

»Hier wird keine Schadenersatzklage geführt«, erläuterte Wilson. »Jedenfalls noch nicht. Dazu könnte es allerdings noch kommen. Nur würde das dann ein neues Verfahren bedeuten: Die Familie des Patienten verklagt die Ärzte, weil sie den Patienten zu lang am Leben gehalten haben, versucht die Kosten der medizinischen Behandlung zurückerstattet zu bekommen und fordert außerdem Schadenersatz wegen fahrlässigen oder absichtlichen Zufügens von psychischem Leid, Körperverletzung, Betrug ... Das steht, wie gesagt, noch nicht an, aber sie haben es vermutlich vor.«

»Sie meinen, mich auch da *persönlich* zu verklagen?« wiederholte Werner und hatte Mühe zu schlucken.

»Keine Sorge«, sagte Wilson. »Das Medical Center wird Ihre Interessen wahrnehmen. In dieser Angelegenheit lassen wir uns von externen Anwälten beraten. Von bedeutenden Anwaltskanzleien. Das läuft schon richtig.«

»Brauche ich vielleicht einen eigenen Anwalt?« wollte Werner wissen.

»Seien Sie vorsichtig!« Wilson gluckste. »Das ist fast so, als würden Sie einen Friseur fragen, ob Sie einen neuen Haarschnitt brauchen.«

»Entschuldigung«, unterbrach Werner, »aber ich finde das gar nicht komisch. Ich bin gerade verklagt worden.«

»Nun fassen Sie mal Mut«, sagte Wilson. »Wie ich schon sagte: Das Medical Center wird Sie schützen. Haben Sie schon mal von Mitchell Payne gehört?«

»Nein«, sagte Werner. »Wer ist das?«

»Unser Verteidiger für diesen Fall«, erklärte Wilson. »Er war früher Staatsanwalt hier, dann Bundesstaatsanwalt, *der* Generalstaatsanwalt der USA. Man wollte ihn zum Bundesrichter ernennen, aber das hat er abgelehnt. Nach meinen Informationen aus dem Grund, weil er nicht bereit war, sich von der Jagd auf einen Beobachterposten zurückzuziehen. Er ist ein guter Anwalt bei der größten Kanzlei unserer Stadt und, wenn Sie wünschen, auch Ihr Anwalt.«

»Klingt gut«, sagte Werner.

Wilson schnappte sich ein anderes Dokument. »Eine reine Formalität, aber Sie müssen diese Vereinbarung einer Gesamtvertretung unterzeichnen. Darin wird festgehalten, daß das Medical Center sich bereit erklärt, Ihnen einen Verteidiger zu stellen, und daß Sie zustimmen, sich in dieser Form vertreten zu lassen. Außerdem wird festgelegt, daß das Medical Center sich das Recht vorbehält, Ihre juristische Vertretung jederzeit aufzukündigen, falls – nach dem Dafürhalten unserer Rechtsanwälte – Ihre persönlichen Interessen denen des Medical Center zuwiderlaufen sollten. In diesem Fall müßten Sie sich dann einen eigenen Anwalt nehmen.«

»Wieso wird das hier festgehalten?« fragte Werner mißtrauisch. Er fühlte, wie sich seine Nackenhaare aufstellten.

»Keine Sorge«, erklärte Wilson. »Es handelt sich um eine reine Formsache. Diese Erklärung ist von allen hier namentlich aufgeführten Ärzten zu unterzeichnen. Sie gibt dem Medical Center nur das Recht, sich von Ihnen zu trennen, falls man herausfindet, daß Sie absichtlich Ärger stiften.«

»Zum Beispiel?« fragte Werner.

»Ich weiß nicht«, sagte Wilson. »Beispielsweise bewußte Körperverletzung oder Betrug oder so was. Keine Ahnung. Nun entspannen Sie sich doch, Mann! Immer diese Assistenzärzte! Was stellt man im Studium bloß mit euch an? Unterschreiben Sie endlich dieses verdammte Dokument«, sagte Wilson. »Oder machen Sie, daß Sie rauskommen, und besorgen Sie sich einen eigenen Anwalt, der Ihnen dann 190 Dollar die Stunde abknöpft.«

Werner las die Erklärung durch und setzte seinen Namen darunter.

»Also gut«, sagte Wilson. »Dann will ich Sie mal auf den neuesten Stand bringen. Die eine Tochter – wie heißt sie noch gleich?« fragte Wilson und griff sich ein Papier heraus. »Miss Felicia Potter. Ist sie Ihnen bekannt?«

»Ja«, sagte Werner. »Auf Grund ihrer Besuche auf der Intensivstation«, fügte er hinzu. »Ich meine, ich habe sie nicht persönlich gekannt, bevor ich ihr auf der Intensivstation begegnete.«

»In Ordnung«, sagte Wilson. »Sie versucht eine Einstweilige Unterlassungsverfügung zu kriegen. Sie will uns daran hindern, den Schlauch für die künstliche Ernährung einzuführen. Außerdem wünscht sie, daß sämtliche Arten von invasiver Behandlung abgebrochen werden – einschließlich Beatmungsgerät, Blutdruckmedikation, also alles.«

»Die andere Tochter«, sagte Wilson und blickte erneut in die Unterlagen, »Constance, nehme ich an, will, daß wir weitermachen und alles tun, um den alten Herrn am Leben zu erhalten.«

»Okay«, sagte Werner.

»Wie ich aus Gesprächen mit den Anwälten herausgehört habe«, sagte Wilson, »verabscheuen diese beiden Frauen einander. Es wird also eine schmutzige Geschichte, weil beide Töchter große Kanzleien und gute Anwälte angeheuert haben.«

»Na großartig«, sagte Werner. »Und Bett Fünf wird zwischen den beiden hin- und hergezerrt.«

»Das ist noch nicht alles«, sagte Wilson und zog Unterlagen aus einem anderen Haufen zu Rate. »Unsere Juristen haben herausgefunden, daß die beiden vor zwei Jahren schon einmal gegeneinander prozessiert haben. Anscheinend sind sie Halbschwestern. Der Typ in Bett Fünf ist Vater von beiden, aber sie haben verschiedene Mütter – er war zweimal verheiratet. Die zweite Ehefrau hat vor ihrem Tod eine testamentarische Stiftung eingerichtet, die gegenwärtig mehr als zwei Millionen Dollar umfaßt. Und vor zwei Jahren hat eine der beiden Töchter Klage eingereicht und versucht, ihren Anteil an der Stiftungsmasse zu antizipieren.«

»Ich bin bloß Sprachwissenschaftler und Mediziner«, sagte Werner. »Erklären Sie mir doch bitte, was das zu bedeuten hat – einen Anteil an der Stiftungsmasse zu antizipieren. Und was genau ist überhaupt eine Stiftung?«

»Durch eine Stiftung kann man einen Haufen Geld verschenken, ohne die Kontrolle darüber zu verlieren«, erläuterte Wilson. »Statt das Geld einer bestimmten Person oder Wohltätigkeitsorganisation direkt zu übergeben, richtet man bei einer Bank ein Stiftungskonto ein. Dazu stellt man eine Liste mit Anweisungen auf – die sogenannten Bestimmungsvorschriften, die festlegen, was mit dem Geld im Fall X, Y oder Z geschehen soll. Sämtliche Bestimmungsvorschriften und Bedingungen sind in einer sogenannten Stiftungsurkunde festgehalten. Dadurch wird geregelt, was mit der Vermögensmasse zu geschehen hat und auch mit den Zinsen. So könnte man beispielsweise stipulieren: ›Ich möchte, daß die Zinseinkünfte der Stiftung zur Ausbildung meines Sohnes verwendet werden; nach Erreichen seines 21. Lebensjahres sollen sie jedoch an meine Tochter gehen, sofern sie noch am Leben ist, und falls nicht, an Tante Hilda, vor allem, wenn sie es nötig hat‹, und so weiter. Irgendwann läuft die Stiftung aus, dann wird das Geld gemäß der letztgültigen Anordnung des Dokuments verteilt.«

»Und welche Rolle spielt Bett Fünf bei dem Ganzen?« fragte Werner.

»Die Töchter und der Mann in Bett Fünf sind die Stiftungsbegünstigten«, sagte Wilson. »Das heißt, die Treuhänder in der Bank sind gehalten, ihnen unter bestimmten Voraussetzungen das Vermögen selbst oder die damit erwirtschafteten Zinsen auszuzahlen. Ein Begünstigter antizipiert seinen Anteil an der Stiftung, indem er versucht, an das Geld heranzukommen, bevor es ihm gemäß der Bestimmungsvorschriften zusteht. Und genau das hat eine der beiden Töchter von Bett Fünf versucht.«

»Sie hat also vor zwei Jahren versucht, an das Geld heranzukommen, und das Gericht hat sie abgewiesen?« fragte Werner.

»So ist es«, sagte Wilson.

»Und wer kriegt nun das ganze Geld?« fragte Werner.

»Bett Fünf kriegt alles«, sagte Wilson, »aber nur, wenn er über siebzig Jahre alt wird und bis dahin unverheiratet bleibt – was in rund einem Monat eintritt.«

»Sie machen Witze«, sagte Werner. »Warum sollte eine Ehefrau so eine verrückte Bestimmungsvorschrift einsetzen?«

»Solche Bestimmungen gibt es oft«, sagte Wilson, »insbesondere bei testamentarisch verfügten Stiftungen. Es ist eine praktische und bequeme Möglichkeit, die Stiftung zeitlich zu begrenzen oder das Geld dem anderen Ehepartner zu vermachen, damit er es entweder weitervererben kann oder aber einen neuen Satz Anweisungen erläßt, die der Familiensituation angemessen sind – aber eben nur für den Fall, daß er dem Verstorbenen treu bleibt.«

»Aber der Mann ist doch eine lebende Leiche«, wandte Werner ein.

»Sie sollten sich etwas vorsichtiger ausdrücken!« riet Wilson. »Sie meinen, daß er sich möglicherweise in einem dauerhaften decerebralen Zustand befindet.«

»Nennen Sie's, wie Sie wollen«, sagte Werner. »Er wird jedenfalls bestimmt nie erfahren, ob er die zwei Millionen Dollar kriegt oder nicht.«

»Richtig«, sagte Wilson. »Er ist geschäftsunfähig, was bedeutet: Das Geld wird seiner Erbmasse zugeschlagen und gemäß seinem Testament weitergegeben.«

»Und was passiert, wenn er vor seinem siebzigsten Lebensjahr stirbt?« fragte Werner.

»Ah, jetzt beginnen Sie zu denken wie ein Jurist«, sagte Wilson. »Das ist genau das, was wir alle gern wissen würden. Eine Stiftungsurkunde ist nämlich kein öffentliches Dokument; das ist auch einer der Gründe, warum viele wohlhabende Leute eine Stiftung vorziehen. Denn ein Testament wird ein öffentliches Dokument, sobald man stirbt; und wenn man der Geliebten die Farm in Connecticut vermacht, wird es die ganze Welt erfahren. Bei dem Prozeß vor zwei Jahren waren den Schriftsätzen Auszüge aus der Stiftungsurkunde beigefügt. Dank dieser Auszüge ist uns bekannt, daß im Falle des Todes oder der Wiederverheiratung von Bett Fünf vor seinem siebzigsten Lebensjahr die Stiftung aufgelöst und das gesamte Kapital ausgezahlt wird. Nur wissen wir nicht, an wen. Die Namen der in diesem Fall Begünstigten, die das Geld bekommen, und die relevanten Anteile waren in den Exzerpten nicht enthalten.«

Werner studierte Wilsons Familienfoto. »Das ist alles ziemlich kompliziert«, meinte er.

»Vielleicht ist das Ganze nur ein harmloser Streit darüber, ob man den Stecker herausziehen soll oder nicht«, sagte Wilson. »Es könnte aber eben auch um andere Dinge gehen.« Er hob die Augenbrauen und fixierte Werner.

»Wollen Sie damit andeuten, daß eine der beiden Töchter den Sterbezeitpunkt des Vaters manipulieren will?« fragte Werner.

Wilson zuckte mit den Achseln. »Nehmen wir mal an, daß die zweite Ehefrau – die Frau, welche die Stiftung eingerichtet hat – die eine Tochter sehr gern und die andere weniger gern hatte. Nehmen wir doch einmal an, daß sie ihre natürliche Tochter lieber hatte als ihre Stieftochter. Da könnte sie doch festgelegt haben, daß für den Fall des Todes von Bett Fünf vor seinem siebzigsten Lebensjahr die Stiftung aufgelöst wird und das Kapital an die leibliche Tochter geht – oder jedenfalls ein größerer Teil an sie als an die Stieftochter. Falls ich nun diese Tochter wäre, könnte ich schon auf den Gedanken kommen, wie angenehm es doch wäre, wenn Daddy *vor* seinem siebzigsten Geburtstag die Fähre ins Jenseits besteigen würde.«

»Aber das ist ja schrecklich«, sagte Werner.

»Das ist die eine Seite«, fuhr Wilson fort. »Nehmen wir nun einmal an, daß Bett Fünf die eine Tochter lieber hatte als die andere. Angenommen, sein Testament vermacht beiden bestimmte Anteile, aber der unbestimmte Rest wird nur einer vererbt. In dem Fall verließe das gesamte Vermögen die Stiftung, ginge in die Erbmasse von Bett Fünf über und von dort wiederum bloß an eine Tochter, nämlich an diejenige, der seine Liebe oder sein Vertrauen gehört. Wenn ich diese Tochter wäre, könnte ich schon auf den Gedanken kommen, wie angenehm es wäre, wenn Daddy noch einen Monat länger durchhalten würde.«

Die Masse der nicht-medizinischen Informationen, mit denen Werner da auf einen Schlag fertigwerden mußte, war ziemlich überwältigend. Felicia war die Tochter der zweiten Ehefrau von Bett Fünf, welche die Stiftung eingerichtet hatte. Falls man Connie glauben durfte, hatte Felicia sich in den Jahren vor der Erkrankung von Bett Fünf mit ihrem Vater nicht gerade gut verstanden.

»Solange wir nicht beides kennen, die Stiftungsurkunde und das Testament von Bett Fünf, ist es unmöglich, der einen oder der andern Tochter irgendwelche seltsamen Motive zu unterstellen«, sagte Wilson. »Wie ich Ihnen erläutert habe, handelt es sich bei der Stiftungsurkunde um ein Privatdokument; bis zum Zeitpunkt des Todes von Bett Fünf gilt das gleiche auch für sein Testament. Aber da die Klage jetzt eingereicht ist, können wir uns im Sinne der Offenlegung prozeßwichtiger Urkunden wahrscheinlich Kopien von beiden beschaffen.«

»Wann?« fragte Werner.

»Bald«, sagte Wilson. »Der Richter wird vermutlich eine beschleunigte Offenlegung anordnen.«

»Aha«, sagte Werner.

»Verstehen Sie mich nicht falsch«, sagte Wilson. »Die Anwälte der großen Kanzleien werden dafür bezahlt, gründlich zu sein. Es kommt oft genug vor, daß sie hinter Phantomen herjagen, die es gar nicht gibt. Es könnte sich durchaus herausstellen, daß diese beiden Todesfeen auf jeden Fall den gleichen Schnitt machen, egal, ob Bett Fünf nun früher oder später verstirbt. Anwälte sind eben mißtrauisch.«

Wilson blätterte bis zur letzten Seite des Dokuments. »Hat ein Anwalt namens Sheldon Hatchett oder Gregory Mace Kontakt mit Ihnen aufgenommen?«

»Hatchett hat mich angerufen«, sagte Werner.

»Was hat er von Ihnen gewollt? Und was haben Sie ihm erzählt?« fragte Wilson, zog einen Notizblock hervor und nahm einen offenen Stift aus seiner Hemdtasche.

»Er hat mich gebeten, auszusagen, daß Bett Fünf in einem irreversiblen Koma liegt beziehungsweise daß er sich in einem permanenten decerebralen Zustand befindet und daß eine weitere medizinische Behandlung sinnlos ist. Ich habe ihm gesagt, daß die Dinge nicht entweder schwarz oder weiß sind und daß ich nicht für ihn aussagen kann.«

Werner linste hinüber, um zu sehen, was Wilson notierte. Wilson lehnte sich in seinem Stuhl zurück und legte den Block in den Schoß.

»Okay«, sagte Wilson. »Neue Instruktionen: Mit niemandem über den Fall sprechen. Nicht mit den Anwälten sprechen. Nicht mit den anderen Ärzten sprechen. Wenn Sie über etwas reden wollen oder eine Frage haben, wenden Sie sich an mich. Wenn ich Ihre Frage nicht beantworten kann, werde ich mich mit unseren Anwälten besprechen. Verstanden?«

»Warum?«

»Vor allem dürfen Sie nicht mit den Angehörigen des Patienten sprechen«, warnte Wilson.

»Und wie soll ich das anstellen – nicht mit seinen Angehörigen sprechen?« protestierte Werner. »Wenn sie mich aber etwas fragen?«

»Dann antworten Sie kurz und knapp«, erwiderte Wilson. »Mit unbestreitbaren Fakten. Geben Sie nie eine Meinung von sich. Spekulieren Sie nie über die Chancen einer Besserung. Diskutieren Sie nicht über die Behandlung. Wenn unbedingt nötig, erklären Sie, daß Sie instruiert worden sind, während des schwebenden Gerichtsverfahrens nicht über den Fall zu sprechen, außer wenn es für das Wohlergehen des Patienten absolut notwendig ist.«

»Das erscheint mir übervorsichtig«, bemerkte Werner.

Wilson trommelte mit den Fingernägeln auf die Schreibtischplatte.

»Hören Sie, Doktor – mit solchen Dingen habe ich Erfahrung, verstehen Sie? Hier sage ich Ihnen, wo's langgeht. Ganz gleich, was wir machen – eine der beiden Töchter wird uns verklagen. Wenn wir den Mann am Leben halten, wird diese Miss Felicia uns wegen nicht autorisierter medizinischer Behandlung, wegen Körperverletzung, wegen der Pflegekosten und so weiter verklagen. Und wenn wir ihn sterben lassen, wird die liebe Constance uns wegen ärztlicher Fahrlässigkeit verklagen. Egal, was Sie denen sagen – Sie liefern Beweismaterial, entweder für die eine oder für die andere Seite. Also halten Sie den Mund, kapiert? Vergessen Sie nie: Falls Ihre Interessen den unsrigen zuwiderlaufen, werden Sie für Ihre Anwaltskosten selber aufkommen müssen. Was ist jetzt – kommt Ihnen mein Ratschlag immer noch übervorsichtig vor?«

»Nein«, sagte Werner.

»Heute vormittag wird Miss Felicias Anwalt eine Einstweilige Unterlassungsverfügung beantragen und höchstwahrscheinlich auch bekommen. Das heißt, der Richter wird uns vorläufig davon abhalten, irgendeine neue Maßnahme zu ergreifen, bis es zur entscheidenden Vorverhandlung wegen des gerichtlichen Verbots kommt.«

»Da ich nun einmal verklagt worden bin – heißt das, daß ich als Zeuge aussagen muß?«

»Wahrscheinlich nicht«, sagte Wilson. »Wir brauchen Sie nicht, weil wir Hofstader und andere Fachärzte haben, die in solchen gerichtlichen Angelegenheiten erfahren sind. Außerdem werden wir noch einen externen Facharzt hinzuziehen. Wir müssen darauf hinarbeiten, daß Butz so wenig wie eben möglich in Erscheinung tritt. Und dann werden wir jemand von der Ethikkommission auftreten lassen, der über die Richtlinien im Medical Center aussagt und die Vorgehensweise in Fällen beschreibt, in denen keine schriftliche Erklärung des Patienten gegen eine künstliche Verlängerung des Lebens bei fehlender Aussicht auf Heilung vorliegt. Und die Gegenseite wird Sie als Zeugen nicht wollen, weil sie nicht weiß, was Sie aussagen würden – es sei denn, die Gegenseite würde im Vorfeld eine eidliche Aussage zu Protokoll nehmen lassen. Die entsprechenden Gebühren wird sie jedoch kaum auf sich nehmen nur wegen der Zeugenaussage eines Assistenzarztes.«

»Falls es aber dazu kommt«, sagte Werner, »würde ich dann aussagen müssen?«

»O je, o je!« sagte Wilson. »Sie sollten unser Gespräch als Lernprozeß begreifen. Ich würde mir wirklich wünschen, daß Medizinstudenten auch einen Pflichtkurs in Prozeßrecht absolvieren müßten. Betrachten Sie das Ganze als Gelegenheit, mal mit juristischen Dingen in Berührung zu kommen. In dem unwahrscheinlichen Fall, daß man Sie zu einer protokollarischen eidlichen Aussage bestellt, werden wir Sie entsprechend vorbereiten. Aber wie ich schon sagte, man wird es nicht tun.«

»Aha«, sagte Werner.

»Sonst noch Fragen?« sagte Wilson.

»Im Moment nicht«, antwortete Werner.

»Prima«, sagte Wilson. »Ich werde Ihnen eine Kopie der gegengezeichneten Vereinbarung über die juristische Vertretung zuschicken. Und hier – meine Visitenkarte, falls Ihnen noch weitere Fragen kommen. Wenn unsere Firmenanwälte Sie sprechen wollen, werde ich Sie vorher anrufen. Sie dürfen mit niemand sonst reden.«

Werner war schwer angeschlagen von dieser Verwandlung der Liebe in eine gerichtliche Auseinandersetzung, als er mit dem Lift wieder zur Intensivstation nach oben fuhr. Da hatte er mit ihr praktisch eine Beziehung angefangen, und sie hatte ihm ein Gerichtsverfahren angehängt. Sie hatte ihn nicht einmal vorgewarnt, daß so etwas kommen würde.

Als er ins Todeslabor kam, hörte er Hofstader in der Kabine von Bett Sieben – er hielt Studenten des dritten und vierten Jahres einen Vortrag über künstliche Beatmung. Es war ein Unterricht nur für Subklone, ohne Anwesenheit von Assistenzärzten.

Werner schaute von seiner Konsole aus zu, während er die Anweisungen studierte, die Hofstader und Butz am Morgen ausgegeben hatten.

Die Glieder des 79jährigen Patienten in Bett Sieben waren krampfartig zusammengezogen, sein Blick hing starr an der Decke, als hätte er bereits vor Wochen beschlossen, außer dem Anblick der Decke nichts mehr ertragen zu können. Sein Mund öffnete und schloß sich um einen endotrachealen Schlauch, der ihm wie ein Plastiksämling in die Kehle eingepflanzt worden war. Seine festgebundenen Hände und Finger zeigten das typische Zittern eines Parkinson-Falls.

Über den Rumpf von Bett Sieben hinweg fixierte Dr. Hofstader den Halbkreis der Subklone.

»Wenn der Organismus durch einen oder mehrere Krankheitsprozesse stark geschwächt ist, wird Atmen zur anstrengendsten Einzeltätigkeit. Atmen bedeutet Schwerarbeit. Es verbrennt Kalorien, und zwar vor allem dann, wenn die Lungen erkrankt sind und die Hilfsmuskeln ins Spiel kommen.«

Dr. Hofstader ging um das Bett herum und legte die Hand auf ein neues Beatmungsgerät.

»Vor der Erfindung des Beatmungsgeräts hat bei gram-positiver Lungenentzündung die schiere Anstrengung des Atmens ältere Patienten gewöhnlich binnen drei oder vier Tagen umgebracht. Lungenentzündung wurde früher als Freund des alten Menschen bezeichnet. Die sprachliche Wurzel ›pneuma‹ bedeutet Luft oder Wind, für die Griechen bedeutete das Wort aber auch ›ätherisches Feuer‹ oder ›Geist‹, der das lebensspendende oder kosmische Prinzip, die Weltseele oder den göttlichen Hauch darstellte. In der biblischen Schöpfungsgeschichte gab es, bevor es Licht wurde, nur eine formlose Wüste und einen finsteren Abgrund, aber der Wind fuhr über die Wasser. Der Heilige Geist kam in Form eines gewaltigen Windes über die Apostel. Und wenn jemand stirbt, so sagen wir auch heute noch, daß er sein Leben aushaucht oder den Geist aufgibt. Ein afrikanischer Stamm sagt von sterbenden Menschen und ihrer zunehmend heftigen Atemtätigkeit: ›Er ersteigt den Berg seines Todes.‹ Und wenn wir heute von künstlicher Beatmung und der richtigen Behandlung der Atemwege sprechen, so sprechen wir damit von der Behandlung des Lebens selbst.«

Die Jünger standen und lauschten ehrfurchtsvoll. Hatte es je einen ausdrucksstärkeren Renaissancemenschen der Heilkünste als Dr. Hofstader gegeben?

Werner erinnerte sich, den Wort für Wort gleichen Vortrag drei Jahre zuvor gehört zu haben. Hofstader nutzte jede Gelegenheit, um zu demonstrieren, daß er mehr als nur ein Wissenschaftler war.

Werners Piepser signalisierte einen externen Anruf. Er nahm ihn an der Konsole entgegen. Es war wieder Felicia; sie schluchzte in den Hörer. Er war froh, daß es sich um ein Telefongespräch handelte, weil der Stand der Dinge am anderen Ende der Leitung ausgesprochen tränennaß und hysterisch schien.

»Ich weiß, daß ich vormittags nicht anrufen soll«, sagte sie. »Aber als ich nach Hause kam, hab' ich auf meinem Anrufbeantworter eine Nachricht vorgefunden. Letzte Nacht wär' mein Vater fast gestorben, und ich hab's nicht mal gewußt.«

Werner beobachtete Dr. Hofstader, der über periodische Beatmung dozierte.

»Ich hab's selber eben erst erfahren«, sagte Werner. »Ich glaube, sein Zustand ist inzwischen stabil, aber ich weiß noch keine Details. Ich werde mir erst die Krankenunterlagen anschauen müssen. Ich ruf' zurück.«

»Und heute findet die dumme Anhörung statt«, sagte sie. »In genau einer Stunde. Das Ganze ist echt eine Tortur«, stöhnte sie und überschüttete ihn mit weiterem Jammern. »Können die Leute denn nicht verstehn, wie ich mich fühle? Ich muß sie anflehen, meinen Vater in Frieden sterben zu lassen.«

»Ich kann jetzt nicht sprechen«, sagte er. »Ich rufe zurück.« *Wenn das so weitergeht,* dachte er, *muß ich für Felicia noch einen Termin mit der Seelsorgeabteilung ausmachen.*

»Wird ihm heute was zustoßen?« fragte sie. »Ich möchte bei ihm sein, wenn's soweit ist.«

»Bei seinem Zustand«, sagte Werner, »läßt sich unmöglich vorhersagen, wann und ob etwas geschieht. Unmöglich.«

»Heut' nachmittag zeig' ich ein paar Werbeleuten meine Mappe«, sagte sie. »Da werd' ich dann meinen Anrufbeantworter per Fernabfrage abhören müssen, wann ich eben kann. Ich hab' meine Tasche in deiner Wohnung vergessen. Wann kommst du heim?«

»Vermutlich gegen halb acht«, sagte Werner. »Wir müssen miteinander reden«, fügte er mit einem Blick auf den Haufen von Papieren, die ihr Anwalt bei Gericht eingereicht hatte, hinzu.

»Ich denk' an dich«, sagte sie.

Werner gab das Telefon einer Krankenschwester zurück und überprüfte neuerlich den Monitor von Bett Fünf.

Aus dem Augenwinkel sah Werner einen nicht festgebundenen, zur Decke zeigenden weißen Patientenarm, an dem eine lose Baumwollbinde flatterte. Es war die 83jährige Vogelfrau in Bett Vier, die Vogelkrallen hatte statt Hände und Füße. Sie sollte heute in die Chirurgie verlegt werden. Wenn alles gut verlief, würde sie es bis in ein Pflegeheim schaffen.

Werner verließ seine Konsole und ging zu ihr in die Kabine.

Die gekrümmten, fleckigen Finger von Bett Vier zeigten zur Decke, die sie nun schon seit Wochen anstierte. Sie bewegte die zahnlosen Kiefer und sah Werner an, ohne den Arm zu bewegen.

»Guten Morgen«, sagte Dr. Ernst.

Sie lächelte und machte ihm ein Zeichen. Werner wandte sich mit einer übertrieben deutlichen Geste um, um zu demonstrieren, daß er zu dem hinschaute, worauf sie deutete.

»Worauf zeigen Sie?« fragte er.

»Meine Oma«, sagte sie.

»Ihre Oma?« sagte Werner, ohne ein Kichern unterdrücken zu können. »Das wäre wirklich was.«

»Sie kommt mich holen«, sagte die Frau. »Ich muß mit ihr fort.«

Werner trat auf die andere Seite des Bettes und nahm die Hand von Bett Vier in beide Hände. Er drückte ihren Fingernagel und sah, wie er weiß wurde und dann wieder zu einem gesunden Rosarot zurückkehrte.

»Sie werden sich wieder erholen«, sagte er. »Sie werden von hier verlegt.«

Werner wollte ihre Hand loslassen, doch sie hielt ihn mit klammerndem Griff fest.

»Bleiben Sie bei mir, junger Mann«, sagte sie. »Bleiben Sie ein Weilchen bei mir sitzen, bevor ich geh'.«

Werner warf einen Blick auf seine Armbanduhr und hielt ihre Hand.

Die Stationssekretärin steckte den Kopf durch die Tür und teilte ihm mit, daß für Bett Acht eine neue Einlieferung käme.

Sein Piepser meldete sich mit der Nachricht, daß die Resultate eines Blutgerinnungstests bei Bett Sieben abholbereit lägen. Gleich darauf kam eine weitere Mitteilung – die dringlichen Laborarbeiten, die er für Bett Zwei verlangt hatte, zeigten beunruhigend abnorme Werte.

Werner tätschelte die Hand von Bett Vier.

»Bleiben Sie noch ein Weilchen bei mir«, sagte sie und wollte seine Hand nicht mehr loslassen. In ihre Stimme schlich sich ein Ton von Verzweiflung.

Werner griff nach dem Rufknopf, der am Nachthemd von Bett Vier befestigt war, und drückte darauf. Dreißig Sekunden später stand Marie Soundso in der Kabine.

»Nur ein kleines Weilchen, junger Mann«, sagte Bett Vier. »Bitte.«

Werner löste sich aus der Kralle von Bett Vier und legte sie in die weichen Hände Maries.

»Schauen Sie mal, was die Patientin will«, sagte er.

10

Wieder daheim, stellte Werner drei Dosen Bier ins Tiefkühlfach und bugsierte den Scotch ganz oben in einen Schrank, damit er außer Reichweite eines etwaigen spontanen Griffs war.

Es war höchste Zeit, sich um Klarheit zu bemühen. Das Leben war unerträglich kompliziert geworden. Er ging zur Couch hinüber und machte es sich bequem, mit dem festen Vorsatz, die Welt auszublenden, bis er entschieden hatte, was mit Bett Fünf zu tun war. Er wollte sich konzentrieren und das Problem systematisch angehen, so wie er medizinische Probleme immer löste.

Erster Schritt: Alle irrelevanten Überlegungen ausklammern. Connie, Felicia, Wilson, Connies Anwälte, Felicias Anwälte, die Anwälte des Krankenhauses – sie waren völlig irrelevant. Bett Fünf war Werners Patient. Aber nein, das stimmte so nicht ganz – Bett Fünf war der Patient von Dr. Butz, und Werner war Dr. Butz unterstellt. Das neue Dogma, das Werner während des Medizinstudiums eingebleut worden war, lautete: Der Patient soll selbst entscheiden; er soll über seine Situation unterrichtet werden und daraufhin seine Einwilligung geben. Um entscheiden zu können, ob er die vom Arzt empfohlene Behandlung wollte, mußte der Patient ausreichend informiert sein. Im vorliegenden Fall befand der Patient sich jedoch in einem decerebralen Dauerzustand. Er mochte von Zeit zu Zeit die Augen öffnen oder jemandem die Hand drücken – aber er tat es völlig ohne Bewußtsein und war mit Sicherheit außerstande, Entscheidungen über seine weitere medizinische Behandlung zu treffen. Wie würde er sich jedoch entscheiden, wenn er dazu in der Lage wäre? Dazu müßte man die Angehörigen befragen. Das half in diesem Fall aber leider nicht weiter. Sie waren total konträrer Meinung.

Vielleicht bot daher ein Gerichtsverfahren die beste Möglichkeit, um zu klären, was Bett Fünf selbst an ärztlicher Behandlung gewünscht hätte; vor allem in Anbetracht der Stiftungsurkunde und des Testaments im Hintergrund. Vielleicht ist jedes, selbst ein durch Krankheit noch so zerrüttetes und geschwächtes, Menschenleben kostbar.

Das alles klang logisch und plausibel. Eine leise Stimme in seinem Innern sagte Werner jedoch, daß Bett Fünf nicht gesund werden würde. Daß er die Intensivstation nicht mehr verlassen würde. Daß er bestimmt nicht lebend aus dem Krankenhaus herauskäme. Das »Leben« von Bett Fünf würde noch ein paar Monate dauern, und diese Zeit würde geprägt sein durch Blau-Code-Alarm, durch Rippenbrüche bei Herz-Lungen-Reanimation, durch wundgelegene Stellen, und im gewöhnlichen Wortsinn würde der Patient nie mehr Schlaf finden, weil ihm sechs- oder siebenmal täglich Injektionen verpaßt wurden, weil man ständig an ihm herumdrückte, ihn weckte, umdrehte, absaugte … Und wozu? Wer annahm, daß ein menschliches Wesen sich je bewußt für eine solche Form des Daseins entscheiden könnte, machte sich bloß was vor. Sinnlose Behandlung blieb sinnlos, ganz unabhängig von den Motiven, die Angehörige, Ärzte und Anwälte dazu bewegen mochten.

Wenn aber Lebensqualität das ausschlaggebende Kriterium war – warum dann nicht alle chronisch und unheilbar Kranken einfach exekutieren?

Werner holte sich ein kaltes Bier aus dem Tiefkühlfach, schloß die Augen und versuchte sich in die Lage von Bett Fünf zu versetzen: Er schwebte in einem Stahlbett auf einem strahlendweißen Gelatinemeer. Ein kalter, dichter Nebel senkte sich über ihn herab. An die Ober- und Unterseite des Bettes waren Scheinwerfer montiert. Durch den undurchdringlichen Nebel kamen ganz in Weiß gekleidete Menschen, die sich in einer fremden Sprache unterhielten. Sie schienen auf Lateinisch über Mathematik zu diskutieren. Manchmal erkannte er sie; manchmal waren es Wildfremde, die lachten und sich Witze erzählten, die er nicht verstand. Dann kamen auch seine Angehörigen durch den Nebel; ihre Gesichter waren entstellt: Schreckensmasken des Leids. Eine seiner Töchter trat ein, und in der Wärme ihrer Gegenwart löste er sich auf, er verflüchtigte sich zu Dampf und stieg nach oben, wo die Gelatine zu Licht wurde. Er verlor Seh-, Geruchs-, Geschmacks- und Tastsinn; nur hören konnte er noch: Unten ertönten in Wellen Geräusche, die wie Donner klangen.

Feindliche Zellen hatten den Rubikon überschritten und raubten ihm die Lebenskraft. Sein Herzschlag war zu einem bedenklich rhythmusgestörten Flattern geworden. Hände und Füße wurden vom Blutstrom nicht mehr erreicht. Er merkte, wie sein Fleisch die Konsistenz von Schlamm annahm. Und während ein Sinnesorgan nach dem anderen ihm den Dienst versagte, mußte er in stillem Entsetzen feststellen, daß jeder Verlust körperlicher Kräfte von einem Anstieg innerer Klarheit begleitet wurde, als würde die gesamte Energie, als würden alle Stoffwechselvorgänge ins Geistige abgeschoben, wo nun jeder Gedanke die Deutlichkeit eines Schreis bekam. Alle geistigen Vorstellungen waren viel zu klar – Träume, Erinnerungen, Halluzinationen hoben sich mit einem grellen Leuchten vom reinen Weiß der Filmleinwand des Todes ab.

Gedanken kreischten durch leere Echokammern. Ausgerechnet jetzt, da ihm besonders erschreckende, ekstatische Offenbarungen, Visionen, Intuitionen zuteil wurden, sah er sich auf die passivste Sinneswahrnehmung reduziert: Er konnte hören. Er empfing laufend alles und vermochte nichts auszusenden. Er konnte dem Pflegepersonal nicht einmal zu verstehen geben, daß ihn irgend etwas Scharfes in die Seite stach; er mußte warten, bis einer von ihnen zu ihm hereinkam und es entdeckte. Er plagte sich still mit der geistigen Anstrengung des Sterbens ab. Er würde leichthin für immer einschlafen können, wenn man ihn nur ließe. Die Schmerzen, die Erschöpfung, die Mühen des Mithaltens mit der Maschine, die für ihn atmete – es war wie die Zwangsarbeit von Häftlingen in einem Steinbruch.

Werner blickte in die blendenden Scheinwerfer und sah, daß auf beiden Seiten seines Bettes je eine hübsche, junge Astronautin stand, die er bisher noch nie gesehen hatte. Die beiden trugen weiße Weltraumanzüge. Er konnte ihr Parfum und das Pfefferminzaroma ihres Kaugummis riechen.

Die eine kicherte und sagte: »Wenn du den schon übel findest, dann hör dir mal das an. Was ist ein Junge ohne Arme und Beine, der an der Wand hängt?«

»Weiß ich nicht«, sagte die andere.

»Kunst!« rief die erste unter hysterischem Kichern.

»Das ist ja scheußlich«, sagte die andere lachend.

Werner schaute zu, als eine der beiden Frauen sich sterilisierte Handschuhe überstreifte und die andere sein Bettlaken zurückwarf, ihm das dünne, kurze Nachthemd hochzog und damit seine Genitalien entblößte.

»Na gut. Und was ist das: männlich, ohne Arme und Beine und liegt flach auf dem Boden?«

Die Frau mit den sterilisierten Handschuhen nahm Werners Penis in die Hand, schüttete ein orangefarbenes Desinfektionsmittel darüber und rieb ihn mit Mull sauber.

»Also?« fragte sie, zog die Penis-Vorhaut zurück und reinigte die Katheterspitze mit einem Wattetupfer.

»Der Johannes.«

Die beiden begannen hemmungslos zu kichern.

»Meine Güte, heute haben wir's aber drauf, was?«

Die Frau goß noch mehr von der orangefarbenen Flüssigkeit über Werners Penis und Hodensack. Anschließend hielt sie ein langes Gummiröhrchen hoch, damit Werner es sehen konnte.

»Sehen Sie das hier?« sagte sie. »Ein sogenannter Katheter. Dieses Röhrchen müssen wir Ihnen durch den Penis bis in die Blase hochschieben, damit Sie pinkeln können. Okay?«

Werner schüttelte den Kopf und versuchte um den Schlauch in seinem Mund herum Worte zu formen.

»Geben Sie's auf«, sagte die Astronautin. »Sie sollten mir besser zuhören. Es gibt nur einen Grund, warum wir Ihnen dieses Ding immer wieder in den Penis hineinstecken müssen – weil Sie es nämlich ständig wieder rausziehen. Verstanden? Und deshalb reicht es bei solchen wie Ihnen auch nicht, daß wir Sie an den Händen festbinden. Wissen Sie, was wir jetzt mit Ihnen machen müssen? Wir müssen Ihnen die Hände festbinden, sie in Tücher einwickeln und die dann mit Klebeband fixieren. Verstanden? Und an all dem sind Sie selber schuld. Gestern haben Sie sich die IV-Schläuche rausgerissen, am Tag davor den Lungenschlauch …«

Werner schüttelte den Kopf: Nein.

»Sparen Sie sich Ihren Atem!« sagte die Frau mit den sterilisierten Gummihandschuhen, und zu ihrer Kollegin: »Der Typ ist ja total durchgeknallt.«

Werner schaute zu, wie die Röhre in die Spitze seines Penis eingeführt und bis in die Blase hochgeschoben wurde. Er wollte die Frau davon abhalten, doch es waren ihm Handschellen angelegt worden, er lag auf dem Rücken und war unter den blendenden Scheinwerfern ans Bett festgebunden.

»Guten Tag«, sagte ein Astronaut, der neu hinzugetreten war. »Ich bin Dr. Slaughter. Vielleicht erinnern Sie sich an mich. Ich habe vor ein paar Tagen auf Bitten von Dr. Butz ein paar Untersuchungen an Ihnen vornehmen müssen.«

Werner musterte Dr. Slaughter ein-, zweimal von oben bis unten. Er war derjenige, der Werner befohlen hatte, stillzuhalten, während er ihm eine Nadel ins Rückgrat stach.

»Die Resultate der von uns durchgeführten Untersuchungen sind nicht ermutigend«, erklärte Dr. Slaughter. »Wir haben bösartige Wucherungen entdeckt.«

»Soll das heißen, daß ich jetzt sterbe?« fragte Werner, der plötzlich auf wundersame Weise trotz Schlauch zu sprechen vermochte.

»Nein«, sagte Slaughter. »Wir werden Ihnen und den Tumoren einen Haufen Gift verabreichen und abwarten, wer zuerst stirbt – Sie oder die Tumore. Weil Sie aber so viel größer sind als die Tumore, haben Sie natürlich auch die größeren Überlebenschancen.«

»Verstehe«, sagte Werner. »Sonst noch was?«

»Wir werden es auch mit Bestrahlung versuchen«, erklärte Slaughter. »Wir werden Sie monatlich ein paarmal radioaktiv bestrahlen und abwarten, ob der Krebs aus Angst vor einem nuklearen Unfall davonläuft, während Sie zurückbleiben und den Angriff überleben.«

»Ist das alles?« fragte Werner.

»Nicht ganz«, sagte Slaughter, der plötzlich ein wenig munterer wirkte. »Dank weitreichender Forschungen konnte auf diesem Gebiet ein wichtiger Durchbruch erzielt werden. Es gibt da eine neue Therapie, die eventuell zu Hoffnungen berechtigt, sich momentan allerdings noch im Versuchsstadium befindet.«

»Oh«, sagte Werner. »Und worin besteht diese Therapie?«

»Nun«, erläuterte Slaughter, »sie besteht darin, daß wir Ihnen die Arme an den Ellbogen und die Beine an den Knien absägen.«

»Aber warum denn?« fragte Werner entsetzt.

»Das ist ganz einfach«, erklärte Slaughter. »Wenn wir Ihnen diese Körperteile abschneiden, wird – wie die Forschungen ergeben haben – das Blut, der Sauerstoff und die Nährstoffe, die vorher zur Unterhaltung der Extremitäten dienten, für die Bekämpfung der Tumore verfügbar sein. Wie ich schon andeutete, ist diese Therapie am Menschen bisher noch nicht gründlich erforscht worden. Bei Nagetieren gibt es jedoch erwiesenermaßen Erfolge.«

Der Raum war plötzlich gedrängt voll mit weißgekleideten Personen. Sie schlitzten Werner den Bauch auf und wühlten in seinen Eingeweiden.

Eine hübsche junge Krankenschwester zog ihm die Milz aus dem Leib, um eine Nadel hineinzustecken. Danach lächelte sie ihm zu und meinte: »Das ist ein mikrosensitives radioaktives Nadelthermometer. Wir müssen es in Ihre Milz implantieren, um die genaue Milztemperatur festzustellen.«

»Haben wir schon eine Milztemperatur?« rief ein Techniker quer durch den Raum.

Die hübsche Schwester drehte sich um und drückte am Monitor einen Knopf. »Milztemperatur beträgt 41.46573 Grad Celsius«, sagte sie.

»41.46573«, wiederholte der Techniker und trug die Zahl auf einem Klemmbrett ein.

In diesem Moment betrat eine knapp zwei Meter große Echse in Chirurgenmontur und mit einem Stethoskop um den Hals den Raum; in der Tasche ihres Laborkittels steckte ein Piepser. Die Echse betrachtete Werner durch die Augenlöcher eines ausgehöhlten Ziegenkopfes mit aufgesetzter Chirurgenmaske. Mit einem sterilisierten Brecheisen brach die Echse Werners Brustkorb auf und zog gewaltsam einen Lungenflügel heraus.

»Das Organ ist voll mit dem schlimmsten Eiter, der mir in meiner ganzen Laufbahn vorgekommen ist«, rief die Echse über die Schulter und warf die schwere Lunge in einen mit Plastik ausgefütterten Mülleimer.

Wenn sie ihn in jüngster Zeit aufforderten, ihnen die Hand zu drücken, gab er sich verzweifelt Mühe, ganz still zu bleiben, in der Hoffnung, daß man ihn dann für tot halten und in Ruhe lassen würde. Doch sie würden ihn nie in Ruhe lassen. Aus irgendeinem teuflischen, perversen Grund wollten sie ihn einfach nicht sterben lassen. Der Tod ging ihnen gegen die Ehre. Werner sank in einem Morphin-Stupor in die Kissen zurück und konzentrierte sich mit allen Fasern seines Körpers auf den Versuch, sich durch schiere Willenskraft selber umzubringen.

Er konnte hören, wie seine Angehörigen seinen Namen riefen.

»Werner?« rief seine Tochter. »Werner?«

Er wagte nicht, sich zu rühren, aus Angst, daß man ihn einer weiteren Behandlung unterziehen könnte.

Werner öffnete die Augen und sah Felicia vor sich stehen. Sie trug eine Strand-Hemdbluse und in der Hand eine Kunststoff-Reisetasche. Sie hatte ihr Haar mit Volumenfestiger eingesprüht, trockengefönt und anschließend zu einer wilden Mähne toupiert.

»Wir haben das vorläufige Untersuchungsurteil geschafft«, sagte sie. »Und rat mal, was ich noch hingekriegt hab!«

»Die Einstweilige *Unterlassungsverfügung*«, verbesserte Werner. »Und was noch?« fragte er und schüttelte seine leere Bierdose.

»Ich flieg' morgen nach Los Angeles, zu Renée Feral Cosmetics«, sagte sie. »Wenn ich den Auftrag kriege, komme ich ins überregionale Fernsehen – und zwar nicht nur mein Gesicht. Willst du mal sehn?«

»Ich glaub' schon«, sagte er gähnend.

»Was ist los mit dir?« fragte sie. »Das ist eine Riesensache. Grund zum Feiern.«

Werner drehte sich weg. »Ich würde vermutlich etwas positiver reagieren, wenn ich nicht vor Gericht angeklagt wäre.«

Sie schleuderte ihre Reisetasche aufs Bett. »Ich habe dir doch gesagt, daß wir auf dich als Zeugen nicht angewiesen sind. Ich dachte, wir wollten nicht mehr über dieses Thema reden«, sagte sie. »Hast du das nicht sogar selbst vorgeschlagen?«

»Wie soll ich nicht darüber reden?« erwiderte er vorwurfsvoll. »Du hast mich verklagt.«

»Ich hab' dich nicht verklagt!« sagte sie. »Das war mein Anwalt. Er meinte, es würde Mißtrauen wecken, wenn wir alle unter Anklage stellen und dich nicht.«

Werner zog eine Grimasse.

»Wir sollten das jetzt sein lassen«, sagte sie und schlang sich die Arme um den Körper, warf den Kopf zurück und schüttelte ihre Haare. »Wenn du die Augen zumachst, zeig ich dir, was ich morgen tun werde.«

»Eine Gelegenheit, die Augen zuzumachen«, sagte er, »würde ich mir nie entgehen lassen.«

Werner hörte Kleidungsstücke zu Boden gleiten. Gleich darauf sagte sie: »Okay.«

Sie hatte ihre Hemdbluse ausgezogen und glitt durch die Wohnung, in einem mandarinroten einteiligen Badeanzug aus irgendeinem glitzernden Material. Der Beinausschnitt ging weit über die Taille hinaus bis in Brustkorbnähe. Die mandarinroten Säume liefen über dem flachen Bauch zusammen und senkten sich auf der Vorderseite in Beckenhöhe zu einem schlanken V, während sie hinten die feste Wölbung der Hinterbacken unterstrichen. Felicias Hüften blühten in braunen Ovalen und verjüngten sich zu den langen, verführerischen Konturen der Beine – Beine, die Werner zum Gefangenen machten; sein Blick glitt von einer schlanken Kurve zur nächsten, bis hinunter zu den mandarinrot bemalten Fußnägeln. Die Riemchen der farblich genau passenden hochhackigen roten Sandaletten waren zu großen Schleifen gebunden – wie eine Geschenkverpackung, die man bloß noch aufzuschnüren brauchte.

Werners Blick wanderte wieder nach oben, an den Kurven der sonnenverwöhnten Beine hoch zum eigentlichen Reiz.

»Schau mal«, sagte sie. Sie neigte den Kopf, warf ihn nach hinten zurück und lächelte strahlend, wobei ihr eine Locke verführerisch über das eine Auge fiel. »Ich laß doch nicht irgendeinen Moisturizer an meine Haut. Ich bestehe auf Renée Feral.« Sie lachte. »Na? Was sagst du dazu?«

»Wo kriege ich Moisturizer von Renée Feral?« sagte Werner.

Sie kicherte und summte und stolzierte durch das Apartment.

»Die Probeaufnahmen haben den ganzen Tag gedauert. Ich soll für eine Woche nach Los Angeles fliegen – gleich morgen. Den Badeanzug und die Schuhe spendieren sie auch. Sind die nicht geil?«

Zum Beweis streckte sie einen Fuß vor und ließ den Absatz ganz langsam kreisen. *Die sprichwörtlichen wohlgeformten Fesseln*, dachte Werner und überlegte, daß ein Jahrhundert zuvor der Anblick eines solchen Knöchels unter der wirbelnden Krinoline eines leicht angehobenen Reifrocks Herzanfälle reihenweise ausgelöst hätte.

»Und wie findest du den Badeanzug?« wollte sie wissen und spreizte ihre mandarinroten Fingernägel über ihrem Bauch, winkelte die Ellbogen an und präsentierte ihm ihre Seitenansicht. »Wie findest du's? Ist das nicht irre?«

»Super«, sagte Werner mit einem Lächeln.

»Ich hab' noch 'ne Menge zu tun für morgen«, sagte sie. »Als erstes muß ich ein neues Gesicht testen. Willst du mir zugukken?«

»Du willst *was* machen?«

»Ein Gesicht«, wiederholte sie, ging zu ihrer Tasche und kam mit einer Palette von pastellfarbigen Lidschatten und einem Bündel Pinsel zurück. »Ich werde ein neues probieren. Wenn du willst, kannst du mir zusehen.«

Er hatte immer geglaubt, niemand dürfe sehen, wie so etwas zustandekam – so wie ein Publikum von einem guten Zauberer ja auch nicht erwarten kann, daß er die Tricks verrät. Man mußte sich ganz seiner Zauberkunst überlassen, damit man nicht gelangweilt wieder nach Hause ging und sich über ein paar billige Tricks mokierte, sondern betört von der Zauberei.

»Darf ich denn?« fragte er.

Sie griff in die Tasche und holte einen riesigen Make-up-Spiegel heraus, der an den Rändern mit Glühbirnen hinter getönten Scheiben besetzt war.

Sie schaltete per Fernbedienung das Fernsehgerät an und fegte die Sachen auf seiner Schreibtischplatte in einen Wäschekorb.

»Ich brauch' Platz«, erklärte sie, zog sich einen Stuhl heran und stellte den Make-up-Spiegel auf.

»Sieh dir bloß mal diesen Werbespot an«, sagte sie. »Der ist einfach toll.«

»Ich hasse Werbespots«, sagte er.

»Das kommt nur davon, weil du phantasielos bist«, sagte sie. »Von allen Sachen, die Spaß machen im Fernsehen, machen Werbespots überhaupt am meisten Spaß. Aber man muß seine Phantasie gebrauchen, um das zu verstehen. Dann siehst du nämlich den Symbolismus und all das Zeug. Da will man dir zum Beispiel Toilettenpapier oder so was verkaufen, aber du gehst weiter, du gebrauchst deine Phantasie, du fängst an, über Psychologie nachzudenken, oder du schaust, ob du die Leute in den Werbespots kennst und ob du alle andern Werbefilme aufzählen kannst, in denen du sie gesehen hast. Wenn ich meine Phantasie gebrauche, kann's sogar Spaß machen, mit dir zu reden.« Sie kicherte und kniff ihn in den Hintern. »Verstehst du, was ich meine?«

Und wie sonst auch, verstand er irgendwie ganz genau, was sie meinte, obwohl sie dummes Zeug redete. Ihr Mund gab Laute von sich statt Worte. Durch die Tonhöhe und Intonation zeigte sie, was ihr gefiel und was nicht. Sie brauchte keine Worte.

Er drückte die Fernbedienung, um den dröhnenden Fernseher abzustellen, bevor er noch mehr über Diätlimonaden, Haferkleie und kalorienarme Mayonnaise erfuhr, mit deren Hilfe jede Frau aussehen konnte wie Felicia. Sie zog sechs oder sieben Plastikfläschchen aus ihrer Reisetasche und steuerte aufs Badezimmer zu.

»Ich werde mein Gesicht komplett verschönern«, sagte sie. »Zuerst stell' ich mich aber mal unter die Dusche.«

Während sie im Badezimmer war, holte Werner die Gelpakkungen, um sie griffbereit in die Tischschublade neben dem Bett zu plazieren. Er versorgte sich mit einem zweiten Bier und setzte sich neben den Make-up-Spiegel, auf den Logenplatz sozusagen.

Als Felicia wieder auftauchte, duftete sie nach Zitronenspülung und parfümierten Seifen; sie trug zwei purpurfarbene Handtücher – eins hatte sie sich wie einen Sarong unter den Achselhöhlen festgesteckt, das andere als Turban um einen Turm aus feuchtem Haar gewickelt. Werner stand auf und folgte ihr zur Reisetasche und schmeckte den Duft ihrer Haut, aromatisch weich und warm.

»Paß auf, Monstermaul«, sagte sie, entwand sich ihm und goß sich eine rosarote Lotion in die Handflächen. »Eine Creme mit zartem Duft für zarte Haut«, sagte sie und rieb sich das Zeug auf Arme und Beine.

»Und was ist das da?« fragte Werner und wies auf die große Skaleneinstellung über dem Make-up-Spiegel.

»Ein Lichtselektor«, sagte sie und schob mit einer Folge von Drehungen des Einstellknopfs unterschiedlich getönte Scheiben über die Glühlampen am Spiegelrand.

Werner las die Namen der verschiedenen Farbstufen: Büro-Tageslicht, Tages-Außenlicht, Tages-Innenlicht, Dämmerung, Kerzenschein, Nacht-Innenlicht.

»Hör mal«, sagte Werner. »Du willst mir doch nicht erzählen, daß das wirklich einen Unterschied macht.«

»Männer!« sagte sie entnervt. »Bei anderem Licht verändert sich alles. Du denkst wohl, daß eine Frau ihr Make-up einmal pro Tag auflegt. Gib's doch zu!«

»Ich ...«

»Du bist ein richtiger Volltrottel!« stöhnte sie. »Du begreifst überhaupt nicht, was ein perfektes Frauengesicht so alles braucht.«

Werner nahm einen Schluck von dem kalten Bier und zuckte mit den Schultern.

»Mal angenommen, du arbeitest in einem Büro«, sagte sie und wählte »Büro-Tageslicht«. »Also, da hast du es mit grellem Licht zu tun, und deshalb brauchst du weiche Farben, feine Nuancen – Pfirsichtöne, Koralle, Zitrone und ähnliche Sachen. Da kommt's nämlich vor allem drauf an, das Gesicht mit heller Foundation und mit Markern in reinem Pfirsichton oder zitronengelb sanft und zart zu machen. Kapiert?«

Werner nickte.

»Okay«, fuhr sie fort. »Und abends gehst du dann zum Essen aus. Das bedeutet Dämmerlicht oder Kerzenschein«, erklärte sie und wählte nacheinander beides auf dem Spiegel. »Jetzt hat man viel weniger Helligkeit, deshalb braucht man tiefere Farbtöne. Kerzenschein stiehlt einem Gesicht außerdem alle natürlichen Rottöne, da würde dein Tagesgesicht wie eine Sterbemaske aussehen, wenn du nicht wieder ein bißchen Rot zugibst. Also suchst du dir, nachdem du die Wimpern schwarz getuscht hast, so etwas wie die neuen roten Mascaras für deine Wimpern aus. Du brauchst jede Menge Rot für dein Gesicht. Du brauchst kräftige, glänzende Farben um die Augen und jede Menge starke, auffallende Marker. Du mußt die Lidschatten größer machen, die Brauen weiten, die Wangenknochen verbreitern ...« Sie rollte verzweifelt mit den Augen. »Vielleicht würd's dir ja leichter fallen, das alles zu verstehen, wenn du mir einfach bloß zuschaust.«

Sie wählte »Zwielicht« und ging wieder zu ihrer Tasche, um anschließend Wattebäusche, vier oder fünf Pinsel unterschiedlicher Größe, Wimpernzange, Lippenfarbe, Eyeliner, Augenbrauenstifte, Abdeckstifte, weitere Farbpaletten, Puder und eine Fülle von kleinen Flaschen, Töpfchen und Phiolen auszubreiten.

»Was du da an Werkzeug und Material vor dir siehst, ist rund tausend Dollar wert«, sagte sie. »Die Pinsel sind aus echtem Zobelhaar. Und die Produkte von Renée Feral kosten doppelt so viel wie die Konkurrenz, weil sie echt Qualität sind. Die verschmieren, zerkrümeln und verblassen nämlich nicht«, sagte sie und verteilte Klackse von Creme auf strategisch wichtige Punkte ihres Gesichts, um sie anschließend einen nach dem andern mit leichten, raschen Bewegungen des Fingers in die Haut einzureiben. »Außerdem halten sie auch Hitze und Scheinwerferlicht aus. Was ich da gerade aufgelegt habe, war Feuchtigkeitscreme«, erklärte sie.

Sie wandte ihr Gesicht hin und her, verteilte die Creme und rieb sie ein. »Okay – jetzt Hauttönungs-Korrektor und flüssige

Foundation«, informierte sie ihn, während sie sich mit einem feuchten Kosmetikschwamm cremiges rosiges Zeug ins Gesicht rieb.

Sie tauchte einen Watteball in eine Dose mit Puder.

»Und was machst du jetzt?« fragte er.

»Ich mattiere die Foundation mit einem lichtdurchlässigen Puder«, erläuterte sie, während sie das ganze Gesicht mit dem Wattebausch abtupfte, »und danach wische ich den überschüssigen Puder weg – hiermit«, sagte sie und zeigte ihm einen großen Zobelhaarpinsel.

Sie riß sich den Handtuchturban vom Haar und schüttelte sich das lange, offene, nasse, duftende Haar über die Schultern.

»Der Anwalt hat mir erzählt, daß es gar nicht schwierig war, das vorläufige Untersuchungsurteil zu erwirken«, sagte sie plötzlich.

»Die Einstweilige Unterlassungsverfügung«, verbesserte er.

»Richtig«, sagte sie. »Er glaubt, daß wir sogar ein Endverbot erreichen könnten.«

»Ein endgültiges gerichtliches Urteil?«

»Genau«, sagte sie. »Er behauptet, daß das Krankenhaus meinen Vater nur deshalb am Leben hält, weil sie pro Tag zwei- bis dreitausend Dollar verdienen, wenn sie ihn an diesen Maschinen dranhängen lassen.«

Sie warf ihm einen schrägen Blick zu und schüttelte ihr nasses Haar.

»Typisch Anwalt«, bemerkte Werner.

»Und?« sagte sie. »Was sagst du? *Du* sagst mir nie, was du denkst. Ist das vielleicht wirklich der Grund, warum man Menschen nicht sterben läßt – weil man so viel an ihnen verdient?«

»Natürlich nicht«, widersprach Werner. »Der Grund, warum man Menschen nicht sterben läßt, sind die Anwälte. Die Ärzte und das Krankenhaus wollen es nämlich nicht drauf ankommen lassen, auf Kunstfehler verklagt zu werden.«

Sie tupfte mit einem Stift an ihre Augenbrauen hin. »Ich glaube, dieser Russe, Tschechow hieß er, der hat mal gesagt, die Ärzte wären genau wie die Anwälte; bloß daß die Anwälte einen Menschen nur ausrauben, während Ärzte sie ausrauben und obendrein noch umbringen.«

Werner wäre beinahe vom Stuhl gefallen. »Seit wann zitierst du Tschechow?«

Sie fuhr sich leicht mit einem anderen Zobelhaarpinsel über die Augenwinkel. »Ich war auch auf dem College, weißt du«, sagte sie abwesend. »Aber als ich endlich genug gelernt hatte, um anständig zu verdienen, hab' ich mit Lesen aufgehört und mit dem Fernsehen angefangen.«

Werner reckte den Hals, um ihren Gesichtsausdruck zu erkennen.

»Abdeckstift«, erklärte sie und rieb sich eine Art weißen Lippenstift unter die Augen. »Er entfernt die dunklen Ringe, die ich vom Grübeln über meinen Vater bekomme.«

Sie neigte den Kopf und blickte an der Nase entlang nach unten, während sie den Zobelhaarpinsel an ein Augenlid führte. »Am Lidschatten kann man Profis von Amateurinnen unterscheiden«, sagte sie. »Anfängerinnen tragen ein oder zwei Farben auf. Bei Models sind es vier oder fünf verschiedene Schattierungen.«

Sie hob eine Augenbraue und zog einen Streifen Silberglanz darunter. »Silbernebel auf die Außenseite«, sagte sie. »Korallsatin und Korall-Umbra in die Mitte« – sie zog erneut die Brauen hoch – »und Silbersatin auf die Innenseite«, sagte sie, während sie den Silberglanz auftrug. »Diese neuen Metallic-Lidschatten kann man richtig zum Leuchten bringen, wenn man sie mit einer feuchten Bürste nachzieht.«

Sie konturierte ihre Lider mit einem weichgetönten Kajalstift. Werner war es äußerst unwohl dabei, die Spitze eines Stiftes dem Weiß eines Augapfels so nahekommen zu sehen. Felicias Hand war sicher wie die Hand eines Augenarztes; die Augen zuckten kein einziges Mal unter der Spitze des Stifts. Sie formte die Wimpern mit einer Klemme (»das ist keine Klemme, du Hinterwäldler«, korrigierte sie ihn, »sondern eine Wimpernzange«). Sie nahm eine Pinzette, zupfte und zog die Brauen nach. Sie trug Mascara auf die Wimpern auf, wobei sie mit einer Nadel die

Wimpernhaare auseinanderhielt. Sie strich mit einem rosaroten und einem weißen Highlighter über die Lidschatten, gab Rouge auf die Wangenknochen, korrigierte hier und da mit dem breiten Pinsel. Mit einem anderen, rosa Stift konturierte sie den Rand ihrer Lippen; dann zog sie sie auseinander und füllte jedes Fältchen auf den Lippen sorgsam mit Rosa.

»Schöner Lippenstift«, sagte Werner.

»Lippen*farbe*«, verbesserte sie ungeduldig. »Niemand verwendet heute noch Lippenstift, Dümmerchen.« Sie trug die Lippenfarbe mit einem Pinsel auf und machte aus Konturenstift und Lippenfarbe einen makellosen Überzug. Sie ging wieder zur Tasche und schloß die Prozedur mit ein wenig Glitzerstaub ab, so daß es aussah, als wäre das alles einer guten Feenmutter zu verdanken.

Sie lackierte ihre Fingernägel, bevor sie zum Anziehen wieder verschwand.

Nachdem sie ein paar Minuten im Badezimmer vor sich hingesummt hatte, kehrte sie zum Make-up-Spiegel zurück, um mögliche Frisuren zu diskutieren. Werners Blick ruhte auf ihren Brustwarzen, die sich unter dem mandarinroten Stoff abzeichneten.

Ob er bemerkt habe, daß sie sich die Haare mit Henna getönt hatte? Ob er es lieber hätte, wenn sie das Haar lose und freifallend oder elegant hochgesteckt trüge?

Während sie vor dem Spiegel an sich arbeitete, brach die Dämmerung an. Das Apartment wurde allmählich dunkler, bis schließlich der Spiegel die einzige Lichtquelle war. Ihr Gesicht war ein atemberaubender Sonnenuntergang von Farben und Schatten, und auf ihrer Haut lag ein silbriger Nebel.

Sie drehte am Spiegel, wählte die Einstellung »Tages-Innenlicht« und begutachtete ihr Werk in Vergrößerung.

»Findest du, daß ich den Eyeliner seitlich zu weit gezogen habe?« fragte sie, während sie den Strich noch um ein bis zwei Millimeter verlängerte. »Ach, vergiß es. Was verstehst du schon von solchen Dingen? – Geschafft«, sagte sie und reckte sich im Spiegel das Kinn entgegen.

Sie stellte den Spiegel noch einmal auf »Zwielicht« ein. »Siehst du?« fragte sie. »Wenn sie dieses Gesicht sehen, werden alle Frauen denken: ›Ich muß mir unbedingt Renée-Feral-Kosmetik besorgen.‹ Und alle Männer werden ›Wow!‹ sagen.«

»Wow!« sagte Werner.

Sie betrachtete ihr Kunstwerk ausgiebig im Spiegel.

»Jetzt ist alles vollkommen in Ordnung«, sagte sie. »Bis auf einen Punkt. Wenn ich unten in L. A. bei Renée Feral bin, ist mein Vater immer noch hier bei euch und wird ... weiterhin leiden müssen. Wenn ich mit den Werbeleuten zu Mittag esse, wird er abgesaugt. Während ich bei den Dreharbeiten bin, steckt man seinen Körper mit Nadeln voll. Wenn ich am Abend zum Hotel zurückfahre, ist er immer noch an die Atemmaschine angeschlossen.«

Ihre Schultern sackten herab. Sie stieß einen langen, tiefen Seufzer aus. Das Haar fiel ihr von den Schultern und legte sich in Girlanden um ihre Brüste.

Im Zimmer herrschte ein bläuliches Dämmerlicht. Sie fixierte ihn stirnrunzelnd. »Wirst du mir helfen?« flüsterte sie.

Werner rückte näher heran und berührte ihren Schenkel. »Du hast die Unterlassungsverfügung doch schon«, sagte er. »Wie könnte ich dir da noch helfen?«

»Mein Anwalt hat mir heut' erklärt, wie das alles so läuft«, sagte sie leise. »Selbst wenn wir mit unserer Sache bei diesem Richter durchkommen, kann das Krankenhaus oder Connie Berufung einlegen. In den meisten Fällen kommt es zu einer Revision, sagt er. Es kann also Monate dauern, bis wirklich was geschieht, und dann wär's zu spät.«

»Zu spät wofür?« fragte Werner und musterte sie scharf.

»Zu spät, um ihm weitere sechs Monate Folter zu ersparen«, entgegnete sie. »Mein Anwalt sagt, daß die meisten Patienten sterben, bevor das Gericht sich zu einer Entscheidung durchringen kann.«

Werner nahm sie in die Arme und strich ihr übers Haar. »Nach dem momentanen Stand der Dinge«, erklärte er, »wird das Krankenhaus ohne Gerichtsurteil nicht bereit sein, die lebenserhaltenden Maßnahmen einzustellen. Das wäre viel zu riskant. Du hast einen Anwalt, Connie hat einen Anwalt –«

»Ich weiß«, sagte sie und sah ihm plötzlich aus nächster Nähe offen in die Augen. »Das ist mir doch alles klar. Das ist ja der Grund«, sagte sie, »warum ich dich bitte ... dem Leben meines Vaters ein Ende zu machen, falls da überhaupt eine Möglichkeit besteht.«

Werner versuchte sich abzuwenden. Sein Blick fiel auf ihr Gesicht im Make-up-Spiegel. Die Augen glänzten wie Juwelen in gemalten Wunden.

»Du meinst ... ihn zu ermorden?« sagte Werner.

»Aber das ist doch kein Mord«, sagte sie. »Man würde ihn nur natürlich sterben lassen. Dreh die Geräte für eine Stunde ab. Mach irgendwas. Ich bin sicher, daß du tausend Möglichkeiten weißt.«

Sie zog den Reißverschluß ihrer Reisetasche auf und holte sich eine Zigarette heraus. Sie klickte ihr Feuerzeug an, und für den Bruchteil einer Sekunde leuchtete eine orangene Flamme auf, genau an der gewünschten Stelle und gerade lang genug, um die Zigarette anzuzünden und den ersten Atemzug blauen Rauches zu liefern. Ihre Atemzüge klangen wie die eines vor Erregung keuchenden Babys.

Werner bemerkte, wie auf ihrem schimmernden Badeanzug beim Inhalieren das Licht spielte. Er strich eine dunkle Locke ihres Haares glatt und küßte sie auf die Schulter.

»Ich glaub' nicht, daß du weißt, was du da sagst«, sagte er. »Warum ist dir das so wichtig? Du bist ja wie besessen.«

Ihre Stirn umwölkte sich. Gleich würde es regnen.

»Es geht um meinen Vater«, sagte sie und überließ sich einer unklugen Tränenflut. »Er hat mich gebeten, es für ihn zu tun, falls er je in diese Lage käme. Und ich hab' meine Pflicht nicht erfüllt, oder?«

Das ist wie bei Hamlet, dachte Werner. *Der Vater läßt ihr keine Ruhe, er verfolgt sie mit der Bitte um einen friedlichen Tod.* »Ich bin deines Vaters Geist: / Verdammt auf eine Zeitlang, nachts zu wandern, / Und tags gebannt, zu fasten in der Glut, / Bis die Verbrechen meiner Zeitlichkeit / Hinweggeläutert sind.« Und Werner sollte Claudius sein, der Vollbringer der bösen Tat. Sie mußte *handeln,* doch mit jeder Handlung verstrickte sie sich in das Böse, wie zum Beispiel mit der Aufforderung, er möge Bett Fünf Gift ins Ohr träufeln.

»Wir müssen etwas tun«, sagte sie.

Werner fiel auf, wie unbesonnen sie das beängstigendste aller persönlichen Fürworter benutzte. *Wir?*

»Es gibt nicht vielleicht noch einen anderen Grund?« fragte Werner. »Ich meine, angenommen, die Juristen und die Richter hätten Einblick in sämtliche für diesen Fall relevanten Dokumente und würden alle Zeugen beider Parteien vernehmen. Gibt es da vielleicht irgendwas, das sie vermuten lassen könnte, du tätest das alles aus einem ganz anderen Motiv? Das könnte nämlich meines Erachtens sehr unangenehm werden.«

Ihre Blicke begegneten sich im Spiegel. »Du hast mit Connie gesprochen«, sagte sie tadelnd.

»*Sie* spricht mit mir«, erklärte Werner. »Vergiß bitte nicht, daß ich der zuständige Arzt bin.«

»Dann hat sie dir also von der Stiftung erzählt?« sagte Felicia.

Werner zuckte mit den Achseln, um Nonchalance vorzutäuschen. »Ich meine mich nur zu erinnern, daß es irgendwie darum geht, ob euer Vater siebzig Jahre alt wird oder nicht.«

»Ja«, sagte Felicia. »Falls mein Vater vor seinem Siebzigsten stirbt, wird ein großer Stiftungsfonds, den meine Mutter eingerichtet hat, an Connie und mich ausgezahlt. Halbe halbe. Meine Mama hat keine von uns bevorzugt – obwohl sie das Recht dazu gehabt hätte.«

»Okay«, sagte Werner. »Und was passiert, falls dein Vater über Siebzig wird?«

»Dann fällt das Stiftungsgeld ihm zu«, sagte sie. »Und zwar komplett.«

Werner nahm ihre Hand. »Also. Ich will da gar nichts unterstellen. Ich will dich auch wirklich nicht beunruhigen. Meinst du nicht aber doch, ein Anwalt oder Richter könnte den Verdacht haben, du hättest ein ganz bestimmtes Motiv, zu wünschen, daß dein Vater *vor* seinem siebzigsten Geburtstag stirbt?«

Sie blies den Rauch in den Spiegel, drehte sich zu ihm und sagte: »Du meinst, daß ich das alles nur wegen Geld mache?«

»Ich habe davon gesprochen, daß jemand *anders* auf den Gedanken kommen könnte.«

»Du *hast* mit Connie gesprochen«, sagte Felicia. »Connie glaubt, daß sie diese Lotterie gewinnt, wenn sie ihre Karten richtig ausspielt.«

»Wie denn?« fragte Werner.

»Falls mein Daddy siebzig wird und die Stiftung an ihn fällt«, erklärte sie, »dann wird laut seinem Testament das gesamte Stiftungsvermögen zwischen Connie und mir aufgeteilt. Das sagt jedenfalls mein Anwalt.«

»Und?« sagte Werner.

»Connie kennt das Testament, das mein Vater vor fünf Jahren aufgesetzt hat. Vor fünf Jahren kamen mein Vater und ich nicht gut miteinander aus. Was du ja wahrscheinlich schon von Connie erfahren hast.«

»Sie hat erwähnt, daß es zwischen deinem Vater und dir eine Zeitlang Mißstimmungen gegeben hat.«

»Ihm hat mein Lebenswandel damals nicht gepaßt«, erklärte sie. »Im Testament aus dieser Zeit hat er mir ein bißchen Geld hinterlassen, aber auch nur auf Treuhänderkonten. Alles übrige sollte an Connie gehen – auch das Stiftungsvermögen, das er an seinem siebzigsten Geburtstag kriegen würde. Obwohl es in dem Testament nicht ausdrücklich erwähnt wird.«

Werner schwieg abwartend, um zu sehen, ob sie sich des Inhalts ihrer Worte wohl von selbst bewußt würde. »Wenn dein Vater bis zum Siebzigsten durchhält«, sagte Werner schließlich, »bekommt Connie also alles Geld aus der Stiftung deiner Mutter.«

»So steht es im Testament«, sagte Felicia. »Und genau darum tut Connie alles, damit Daddy dieser Schlauch für die künstliche Ernährung eingeführt wird und die Atemmaschine in Betrieb bleibt – weil sie denkt, daß sie dann das große Los zieht.«

»Woher willst du denn wissen, daß sie es aus diesem Grund tut?« fragte Werner.

»Ganz einfach. Vor zwei Jahren lag Daddy nach seinem ersten Schlaganfall im Krankenhaus. Damals hat Connie die Ärzte angefleht, ihn nicht unnötig leiden zu lassen. Sie hat ausdrücklich gefordert, daß keine außergewöhnlichen Maßnahmen zur Lebensverlängerung ergriffen werden sollten, blablabla«, sagte Felicia. »Das war, *bevor* ihr Anwalt sie über die Stiftung und das Testament aufgeklärt hat. Danach ist sie fromm geworden und hat allen erklärt, daß Gott Daddy wieder gesund machen würde, daß aber Gott wolle, daß man alles nur Mögliche für ihn tut, für alle Fälle.«

Felicia lehnte sich auf den Ellbogen zurück und blies eine Rauchwolke durch die geschürzten Lippen. Werner schaute den blauen Rauchringen nach, bis sie sich auflösten und unsichtbar wurden.

»Nur weiß Connie nicht, daß es noch ein zweites Testament gibt«, sagte Felicia. »Das Testament, das sie kennt, gilt nicht.«

»Ein zweites Testament?« sagte Werner.

»Bevor mein Daddy krank wurde, hat er mir den Schlüssel für einen Banktresor gegeben und gesagt, der Safe wäre auch auf meinen Namen, für den Fall, daß irgendwas passierte. Und als er dann krank geworden ist, hab' ich gleich den Safe aufgemacht und ein zweites Testament gefunden. Das neue Testament stellt Connie und mich absolut gleich. Jede kriegt die Hälfte. Im übrigen ersetzt das neue Testament das alte. Warte nur, bis Connie das herausfindet.«

»Warum sagst du's ihr nicht gleich?« fragte Werner.

Felicia holte tief Luft und schnippte ihre Zigarettenasche in eine leere Bierdose. »Zur gleichen Zeit, als ich Daddys neues Testament entdeckt habe, hab' ich gehört, daß Connie bei ihrem Anwalt war. Daraufhin bin ich mit sämtlichen Papieren aus dem Safe zu meinem Anwalt gegangen, und der hat mir gesagt, daß ich über diese Sachen nicht mit Connie reden darf, weil sie es sonst vor Gericht gegen mich verwenden könnte. Er hat erklärt, sie könnte versuchen, das Testament für ungültig zu erklären, und behaupten, daß ich meinen Daddy mit Tricks dazu gebracht hätte, das zweite Testament zu machen. Der kennt sich mit Connie aus, wie du siehst. Sie kann nämlich komisch sein – aber ohne einen zum Lachen zu bringen, wenn du verstehst, was ich meine.«

»Und anscheinend geht das Testament sie nichts an, bevor euer Vater nicht gestorben ist«, sagte Werner.

»Ich werd's ihre jedenfalls nicht sagen«, bemerkte Felicia. »Sie wird's aber schon noch früh genug rausfinden. Mein Anwalt sagt nämlich, daß das Gericht von den Anwälten beider Parteien verlangen wird, alle Unterlagen auszutauschen, die irgendwas mit der Stiftung oder dem Testament meines Vaters zu tun haben.«

Die geschminkten Lippen schlossen sich um den Filter der Zigarette. »Ich würde gern ihr Gesicht sehn, wenn sie das neue Testament liest.«

»Die Sache könnte ein furchtbares juristisches Hickhack werden«, warnte Werner. »Darüber bist du dir hoffentlich im klaren.«

»Deswegen bitte ich dich ja um Hilfe«, sagte sie. »Meine Schwester versucht, meinen Dad am Leben zu halten, weil sie glaubt, daß sie das ganze Stiftungsgeld kriegt, wenn er später stirbt. Und ich versuche nur zu tun, worum er mich gebeten hat.«

Werner nahm ihre Hände. »So etwas kann ich nicht tun«, sagte er. »Es ist zu ...«

»Riskant, nicht wahr?« sagte sie. »Mit andern Worten: Du weißt, daß es *richtig* wäre, es ist dir nur zu riskant. Ich weiß, daß du in dieser Sache genauso empfindest wie ich. Du hast's doch selber gesagt. Du hast ja zugegeben, daß es eigentlich das Richtige wäre. Du weißt so gut wie ich, daß es meinem Vater nie mehr bessergehen wird. Warum kannst du es dann nicht offen heraus sagen?«

»Wir haben gelernt, das nicht zu sagen«, erwiderte Werner. »Man kann nicht behaupten: ›Ach, dieser Patient ist ein hoffnungsloser Fall, wir sollten einfach die Geräte ausschalten.‹ Sechs Monate später kommt dann nämlich irgendein Anwalt mit drei Fachkoryphäen vorbei, die behaupten, das sei ein Irrtum gewesen. Nein. Es ist am sichersten, den Patienten weiter zu behandeln; es sei denn, seine Angehörigen gehen vor Gericht und erwirken eine gegenteilige Verfügung. Falls dann ein Fehler passiert, ist das Gericht schuld, nicht du.«

»Aber während die Anwälte sich vor Gericht rumstreiten und ein ums andere Mal in Berufung gehen, müssen Menschen wie mein Vater Monate, sogar Jahre lang leiden! Und sieh dir nur die

Krankenhausrechnungen an, die ihr unterdessen auftürmt. Echt kriminell ist das. Ich weiß, daß du das auch kriminell findest. Ich kann es deinem Gesicht ansehen, wenn du auf der Intensivstation rumgehst. Du glaubst gar nicht an das, was du tust. Warum kannst du mir nicht einfach helfen, das zu tun, was wir beide für richtig halten?«

Es ließe sich machen, dachte Werner. *Es ließe sich sogar ziemlich leicht machen.*

»Ich muß darüber nachdenken«, sagte Werner.

»Phantastisch«, sagte sie, faßte ihr Haar im Nacken zusammen und hob die Lockenpracht von den Schultern. »Kannst du mir in der Zwischenzeit helfen, dieses Ding hier auszuziehen?«

Die Begierde vertrieb langsam seine Erschöpfung und Frustration und machte ihn beinahe hysterisch. Er schälte sie aus dem Badeanzug. Sein Blick folgte ihr, als sie durchs Zimmer glitt und sich ein Seidenkleid überwarf. Wie lange konnte er das noch aushalten? Das Unbewußte begann die Oberhand zu gewinnen.

Er nahm sie in seine Arme und vergrub seine Nase in einem warmduftenden Lockennest an ihrem Schlüsselbein.

Er wollte hineinkriechen und Feuer machen, wollte Bilder von Büffeln und Jägern an die Wände malen. Er blickte in das Licht des Make-up-Spiegels und träumte, er schliefe ein. Im Traum schickte er sein ergrautes Haupt in die Unterwelt, in die gewölbten Kathedralen der niederen Regionen. Keine Glasfenster, kein Licht, nur das Dunkel des Venenbluts, das im Inneren rauschte, und die Stille von Nervenimpulsen.

Das Telefon läutete. Beide fuhren hoch. »Verdammt!« sagte er.

Er hatte Bereitschaftsdienst. Er mußte den Hörer abnehmen.

»Wiener« – es war Stella Stanley –, »wir geben Bett Fünf jetzt seit anderthalb Stunden Code-Behandlung.«

»Oh«, sagte Werner und preßte den Hörer fest ans Ohr. »Was ist passiert?«

»Ich war grade bei Bett Sieben, weil Bett Sieben auch drauf und dran war, Alarm auszulösen«, berichtete sie eilig. »Butz hat nämlich auch Bett Sieben zum Voll-Code-Fall gemacht.«

»Weiß ich, weiß ich«, sagte Werner.

»Als ich wieder am Schaltpult war, hab' ich einen Blick auf die Herzmonitore geworfen und festgestellt, daß Bett Fünf in kritischem Zustand war. Also hab' ich Code-Alarm ausrufen lassen, und bin sofort zu Bett Fünf gerannt. Der war lila angelaufen wie 'ne Aubergine, und sein Monitor zeigte bloß noch Herzflimmern an.«

»Ist er hinüber?« fragte Werner.

»Wir haben ihn zurückgeholt«, sagte Stella. »Nichts Besonderes. Wir haben ihn zweimal geschockt. Wir haben Epinephrin, Bikarbonat, Atropin eingesetzt. Das Übliche eben. Er hat den Dreh wieder gekriegt.«

»Hm«, sagte Werner und beobachtete Felicia dabei, wie sie ihre Kosmetikutensilien wegräumte. »Momentan alles in Ordnung?«

Felicia entschwebte summend ins Badezimmer.

»Wie gesagt, er sieht aus wie 'ne Aubergine, aber inzwischen hat er wieder einen Sinusrhythmus, und er hat wahrscheinlich auch noch einen Hirnstamm«, sagte Stella. »Harold kreuzt schon mit seinem Wagen hier herum, aber ich glaub' nicht, daß es soweit ist ... noch nicht.«

»Wer war verantwortlich?« fragte Werner.

»Marlowe«, sagte Stella. »Schade, daß es nicht letzte Nacht passiert ist, als Hansen Dienst hatte. Dann wäre Bett Fünf mit Sicherheit hinübergegangen.«

»Halten Sie mich auf dem laufenden«, sagte Werner und legte leise auf.

Felicia saß auf dem Bettrand und rauchte schon wieder eine Zigarette. »Mußt du ins Krankenhaus?« fragte sie.

»Nein«, sagte Werner. »War nichts Wichtiges.«

Er legte den Arm um sie und versuchte sie zu küssen. Sie zog den Kopf weg und paffte an der Zigarette.

Er küßte sie auf den Hals und flüsterte: »Ich habe alles Notwendige für die Behandlung mitgebracht.«

»Nicht heute abend«, sagte sie und wandte sich für einen weiteren Zug an der Zigarette ab.

»Aber ...« sagte Werner.

»Ich will nicht drüber reden«, sagte sie. »Es ist einfach so, daß es heute abend nicht geht.«

Werner ließ die Hände in den Schoß sinken und spürte, wie ihm der Zorn durch die Halsschlagadern bis in den Kopf hochstieg. Vielleicht kriegt ein Mensch auf *diese* Weise krankhafte Gefäßerweiterungen, dachte er, ging in die Küche, angelte den Scotch vom obersten Regal und öffnete das Tiefkühlfach, um zwei Eiswürfel herauszunehmen. Zwei Würfel Eis, zwei Fingerbreit Scotch.

»Ich muß das Krankenhaus zurückrufen«, sagte Werner, schnappte sich das Telefon, drehte Felicia den Rücken zu, nahm den Hörer ab und hielt den Finger auf die Gabel. Er drückte sieben Ziffern und hielt sich den stummen Hörer ans Ohr.

»Ja, hier Dr. Ernst. Liegen irgendwelche Mitteilungen für mich vor?« Er wartete. »Könnten Sie mich bitte zur Intensivstation 9 durchstellen? Ich bekam vor kurzem einen Anruf wegen dem Patienten in Bett Sieben.« Erneute Pause. »Danke. Ja, hier Dr. Ernst. Wie steht's mit Bett Sieben?« Wiederum Pause. »Oh. O nein. Wann? Was ist passiert?« fragte Werner, hielt inne und fuhr dann fort: »Nein! O Gott.« Er ließ erneut ein paar Sekunden verstreichen. »Das heißt, er ist in Ordnung? Also ist Dr. Marlowe jetzt bei ihm? Okay, ich melde mich wieder. Ist Dr. Butz bereits verständigt worden? Rufen Sie mich bei weiteren Vorkommnissen an.«

Werner legte auf und knipste die Lampe neben dem Bett an. Felicia verkroch sich unter ein Laken und starrte ihn an.

»Stimmt was nicht?« fragte sie mit zitternden Lippen.

»Dein Vater hatte einen Herzstillstand«, sagte Werner.

Sie setzte sich langsam ganz steif auf. Das Gesicht unter dem Make-up wurde weiß. Sie sah Werner an und sagte tonlos: »Daddy. Mein Daddy.« Sie begann ihren Körper in langsamen, weitausholenden Bögen zu wiegen, sagte immer wieder nur »Daddy« und weinte.

»Man hat ihn wiederbelebt«, sagte Werner. »Fürs erste schlägt sein Herz wieder. Es war aber knapp.«

Sie beugte sich über das Nachttischchen und schnappte dreioder viermal nach Luft.

»Beruhige dich«, sagte Werner, setzte sich neben sie und legte den Arm um sie. Sie schüttelte ihn ab.

»Luft!« sagte sie und drückte sein Gesicht von sich weg. »Luft!« Sie krallte sich an seinen Arm fest.

Binnen zwanzig Sekunden stieg ihre Atemfrequenz auf 36 Züge pro Minute, wobei sie die Muskulatur im Schulter-Hals-Bereich zu Hilfe nahm. Sie beugte sich aus der Taille her vornüber und keuchte aus lauter Gier nach Luft. Es war ein Anblick, den man nie wieder vergaß, wenn man ihn einmal gesehen hatte – angefangen von der verlängerten Ausstoßphase des Atems bis zu der Angst, die aus den Augenbällen schrie. Tachypnoe. Akute Atemnot.

Werner glitt, ohne es auch nur zu merken, sofort in die Routine der Unfallstation.

»Leidest du unter Asthma?«

Sie schüttelte den Kopf. »Mir ist schwindlig. Mir dreht sich alles.«

»Nimmst du irgendwelche Medikamente?«

Sie verneinte auch das. Dann überlegte sie es sich anders und deutete auf einen Beutel in ihrer Reisetasche.

Werner zog den Reißverschluß der Seitentasche auf und holte fünf Ampullen heraus – alles rezeptpflichtige Mittel: Tranquilizer, Anticholinergika, Medikamente gegen übermäßige Magensäureproduktion, »nervöse Störungen«, Übelkeit, Erbrechen und Durchfall. Ihr Arzt – und sie selbst auch – nahmen die Sache mit ihren Darmkrämpfen wirklich sehr ernst.

»Hast du von diesen Medikamenten eines heute zum erstenmal eingenommen?«

Sie schüttelte den Kopf.

Er maß ihren Puls: 140.

»Ist das schon mal vorgekommen?«

Ihr Kopf verneinte.

»Ich bringe dich auf die Notfallstation«, sagte Werner. »Hier bei mir zu Hause kann ich nichts für dich tun.«

Sie schüttelte erneut den Kopf und rannte zum Fenster. Sie kniete sich hin, schob das Fenster hoch und steckte den Kopf in die Nacht hinaus.

»Das ist keine harmlose Geschichte, weißt du«, sagte Werner. »Du hast einen pfeifenden Atem. Das könnte ein Allergie-Schock sein. Wir sollten zur Notaufnahme fahren und herausfinden, was mit dir los ist.«

Er faßte sie an den Schultern und versuchte, sie behutsam zur Vernunft zu bringen.

»Ich hab' hier kein Labor«, erklärte er. »Hier in der Wohnung kann ich dich nicht röntgen. Hier kann ich deine Blutgaswerte und die Höhe des Partialdrucks von Kohlendioxyd in deinem Blut nicht messen.«

»Ist er tot?« stöhnte sie.

»Nein«, sagte Werner. »Ich hab' dir doch gesagt, daß er wiederbelebt wurde. Er hängt jetzt wieder am Beatmungsgerät. Mir wäre ehrlich wohler, wenn wir jetzt zusammen zur Notaufnahme führen.«

»Das ist nicht nötig«, sagte sie. Ihre Atmungsfrequenz sank auf 20. »Ich hab' das schon mal gehabt. Es wird schon wieder. Ich hab' nur gedacht, er wär' tot.«

»Es ist also doch nicht das erstemal«, sagte er. »Warum hast du mir das nicht gleich gesagt? Bist du deswegen zum Arzt gegangen?«

»Ja«, sagte sie.

»Und?« fragte Werner. *»Und!?«* Er wünschte sich, daß er jetzt jemand anbrüllen könnte, ihm die Krankenunterlagen zu beschaffen. »Was hat der Arzt dir gesagt? Hat er Asthma diagnostiziert? Oder was sonst?«

»Er hat mich zu einem andern Arzt überwiesen«, sagte sie. »Man hat aber nicht feststellen können, was es war. Es könnte angeblich eventuell Asthma sein.«

»Du bist also bei einem Lungenfacharzt gewesen, stimmt's?« sagte er.

»Ich weiß nicht«, sagte sie. »Laß mich in Ruh.«

»Aber was haben die Tests ergeben?« Werner, der kurz vor einem Wutausbruch stand, schrie es beinah heraus. »Hat man irgendwelche Tests gemacht? Die Lungenfunktionen vor und nach Einsatz der Bronchien-Dehnsonde untersucht? Die Blutgase? Allergietests durchgeführt? Bist du auf irgendwas allergisch? Kein Mensch kriegt doch ohne Grund auf einmal akute Atemnot!«

»Ich kann mich nicht daran erinnern, was sie gesagt haben«, stöhnte sie und fiel auf dem Fenstersims in sich zusammen. »Laß mich einfach nur in Ruh. Es wird schon wieder besser.«

»Entschuldige«, sagte Werner und berührte sie an der Schulter. »Ich versuch' doch nur, eine Erklärung zu finden. Es ist nämlich ganz ungewöhnlich, daß jemand aufsteht und plötzlich Atembeschwerden kriegt, wenn er so was vorher noch nie gehabt hat.«

»Ich bin eben ungewöhnlich«, sagte sie. »Ich kann den Gedanken nicht ertragen, daß er so weiterlebt. Aber die Vorstellung, daß er wirklich stirbt, finde ich noch unerträglicher.«

»Es wäre das beste«, sagte Werner und berührte sie an der Schulter.

»Aber was dann?« sagte sie. »Ist er dann einfach tot? Ich will nicht dran denken. Ich hasse das Wort –«, sagte sie und schluchzte mit abgekehrtem Gesicht.

»Es wäre das beste«, sagte Werner.

»Für ihn«, sagte sie. »Aber nicht für mich. Dann kann ich ihn nicht mehr anrufen und mich bei ihm entschuldigen. Dafür ist es zu spät. Ich kann nicht bei ihm zu Hause auf der Veranda sitzen und den Tag mit ihm verbringen. Ich hätte Gelegenheit dazu gehabt, aber damals hatte ich anderes zu tun, und es war ja immer noch Zeit.«

»Mach dir keine Vorwürfe«, sagte er. »Was passiert ist, ist passiert. Du hast das Richtige getan.«

»Sie werden ihn unter die Erde bringen«, sagte sie und starrte in die Nacht hinaus. »In einem kalten Sarg. Das Wasser wird durchsickern, auf seinen Körper. Seine Finger- und Fußnägel werden weiterwachsen, obwohl er tot ist.«

Sie lehnte sich weiter aus dem Fenster und sprach in die Nacht hinaus.

»Als meine Mutter Krebs bekam«, sagte sie mit leisem Weinen, »ist sie vor ihrem Tod zum Skelett abgemagert. Auf dem Kopf hat sie ein Papierhaarnetz getragen. In ihrem Gesicht sind die Knochen vorgetreten. Meine Mutter hat mich angesehen und gesagt: ›Ich gehe in das schwarze, wüste Land, wo nur Finsternis herrscht.‹«

»Komm ins Zimmer zurück«, sagte Werner.

»Connie hat mir erzählt, daß es so in der Bibel steht«, flüsterte Felicia. »Ich hab' es nie mehr vergessen, wie sie das sagte: ›Ich gehe in das schwarze, wüste Land, wo nur Finsternis herrscht.‹ Dorthin geht jetzt mein Daddy, und eines Tages werd' ich auch dahin gehen. Dann lieg' ich selbst im Sarg. Meine Möbel und die Fotos von mir, die werden immer noch da sein, aber ich bin weg. Es macht doch keinen Sinn, daß Möbel länger dauern als Menschen.«

Werner legte ihr die Hände auf die Schultern und versuchte sie ins Zimmer zurückzuziehen.

»Was hat das zu bedeuten?« fragte sie und starrte in die dunkle Nacht. »Ich wette, du bist froh, daß sie ihn am Leben gehalten haben. Haben sie ihm auf der Brust herumgeschlagen? Haben sie Nadeln in seinen Körper gestochen und ihn mit Elektroschocks behandelt?«

»Hör auf!« sagte Werner. »Laß das.«

»Meine Großmutter hat mir erzählt, daß man nach dem Tod in das Innere von allen Menschen blicken kann. Man kann ihnen in den Kopf hineinsehen und ihre Gedanken lesen. Und wenn es nun wirklich so wäre? Was ist, wenn die Toten in unser Innerstes hineinsehen können?«

»Solche Sachen solltest du nicht denken«, sagte Werner.

»Ich muß mich übergeben«, sagte Felicia. »Dann fahre ich ins Krankenhaus.«

Sie stand auf, hüllte sich in ihr Kleid und ging ins Badezimmer. »Komm mir bitte nicht nach«, sagte sie.

11

Stella überließ Dr. Marlowe und Poindexter bei Bett Fünf ihrem Streit darüber, welches der richtige Brennstoff-Mix sei, der dem Patienten nach der Code-Behandlung einzuträufeln wäre, und begab sich zur Kabine von Bett Zwei, wo das junge Goodpasture-Syndrom auf dem Sprung war, den Maschinen zu entwischen.

Der Kopf von Bett Zwei rollte ihr auf dem Kissen entgegen; die Augäpfel krängten in den Höhlen. Mit einer der beiden gefesselten Hände formte er eine Klaue, um Bleistift und Papier zu verlangen.

Stella schob sich den Notizblock unter den Arm. »Ist nicht nötig, daß Sie's aufschreiben«, sagte sie. »Ich weiß, was Sie wollen.«

Bett Zwei schaffte es, die Innenflächen seiner gefesselten Hände halb nach oben zu drehen, zu einer fragenden Geste: Und?

Stella blickte zum zentralen Schaltpult hinüber, wo vor der Reihe mit den acht Herz-Monitoren eine Technikerin einsam und allein vor sich hindöste.

Aus einem Augenwinkel sah sie auf dem Monitor oberhalb des Kopfes von Bett Zwei eine ganz ungewöhnliche, bösartig wirkende Arrhythmie über den Bildschirm zucken. Sie betrachtete den Rhythmus einige Sekunden lang, drückte einen Knopf und druckte einen Streifen aus, mit dem sie zur Kabine von Bett Fünf zurückhastete. Dort unterbrach sie das Gespräch zwischen Poindexter und Marlowe; sie bat Poindexter, ihr zu helfen, den Patienten in Bett Zwei umzudrehen.

Poindexter verließ Bett Fünf mit zwei IV-Beuteln über der Schulter und mit einer Handvoll Ampullen sowie einer Spritze, die in einem Glasfläschchen steckte. Die bunten Kanülenkappen, die er zwischen den Zähnen festgeklemmt hielt, sahen aus wie die Enden von Kaugummi-Zigaretten.

»Hat das nicht Zeit?« sagte Poindexter. »Ich bin nämlich gerade beim Cocktail-Mixen.«

»Ich will ihn doch überhaupt nicht umdrehen«, sagte Stella mit einem Wink zum Monitor. »Ich wäre nur froh, wenn du mal ein Auge auf den Herzrhythmus dort drüben werfen könntest.«

Poindexter schob sich mit einer latexüberzogenen Hand die Brille den Nasenrücken hoch und fixierte den Monitor.

»Torsades«, sagte er. »Es ist fünf Jahre her, daß ich so eine atypische ventrikuläre Tachykardie zuletzt beobachtet habe. Von denen hätt' ich gern ein EKG mit zwölf Ableitungen.«

»Ich dachte mir schon, daß es das ist«, sagte Stella. »Und glaubst du, daß Dr. Marlowe uns ein Zwölf-Leit-EKG ordern würde?«

»Du rufst einfach bei der EKG-Abteilung an und bestellst es selbst!« riet Poindexter. »Falls Dr. Marlowe es nicht abzeichnen will, wird es Dr. Wisenheimer morgen für uns tun.«

»Torsades!« meinte Stella. »Unglaublich.«

»Torsade de Pointes«, konkretisierte Poindexter. »Eine besonders bösartige, äußerst seltene Rhythmusstörung, die mir in meiner ganzen Praxis überhaupt nur zweimal vorgekommen ist.«

»Er stürzt ab«, sagte Stella. »Außerdem ist er auch noch ein Voll-Code-Fall.«

»Wieso denn das?« fragte Poindexter durch seine auf den Kanülenkappen zusammengebissenen Zähnen. Mit einer geschickten Bewegung zog er die Spritze aus dem Glasgefäß heraus. Er fuhr mit der Kanüle an sein Gesicht, um sie mit einer eleganten Geste in eine der Kappen zu bugsieren, die er mit den Zähnen hielt. »Auf Veranlassung der Familie?«

»Ich kann's einfach nicht mitansehen«, meinte Stella, die sich duckte, als die bloße Nadel sicher in der Kappe zwischen Poindexters Zähnen landete.

»Du bist ja bloß neidisch!« sagte Poindexter. »He«, sagte er stirnrunzelnd mit Blick zum Monitor. »Sieh dir das an!«

»Extrem-Torsades«, sagte Stella.

»Dieser Orangenmann wird uns wegschwimmen«, sagte Poindexter. »Ich geh' jede Wette ein, daß er's noch heute macht, gleich nach dem Treibgut in Bett Fünf und dem in Bett Sieben. Die beiden umkreisen schon seit Beginn der Schicht den Abfluß.«

»Was würdest du davon halten, unsern Fall hier als Langsam-Code zu behandeln?« fragte Stella.

»Ich weiß nicht«, sagte Poindexter und spritzte lässig Adrenalin in die Öffnung des IV-Beutels. »Heute nacht hat der Hippopanz Dienst, und weil so viel Betrieb ist am Abend, hat die Personalabteilung zur Beobachtung der Herzmonitore auch noch eine zusätzliche MTA ans Schaltpult gesetzt. Es könnte schwierig werden, einen Langsam-Code durchzuziehen. Die MTA würde ein Mordsgeschrei machen, wenn sie eine kritische Rhythmusstörung bemerkt. Sie würde sofort Code-Alarm geben, und da würden wir zwei hier ziemlich dumm aus der Wäsche gucken.«

»Diese MTA ist neu, ich glaub' nicht, daß sie schon mal Torsades gesehn hat«, meinte Stella mit einer Kopfbewegung zu der dösenden Technikerin. »Sie würde es für einen Artifakt halten, der durch Körperbewegungen des Patienten verursacht wird.«

»Wir können ihr ja erzählen, daß Torsades ein französisches Gebäck ist«, sagte Poindexter, als er zum Schaltpult zurückschlenderte. Die IV-Beutel schaukelten ihm gegen die Schulterblätter.

»Vielleicht kommt mir ja später noch 'ne Idee, wie sich's machen ließe«, sagte Stella und versperrte ihm den Weg zur Tür.

Poindexter warf einen flüchtigen Blick auf das ausgemergelte orangerote Skelett in Bett Zwei. »Dann sag mir Bescheid. Dieser Mensch dürfte wirklich kein Codefall sein.«

Bett Zwei wachte auf oder schlief ein und sah den Mann aus dem Feuerofen, wie er sich über sein Bett beugte. Auf den Bettstangen hinterließen seine rußigen Reptilienhände schwarze Streifen; die versengten Schuppen seines Rumpfes traten gegen das Weiß des Laborkittels, den er trug, nur noch deutlicher hervor. Als er sein Klemmbrett zu Rate zog, zwinkerten seine orangeroten Augen.

»Hau ab«, sagte Bett Zwei. »Mir ist schlecht.«

»Es kommt noch viel schlimmer, Freundchen«, sagte der Mann aus dem Feuerofen und kratzte sich an seinem Stahlwollebart. »Wart nur, bis ich dein lausiges Gebein in die Hände bekomme. Da werd' ich dir zeigen, wie schlecht es einem gehen kann.«

»Was willst du von mir?« stöhnte Bett Zwei. »Ich liege im Sterben. Ich bin soweit, daß ich sterben kann, endlich, ich spür's. Also hau ab, laß mich in Ruh.«

»Ich weiß, daß du stirbst«, sagte der Mann aus dem Feuerofen. »Deshalb bin ich doch da. Wir haben über wichtige Dinge zu reden. Über den Tod, das ewige Leben, über deine Seele. Du wirst bald ein paar Entscheidungen von größter Tragweite treffen müssen, und ich bin gekommen, um dich dabei zu beraten. Mein Honorar wird stundenweise berechnet. Du hast aber keine Wahl – du mußt meine Dienste in Anspruch nehmen, ob du willst oder nicht.«

»Es gibt also doch einen Gott und ein Leben danach?« sagte Bett Zwei. »Ist das deine Botschaft?«

Der Mann aus dem Feuerofen ließ sich wieder auf dem Fenstersims neben dem Bett nieder und faltete die Hände.

»Das ist überhaupt das Schönste an meinem Beruf«, sagte er und strahlte vor Befriedigung. »Mit Menschen sprechen zu können, die endlich begreifen, worauf es ankommt. Die Lebenden sind ja immer mit solch schrecklich sinnlosen Alternativen beschäftigt. Vor allem in deinem Land. In Amerika kümmern die Lebenden sich darum, ob sie zu hohe Cholesterinwerte haben, verplempern ihr ganzes Berufsleben mit Prognosen darüber, ob das Federal Reserve Board die Zinsraten senkt oder erhöht. Oder sie machen sich Gedanken über die Vor- und Nachteile eines zweitürigen Wagens gegenüber einem viertürigen Kombi. Oder darüber, ob sie sich eine Schaufel oder einen PC kaufen sollen. Oder ein Empfängnisverhütungsmittel statt einer Heftmaschine. Ob eine Stereo-Anlage wichtiger für sie ist als eine Werkzeugbank. Lauter absolut nebensächliche Entscheidungen über lächerliche, kleine, tote Objekte. Warum verschwenden Menschen ihre Geisteskräfte bloß auf solchen Tinnef, Lametta, Krimskrams, Sieh-dir-mal-das-an? Ich meine, das gleiche Hirn, das eine Symphonie erschafft, steht am nächsten Morgen auf und verbringt den ganzen Tag damit, die finanziellen Nachteile eines höher zu versteuernden Einkommens gegenüber den Steuervorteilen einer Abschreibung auszutüfteln!«

»Solche Sachen interessieren mich nicht«, sagte Bett Zwei.

»Eben!« sagte der Mann aus dem Feuerofen und klatschte sich in die schuppigen Hände. »Ist es hier schön in der Tiefe des Alls! Von hier aus betrachtet ist die Erde bloß ein winziger Lichtfleck. Der zweitürige Wagen, der viertürige Wagen, die Schaufel, der Heimcomputer, das Verhütungsmittel, die Heftmaschine, die Cholesterinwerte, das Federal Reserve Board – all das ist nur ein winziges Lichtfleckchen irgendwo weit draußen in einer fernen Galaxie. Und die großen und die kleinen Augenblicke des Lebens, die langen Jahre, die Menschen, die du gekannt und geliebt hast, deine Konsumentscheidungen, deine Warenfetische – alles zusammen bloß eine klitzekleine Nadelspitze Licht vorm Erkerfenster deiner Kabine. Eins nicht mehr vom andern zu unterscheiden.

Und damit beschränkt sich alles auf dieses Gespräch, das wir beide jetzt über deine Zukunft führen«, fuhr der Mann aus dem Feuerofen fort. »Du hast ein Ingenieurstudium abgeschlossen, nicht wahr? Wozu gleich wieder? Um Spezialist für Raketensysteme zu werden? Das hast du aber doch bestimmt nur werden wollen, um Menschen zu helfen, oder?«

»Jawohl«, sagte Bett Zwei. »Damit mein Vaterland stark bleibt und ich gut verdiene, und um eine Familie ernähren zu können. Ist daran irgendwas verkehrt?«

»He«, sagte der Mann aus dem Feuerofen, »werd bloß nicht empfindlich. Ich wäre wirklich der letzte, der irgendwen verurteilen würde. Ich finde, du hast eine hervorragende Berufswahl getroffen. Nur schade, daß deine Karriere schon so früh beendet war. Aber wir sollten uns nicht mit dem befassen, was vielleicht hätte sein können. Wir sollten über deine Zukunft reden.«

»Komme ich in den Himmel?« fragte Bett Zwei. »Werde ich Gottvater sehen?«

»Das sind zwei verschiedene Fragen«, bemerkte der Mann aus dem Feuerofen mit einem Kichern. »Ich werde mit der zweiten anfangen. Es würde dich nämlich wahrscheinlich verwirren und erschrecken, falls ich zuerst die erste Frage beantworten würde. Wenn ich aber auf die erste an zweiter Stelle und zuerst auf die zweite eingehe, wirst du vermutlich besser verstehen, was dich erwartet. Und mach dir keine Sorgen, falls du trotzdem Mühe hast, mir zu folgen. Ich habe Videos, Kassetten und andere Lernhilfen mitgebracht, die ich dir zum besseren Verständnis dalassen kann. Okay?«

»Ich hatte nach Gott gefragt«, sagte Bett Zwei mit schwacher Stimme.

»Gott ist tot«, sagte der Mann aus dem Feuerofen. »Ich kann dir verbindlich bestätigen, daß Gott gestorben ist. Die einschlägigen Gerüchte entsprechen der Wahrheit. Er starb an gebrochenem Herzen. Eine traurige Geschichte. Er war unsterblich, allmächtig, allwissend. Aber eine Achillesferse hatte er doch. So wie Superman auch. Im gesamten Universum gab es nichts, was ihm schaden konnte – bis auf eins: die Unmenschlichkeit des menschlichen Verhaltens gegenüber Mitmenschen. Am Ende hat ihn die unbarmherzige Grausamkeit der Menschen geschwächt. Todkrank hat sie ihn gemacht, ihm Schmerzen in der Brust verursacht, seinen Blutdruck in die Höhe getrieben, er bekam Fieber davon. Er hat all das Böse miterlitten, das Menschen von anderen Menschen angetan wurde – insbesondere das, was Kindern von Erwachsenen widerfuhr –, und es traf ihn in kosmischem Ausmaß. Am Ende hat es ihn verrückt gemacht. Er hat sich selbst ein Ende bereitet, weil er die Qual einfach nicht mehr ertragen konnte.«

»Aber das ist doch Unsinn«, protestierte Bett Zwei. »Gott ist allmächtig und ewig. Da kann er doch nicht sterben.«

»Die Prämisse ist korrekt«, sagte der Mann aus dem Feuerofen, »aber die Schlußfolgerung falsch. Er war in der Tat allmächtig und deshalb zu allem imstande. Allmächtigsein und alles Können bedeutet jedoch, per definitionem, daß es auch in seiner Macht stand, sich das eigene Leben zu nehmen – was er dann auch tatsächlich getan hat. Meines Wissens geschah es mit Beginn des kommerziellen Fernsehens, gleich am ersten Tag – das hat ihm den Rest gegeben. An diesem Tag hat er sich völlig erschöpft ins Bett geschleppt und die Rollos zum letztenmal heruntergezogen.«

»Ich glaub' dir kein Wort«, sagte Bett Zwei, der ein paar verlorene Tränen vergoß und auf seinem ET-Schlauch kaute. »Das ergibt doch überhaupt keinen Sinn.«

»Ganz wie du willst«, fuhr ihn der Mann aus dem Feuerofen an. »Gott ist ein hochgewachsener, kräftiger alter Herr mit langem weißem Haar und Bart. Blutgruppe I – I für Ichor. Er besitzt sieben bunte Autos vom Typ Mercedes 450 SL – für jeden Wochentag einen andern. Und oben im Himmel kann man wirklich uneingeschränkt frischfröhlich drauflos feiern. Drogen sind ohne Nebenwirkungen. Bräunungsstudios und beheizte Swimmingpools stehen einem rund um die Uhr offen. Das Sexleben kennt kein Ende. Da kann man sich den Kopf mit Endorphinen vollstopfen und ohne jedes vorherige Körpertraining loslegen. Wer ein Askese-Freak ist, kann den Lotussitz einnehmen und in mystische Verzückung geraten. Man kann tagein, tagaus beim Aufwachen vom Klang der göttlichen Stimme ekstatisch ausflippen. Wenn man sich selbstgerecht fühlt, kann man auf Erlaubnis drängen, den Verdammten bei ihren Qualen zuzusehen. Manchmal wird das gestattet, und es befriedigt die Tugendbolzen, die nur glücklich sind, wenn alle andern leiden. Fühlst du dich jetzt wohler?«

»Ich will nicht mehr mit dir reden«, sagte Bett Zwei.

»Klar«, sagte der Mann aus dem Feuerofen, »du steckst den Kopf lieber in den Sand. Ich will dir etwas sagen: Dort, wohin du gehst, ist alles beim alten. Dort ist noch immer jeder nur für sich selber da. Ich bin gekommen, um dich darauf vorzubereiten. Wenn du willst, kann ich dich beim Verfahren als Fürsprecher vertreten. Wie du mittlerweile wahrscheinlich erkannt hast, verfügst du selber nicht mehr über den nötigen klaren Verstand, um deine persönliche Unschuld überzeugend darzulegen.«

»Bei welchem Verfahren?« fragte Bett Zwei.

»Wie alt bist du eigentlich?« fragte der Mann aus dem Feuerofen mit ungläubiger Verzweiflung. »Was soll das heißen: ›Bei welchem Verfahren?‹« bemerkte er sarkastisch. »Beim Jüngsten Gericht natürlich, du Knalltüte. Davon wirst du doch wohl schon gehört haben, oder? Hast du die Sache etwa für ein Märchen gehalten? Du weißt doch bestimmt, wie eine zwölfköpfige Geschworenenjury aussieht? Ziemlich beeindruckend, findest du nicht? Größer als die Summe der einzelnen Teile und wie der ganze Quatsch lautet, okay? Na schön. Über dich wird jedoch eine milliardenköpfige Jury zu Gericht sitzen. Und jede einzelne Begegnung, die du mit einem Angehörigen des menschlichen Geschlechts gehabt hast, wird von tausendköpfigen Komitees beurteilt. Und jedes Komitee steht unter der Leitung einer Person, die du hier auf Erden zur Befriedigung deiner persönlichen Interessen und Gelüste verarscht hast.«

Bett Zwei wand sich unter den Laken und versuchte die Hände freizubekommen.

»Sprich's nicht aus«, sagte der Mann vom Feuerofen und hielt ihn mit einer Handbewegung zurück. »Jetzt denkst du wahrscheinlich: *Aber das ist unmöglich. Wie können sie denn für jeden einzelnen Menschen, der stirbt, ein solches Gerichtsverfahren anstrengen?* Ha! Sie haben ja sonst nichts zu tun – außer die Zeit totzuschlagen! Da werden Berge verschwinden, weil Spatzen an ihnen die Schnäbel wetzen, bevor das Verfahren gegen dich überhaupt eröffnet wird!«

»Aber ich habe doch gar nichts verbrochen«, protestierte Bett Zwei. »Ich habe keine Todsünden begangen. Höchstens ein paar kleine läßliche Sünden – so hat man sie, glaube ich, früher einmal genannt. Das ist alles. Sonst hab' ich nichts getan.«

»Genau«, rief der Mann vom Feuerofen mit einem grimmigen Lachen. »Rein gar nichts hast du getan! Deine Vorstellung von Sünde ist längst überholt. Sie greift nicht. Du bist eben kein praktizierender Katholik mehr, du mußt vor dem Zweiten Vatikanischen Konzil aufgegeben haben, oder sogar vor dem Letzten Abendmahl. Du denkst ja noch in den Kategorien aus der Zeit der geheimnisvollen Vorschriften und Verbote. Machst du dir etwa Sorgen, ob du eine Todsünde begangen haben könntest, weil du wegen einer Erkältung nicht zur Messe gegangen bist? *Die* Zeiten sind lange vorbei. Die normativen Begriffe wurden aufgegeben, die Richtlinien vereinfacht. Du hättest nur Gott und deinen Nächsten lieben müssen. Beides hast du versäumt. Du hast dich um dein Diplom als Ingenieur für Raketensysteme gekümmert, und anschließend hast du dich in eine schöne, reizende junge Frau verliebt. Wie *selbstlos* von dir! Du hast deinen Papa und deine Mama geliebt. Aber das tun ja sogar die Klammeraffen. Du hast die Kranken nicht getröstet und die Hungrigen nicht gespeist, du hast den Armen kein Almosen gegeben, oder? Nein. Du hast nur Menschen geliebt, die für dich von Nutzen waren oder die du unterhaltsam gefunden hast. Du bist vielleicht mal einen extra Kilometer gefahren, um einen Verwandten zu besuchen. Tolle Sache. Selbst Hyänen teilen sich die Beute mit anderen Mitgliedern des eigenen Rudels.

Und weil du nicht getan hast, was man von dir erwartete, stehen dir jetzt harte Zeiten bevor, falls du nicht ein paar gute Gründe zu deiner Verteidigung vorbringen kannst.«

»Aber ich bin doch nicht böse gewesen«, widersprach Bett Zwei. »Ich habe keinem Menschen weh getan.«

»Rede ich hier vielleicht mit einem Stück Eisen?!« entgegnete der Mann vom Feuerofen. »Du übersiehst den entscheidenden Punkt. Ich will versuchen, dir die Sache zu erklären. Nimm dir einen Moment Zeit und halte Rückschau über dein Leben. Wenn du willst, kann ich es hier auf dem Monitor Szene für Szene abspielen lassen. Aber wozu solche Umstände? Wir beide wissen doch über dein Leben Bescheid. Es ist eine einzige Chronik des Verfolgens deiner persönlichen Ziele und der Befriedigung deiner Wünsche. In deiner freien Zeit hast du einigen wenigen Mitmenschen geholfen, die sich dir dafür umgekehrt gefällig zeigen sollten. Außerdem mußt du dich jetzt deiner Vorstellungen von irdischer Gerechtigkeit entledigen. Die Menschen auf Erden beurteilen dich nach deinem *Handeln*. Die göttliche Gerechtigkeit aber gründet auf einer Prüfung jener undurchsichtigen Kombination von Denken und Handeln, die man als Existenz oder *Sein* bezeichnet.«

Der Mann vom Feuerofen hielt inne und polierte sich die Schuppen der Fingernägel; eine Schuppe pellte er ab und warf sie in den Mülleimer.

»Dir ist inzwischen bestimmt aufgegangen, daß ich früher einmal Philosophieprofessor gewesen bin«, sagte er und zwinkerte mit den angesengten Wimpern. »Aber lassen wir mich aus dem Spiel«, fuhr er fort, »das göttliche Gericht ist unendlich viel komplexer als das irdische Gericht, wo das Urteil gesprochen wird, nachdem zwei glattzüngige Anwälte eine oder zwei Stunden lang verlogene Plädoyers gehalten haben. Die Komitees im Jenseits werden jede Nanosekunde deines Lebens prüfen. Sie werden jede Situation, jede Szene vergrößern und auf eine Riesenleinwand projizieren. Sie werden eine Mammutkonferenz einberufen, um zu entscheiden, warum du auf dem Weg zum Lebensmittelgeschäft über Obdachlose hinweggestiegen bist.«

»Ich war aber doch jung und unerfahren«, sagte Bett Zwei. »Ich bin erst dreiundzwanzig, verdammt. Mir ist nie die Gnade einer göttlichen Erleuchtung oder einer religiösen Erweckung zuteil geworden. Ich hatte gerade mein Studium abgeschlossen, als das passierte. Ach, komm!«

»Deine Beredsamkeit kannst du dir fürs Tribunal aufheben«, sagte der Mann vom Feuerofen und kratzte sich mit einem Skalpell den Ruß unter den Fingernägeln weg. »Und du solltest dich auch noch mit einer anderen einschlägigen Theorie vertraut machen. Menschliche Vernunft setzt etwa mit dem siebten Lebensjahr ein – aber du hast seit dem Lernen des Einmaleins nie einen Dreck für deine Mitmenschen getan. Falls du keine besseren Entschuldigungen vorzubringen hast, sieht's nicht gut aus für dein Leben nach dem Tod.«

»Sie werden dort doch Verständnis haben, nicht wahr?« wimmerte Bett Zwei. »Ich kann ihnen alles erklären. Ich werde mich selbst verteidigen.«

»Ganz wie du willst«, sagte der Mann vom Feuerofen in einem freundlichen Singsangton. »Reite du dort nur hoch zu Kamel ein. Versuch doch, durchs Nadelöhr zu kommen. Mir kann's egal sein.«

Der Mann vom Feuerofen lachte lauthals auf, so daß sein spitzer Schwanz fröhlich wippte. »Verzeihung«, sagte er und zog aus dem Haufen glühender Kohlen auf dem Nachttischchen von Bett Zwei ein Stethoskop heraus, dessen Metallteile rot aufglühten. »Ich will dich nur rasch einmal abhören.«

Der Mann vom Feuerofen legte Bett Zwei den Schalltrichter

des Stethoskops auf die Brust. Bett Zwei spürte, wie der Metallring ihm ein Brandzeichen auf die Brust sengte.

»Du hast ein bemerkenswertes Perikardgeräusch am vierten Zwischenrippenraum direkt über der Medioklavikularlinie«, sagte der Mann vom Feuerofen. »Ich wollte es nur mal persönlich hören. Möchtest du es auch hören?«

Bett Zwei schüttelte den Kopf.

»Hier«, sagte der Mann vom Feuerofen. »Hör doch selbst.«

Er legte Bett Zwei die Stethoskopenden in die Ohren und drückte ihm den rotglühenden Trichter des Stethoskops erneut auf die Brust.

»Hör dir das an!« sagte der Mann vom Feuerofen mit einem fröhlichen Lachen, und seine Stimme hallte plötzlich in der Echokammer der trockenen Rippen von Bett Zwei wider. *»Ist das aber ein bemerkenswertes Perikardgeräusch am vierten Zwischenrippenraum über der Medioklavikularlinie. Was sagst du dazu? Wirklich eindrucksvoll, nicht wahr?«*

Stella bemerkte, wie ein erneutes Zucken von Torsades über den Monitor von Bett Zwei am Schaltpult lief. Diesmal hielt der bösartige Rhythmus an. Die MTA vor dem Monitor telefonierte gerade in Liebesangelegenheiten, verlor den Monitor von Bett Zwei jedoch nie völlig aus dem Auge. Stella ahnte, daß die MTA ihr Telefonat bald abbrechen und einen Arzt, den Hippopanz oder irgendwen sonst über den bizarren Herzrhythmus von Bett Zwei informieren würde.

Stella schlich sich in die Kabine von Bett Zwei und zog die Rollos herunter, aber so, daß sie die telefonierende MTA durch einen kleinen Spalt im Blick behalten konnte. Für die stündlich anstehenden Routinechecks war es eigentlich noch ein wenig zu früh, andererseits aber auch wieder nicht so früh, daß es auffallen würde.

Bett Zwei hatte die Augen in den knöchernen, orangefarbenen Höhlen weit aufgerissen und starrte direkt in die Wärmelampen und in das schwarze Loch der Ewigkeit über ihm.

Stella öffnete eine neue Packung EKG-Elektroden, knöpfte sich die Bluse auf und klebte die Elektroden in einem Dreieck über ihre Operationsnarben. Sie steckte die Elektrodenleitungen ein, knöpfte sich die Bluse wieder zu und führte die Leitungen durch eine Öffnung zwischen den Knöpfen an der Taille heraus.

»Ich schau mal nach den Kabeln«, brüllte sie zur MTA draußen auf dem Flur hinüber, so laut, daß ihre Stimme das Alarmzeichen übertönte, und beobachtete durch den Spalt im Rollo, wie die MTA ihr mit Daumen und Zeigefinger ein Okay signalisierte.

Stella löste Bett Zwei vom Monitor. Sie brauchte nur den Bruchteil einer Sekunde, um die Kabel mit den Elektroden auf ihrer Brust zu verbinden und auf dem Monitor über dem Kopf von Bett Zwei ihren eigenen Herzrhythmus zu beobachten.

»Gar nicht schlecht«, sagte sie. Vielleicht hier und da eine erhöhte T-Zacke, aber ansonsten schaute ihr Rhythmus auf dem Monitor verdammt gut aus.

Der Kopf von Bett Zwei bebte gegen das Kopfkissen. Stella löste seine Hände und hielt sie fest.

»Ich habe dich lieb«, sagte sie. »Du gehst jetzt heim. Und paß auf, daß du die Tür gut hinter dir zumachst, wenn du dort ankommst. Ich werde dich wieder anschließen und Code-Alarm geben, wenn es zu spät ist und sie dich nicht mehr zurückholen können.«

Das Licht ging aus. Der Mann vom Feuerofen packte Bett Zwei am Arm. »Halt dich fest, Orville«, sagte er. »Es wird ein unruhiger Flug.«

Ein Hurrikan trug Bett Zwei und den Mann vom Feuerofen in einen finsteren, gefurchten Tunnel. Bett Zwei wurde hin und her geschleudert, immer höher ging es in dem dunklen Rachen. Als er sich an den Wänden festzukrallen suchte, um den Flug abzubremsen, glitten seine Hände über warme, klebrige Muskelwände mit Knorpel oder Bändern.

Er wurde von Stürmen im Tunnel weitergetrieben.

»Wo sind wir?« rief Bett Zwei über den Wind.

»Entweder ist es das Arschloch oder der Geburtskanal«, brüllte der Mann vom Feuerofen zurück. »Das weiß man immer erst, wenn man am anderen Ende herauskommt. Falls wir uns im

Arschloch befinden sollten, werde ich dir ja wohl nicht erst erklären müssen, was du am Ende sein wirst, du wertloses Stück Scheiße.«

Bett Zwei und der Mann vom Feuerofen wurden in eine rote Höhlung ausgeworfen, deren Wände dunkel waren von Schleim und venösem Blut.

»Das ist jetzt deine letzte Chance«, sagte der Mann vom Feuerofen, der keuchend nach Luft rang. »Gleich wird dieser Ort implodieren, und dann wirst du in den Gerichtssaal geschoben, wo du den Rest der Ewigkeit in Gesellschaft der vielen armen Schweine zubringen wirst, um die du dich bei Lebzeiten einen feuchten Dreck gekümmert hast. Oder du kannst mit mir kommen und dich in einer streßfreien Umgebung entspannen, frei von Schuldgefühlen und allen Verpflichtungen. Du hast die Wahl, die Entscheidung liegt ganz bei dir. Wenn du erst mal tot bist, kannst du machen, was du willst.«

»Ich will zu meinem himmlischen Vater«, sagte Bett Zwei.

»Yeah«, sagte der Mann vom Feuerofen. »Und wenn du dir all die herrlichen Taten in Erinnerung rufst, die du für ihn und seine Kinder getan hast, dann kannst du dir ja ausmalen, wie entzückt er sein wird, dich zu sehen. Mein Sohn, der Raketeningenieur! Aber du mußt dich dem Gericht nicht stellen. Du kannst es umgehen, indem du seinem Hoheitsbereich entfliehst.«

Der Hohlraum wurde von einem erdbebenartigen Getöse erschüttert.

»Sag hinterher bloß nicht, ich hätte dich nicht gewarnt!« rief ihm der Mann vom Feuerofen über die Schulter zu. »Auf der anderen Seite warten alle Mistkerle, die du im Laufe deines elenden Lebens versetzt hast, nur darauf, es dir heimzuzahlen. Wenn du aber mir folgst, wirst du sie nie zu Gesicht bekommen. Entscheide dich!«

Die Muskeln in den Zimmerwänden zogen sich zusammen, schlossen sich um Bett Zwei und preßten die Luft aus ihm heraus. Er glitt durch eine Öffnung und kam als kahlköpfiger blauer kleiner Samson in einer blendend hellen Halle heraus. Flüssigkeit schoß ihm aus den Ohren und ließ seine Gehörnerven bloß und nackt im Wind. In dem neuen Medium erklangen Symphonien; es folgten die vollen Laute neuer, wunderbarer Worte. Das Ertönen von Stimmen wunderbarer Wesen. Der Wind kühlte seine spastischen babyrosigen Lungen, und mit dem ersten Atemzug begann er aus einer von aller Luft des Universums erfüllten Lunge Freudenlieder zu singen. Seine Schmerzen verwandelten sich in ein ekstatisches geflügeltes Wesen, und getragen von heftigem Sehnen, schwang er sich auf dem Crescendo einer Ouvertüre empor zu einem erregenden, sanften Aufstieg ins Licht.

12

Nachtdienst. Werner saß wieder am Schaltpult des Todeslabors. Bevor die anderen Assistenzärzte abzogen, hatten sie noch einen Riesenspaß dabei, zu spekulieren, was dem unglücklichen Packesel vom Dienst alles bevorstand. Cowboy Hansen überreichte ihm einen Haufen Krankengeschichten und Untersuchungsbefunde sowie die Unterlagen von zwei Neueinlieferungen, zusammen mit einem Paket Gleitmittel-Gel, das er an die obere linke Ecke der obersten Seite geklemmt hatte – als Zeichen der Zuneigung vom abtretenden Varieté-Nazi-Team Hansen/Marlowe, mit einer dazugekritzelten Gebrauchsanweisung: »Vorbeugen und genießen.« Vier schreckliche Halbtote, drei Fälle von tiefen Stichwunden, zwei Patienten mit Blutgerinnseln und die Untote in Bett Drei. Am Schaltpult entdeckte Werner eine scherzhafte Aktennotiz, die sich an das gesamte Intensivstationspersonal des Medical Center richtete – mit einfotokopierter Unterschrift von Dr. Hofstader. Auf dem offiziellen Briefbogen des Medical Center erkannte er den Nadeldrucker von Poindexters Laptop-Computer.

An:	Alle Krankenhausärzte
Von:	Dr. Richard Hofstader
Betrifft:	Die Vier Säulen der Modernen Medizin

Die Regierung der Vereinigten Staaten von Amerika und die Versicherungsbranche haben dem Medical Center mitgeteilt, daß die Kosten einer Intensivbetreuung in Zukunft für folgende Patientengruppen nicht mehr erstattet werden:

1. Zigarettenraucher
2. Chronische Alkoholiker

3. Patienten über dem 72. Lebensjahr
4. Patienten mit Übergewicht von mehr als 15 kg.

Ab sofort ist bei allen Patienten, die in eine oder mehrere der obengenannten Gruppen fallen, intensivmedizinische Betreuung nur noch bei umgehender Zahlung der jeweiligen Behandlungsschritte möglich. Ich danke Ihnen für Ihr Mitwirken beim Durchsetzen dieser neuen Richtlinien.

Etwaige offene Fragen richten Sie bitte an Dr. Weimaraner von Wisenheimer.

Die Aktennotiz lieferte in dieser Nacht den einzigen Anlaß zum Schmunzeln. Von da an ging es steil abwärts.

Erster Tagesordnungspunkt waren Angehörige. Zwei oder drei größere Gruppen – am auffälligsten die Verwandten von Bett Sieben – warteten bereits im »Familienzimmer«, um den diensthabenden Arzt zu sprechen. Werner überlegte, ob er die Krankengeschichten und Untersuchungsbefunde mit der Schnellesemethode absorbieren und einen Stapel von alten und neuen Krankenblättern überfliegen sollte; er wußte aber, daß er die dazu nötige Konzentration nicht aufbringen würde, bis die Angehörigen abgefertigt waren. Er mußte mit mindestens zwei Stunden rechnen, bis er sich in seinem Kontrollturm anschnallen und ohne Störungen arbeiten konnte.

Er nahm zur Gesellschaft eine Tasse Kaffee mit und steuerte auf das Besucher-Foyer zu, wo Dutzende von übermüdeten, kummervollen Familienangehörigen mit grauen Gesichtern in Grüppchen hockten – wie kleine Stämme verängstigter Primaten. Beim Vorbeigehen nahm er wahr, wie sie auf ihn deuteten, wie einer den anderen im Flüsterton drängte, sich dem Arzt zu nähern und Neuigkeiten zu erbitten. Werner hatte den Eindruck, in eine feuchte Urwaldlichtung zu treten, und machte sich darauf gefaßt, daß die Angehörigen die Schlingen ihrer klammen Gefühle wie nasse Jagdnetze über ihn auswerfen würden.

Werner forderte die Angehörigen von Bett Sieben durch ein Zeichen auf, ihm ins Besprechungszimmer zu folgen; er wollte das Unangenehmste zuerst hinter sich bringen.

Der Sohn von Bett Sieben war ein Mann mittleren Alters, der Typ des stoisch Pflichtbewußten, der sich geschworen hatte, nicht klein beizugeben, bis er in Erfahrung gebracht hatte, wieso sein Dad, der als würdiger silberhaariger Gentleman mit Magenbeschwerden ins Krankenhaus eingeliefert worden war, nun als halbe Leiche am Beatmungsgerät hing. Dieser Sohn von Bett Sieben stand in dem Ruf, alles über die Intensivstation und das Medical Center herauskriegen zu wollen, und zwar, indem er die richtigen Leute anschnauzte. Er verbrachte eine Menge Zeit in der Telefonzelle, um sich mit mehreren Fachärzten zu beraten, die persönlich mit ihm befreundet waren. Anschließend pflegte der Sohn von Bett Sieben dann jede einzelne Maßnahme, die Werner zur Behandlung des Vaters unternommen hatte, entweder zu billigen oder in Frage zu stellen.

Der Sohn von Bett Sieben wurde nicht müde, darauf hinzuweisen, daß sein Vater nur so lange hierbliebe, bis er in die Mayo-Klinik überwiesen werden könnte; es wäre bloß eine Zeitfrage.

Werner behandelte er so, als sei der junge Assistenzarzt der unzivilisierte, inkompetente Kellner eines billigen Steak-House.

»Ich muß Sie wirklich fragen, warum Sie bei meinem Vater nach über sechs Wochen auf der Intensivstation noch immer keine Besserung erzielt haben«, sagte der Sohn von Bett Sieben.

Werner kannte zwei Typen des chronisch Lungenkranken: die Menschen mit gewölbter Brust, die unter einem Lungenemphysem litten, der sogenannte »Rosa-Typ«, der immer weniger Luft kriegt und auf Grund der Anstrengung des Atmens immer dünner und dünner wird, bis er eines Tages tot umfällt; und die übergewichtigen Fälle von chronischer Bronchitis, der sogenannte »Blau-Typ«, der immer dicker wird und immer stärker blau anläuft, bis er mit einem Herzmuskelvorfall umkippt. Beides würdevolle Sterbefälle, klinisch jedoch klar zu unterscheiden.

Der Sohn von Bett Sieben, dachte Werner, war ein Fall fortgeschrittener Blau-Typologie. Der Mann in Bett Sieben war eine halbe Leiche; der mittelalterliche Sohn von Bett Sieben war eine halbe Leiche in Vorbereitung. Seine fettverstopften Halsadern traten hervor, und das kalte Blau der Zyanose war in das Rosarot von Händen und Gesicht durchgesickert. Sein Gefäßsystem war durch Steaks, Alkohol und überhaupt alles, was das Leben so lebenswert macht, schwer beeinträchtigt. Ein Ödem im Anfangsstadium war unverkennbar.

Werner überließ sich einem seiner Lieblingstagträume vom Weltraumzeitalter – daß nämlich eines schönen Tages in einer technisch durchgestalteten Zukunft jeder Mensch eine Digitalanzeige seiner Blutgas- und Elektrolytwerte sowie ein laufendes EKG-Video im Brustkorb installiert hätte. Die Neuerung würde geradezu atemberaubend positive Auswirkungen auf die Gesundheitspflege mit sich bringen. »Öffnen Sie Ihr Hemd, genau hier, an dieser Stelle. Lassen Sie mich einen Blick auf Ihren Monitor werfen.« Nur ein Blick, und schon könnte die Diagnose gestellt werden. Die Vorstellung an sich war keineswegs neu. Bei den Griechen meinte der schläfrige, zänkische Gott Momos – Sohn der Nyx, der Göttin der Nacht –, daß Zeus die Menschen mit Fenstern in der Brust hätte erschaffen sollen, damit ihre wahren Gedanken offenbar würden.

Aber wer interessiert sich schon für Gedankenlesen, wenn solche Fenster für den Zweck genutzt werden könnten, ein laufendes EKG anzuzeigen?

»Hat es irgendwelche neuen Entwicklungen gegeben?« fragte der Sohn von Bett Sieben.

»Sein pH-Wert hat sich gebessert«, sagte Werner.

»Und wie hoch ist sein pH-Wert im Augenblick?« fragte dieser Mesomorphe, der einen Terminkalender aus der Jackentasche zog und den dazu passenden goldenen Füllfederhalter zückte. 24 Karat. Genau der, den man immer verliert.

»Zur Zeit beträgt der Wert 7.24«, sagte Werner. »Falls Sie diese Angabe bis zur dritten Stelle nach dem Komma benötigen, könnte ich rasch im Krankenblatt nachschauen.«

»Ich bin Geschäftsmann, Herr Assistenzarzt«, sagte der Sohn von Bett Sieben, der offenbar eine unterschwellig ablehnende Haltung bei Werner spürte und im Bemühen, sie offen anzugehen, nachdrücklich Augenkontakt suchte. Er gab sich große

Mühe, den Eindruck eines Menschen zu erwecken, mit dem man sich besser nicht anlegen sollte. Werner hingegen registrierte nur talgabsondernde Drüsen, die auf der bläulichen Stirn des Mannes einen Ölschimmer ausschwitzten.

Das Gesicht des Herrn Sohn von Bett Sieben wurde angesichts der Schwere und Bedeutung der Situation ganz streng und lief rot an. Er erwärmte sich für die Rolle des entschlossenen Mannes, der Berge bewegt, obwohl er im Leben nichts weiter zu erwarten hatte als ein rechtsseitiges Herzversagen.

»Und als Geschäftsmann«, fuhr der Herr Sohn von Bett Sieben fort, »bin ich es nicht gewohnt, solche Summen zu zahlen, ohne dafür entsprechende Resultate zu sehen. Ich muß deshalb fragen, ob hier auch die richtigen Maßnahmen getroffen werden.«

Ich bin ja so froh, daß Sie da sind, dachte Werner. *Bis ich Ihnen begegnet bin, war ich drauf und dran, die falschen Maßnahmen zu ergreifen.*

Hat er mich tatsächlich mit »Herr Assistenzarzt« angeredet? überlegte Werner. *Jawohl; hat er. Und ich habe es ihm durchgehen lassen.* Werner schluckte die Beleidigung hinunter und hielt sich an den Gedanken, daß er die Krankheiten von Bett Sieben ganz nach eigenem Belieben behandeln konnte, solange er keine Aufmerksamkeit auf sich selbst zog.

»Dr. Hofstader ist doch heute dagewesen, nicht wahr?« fragte der Aufgeschwemmte. »Ich möchte wissen, was er zu dem Ganzen gesagt hat.«

Werner nahm die Rolle des ernsten, jungen, demütigen Assistenzarztes an. Er fütterte dem Herrn Sohn von Bett Sieben den ganzen üblichen Quark – »ich stehe mit dem Chefarzt in ständigem Kontakt« –, weil er sicher sein konnte, daß es sich da um eine solide ärztliche Fiktion handelte, bei der Hofstader und der gesamte Berufsstand ihn voll decken würden.

Dem Sohn von Bett Sieben gefiel Werners ausweichende Art ganz und gar nicht, und Werner jubilierte. Die weiblichen Anverwandten von Bett Sieben plagten sich mit weiblichen Sorgen. Der Aufgeschwemmte mit dem blauen Gesicht machte ein taktisches Hinhaltemanöver, bevor er ihnen wie ein General, der den rechten Flügel in den Kampf schickt, das Zeichen zur Attacke auf Werner gab.

»Leidet er Schmerzen?« fragte die Tochter von Bett Sieben. »Bekommt er sie voll zu spüren?«

»Das dürften die Schmerzmedikamente verhindern«, entgegnete Werner und wartete nur, daß der Aufgedunsene ihn jetzt nach den Dosierungen befragte.

Die Frauen schienen ihm Zartgefühl und Mitleid zu verdienen. In Fällen wie diesem wäre es das einzig Richtige, Töchter und Ehefrauen beiseitezunehmen und sie in ihrem Leid zu trösten. Danach könnte man den aufgeblasenen Kerl in ein privates Besprechungszimmer drängen und ihm die harten Fakten um die Ohren schlagen. Ihr Vater ist eine Leiche, Sie Sohn. Ihr Vater ist eine zertretene Eichel, ein Holzklotz auf einem Sägeblock, Frühstücksfleisch, eine Boulette, Düngemittel, Fraß für die Würmer. Wachen Sie endlich auf und nehmen Sie Vernunft an. Lassen Sie mich in Ruhe. Hauen Sie ab.

Am widerwärtigsten war Werner die Haltung dieses Dicken deshalb, weil der offenbar glaubte, er könnte hier einfach so auftauchen und bei einer so schrecklichen Angelegenheit wie dem Tod mitmischen. Das war abstoßend – die Todsünde des Stolzes. Ein einfacher Geschäftsmann will sich mit den Profis in Sachen Tod herumschlagen, um sie auf Trab zu bringen. Ein wildgewordener Nimrod der Sonderklasse.

Er befragte Werner eingehendst nach der Dosierung der vasopressorischen Mittel und nach dem Stand des Zentralvenendrucks.

Werner taxierte die Zerbrechlichkeit der Schädeldecke bei dem Menschen und musterte daraufhin einen Feuerlöscher an der Wand.

Riskant, dachte Werner. Er war in einem engen, hellbeleuchteten Raum mit einem anderen aufgebrachten Geist zusammen eingepfercht; beide entblößten sie die Fangzähne wie Hyänen, ohne ihre jeweiligen Gelüste auch nur durch ein Knurren zu verraten. Der Sohn von Bett Sieben hätte liebend gern und erbarmungslos gegen Werner prozessiert, damit der nie wieder als Arzt praktizieren konnte; Werner dagegen stellte sich lebhaft den klinischen Genuß vor, die Leichtigkeit, mit der er diesem Kerl mit bloßer Hand die fetten Halsadern herausreißen könnte.

Nachdem er sich noch über zwei weitere Runden mit dem Sohn von Bett Sieben herumgeschlagen hatte, erläuterte Werner anschließend den Befund der Dickdarmspiegelung bei Bett Drei deren Angehörigen – Geschwistern in den Siebzigern. Alt und fett waren sie und selber Kandidaten für die Intensivstation; sie hatten die gleiche angeborene Taubheit wie ihre Schwester und waren unfähig, irgendwelche medizinischen Zusammenhänge zu begreifen.

Nach ihnen kamen die Verwandten von Bett Acht an die Reihe. Bett Acht war ein Fall von Stammhirn-Infarkt. Die Frau hatte sich gerade bei einer Verkäuferin über eine Haarspülung beschwert, die sie tags zuvor gekauft hatte, als sie sich plötzlich hinten an den Hals faßte, zu Boden stürzte und im Fallen ein Regal Nagellackfläschchen mitriß. Irgendwie war eine Blutung in die Medulla erfolgt, vermutlich wegen eines Blutpfropfs. Bei dieser Frau befanden sich, mit Ausnahme des Gehirns, sämtliche Körperorgane in ausgezeichnetem Zustand. Da wäre es doch nur sinnvoll, die gesunden Organe herauszuholen und sie an andere Menschen weiterzugeben.

Die entsprechenden Papiere waren aufgesetzt, die für eine Autopsie erforderlichen Formulare, der Transport, überhaupt alles war fix und fertig vorbereitet gewesen – da machten die Angehörigen plötzlich einen Rückzieher. Sie kamen zusammen und begannen sich wegen der Autopsie und der Organspende gegenseitig verrückt zu machen. Sie begannen darüber nachzudenken, wie ihnen wohl zumute sein würde, wenn sie die Totenwache hielten und wußten, daß Bett Acht wie ein Fisch ausgenommen und mit Sägemehl und Kunststoff ausgestopft war. Ob ihre Schwester in einem offenen Sarg überhaupt noch anständig aussehen würde – ohne Augäpfel, Nieren, ohne Herz oder Leber im Leib? Daraufhin hatte das Krankenhaus drei oder vier Tage lang mit ihnen diskutiert, man hatte zur Unterstützung ein Team katholischer Priester hinzugezogen. Man diskutierte die Fragen in allen moralischen, ethischen, religiösen und finanziellen Aspekten, bis plötzlich der Blutdruck von Bett Acht ins Bodenlose stürzte und die Patientin dermaßen schnell absackte, daß der behandelnde Arzt nicht garantieren konnte, daß man sie noch rechtzeitig zurückholen würde ... um die Körperorgane in einwandfreiem Zustand zu erhalten.

Mitten in diesem Durcheinander wurde Werner über Piepser ein Stockwerk tiefer gerufen, wo der zuständige Assistenzarzt im ersten Jahr Hilfe brauchte, weil sich auf der Intensivstation im Achten Bett Vier erneut extubiert hatte.

Werner seifte sich wütend auf Intensivstation 8 Hände und Arme ein.

»Das kam doch schon zweimal vor, während ich Dienst hatte«, sagte er zu denselben blöden Krankenschwestern, die es Bett Vier schon vorgestern zweimal möglich gemacht hatten, sich die Schläuche rauszureißen.

Die Scheiß-Beatmungsspezialisten und die blöden Pfleger und Schwestern waren offenbar außerstande, dafür zu sorgen, daß die verdammten Hände von Bett Vier festgeschnallt blieben. Wenn diese Idioten den Schlauch einfach bloß ganz fest angeklebt hätten, so wie man es von tüchtigen Jungs und Mädels erwartet, und die Hände des alten Wracks anschließend am Bettgestell festgebunden und ihn mit den Cocktails aus PRN-Medikamenten eingeschneit hätten, die schließlich auf dem Krankenblatt spezifiziert waren, dann wäre alles prima gelaufen. Aber nein, sie mußten sich ja unbedingt nett und menschenfreundlich geben. Sie banden dem Kerl die Hände los, weil er so tat, als ob er sich am Sack kratzen wollte, und peng! schon hatte er sich den Schlauch wieder aus dem Leib gerissen. *Wie oft werden diese Schafsköpfe wohl noch darauf hereinfallen? Eines schönen Tages,* dachte Werner, *wird man so weit sein, Rhesusäffchen zu Beatmungsspezialisten und Pflegern und Krankenschwestern auszubilden.* Dann wäre endlich Ruhe.

Jetzt, wo die künstliche Luftröhre draußen war, schrien sie sich in der Kabine von Bett Vier gegenseitig Befehle zu, wollten den Patienten absaugen, ließen alles aus der Hand fallen. Auf der Suche nach einem Beutel und einem Gummisauger stießen drei oder vier Krankenschwestern gegeneinander. Und weil es jetzt alle partout richtig machen wollten, ging es in der Kabine von

Bett Vier nun tatsächlich so zu, wie sich der Laie den Betrieb auf einer Intensivstation vorstellt – weil die Leute wegen Ineffizienz und miserabler Koordination von panischer Hektik erfaßt wurden und wie verrückt hin und her rannten.

Auf der Intensivstation im neunten Stock kam so etwas nie vor, weil Stella und Poindexter dort arbeiteten. Auf den anderen Etagen hatten die Krankenschwestern und sogar manche Assistenzärzte solche Angst, etwas falsch zu machen und einen im Grunde schon toten Menschen umzubringen, daß sie tatsächlich oft etwas falsch machten und jemanden umbrachten, der im Grunde schon tot war. Zu allem Überfluß starb ein solcher Patient meist auch noch unmittelbar vor Schichtwechsel. Richtige medizinische Nieten waren das.

Auf der Intensivstation im neunten Stock wurde das Personal im Ernstfall zwar sehr geschäftig, aber niemals hektisch. Stella und Poindexter waren viel zu erfahren, um überhastet zu handeln. Eile und Hast hatten im Umkreis intensiver Krankenbehandlung wirklich gar nichts zu suchen. Ganz im Gegensatz zu der Vorstellung, die Teile des Personals dank der TV-Rollenvorbilder gewonnen hatten, gab es so etwas wie einen Notfall überhaupt nicht.

In der Kinderheilkunde kommen Notfälle vor, nicht aber in der Behandlung von Erwachsenen. Die Vorstellung, daß es bei einem klinischen Notfall auf jede Sekunde ankommt, ist nur ein dramaturgischer Kunstgriff zur Erhöhung der Spannung in Krankenhaus-Fernsehserien. Bei der Behandlung eines alten Trottels, dessen Fahrtrichtung bereits festgelegt ist, eines hinuntersinkenden Körpers, angezogen von der Schwerkraft des Grabes, spielen zwei bis drei Sekunden oder auch zwei bis drei Minuten oder sogar Stunden im allgemeinen wirklich keine Rolle.

Werner fluchte während der ganzen Prozedur ununterbrochen laut vor sich hin, beschimpfte alle und jeden auf der Intensivstation des achten Stocks und kehrte danach unverzüglich zur Intensivstation im neunten Stock zurück, wo Stella ihn schon mit einer Tasse Kaffee erwartete.

»Guten Morgen, Dr. Ernst«, zwitscherte Martha Henderson fröhlich, als Werner mit angehaltenem Atem durch die Automatiktür hereinkam.

Werner schaute auf die Uhr und sah seine Hypothese bestätigt, derzufolge die nächtlichen Ausbrüche guter Laune beim Hippopanz zeitlich genau mit der Öffnung der Cafeteria im Medical Center um 02.00 Uhr morgens zusammenfielen. Punkt 01.45 Uhr sammelte ein Unterpopanz der Oberschwester reihum die Bestellungen ein und kehrte eine halbe Stunde später mit einem Wägelchen zurück, das mit weißen Papiertüten beladen war.

Was Werner hier vorfand, war die übliche Versammlung von breitärschigen Krankenschwestern, die vor den Herzmonitoren hockten und sich aus Plastiktrögen vollfutterten; auf diese Weise konnten sie selig schlemmen und gleichzeitig die elektrischen Äußerungen der Patientenherzen im Auge behalten. In seinem momentanen Geisteszustand empfand Werner den Hippopanz und die vollschlanken Mädels ihrer Herde wie die Venus von Willendorf inmitten der Ehefrauen des Java-, des Peking-, des Piltdown-Menschen und des Australopithecus – allesamt zu einer Fett- und Protein-Orgie um ein Giraffengerippe versammelt.

Der Geruch von Fritierfett stieg ihm in die Nase, als sie sich mit Rindertalg und Hähnchenstücken, Pommes und Zwiebelringen vollstopften. Er konnte förmlich zusehen, wie das Fett sich in den Hintern festsetzte – auf ganz ähnliche Weise wie Schweineschmalz in einem Krug kalten Wassers zu Boden sinkt; er sah, wie sich in ihren Herzarterien Schmalztropfen ansammelten und das gelbe Gallert des Fettgewebes die mächtigen Fettpolster um die Taille ausfüllte.

Sie stierten die Monitore an und schoben sich Teile von toten Tieren in den Mund. Eines schönen Tages würden diese Färsen sich von ihren Hockern erheben, sich an die Kehle fassen, in leere Bettkabinen torkeln und sich die Elektroden an die Brust setzen – gerade noch rechtzeitig, um auf dem Monitor über ihrem Bett die eigene Herzattacke verfolgen zu können.

»Stella«, sagte Werner, der aus dem Schlemmgelage im Herzen der Intensivstation einen Stapel Krankenblätter herausfischte, »ich liebe Sie, mein Schatz. Warum heiraten Sie mich nicht und bringen mich fort von all dem hier?«

Stella hängte einen Plastikbeutel mit Flüssigkeit an einen Haken und versetzte die Flüssigkeit mit einer Medikamentenlösung.

»He, Poindexter«, sagte Stella.

»Was ist los?« fragte Poindexter aus dem Halbdunkel der Kabine von Bett Fünf.

»Komm mal her. Dr. Megasperm will mir einen Heiratsantrag machen.«

Werner blickte auf den Monitor von Bett Fünf. *Es ließe sich machen. Es ließe sich sogar ziemlich problemlos machen,* dachte er. Er könnte zum Beispiel die Dopamin-Einträufelung abschalten; daraufhin würde der Blutdruck von Bett Fünf binnen einer Stunde in den Keller gehen ... Absolut normal. Ein Mann, der vor wenigen Nächten zum Codefall geworden war, könnte selbstverständlich erneut zum Codefall werden. Werner könnte den Anteil an eingeatmetem Sauerstoff von 70 auf 21 Prozent reduzieren, ohne daß deswegen der Alarmmechanismus am Spirometer ausgelöst würde. Das Spirometer maß ja nur das *Volumen* der exhalierten Gase, nicht aber die Zusammensetzung.

»Wer würde Sie schon heiraten wollen?« unterbrach Stella Werners Überlegungen. »Da könnte ich lange warten, bis endlich Geld ins Haus käme. Nee, vielen Dank! Denn genau in dem Moment, wenn das Geld anrollt, wird man eine gründliche Magen-Darm-Untersuchung bei Ihnen vornehmen und auf eine ganze Reihe von blöden Magengeschwüren stoßen. Sie beginnen unter Schmerzen in der Brust zu leiden. Und dann geht Ihnen plötzlich auf, daß Sie eines schönen Tages selbst ins Gras beißen müssen, genau wie Ihre Patienten auch. Sie geraten daraufhin in Panik und stellen auf einmal fest, wie kurz doch das Leben ist, kaufen sich einen Sportwagen und machen sich an zwanzigjährige Krankenschwestern ran. Nee, mit Ärzten kenn' ich mich noch besser aus als mit Patienten.«

»Aber ich liebe Sie, Stella«, sagte Werner. »Ich könnte Sie glücklich machen. Haben Sie die Gerinnungstests von diesem Mann da gesehen?«

»Von wem?« fragte sie. In der IV-Lösung stieg eine Reihe winziger Bläschen hoch.

»Von Bett Sieben«, sagte er mit dem Blick des faszinierten Wissenschaftlers. Es waren so ungefähr die übelsten Gerinnungswerte, die ihm je untergekommen waren. Sie waren so schlimm, daß sie fast schon wieder lachhaft waren, andererseits aber auch verteufelt rätselhaft, weil es nämlich keine vernünftige medizinische Erklärung dafür gab.

»Diffuse intravaskuläre Blutgerinnung«, sagte er, noch immer ungläubig kichernd. »Sein Blut wird zu Hüttenkäse, dagegen läßt sich gar nichts machen. Wichtig ist jetzt nur, was ich für Sie empfinde. In meinem tiefsten Innern.«

»Der Mann ist aber noch immer ein Vollcode-Fall, wissen Sie«, bemerkte Stella.

»Ich dachte, er wäre Langsam-Code«, erwiderte Werner.

Stella steckte den Kopf durch die Türritze, um sich zu vergewissern, daß keine der himmelfrommen Krankenschwestern in Hörweite war.

»He, Poindexter«, flüsterte sie heiser, »dieser Dr. Wienerschnitzel, diese spermoblastemische, spermoplasmische Koryphäe auf dem Gebiet der Vaginomanie, hat gerade die Code-Klassifizierung für Bett Sieben geändert.«

»Und das nicht eine Minute zu früh«, sagte Poindexter. »Haben Sie die Blutgaswerte gesehen?«

»Mit ein bißchen Glück könnten wir heute nacht auch Bett Fünf auf Langsam-Code umstellen«, sagte Werner.

»An dem Fall schnüffeln zu viele Anwälte herum«, warnte Stella. »Gestern war ein externer Neurologe da. Anscheinend im Auftrag der andern Tochter. Er hat uns weismachen wollen, der Tremor von Bett Fünf wäre ein bewußtes Bemühen um Verständigung.«

Werner erhob sich vom Schaltpult und marschierte in die Kabine von Bett Fünf. Er blieb neben dem Bett stehen und sah auf den Schädel in seiner malvenfarbenen Hauthülle herunter. Er hörte, wie die Finger von Bett Fünf an die Bettstangen schlugen.

»Sir?« rief Werner mit lauter Stimme und faßte die angebundene Hand. »Wir müssen wissen, ob Sie uns hören können.

Würden Sie mir bitte die Hand drücken, falls Sie mich hören? Ich bin Ihr Arzt.«

Die Augenlider von Bett Fünf öffneten sich. Ausdruckslose blaue Augen starrten zur Decke empor. Bett Fünf hob den Kopf für den Bruchteil einer Sekunde aus dem Kissen, dann schloß er die Augen wieder und kehrte zurück ins Dämmerland.

»Stella!« brüllte Werner.

»Was ist?« sagte sie.

»Er hat gerade die Augen aufgemacht und den Kopf gehoben!« sagte Werner.

»Na und?« sagte sie. »Ist doch nicht das erstemal, daß er so was tut. Das hat nichts zu bedeuten.«

»Ja«, meinte Werner abwesend. »Ja, Sie haben recht. Ich hatte vergessen, daß er das schon öfter getan hat.«

»Gönnen Sie sich ein Nickerchen«, sagte Stella. »Sie sehen ja aus wie ein Gespenst.«

»Sie haben recht«, wiederholte Werner. »Kernspin und PET haben gezeigt, daß die Blutzufuhr und der Stoffwechsel in der Großhirnrinde nur etwa halb so groß ist wie bei einem normalen Gehirn.«

»Stimmt«, sagte Stella. »Ihr MRI würde allerdings genauso aussehen, und Sie haben Medizin studiert.«

»Drücken Sie meine Hand!« sagte Werner.

Die spastischen Finger zitterten. Sie schlossen sich ein wenig. Als ein bewußtes, absichtsvolles Greifen im vollen Wortsinn konnte das keineswegs gelten. Was wäre nun aber, wenn es sich bei dem Tremor von Bett Fünf um die Begleiterscheinung eines bewußten Bewegungsimpulses handelte und er die Hand fassen wollte, es wegen des Zitterns aber nicht konnte?

»Ganz ruhig, ja?« sagte Stella. »Ein anderer Externer, auch Neurologe, kam gleich danach und sagte, die Großhirnrinde wäre nur noch Tofu, und das Zittern wäre Ausdruck neurologischer Störungen.«

»Ich will die beiden Gutachten sehen«, sagte Werner.

»Geht nicht«, klärte ihn Stella auf. »Sie sind von privat beauftragten und privat bezahlten Fachärzten erstellt worden, die beide ihre Expertisen für die Anwälte anfertigen, als Grundlage für die anstehende Gerichtsverhandlung.«

»Unsere Anwälte werden sie uns schon beschaffen«, sagte Werner. »Dann seh' ich sie mir eben später an.«

»Wie auch immer«, sagte Stella bestimmt, »für diesen Mann hier gibt's keinen Langsam-Code. Dafür schnüffeln zu viele Anwälte in seinen Unterlagen rum.«

Voll-Code bedeutete: Wenn der Patient zu atmen oder sein Herz zu schlagen aufhörte, mußte alles getan werden, um ihn zu retten. Der Patient wurde dann »kodiert«. »Kodieren« bedeutete in der Praxis: genau im Moment des Sterbens angreifen. Ein speziell für diese Zwecke ausgebildetes Angriffsteam spulte ein großangelegtes Programm ab, das gewissermaßen einen Brükkenkopf sichern sollte – nur daß eine Voll-Code-Behandlung teurer war als jeder Brückenkopf. Medizinische Dramatik, hochentwickelte Technologie, Wunderdrogen, die besten jungen Ärzte, die an den besten Universitäten ausgebildet worden waren. Es war eine aufregende Sache – zumindest für die Medizinalassistenten.

Einen Voll-Code überlebte kein Patient – jedenfalls nicht in dem Sinne, daß er je wieder aus dem Krankenhaus entlassen wurde. Doch das schien unerheblich. Das entscheidende Argument für den Voll-Code lautete: Der Patient liegt sowieso im Sterben; warum da nicht wenigstens den Versuch unternehmen, ihn wiederzubeleben? Hier zeigte sich die erbarmungslose Logik der Medizin im Angesicht der Ewigkeit. Die Ärzte vertraten hartnäckig den Standpunkt, daß keinem Menschen etwas Schlimmeres zustoßen konnte als der Tod; der Meinung waren sie selbst dann noch, wenn sie einer Fünfundachtzigjährigen im Verlauf der Blau-Code-Behandlung die Rippen gebrochen und ihr Elektroschocks verabreicht hatten.

Die chemischen Codes waren humaner. Sie verliefen ohne physische Gewaltanwendung gegen Patienten, ausgenommen die Einführung von intravenösen Kanülen zur Verabreichung von Herzstimulanzmitteln, Bikarbonaten und vasopressorischen Substanzen. Gebrochene Rippen oder Tod durch Stromstöße kamen hier nicht vor.

Werner war es am liebsten, wenn Patienten überhaupt vom Code ausgenommen wurden. Der Nicht-Code-Status bedeutete, daß gar nichts unternommen werden durfte. Es kam allerdings nicht oft vor, daß er sich durchsetzen und Patienten als codefrei deklarieren konnte; insbesondere bei Buttgesicht und seinesgleichen war das schwer, denn es handelte sich um einen unprofitablen Status: Einem toten Patienten konnten nur Dienste in Rechnung gestellt werden, die vor Eintreten oder Feststellung des Todes erfolgten. Der Blau-Code dagegen bot die Möglichkeit, in kürzester Zeit eine maximale Menge von Dienstleistungen zu erbringen, und hatte eine skrupulös detaillierte Rechnung für die Rettungsanstrengungen zur Folge. Danach trat der Arzt beiseite und erklärte den Patienten für tot und nicht mehr abrechnungsfähig. Und von diesem Moment an übernahm dann das Bestattungsunternehmen das Ausstellen von Rechnungen.

Eine Ausnahme vom Code war auch deshalb schwer zu erreichen, weil niemand tatenlos zusehen mochte, wenn der Tod auf der Matte stand. Impulsiv wollte man etwas gegen ihn unternehmen, irgend etwas, möglichst etwas medizinisch Angezeigtes. Und dann gab es auch noch die Angehörigen mit ihren Schuldgefühlen. Wer von uns möchte denn einwilligen, daß man unsere Liebsten ohne Gegenwehr dem Tod überläßt? Da war selbst ein völlig sinnloser, kostspieliger Gewaltangriff besser als gar nichts.

Im übrigen galt es, sich vor Gerichtsverfahren zu schützen. Es war keineswegs ungewöhnlich, daß die Angehörigen einer Nicht-Code-Einstufung des Patienten zunächst zustimmten, nach seinem Tode jedoch von heftigen Schuldgefühlen heimgesucht wurden, zum Telefon griffen und einen Rechtsanwalt anriefen, der dann Krankenhaus und Ärzte verklagte, weil sie nichts zur Rettung des Patienten unternommen hatten.

Zu guter Letzt gab es noch den Langsam-Code, der in keinem Lehrbuch der Medizin verzeichnet war und auch nicht in den Richtlinien des Medical Center aufgeführt wurde. Langsam-Code bedeutete, daß der Arzt oder die Angehörigen eines Patienten, möglicherweise auch beide, darauf bestanden, einen hilflosen, alten, toten Menschen zum Voll-Code-Fall zu erklären; daß aber die Krankenschwestern und Assistenzärzte in dem Augenblick, da die Körperfunktionen des Patienten zum Stillstand kamen, Schwierigkeiten hatten, sich an die Telefonnummer zu erinnern, die in einem solchen Moment anzurufen war, um die Krankenhauszentrale über den Eintritt einer Blau-Code-Situation zu benachrichtigen. War es die Null – für die Zentrale? Mußte man den R-Knopf für Rezeption drücken? War es die 911? Oder war es eine externe Telefonnummer? »Müssen wir die Neun vorwählen?« Bett Sieben war für einen solchen Langsam-Code vorgesehen, allerdings nur unter der Voraussetzung, daß nicht gerade der Hippopanz Dienst hatte, wenn Bett Sieben sich verabschieden wollte.

Werner riß einen Pharma-Werbekuli aus seinem Laborkittel und klickte den Stift ein paarmal ein und aus. Er kritzelte die Arzneien und Dosierungen, die Stella für ihn herunterleierte, aufs Papier. Dann ging er zum Monitorschaltpult und vergrub sich von neuem in die Laborunterlagen für Bett Sieben, klickte wieder heftig mit dem Kugelschreiber, bis die einzelnen Klickgeräusche in ein fortlaufendes Hochfrequenz-Kugelschreibersurren übergingen, das beinahe so nachhallend intensiv war wie der Lärm von Werners Nervenimpulsen – ein Musikinstrument, das ein Trauerlied mit dem Titel ›Der Tod von Bett Sieben‹ intonierte. Werner blätterte durch die Seiten der Krankenunterlagen von Bett Sieben; das Kugelschreiberklicken wurde immer schneller. Es war Poindexter gewesen, der die These aufgestellt hatte: Wenn man die Häufigkeit des Klickens auf der einen und Werners Hirndruck auf der anderen Achse eines X/Y-Diagramms registrieren könnte, so würde die Grafik ein direktes Verhältnis zwischen beiden Vorgängen demonstrieren, und auf dieser Grundlage würde sie sich als Hilfsmittel für die Diagnose verwenden lassen, sofern man umgekehrt ein reziprokes Verhältnis zwischen Werners Hirndruck und dem Zustand des jeweiligen Patienten berücksichtigte. Kurzum, wann immer ein Patient zur letzten Reise antrat, drehte Werner durch.

Stella steckte den Kopf durch die Tür der Kabine von Bett Vier und machte sich durch ein Zischen bemerkbar. Sie gab Werner ein Zeichen, mitzukommen.

»Das hier ist die Neue, die am Abend aufgenommen wurde«, sagte Stella. »Ein Fall von Subduralblutung. Ihr CO_2-Wert beträgt 50, ihr Hirndruck 120.«
»Alter?« fragte Werner.
»Achtzig«, sagte Stella. »Hochgradig abgedrifteter Fall.«
»Sie reagiert auf Ansprache?« fragte Werner.
»Klar doch«, sagte Stella. »Kommen Sie her.«
Die neue Patientin in Bett Vier lag in umgekehrter Trendelenburg-Lage (zur Reduzierung des Drucks im Gehirn mit im Winkel von 45 Grad angehobenem Kopf). Der Kopf war dick bandagiert; aus dem Schädel ragte ein Druck-Monitor hervor, der an das Küchenthermometer des Weihnachtsbratens im Backofen erinnerte.
Stella schnappte sich ein paar Papiertücher und wischte der Patientin den Speichel vom Kinn und überprüfte die Infusionen.
»Der Doktor kommt zur Visite«, sagte Stella in dem typischen Singsangton, der gegenüber Kindern und Kranken verwendet wird. »Das ist Dr. Wienerschnitzel von Ernst. Er ist Ihr Arzt, wenn Dr. Butz nicht zur Stelle ist. Er ist der diensthabende Arzt auf der Intensivstation.«
»Pizza«, sagte Bett Vier und kam vor Anstrengung leicht ins Schlingern.
»Pizza?« wiederholte Werner.
»Immer mit der Ruhe«, sagte Stella. »Es kommt noch besser.«
Werner und Stella standen sich am Bett gegenüber. Werner musterte geistesabwesend die Körperfarbe der Patientin.
»Erzählen Sie Dr. Wienerschnitzel doch mal, zu wem Sie abends vor dem Schlafengehen immer beten«, sagte Stella.
»Pizza«, sagte Bett Vier, deren linkes Bein von einem klonischen Krampf ins Zittern geriet.
»In Ordnung«, sagte Stella. »Lassen wir das Beten sein. Was essen Sie am liebsten?«
»Jesus«, antwortete Bett Vier und untermalte die Antwort mit einem Rütteln an der Bettstange.
»Soll ich die Hirntätigkeit testen, Dr. Ernst?« fragte Stella.

»Fangen Sie an, Schwester Stanley«, befahl Werner und griff nach dem nächstliegenden Klemmbrett, um die Ergebnisse zu notieren.

»Können Sie mir sagen, wo Sie sich befinden?«

»Jesus«, sagte Bett Vier.

»In Ordnung. Können Sie mir sagen, was für einen Tag wir heute haben?«

»Pizza«, sagte Bett Vier.

»Und jetzt«, sagte Stella, die die Bettdecke wegzog, um die Anbindung der Patientin zu überprüfen, »nennen Sie mir bitte noch den amtierenden Präsidenten der Vereinigten Staaten?«

»Jesus«, sagte Bett Vier, während sie den bandagierten Kopf schüttelte und an ihren Fesseln zerrte.

Stellas Anwendung der Sokratischen Methode wurde durch aufflackernde Geschäftigkeit und Hilferufe aus der Kabine von Bett Drei unterbrochen, wo die 83jährige, fettleibige Koloskopie aus dem Bettgestell gesprungen war und sich alle Schläuche und Katheter aus dem Leib gerissen hatte. Poindexter hatte Bett Drei auf einen Stuhl bugsiert, vor dem sich ein Tümpel aus Scheiße, Blut, Pisse und Infusionslösungen ausbreitete. Die Verwüstung, welche diese Frau innerhalb von dreißig Sekunden angerichtet hatte, raubte Werner schier die Sprache.

Zwanzig Minuten später herrschte im Todeslabor plötzlich ein wildes Durcheinander von Glockensignalen, Alarmschrillen, Warnsummern, blinkenden Lampen und Video-Anzeigen. Krankenhausangestellte jagten in OP-Kitteln zwischen den Kabinen hin und her und stießen unterdrückte Flüche aus, wenn sie sich gegenseitig in die Quere kamen. Poindexter und Marie Soundso befanden sich zur Behandlung des Hirnarterienaneurysmas bei Bett Acht. Bei Bett Sechs rannte ein Anästhesieteam ein und aus, das verzweifelt nach einem Beatmungsgerät suchte, das imstande wäre, Orcas Lungen aufzublasen. Der Monitor von Bett Sieben zeigte ziemlich übel aussehende ventrikuläre Leitungsstörungen. Der Hippopanz steckte in der Kabine von Bett Drei und schrie etwas von Blutzuckerwerten bei irgendwem …

Die Krankenschwester mit dem viereckigen Brillengestell und

den sommersprossigen Schwabbelfalten tauchte an Werners Seite auf.

»Wir haben in Bett Eins eine Patientin mit schwerer pulmonaler Hypertonie. Sieht so aus, als ob sie einen totalen Herzblock ansteuert. Keine Reaktionen. Der Blutdruck steht auf 70. Die Aderblutgaswerte betragen PO_2 55, PCO_2 79, pH 7,31. Sie hat vor einer Stunde 40 Lasix bekommen, und wir haben eine Isuprel-Einträufelung mit 5 Mikrogramm pro Sekunde laufen. Der Keildruck liegt momentan bei 30. Der Serumkaliumwert ist 6. Die Lungen machen ein Geräusch, als ob sie extrem feucht wären. Wir haben Bruströntgenaufnahmen vom Abend und einen Haufen Blutanalysen.«

Werner überflog das Gekritzel von Dr. Butz, der die Patientin aufgenommen hatte, einfach um sicherzugehen, daß es tatsächlich keine medizinisch relevanten Daten enthielt. Er entdeckte einen wertvollen Hinweis, der diagonal über die Spalte für ›Bemerkungen des Arztes‹ lief: »Patientin scheint schwerkrank bei Einlieferung.«

Saubere Arbeit, Buttgesicht.

»Kreatinin steht bei 3, Blut-Harnstoffstickstoff bei 50«, fuhr die Schwester fort, »der Herzausstoß bei 2,1.«

Werner ging hin, um sich persönlich zu vergewissern. Was er dort in Bett Eins fand, gefiel ihm überhaupt nicht: eine mollige nackte, junge Frau, die am Bett festgeschnallt war. Der Bauch rosarot und blau gefleckt. Auf dem Monitor oben irgendeine verrückte Variation von Herzjagen. Extreme Wellenformen für den Lungenaderndruck. Ein Wald von Infusionsständern, die wie trauernde Anverwandte um das Bett standen. Der endotracheale Schlauch, der mit den üblichen Klebebändern und Knebeln im Rachen festgehalten wurde. Der Druckmesser des Beatmungsgeräts schwang bei jedem Maschinenzug über drei Viertel der Anzeigetafel aus.

»Hier stehen die Dinge nicht gerade zum Besten, Dr. Wienerschnitzel«, sagte Stella, die mit einer großen Spritze eine bräunliche Flüssigkeit aus der Nasensonde der Patientin absaugte. »Ich war schon neugierig, wann Sie auftauchen würden. Der Blutdruck steht momentan bei 70, Tendenz fallend. Was nicht allzuschlimm wäre, wenn bloß nicht ihre pulmonalen Druckwerte stiegen, als ob sie platzen wollte.«

»Primäre pulmonale Hypertonie«, bemerkte Werner.

»Was heißt das?« fragte Marie Soundso.

»Nun ja«, sagte Werner, »es bedeutet, daß sich die Blutgefäße in den Lungen dieser Frau in einem Zustand permanenter Verengung befinden. Durch sie Blut pumpen zu wollen, ist in etwa vergleichbar mit einem Versuch, den Gartenschlauch an einen Trinkhalm anzuschließen und dann den Hahn voll aufzudrehen. Das Blut strömt wieder zurück zum Herzen, auf diese Weise arbeitet das Herz sich zu Tode, und von da an läuft absolut alles schief. ›Primär‹ heißt einfach nur so viel, daß es sich bei dieser pulmonalen Hypertonie nicht um die Folgewirkung irgendeines anderen Phänomens handelt und daß die Ursache unbekannt ist. Gleichzeitig herrscht auf der anderen Seite des Herzens ein zu niedriger Blutdruck. Und damit kommen wir zu einem weiteren Problem; denn wenn man der Frau ein Medikament zur Senkung des Blutdrucks in den Lungen verabreicht, sinkt jedesmal auch der Blutdruck im ganzen sonstigen Körper.«

»Und was kann man dann machen?« fragte Marie.

»Eine Herz-Lungen-Transplantation durchführen«, sagte Werner. »Nur fehlt uns ein entsprechender Spender, und es gibt sowieso schon eine schrecklich lange Warteliste. Wenn Sie mir versprechen, es niemandem zu erzählen, könnten wir uns aber auf Zehenspitzen ins Kaffeezimmer schleichen und dort den Hippopanz mit Lachgas vergasen, ihr dann auf dem Kaffeetisch den Brustkorb öffnen, Herz und Lungen herausnehmen und der Patientin einpflanzen, die Patientin in die Intensivstation auf dem achten Stock verlegen und den Popanz in die Leichenhalle runterschicken.«

»Und in der Zwischenzeit«, sagte Stella, »geben wir Bett Eins Dopamin, um den Blutdruck zu halten, und Nitroprussid, um den Druck in den Lungenadern möglichst zu senken. Ungefähr so, wie wenn man den Brand eines Hauses in Alaska mit Benzin und Wasser bekämpft – in der Hoffnung, daß das Wasser den Brand des Hauses löschen und das Benzin das Kaminfeuer in Gang halten wird.«

Werner kehrte zum Schaltpult zurück, um sich in die Krankenunterlagen von Bett Eins zu vertiefen.

»Scheiße«, murmelte er und spürte, wie ihm unter den Achseln der Schweiß ausbrach. »Wo sind bloß die Testergebnisse für die Blutgase, die man der Patientin am Nachmittag entnommen hat? Wo sind die Laboruntersuchungen vom Zeitpunkt der Einlieferung? Wo ist das verdammte Hämoglobin geblieben, das man ihr am Nachmittag hätte entnehmen müssen?«

Niemand antwortete auf seine Fragen; das gesamte Personal hatte an den Maschinen in den Kabinen zu tun. Werner machte Notizen, hielt inne, um einen Blizzard von Kugelschreiberklikken loszulassen, schrieb, klickte, schrieb.

»Wie kann man nur von mir erwarten, daß ich ohne irgendwelche Laboruntersuchungen Medizin praktiziere?«

Aus der Kabine von Bett Acht kam Poindexter hervor, der einen langen Ausdruck hinter sich herzog. Hager und knochig wie er war, wirkte er wie ein Ichabod Crane in OP-Outfit. Er ignorierte das Schild mit der Aufschrift »Bitte nicht stören«, das irgendein Witzbold Dr. Ernst hinten auf den Laborkittel geklebt hatte, und klopfte Werner auf die Schulter.

»Hören Sie, Wiener«, sagte Poindexter, »ich weiß, daß Sie vollauf mit Bett Eins beschäftigt sind. Aber der Blutdruck von Bett Acht steht auf 50, obwohl die Ballonpumpe schon auf Hochtouren läuft.«

Werner klickte wieder mit dem Kugelschreiber drauflos.

»Sagen Sie, Poin – woher kriegen wir eigentlich diese Stifte? Kommen die nicht aus dem Labor?«

»Doch«, sagte Poindexter. »Wieso?«

»Könnten Sie mir einen neuen besorgen? Dieser ist fast abgenutzt. Ich hab' gern ein schönes, responsives Klicken, wenn ich drücke. Aber die Sprungfeder verliert nach ein paar Wochen irgendwie jedesmal die Spannkraft.«

»Ich werd' mich drum kümmern, Dr. Wiener.«

Um 04.00 Uhr gelang es Werner endlich, auf ein Nickerchen im Raum der diensttuenden Assistenzärzte zu verschwinden. Er versank für drei Minuten in Tiefschlaf und wurde von durchdringenden Schreien geweckt. Er lag in der unteren Koje des

Dienstzimmers gefangen. In dem trüben Dämmerlicht schlugen urplötzlich auftauchende finstere Schatten mit ihren Flügeln auf ihn ein. Fledermäuse mit Menschengesichtern schwärmten ihm um den Kopf; ihre weißen Krallen hatten es auf seine Augen abgesehen. Er wehrte sie ab, er schrie auf, er ruderte mit den Armen und wollte sie fortjagen, bis ihm auf einmal klar wurde, daß die geflügelte Dämonenschar nichts weiter war als sein schrillender Piepser – der batteriebetriebene elektronische Aasgeier an seinem Gürtel, der Tag und Nacht sein Blut saugte und ihm jetzt zukreischte: »Blau-Code Intensivstation neunter Stock. Blau-Code Intensivstation neunter Stock. Blau-Code Intensivstation neunter Stock.«

Werner schwang die Beine aus dem Bett und versuchte sich im Dunkeln zu orientieren. Dann sah er den Streifen Licht, der unter der Tür hereinfiel; damit fand er den Türknauf, und schon war er auf dem Weg.

Auf dem Korridor blendete ihn das grelle Licht. *Wenn das jetzt keine wirklich wichtige Angelegenheit ist, dann gnade Gott,* dachte Werner. *Das sollte besser ein Patient unter zweiundsiebzig sein.* Wenn der Patient über zweiundsiebzig Jahre alt sein sollte, würde Werner nach unten laufen und sich in »Simon's 24-Stunden-Pfandleihe« eine .357 Magnum kaufen und in einem Rausch von Blutdurst wieder zur Intensivstation hochfahren. Als erstes würde er dem Hippopanz in die Kniescheiben ballern; dann würde er in jeden Patienten über zweiundsiebzig ein ganzes Magazin leeren. Er würde allen Patienten mit Nierenversagen literweise Wasser zu trinken geben und alle chronischen Lungenfälle vom Beatmungsgerät abnehmen und ihnen Zigaretten zu rauchen geben. Und anschließend würde er mit der Pistole in der Hand von Kabine zu Kabine gehen und die Patienten fragen, ob sie lieber gleich sterben oder erst noch drei Monate auf der Intensivstation durchmachen wollten. Schweigen oder Unfähigkeit zu antworten würde er als Aufforderung zur Exekution deuten.

Der griechischen Mythologie zufolge lag das Schicksal der Menschen in den Händen von drei alten Frauen, den Töchtern des Gottes der Nacht, den Moiren, die den Lebensfaden spinnen und willkürlich über Geburt und Tod jedes Menschen entscheiden. Klotho spann den Faden, Lachesis bemaß ihn, und wenn das Leben zu Ende ging, schnitt Atropos den Faden mit einer Schere ab. Die Moiren galten als grausam, weil sie alles Bitten und Flehen ignorierten. Selbst Zeus war ihren Entscheidungen unterworfen.

»Was meint ihr, Mädels?« sagte Lachesis. »Sollen wir ihn abschneiden?«

»Nee«, sagte Klotho und spielte ihrer Schwester weiteren Faden zu. »Wir wollen den Faden noch ein bißchen länger laufen lassen und mal gucken, ob was Komisches geschieht.«

In Griechenland mochten die Moiren ja Zeus befehlen können, was zu tun und zu lassen war. Auf der Intensivstation im neunten Stock hingegen hatte Werner das Sagen.

Die automatische Tür öffnete sich. Werner betrat das Todeslabor und füllte seine mächtigen Lungen mit dem Geruch. Er war ein Ritter, der sich von neuem auf eine gefahrvolle Reise durch die dunklen Schrecken der Intensivstation wagte, wo ihm kein Lichtstrahl leuchtete außer der Vernunft, die von seinem eigenen formidablen Geist ausging. Sein Weg war getränkt mit Blut, sein Leib ermüdet, sein Gehirn erschöpft.

In die Intensivstation im neunten Stock war das Blau-Code-Team eingedrungen, fremde Krankenschwestern, die absolut überzeugt waren, daß der Tod eines Menschen über achtzig einen medizinischen Notfall darstellte. Die Station war zu einem Tollhaus von zänkischer Inkompetenz und Wutanfällen geworden. Grüppchen von Angestellten in Weiß rasten mit Wägelchen und Maschinen über den Flur.

Die Stimme von der Zentrale meldete den Codefall noch einmal über Sprechanlage.

»Wo?« fragte Werner.

»Bett Sieben. Herzflattern.«

Schwestern und Techniker strömten auf die Kabine von Bett Sieben zu und zogen Monitore und Gerätschaften auf Rädern hinter sich her. Der Patient wurde von einem Dutzend Menschen mit Wagen und Maschinen umzingelt – ein alter Mann, dürr wie ein ausgehungertes Kind, dem überall Schläuche und

Kanülen im Körper steckten; ein Saum aus Klammern, Drähten und schwarzen Nähten lief von seinem Bauch bis zur Kehle hoch.

Und schon wurden die Edelstahlinstrumente, die Nadeln, die Sonden, die Röhren und Elektroden in Anschlag gebracht.

»Wo ist der Arzt?« rief ein Schwesternneuling im Blau-Code-Team. »Ich habe die Manschette an seinem ET-Schlauch festmachen wollen, und dabei hat er einen Riß bekommen. Er kriegt keinen Sauerstoff mehr!«

»Ja«, sagte Werner mit einer Grimasse, »und ich keinen Schlaf. Nun entspannen Sie sich mal. Okay?«

Werner hing das Haar in wirren, verfilzten Locken auf dem Kopf, seine Augen waren blutunterlaufen, er schielte vor Schlaflosigkeit. Er knöpfte sich die OP-Montur zu und begab sich in die Kabine von Bett Sieben.

»Genehmigen Sie sich notfalls einen Drink«, sagte er zur Schwester, »aber Sie müssen sich entkrampfen. Ist die O_2-Zufuhr klar?«

Am Kopf des Bettes zog jemand Bett Sieben eine Maske mit einem schwarzen Gummisack daran übers Gesicht. Der Gummisack wurde von einer Schwester gedrückt. Er preßte reinen Sauerstoff in die Luftröhre von Bett Sieben.

Ein stämmiger Pfleger, der einer anderen Intensivstation angehörte, stieg auf einen Hocker und bearbeitete das genähte und geklammerte Brustbein von Bett Sieben mit seinen massigen Fäusten.

»He, Hoss«, sagte Werner und berührte ihn am Arm. »Nun mal langsam, ja? Hören Sie denn nicht, wie es kracht? Das Krachen rührt daher, daß der Schwertfortsatz wegbricht.«

»He«, sagte der Mann, »diesem Kerl wurde der Brustkorb vor zwei Tagen kaputtgemacht. Da kann ich vorsichtig sein, wie ich will, Sie werden's trotzdem krachen hören.«

»Okay«, fuhr Werner ihn an. »Sie halten sich jedenfalls an meine Anweisungen. Verstanden?«

Eine ältere Frau in OP-Kleidung und mit einem Papierhaarnetz auf dem Kopf kam mit einem schwarzen Sack und einer Kollektion Plastikbeutel mit Schläuchen in die Kabine.

»Ist das die Anästhesie?« fragte Werner, ohne den Blick vom Herzmonitor zu nehmen.

»Nein«, erwiderte die Anästhesieschwester, die hinter ihn trat, »es ist Madonna. Ich werd' Ihnen ein paar Songs vorsingen.«

»Dann wollen wir ihm mal wieder seinen Schlauch einführen«, meinte Werner lachend.

Die Anästhesieschwester begab sich ans Kopfende des Bettes und bog den Kopf von Bett Sieben hintenüber, bis der Adamsapfel hervortrat. Der Hals war so dürr wie eine Hähnchenkehle.

»Okay, Cowboy«, sagte sie und schob dem Patienten eine Metallsonde in den Hals. »Und jetzt stillhalten, nur eine Sekunde.« Sie schickte der Sonde einen langen Plastikschlauch von der Dicke eines wohlgeratenen Mittelfingers nach.

»Verdammt noch mal«, schimpfte sie. »Er hat draufgebissen!«

»He«, sagte sie und beugte sich über das Ohr des Patienten. »Sie dürfen nicht auf den Schlauch beißen, verstanden?«

»Geben Sie ihm zehn Milligramm Anectine«, sagte Werner. »Das wird die Muskelbeherrschung lang genug außer Gefecht setzen, um den Schlauch einzuführen. Bringen Sie einen zweiten Schlauch ein. Blutgase.«

Dem Patienten wurden Nadeln in beide Arme und den Hals gesteckt und weitere Brustkompressionen verabreicht. Die Kanüle einer gläsernen Spritze fuhr ihm in die Lende und wurde mit schwarzem Blut vollgesaugt.

»Anectine ist drin.«

»Hier ist der Schlauch.«

Die Anästhesieschwester mit dem Papierhaarnetz auf dem Kopf riß Bett Sieben mit der Metallsonde die Kinnbacken auf und schob den Schlauch wieder in ihn hinein.

»Jetzt müßte es klappen«, meinte sie. »Bitte auf Atemgeräusche achten.«

Die Maske wurde von dem schwarzen Gummisack abgetrennt. Der schwarze Sack wurde mit dem Schlauch verbunden, und mit jedem Druck des Sackes hob und senkte sich der Brustkorb von Bett Sieben.

Eine Schwester griff nach zwei elektrischen Metallscheiben mit Griffen und Leitungen daran. »Wieviel?« fragte sie und hob den Blick zu Werner.

»Zweihundert«, sagte Werner, der den grüngerasterten Herzmonitor scharf im Auge behielt. »Verbindet diesen Mann mit einem Monitor, der uns ein paar Streifen ausdruckt – für die Nachwelt.«

Ein Techniker versah den Torso von Bett Sieben mit zwei Gel-Pflastern, für jede der beiden Elektrodenscheiben eines, damit sie nicht die Haut versengten.

»Alle Mann zurück!« rief die Schwester und brachte die Elektrodenpaddel mit den Gel-Pflastern auf dem Brustkorb des Patienten in Kontakt.

Bett Sieben zuckte wie ein Frosch beim tödlichen Stich ins Rückenmark. Das ganze Team hielt inne und starrte auf die verschiedenen Monitorschirme, um das Ergebnis seiner Bemühungen zu begutachten. Offenbar fand man die Bilder auf dem Schirm unbefriedigend; denn die Schwester machte sich wieder mit den Elektroden startbereit.

»Warten Sie mit den Kompressionen!« sagte Werner und berührte den stämmigen Dummkopf am Oberarm, während er den Monitor beobachtete. »Was ist denn das? Noch mehr Flimmern? Okay, schocken Sie ihn noch mal.«

»Alle Mann zurück!« schrie wieder die Schwester mit den Elektroden, die es dem Patienten anscheinend voll geben wollte. Der ausgemergelte Alte in Bett Sieben zuckte unter dem elektrischen Schock.

»In Ordnung«, sagte Werner, der das grüne fluoreszierende Signal studierte, das im Zickzack über den Monitor lief. »Mal sehen, was wir erreicht haben. Kompressionen unterbrechen! Scheiß-Spaghetti sind alles, was wir gekriegt haben. Die Kompressionen fortsetzen. Okay, versuchen wir's mit einer weiteren Ampulle Bikarbonat, mit noch ein bißchen mehr Epinephrine und vielleicht auch noch ein bißchen Atropin. Ach ja, und Corned beef auf Roggenbrot. Haben wir hier nicht den Herrn vor uns, der Corned beef mit Mayonnaise und heißem Senf auf Roggenbrot geordert hat?«

Die Kabine erdröhnte vom Gelächter.
»Bikarbonat ist drin«, sagte eine Schwester.
»Epinephrine ist drin«, sagte jemand anders.
»Hat er gekotzt, bevor man ihm den Schlauch einführte?« wollte die Krankenschwester am Kopfende des Bettes wissen.
»Ich weiß nicht«, sagte ein Techniker. »Warum?«
»Weil er's nämlich jetzt tun wird. Absaugen!«
Zwei oder drei Pfleger rollten Bett Sieben auf die Seite. Bett Sieben erbrach rund um den Plastikschlauch eine schwarze Teermasse.
»Sieht ganz nach altem Blut aus«, sagte Werner. »Außer ihr Kerls habt ihn mit Wagenschmiere abgefüllt.«
Werner hob das Bettuch, um den gebrechlichen Rumpf von Bett Sieben zu entblößen, der vernäht und verklammert war und von Schläuchen überquoll.
»Was haben wir denn hier? Senkgruben in seine Gedärme?« fragte Werner und hielt zwei Schläuche hoch, die in den Bauch von Bett Sieben genäht waren. »Okay, Sheldon-Kanülen. In Ordnung. Ein Arterienkatheter. Ein Hickman-Katheter. Zwei Brustschläuche.«
»Versagen aller Körperfunktionen«, sagte jemand.
»Wie alt ist er eigentlich?« fragte ein anderer.
»Neunundsiebzig.«
Nach fünfzehn bis zwanzig Minuten fortgesetzten Traktierens durch Schläge, Elektroschocks, Stechen mit Injektionsnadeln, während das Personal mit Röntgengeräten und Blutproben bei gleichzeitigem Erzählen weiterer guter Blau-Code-Witze hin und her lief und die Monitore bizarre Wellenformen anzeigten, wurde schließlich alles ein wenig geruhsamer. Die Ohrläppchen von Bett Sieben verfärbten sich von Blau über Purpur und tiefes Mauve zu einer Nachtfarbe von einer so dunklen, unheimlichen Intensität wie die rauchblaue Düsternis des Enzians in D. H. Lawrences Gedicht.
Am zentralen Schaltpult nahm eine Schwester einen Telefonanruf entgegen, indem sie den Hörer zwischen Kinn und Schlüsselbein klemmte und rasch mehrere Meter EKG-Streifen aufrollte.

»Ich hab' ein paar Laborergebnisse bekommen«, schrie sie. »PO_2 beträgt 12, CO_2 steht bei 94, pH bei 7,03, Kalium bei 7 ...«

Es waren dermaßen schlechte Werte, daß alle lauthals lachten.

Werner hob die Hand. »Darf ich um eine Herzspritze bitten?« sagte er.

Eine Schwester bereitete eine Spritze mit einer wirklich üblen 22-cm-Kanüle vor, die in der grellen Beleuchtung aufblitzte und so bösartig wirkte wie der Stachel eines Teufelsfisches aus Edelstahl.

Werner hielt sie hoch und spritzte ein paar Tropfen in die Luft. Dann setzte er die Nadel genau unterhalb des Thorax an und führte sie Richtung Nord/Nordwest auf das Herz zu. An der Einstichstelle trat ein Rinnsal dunklen Blutes heraus.

»Wenn auch das nichts nützt«, sagte Werner, »geben wir auf.«

Es half nichts. Werner beendete den Code.

Eine Schwester am Computerschaltpult verständigte Harold in der Leichenhalle.

Gelächter und das Geräusch von Maschinenwagen, die davongeschoben wurden. Irgendwer hatte auf dem Fernseher von Bett Sieben ein Sportprogramm mit Spitzen-Ringern eingeschaltet. Weitere Blau-Code-Witze. Ganz besonders komische.

Eine Krankenschwester berührte Werner am Ellbogen und teilte ihm mit, daß im Gästefoyer die Familie von Bett Sieben auf ihn wartete.

»Wer ist es denn?« fragte Werner.

»Die Ehefrau«, sagte die Schwester. »Der Sohn war schon nach Hause gegangen, ist aber wieder auf dem Weg hierher. Die Frau wartet im Besprechungsraum B.«

Werner schlenderte über den Korridor. Sein Gehirn drehte sich im Dämmerschleier der Erschöpfung, als er sich zu erinnern bemühte, was normale Menschen empfinden, wenn der Verlust eines lieben Angehörigen sie trifft. Er konnte sich einfach nicht mehr erinnern. Der Tod war etwas so Normales geworden wie das allherbstliche Zusammenharken und Wegkippen des Laubs auf den Komposthaufen. Wollten die Verwandten vielleicht so etwas wie Bett Sieben mit nach Hause nehmen und jahrelang daheim aufbewahren?

Er bog um die Ecke und marschierte durch die Reihen der benommenen, übermüdeten Patientenangehörigen im Foyer zum Besprechungsraum B. Als er die Tür öffnete, sah er eine einsame alte Frau, die mit einem Rosenkranz um die Hände auf dem nackten Fliesenfußboden kniete.

In den Achtzigern, dachte Werner. *Ödem der Knöchel, Fettleibigkeit, Grauer Star, Hörgerät, Stützstrümpfe, orthopädische Schuhe, Besenreiser im Gesicht, Punktblutung, eventuell Gicht, Jodmangel ...*

»Bitte, sagen Sie mir, daß Sie sein Leben gerettet haben«, flehte sie Werner an und ergriff seine Hand. »Sagen Sie mir, daß ich nicht allein auf der Welt bin.« Sie biß sich auf die Hand, näßte sie mit ihren Tränen. »Bitte, Doktor, sagen Sie mir, daß ich nicht allein bin.«

Eventuell Bellsche Paralyse, überlegte Werner, als er das Herunterhängen der linken Gesichtsseite bemerkte, *möglicherweise aber auch Frühstadium der Parkinsonschen Krankheit.*

»Ihr Mann ist verstorben«, sagte Werner. »Wir konnten nichts machen.« Er berührte sie an der Schulter und empfand sich plötzlich als einen gewöhnlichen Menschen – als ob er sich hinsetzen und mit ihr weinen könnte, falls er sich wirklich darum bemühte.

Sie preßte sich die Hände vors Gesicht und fiel zu einem Berg von schwabbeligem Fleisch und alten Knochen zusammen. Werner richtete sie auf und setzte sie auf einen Stuhl mit harter Rückenlehne.

»Bitte, bitte, bitte, gehen Sie wieder zu ihm zurück und retten Sie sein Leben, ja?« sagte sie, nahm seine Hand und hielt sie sich gegen die feuchte Wange. »Sie werden das Leben meines Mannes retten, nicht wahr?«

»Wir haben alles getan, was in unserer Macht stand«, sagte Werner leise. »Eine Schwester wird Ihnen gleich Beistand leisten.«

»Lassen Sie nicht zu, daß Gott ihn mir nimmt. Lassen Sie nicht zu, daß Gott ihn mir wegnimmt.«

Danach taumelte Werner wieder in die Intensivstation zurück, um die Details der Code-Aktion einzutragen.

»Seine Frau ist ziemlich außer sich, was?« sagte Stella.

»Wenn Sie meinen, daß sie jetzt schon außer sich ist«, sagte Werner, »dann warten Sie mal, bis sie die Krankenhausrechnung erhält.«

»Hundselend sehen Sie aus«, sagte Stella. »Warum gönnen Sie sich nicht ein Nickerchen? Die Eintragungen können Sie doch auch später machen.«

»Wozu schlafen?« brummte Werner. »Da kommt man doch nur zum Nachdenken.«

»Ich mein' es ernst«, sagte Stella. »Sie sehen furchtbar aus. In so einem Zustand dürfen Sie keine Patienten behandeln.«

»Ganz im Gegenteil«, sagte Werner. »Ich kann den Patienten nur deshalb eine ausgezeichnete Behandlung zukommen lassen, weil ich mich in diesem Zustand befinde. Sie sind wohl der Meinung, ein Arzt, der seit zwei Tagen ohne Schlaf ist, sei unfähig, gute medizinische Arbeit zu leisten. Ha! Glauben Sie etwa, daß der Ärztestand – eine in unserem Land höchst einflußreiche Lobby – die gegenwärtige Situation der Assistenzärzte zulassen würde, wenn sie dadurch nicht bessere Ärzte würden? Der Ärztestand verabscheut alles, was nicht zur Mehrung ärztlichen Fachwissens beiträgt. Überlegen Sie doch mal! Die Sache ist ganz einfach. An Stelle von drei Ärzten, die täglich acht Stunden arbeiten, stellt man einen Arzt oder eine Ärztin ein, der oder die 24 Stunden pro Tag arbeitet! Auf die Weise wird nicht nur mehr geschafft, sondern diese Ärzte sind in den letzten sechzehn Stunden einer schlaflosen Dienstschicht auch qualitativ bessere Ärzte, weil sie nur noch an eins denken können, nämlich an die Medizin!

Man hält uns 48 Stunden lang auf den Beinen, bis wir aus Schlafmangel und Überarbeitung schließlich in eine hypnagoge Betäubung versinken. Solche Benommenheit führt ihrerseits zum Ausfall aller kontraproduktiven, unmedizinischen Gedanken. Wenn man uns zwei oder drei Jahre lang jede zweite Nacht wachhält, hat das ausgesprochen positive Auswirkungen auf das Langzeitgedächtnis und die innere Einstellung als Arzt, weil wir bald alles nutzlose nicht-medizinische Wissen vergessen haben, mit dem unser Gehirn vor dem Medizinstudium vollgestopft war.«

»Machen Sie, daß Sie heimkommen«, sagte Stella. »Gehn Sie nach Hause. Schlafen Sie. Bevor es zu spät ist.«

Werner griff zu seinem plötzlich losschrillenden Piepser, drehte die Lautstärke herunter und folgte einem Ruf zur Intensivstation im achten Stock.

»Ich muß hin, um in Befolgung des hippokratischen Eids meinen Dienst zu verrichten, aufrecht und ehrenvoll, einzig dem Wohle meiner Patienten verpflichtet.«

»Ja«, sagte sie. »Nur haben Sie den ersten Teil des Eides vergessen – daß Sie ihnen zuallererst mal keinen Schaden zufügen dürfen.«

13

Bei Tagesanbruch machte Werner sich daran, die Details der fehlgeschlagenen Code-Aktion bei Bett Sieben ins Krankenblatt einzutragen. Später erschien dann Harold nebst Patientenwagen mit Spezialeinsatz.

»Da bin ich«, sagte Harold zu Stella, nahm den Kunststoffüberzug vom Wagen und öffnete das Edelstahlfach. »Wo ist der Patient ohne Körpertemperatur?«

»Bett Sieben«, sagte Stella.

»Leiden und sterben, leiden und sterben«, beschwerte sich Harold. »Kann sich nicht mal jemand was anderes ausdenken? Erinnert ihr euch noch an den Kerl, es ist schon ein paar Jahre her, der sich aufsetzte und sich den Schlauch herauszog, nachdem der Arzt Stunden vorher die Sterbeurkunde ausgefüllt hatte? Das war mal was anderes.«

Stella druckte die Etiketten für die Leiche aus und reichte sie Harold.

»Sie werden uns bestimmt 'ne Abwechslung bieten, wenn Sie an die Reihe kommen, Harold«, sagte sie. »Wenn Sie wirklich berühmt werden wollen, lassen Sie nach Ausstellung Ihrer Sterbeurkunde drei Tage rumgehen, bevor Sie zuschlagen – ganz egal wie.«

»Woran ist er denn gestorben?« fragte Harold mit einem Kopfnicken in Richtung von Bett Sieben.

»Versagen aller Körperfunktionen«, antwortete Werner, ohne von den Unterlagen hochzublicken.

»Und wie kriegt man so was?« fragte Harold.

»Sobald wir das Schlamassel von Bett Sieben beseitigt haben«, sagte Stella, »legen wir Sie in das Bett da drüben und zeigen es Ihnen.«

»O nein«, sagte Harold. »Nein, vielen Dank, Ma'am. Ich bin

mein Lebtag nie krank gewesen. Ich bin mit Leiden und Sterben noch nicht an der Reihe.«

»Daß Sie bisher noch nie krank waren, ist überhaupt kein Hinderungsgrund«, sagte Werner. »Es kann schon beim erstenmal klappen. Entscheidend ist nicht das Krankwerden, sondern daß man dann nicht wieder gesund wird. Und das Sterben selbst dauert nie länger als einen Tag; nur der Grad des Leidens ist unterschiedlich.«

Harold riß die Schläuche und Leitungen von Bett Sieben heraus und stopfte sie in Müllsäcke. Dann zog er den ET-Schlauch heraus und klappte dem Toten die Kinnlade hoch. Der Ehering verschwand in einem gelben Umschlag. Harold drückte dem Toten die Augen zu und legte die Leiche gerade.

Werner sah durch das Fenster der Kabine auf die purpurne nackte Leiche. Für einen Augenblick beneidete er Bett Sieben um den ewigen Schlaf. Er überflog die Krankengeschichte und die persönlichen Daten. Vor vier Monaten war Bett Sieben gemeinsam mit seiner Frau Eigentümer eines hypothekenfreien Eigenheims gewesen und war mit Bauchschmerzen und Schwierigkeiten beim Wasserlassen zum Medical Center gekommen. Jetzt verließ er das Krankenhaus mit den Füßen voraus, und sein Eigenheim gehörte dem Medical Center.

Werner stierte durchs Fenster auf Bett Sieben. Ihm kam die Frage in den Sinn, ob es sich wohl lohnen mochte, sich umzubringen für einen solchen Schlaf. *Vielleicht liegt der einzige Unterschied zwischen Schlaf und Tod darin*, überlegte er, *daß der Tod den Menschen tötet.* Vielleicht würde er, Werner, eines Tages so erschöpft sein, daß der Wahnsinn aus seinem Unbewußten emporstieg, ihn überwältigte und ihn zwang, sich vor einen Omnibus zu werfen oder von einem Felsen hinabzustürzen: »Ich hab' dir doch gesagt, daß wir unbedingt Schlaf brauchen!« Vielleicht brächte es ihm das sofortige Karma. Als Strafe dafür, daß Werner die Patienten nicht sterben ließ, ließ Gott nicht zu, daß er Schlaf fand.

Werner beobachtete den Herzrhythmus von Bett Fünf. Bett Fünf erging es wie Werner – für sie beide begann nach einer schlaflosen Nacht wieder einmal ein normaler Arbeitstag.

Ohne fest zur Tat entschlossen zu sein, stellte Werner doch Überlegungen an, wie er sie ausführen könnte. Die Spezialisten überprüften das Beatmungsgerät pünktlich zu Beginn jeder vollen Stunde. Bett Fünf bekam intravenös Dopamin – das Medikament verengte alle Blutgefäße des Körpers und hielt auf diese Weise den Blutdruck künstlich hoch. Ohne Dopamin würden bei Bett Fünf sehr rasch Schlaganfall und Herzstillstand eintreten. Den Patienten, die auf Dopamin gesetzt waren, wurde deshalb alle dreißig Minuten der Blutdruck gemessen.

Am günstigsten wäre ein Zeitpunkt während der Tagesschicht – tagsüber gab es jede Menge Zeugen, die bestätigen könnten, daß nichts Irreguläres vorgefallen war. Werner könnte sich unmittelbar nach Abschluß des stündlichen Checks des Beatmungsgeräts und der halbstündlichen Überprüfung des Blutdrucks in die Kabine von Bett Fünf schleichen und die Dopaminzufuhr auf ein bloßes Tröpfeln reduzieren. Außerdem könnte er den Sauerstoffgehalt beim Beatmungsgerät von 70 Prozent auf normale Raumluftwerte umstellen, ohne daß dadurch die zugeführte Luftmenge verändert und somit Alarm ausgelöst würde. Anschließend würde er einfach 25 Minuten lang warten. Falls Bett Fünf bis dahin keinen Code-Alarm auslöste, könnte Werner erneut unbemerkt zu ihm hineinschlüpfen, vor dem halbstündlichen Blutdruck-Check das Dopamin zurück auf Normalzufuhr einstellen und nach dem Abgang der Krankenschwester wieder herunterdrehen. Selbst für den Fall, daß die Senkung des Blutdrucks bemerkt werden sollte, kämen Gegenmaßnahmen zu spät; ein tödlicher Schlaganfall wäre nicht mehr abzuwenden. In Anbetracht des Allgemeinzustands von Bett Fünf würden wahrscheinlich die ersten dreißig Minuten ohnehin den gewünschten Erfolg bringen.

Das Wie war also kein Problem. Beunruhigender war die Frage nach dem Warum. Falls er Bett Fünf zum Leben nach dem Tode verhelfen würde, warum dann nicht auch Bett Vier oder Bett Drei? Dann würde er ganz schnell zum großen Anti-Arzt werden, der unauffällig herumschlich und Patienten auslöschte wie Kerzen – und damit rechnen mußte, daß sich irgendwann einmal das Team eines TV-Nachrichtenmagazins auf ihn stürzen und einen Dokumentarfilm drehen würde. Dr. Tod vergiftet Patienten. Leichengräberarzt schlägt wieder zu.

Waren es physische Gründe, die ihn zu diesen Überlegungen trieben? War es der schauderhafte physische Zustand von Bett Fünf oder die Wirkung, die Felicia auf die Physis des Arztes hatte? Werner sah sich in einem ethischen Dilemma. Es war ethisch richtig, Bett Fünf sterben zu lassen; aber Werner war für diese Tat nicht der richtige Mann. Die Rolle, die er in seinem persönlichen Leben spielte, ließ sich mit dem für Bett Fünf und Felicia notwendigen Handeln nicht vereinbaren. Er sah sich in einer ähnlichen Lage wie ein Rechtsanwalt, der seinem anrüchigen Klienten verpflichtet war, obwohl es sich bei dem Prozeßgegner um einen moralisch unanfechtbaren Geistlichen handelte.

Er war zu müde, um alle theoretischen Gesichtspunkte zur Rechtfertigung seines Entschlusses aufzuführen. Eines stand für ihn jedoch instinktiv fest. Er war Arzt; und ein Arzt durfte seinen Patienten nicht töten. Die rationalen Argumente zur Begründung dieser Einsicht würde er schon finden; dazu müßte er nur eine Nacht durchschlafen. Ohnehin würde er Felicia seine Weigerung, auf ihren Wunsch einzugehen, erst nach ihrer Rückkehr aus dem Land der Fernsehträume mitteilen müssen.

Das Schaltpult wurde von dem immer lauter werdenden Getöse der anlaufenden Tagesschicht umbrandet. Die Intensivstation füllte sich mit den *richtigen Ärzten*, mit den Mitarbeitern des Seelsorgediensts, mit Labortechnikern, Anästhesisten, Pflegern und Krankenschwestern, Verwandten von Patienten und Assistenzärzten. Eine dicke Schwester schob ihren Arm durch den Kreis dreier konferierender Assistenzärzte in OP-Kleidung und reichte Werner ein Telefon.

»Hier Dr. Ernst«, sagte Werner, während er die neuesten Anweisungen im Krankenblatt von Bett Fünf studierte.

»Ernst. Hier Wilson«, tönte es aus dem Hörer. »Können Sie herunterkommen ... jetzt gleich?«

»Klar«, sagte Werner. »Was gibt's?«

»Nichts«, sagte Wilson mit gepreßter Stimme. »Gehen Sie einfach zum Empfang im Erdgeschoß und lassen Sie sich den Weg zum Besprechungszimmer der Rechtsabteilung zeigen.«

Werner holte sich noch einen Kaffee und fuhr nach unten. Im Lift sah er sich umgeben von Menschen, die in der vorausgegangenen Nacht geschlafen hatten; sie plauderten munter von Baseballspielen der ersten Liga und Urlaubsplänen. Werners Hirn schien vor lauter Erschöpfung angeschwollen, er fragte sich dumpf, ob der Ton von Wilsons Stimme zu bedeuten hätte, daß jetzt auch eine gerichtliche Schadenersatzklage eingereicht worden war.

Am Empfang wies eine griesgrämige Frau mit blaugetöntem Haar Werner über einen tageshellen Korridor zu einer Doppeltür aus Massivholz. Werner stürzte den Rest des Kaffees herunter und warf den Becher in einen eleganten Abfallkorb. Er drehte den Türknauf und betrat das Besprechungszimmer, wo Wilson und Dr. Hofstader mit einem schlanken Mittvierziger, in dunkelgrauem Anzug und mit Stahlbrille, beim Studium von Unterlagen an einem Tisch zusammensaßen. Hofstaders Anblick jagte Werners Puls in die Höhe. Was hatte der hier –

Wilson und der Mann im grauen Anzug erhoben sich.

»Dr. Ernst, darf ich Ihnen Mitchell Payne vorstellen«, sagte Wilson. »Unser externer Anwalt, der uns im Fall Potter vertritt.«

»Guten Morgen, Dr. Ernst«, sagte Payne und faßte Werners Hand; es war ein kühler, trockener Griff, der für Werners Geschmack viel zu lang dauerte.

Payne war ein gepflegter, 1,80 Meter großer Mann mit graumeliertem Haar im Bürstenschnitt. Die Stahlbrille umrandete ein Paar grüner Augen, die sich forschend auf Werner richteten.

»Bitte nehmen Sie Platz, Dr. Ernst«, sagte Payne und wies Werner am Tisch gegenüber von Hofstader einen Stuhl zu.

Nicht gerade der Platz, den Werner sich ausgesucht hätte. Sein Herz begann erneut schneller zu schlagen. Er bedauerte, sich die zusätzliche Dosis Koffein einverleibt zu haben.

Dr. Hofstader lächelte mit zusammengepreßten Lippen, ohne von den vor ihm liegenden Papieren aufzuschauen.

Payne saß zur Rechten Werners am Tischende und öffnete einen Aktenordner mit Registerblättern, auf denen Werner die fein säuberlich getippten Namen der Ärzte lesen konnte: Butz,

Hofstader, Ernst ... Payne schlug den Teil mit Werners Namen auf.

»Wie Mr. Wilson schon sagte«, begann Payne, »vertrete ich das Medical Center in einer gerichtlichen Auseinandersetzung, die von der Familie Potter wegen der Behandlung eines Patienten namens Joseph F. Potter gegen das Medical Center angestrengt wurde. Ich vertrete auch Sie persönlich«, sagte Payne, »gemäß den Bedingungen der von Ihnen unterzeichneten Vereinbarung einer gemeinschaftlichen Rechtsvertretung.«

»Jawohl«, sagte Werner.

»Wie die Vereinbarung klarstellt, hat meine Loyalität jedoch in erster Linie dem Medical Center zu gelten. Falls Ihre persönlichen Interessen zu irgendeinem Zeitpunkt den Interessen des Medical Center zuwiderlaufen, werden wir darauf bestehen, daß Sie sich separat einen eigenen Anwalt beschaffen. Wie es Ihnen im übrigen selbstverständlich *jederzeit* freisteht, sich einen separaten Verteidiger zu nehmen.«

»Verstehe«, sagte Werner. Langsam begriff er, daß ihm eine lange Sitzung bevorstand, und er fragte sich, ob er nach dem Hexensabbat der vorausgegangenen Nacht dazu überhaupt noch die Kraft oder die Nerven besaß.

»Wie Mr. Wilson mir berichtet hat, befindet sich der Patient auf der Intensivstation im neunten Stock in der Obhut von, unter anderen, Ihnen und Dr. Butz. Ist das korrekt?«

»Korrekt«, sagte Werner.

Payne sprach in knappen, vollständigen Sätzen. Werner hatte entschieden den Eindruck, daß der Anwalt schon lange vor Beginn seines Jurastudiums keinen einzigen planlosen Gedanken mehr gedacht und kein einziges überflüssiges Wort mehr gesprochen hatte. Werner beobachtete das Spiel der Gesichtsmuskeln und das Kräuseln der Kopfhaut unter Paynes Bürstenschnitt beim Sprechen.

Der Anwalt warf Wilson und Hofstader einen Blick zu und sah dann, mit gefalteten Händen, über den Aktenordner hinweg Werner an.

»Wie Mr. Wilson Ihnen gewiß schon erläutert hat«, hob Payne an, »entwickelt sich dieser Fall aus mehreren Gründen zu einem potentiell gefährlichen Verfahren. Erstens könnte er sich leicht zu einem Rechtsstreit wegen gravierender ärztlicher Behandlungsfehler ausweiten oder aber, noch ärgerlicher, zu einem Fall von ungerechtfertigter Behandlung, bei dem das Krankenhaus verklagt wird, weil es einem Patienten, der sich in einem anhaltend decerebralen Zustand befindet, eine angeblich nicht gewünschte ärztliche Behandlung zuteil werden läßt. Zweitens: Durch die Entscheidung des Obersten Gerichtshofs in der Sache *Cruzan gegen Missouri* ist dieses Thema äußerst heikel geworden, und die regionale Presse würde die Gelegenheit, einen diesbezüglichen Fall auf örtlicher Ebene zu verfolgen, nach Kräften ausnützen. Es könnte zu einem Medienspektakel kommen, bei dem das Medical Center und die Ärzte als herzlose Technokraten oder, schlimmer noch, als schamlose Profiteure dargestellt würden, die sich bei einer ärztlichen Behandlung, die von niemandem gewünscht wird, um Tausende von Dollars bereichern. Und der mir seit langem wohlbekannte Sheldon Hatchett«, sagte Payne, »wird den größeren Teil seiner Prozeßstrategie bestimmt nicht im Gerichtssaal, sondern im Nachrichtenprogramm um 18 Uhr vorführen.«

Paynes Rede hatte den Duktus eines Menschen, der es gewohnt ist, daß alles, was er sagt, Wort für Wort niedergeschrieben wird. Ein Appellationsgericht, das eine Bandaufnahme vom Bettgeflüster zwischen Payne und seiner Ehefrau zu studieren hätte, würde die jeweilige Position des Anwalts zweifellos in makelloser Syntax und geschliffener Aussprache zu Gehör bekommen. Werner kam zu dem Schluß, daß der Bürstenschnitt Payne das asketische Aussehen eines Mönches beziehungsweise eines Kriegermönches verlieh, der nur wenige und einfache Lebensbedürfnisse kannte.

»Ich erzähle Ihnen das alles nur aus dem Grund«, sagte Payne und beugte sich zu Werner herüber, um ihm durch die blitzblanken Brillengläser offen ins Gesicht zu blicken, »weil es für Ihr eigenes wie für das Wohlergehen des Medical Center essentiell ist, daß Ihnen die Bedeutung dieses Falles klar und deutlich vor Augen steht.«

»Das tut sie auch«, sagte Werner, ohne seinerseits den Blick zu senken. Er war heilfroh, daß seine ausgetrocknete, vom Koffein zusammengezogene Kehle keinen heiseren Ton produziert hatte.

»Ich erzähle es Ihnen jedoch auch deshalb«, fuhr Payne fort, »weil in diesem Fall etwas ziemlich Merkwürdiges eingetreten ist, das mir zu denken gibt.«

Payne hielt inne und schaute Werner aus solch unmittelbarer Nähe in die Augen, daß dieser Paynes Pupillenreflex erkennen konnte.

»Ich habe meine Besorgnis mit Mr. Wilson und mit Ihrem Vorgesetzten Dr. Hofstader diskutiert«, sagte er und nickte, ohne den Blick von Werner zu wenden, mit dem Kopf in Hofstaders Richtung.

Werner schaute Hofstader an. Der Chef der Inneren Medizin erwiderte den Blick mit ausdrucksloser Miene.

»Wir haben von der Gegenseite eine Ladung für Sie erhalten. Sie müssen bei der Verhandlung erscheinen und als Zeuge aussagen«, erklärte Payne.

Werner spürte, wie unter seinem Hemdkragen eine Hitzewelle hochschoß, ihm durch die Schlagadern jagte und in seinen Wangen und Ohren brandete. Ein Kobold, der sich in seinem Brustkorb versteckt hielt, hob einen Gummihammer und begann erbarmungslos auf die linke Seite seines Rippenkastens einzuhämmern; das Pochen wurde so heftig, daß es nach Werners Empfinden für alle im Raum Anwesenden hörbar sein mußte. Eine typische moderne Erfahrung – er reagierte mit dem Reflex Jetzt-muß-ich-kämpfen-oder-flüchten, ohne daß es einen Gegner gab, gegen den er hätte kämpfen können, oder einen Ort, der ihm Schutz bieten würde.

»Das dürfte kein Problem sein«, widersprach Werner, der seine innere Erregung kaum verbergen konnte. »Wie ich Ihnen mitgeteilt habe«, fuhr er fort und schaute hilfesuchend zu Wilson hinüber, »habe ich der Gegenseite erklärt, daß ich ihr vor Gericht nicht als Zeuge zur Verfügung stehen werde. Das ist der Gegenseite bekannt«, betonte er. »Ich habe es ausdrücklich gesagt.«

Payne stieß ein kurzes, freudloses Lachen aus und warf einen Blick auf Wilson, der den Kopf auf die Hand gestützt hatte.

»In den Verfahrensregeln des Zivilprozeßrechts wird die vorherige persönliche Zustimmung nicht als Bedingung für eine Zeugenvorladung erwähnt«, sagte Payne. »Man kann unter Strafandrohung zu einer Verhandlung geladen und zur Zeugenaussage gezwungen werden – ob es einem paßt oder nicht. Ohne solchen Zwang würden sehr viele Zeugen gar nicht aussagen.«

Payne reichte Werner ein Stück Papier mit dem gleichen Siegel und Briefkopf wie auf den Unterlagen, die ihm zuvor Wilson gezeigt hatte. Werner las einen kurzen Absatz im Haupttext. »Es erscheint hier und heute die Klägerin, in eigener Angelegenheit und der ihres Vaters, Joseph F. Potter, mit dem Wunsch, daß der Angeklagte Dr. Peter Werner Ernst als Zeuge aussagt in der Verhandlung obengenannten Falles am 21. August dieses Jahres um 9.00 Uhr oder sobald nach diesem Termin die Klägerin gehört werden kann.«

In der Ecke links unten auf dem Blatt waren die Worte eingetippt »So angeordnet«; daneben eine unleserliche Unterschrift.

»Das verstehe ich nicht«, sagte Werner. »Sie meinen, daß sie mich gegen meinen Willen zur Zeugenaussage zwingen können, selbst wenn ich *gegen* sie aussagen werde?«

»Das ist genau der Punkt, der uns beunruhigt«, sagte Payne und musterte ihn durch die Gläser seiner Stahlbrille. »Wir sind der Meinung, daß Hatchett Sie nicht unter Strafandrohung vorladen lassen würde, wenn er nicht irgendeinen Grund zu der Annahme hätte, daß Ihre Aussage seiner Partei nützen würde.«

Payne legte eine Pause ein. Werner begriff plötzlich, daß Paynes Redepausen nur ein dramaturgisches Mittel waren, denn Payne wußte ohnehin schon genau, was er sagen wollte und wie er in Werners Gedankenwelt einsteigen konnte, um sich dort ein bißchen umzuschauen.

Payne warf Hofstader und Wilson erneut einen Blick zu, um sie zu einer kollektiven Musterung des Zeugen zu veranlassen. »Wir möchten Sie bitten, sich ein wenig Zeit zu nehmen und darüber nachzudenken, ob Ihnen ein Grund einfällt – *irgendein* Grund, und wenn er noch so zufällig erschiene –, warum Hatchett Sie in diesem Fall als Zeuge laden will.«

Werners Blick streifte Hofstader, und er malte sich kurz den

Ausdruck auf Hofstaders Gesicht aus, falls er davon erführe, daß die Tochter von Bett Fünf in der vergangenen Woche eine Nacht in Werners Wohnung verbracht hatte.

»Dazu fällt mir nichts ein«, sagte Werner.

Payne lächelte. Er lehnte sich auf seinem Stuhl zurück.

»Waren Sie schon einmal in einen Prozeß involviert, Dr. Ernst?«

»Nein«, sagte Werner. Ihm rutschte die Stimme weg.

»Nun gut«, sagte Payne, »dann gestatten Sie, daß ich Ihnen ein paar Dinge klarmache.« Er hielt die Gerichtspapiere hoch, die Wilson Werner vor ein paar Tagen gezeigt hatte. »Dies ist ein Antrag auf eine Einstweilige Verfügung. In solchen Fällen geht alles sehr zügig voran. Selbst wenn wir eine Vertagung dieses Verfahrens erreichen sollten, könnten wir uns schon binnen vierzehn Tagen in einer Verhandlung befinden.«

Werner suchte nach irgendeiner Redewendung, die er von Zeit zu Zeit einwerfen könnte, nach etwas Unauffälligem, das demonstrieren würde, daß er sich nicht zu reden fürchtete und nichts zu verheimlichen hatte. Er entschied sich für die Äußerung: »Ich verstehe.« Sie war kurz und unaufdringlich; sie signalisierte außerdem, daß er folgsam zuhörte.

»Sie werden jetzt also als Zeuge auftreten«, sagte Payne. »Für uns gibt es dabei nur eine Frage: Für welche Seite? Denn entweder werden Sie unser Zeuge sein, oder Sie werden als Zeuge für die Sache der Klägerin aussagen.«

»Ich arbeite nicht mit der Gegenseite zusammen«, protestierte Werner. »Meine Aussage wird dahin gehen, daß eine Gastrostomie bei Bett Fünf angezeigt ist und daß wir eine mögliche gesundheitliche Besserung nicht ausschließen können, bis wir feststellen, welche Wirkung eine adäquate Ernährung auf den Patienten ausübt.«

Werner blickte zu Hofstader hinüber, weil er sich wenigstens Zustimmung in Form eines Kopfnickens erhoffte. Hofstader las weiter in seinen Unterlagen.

»Auf jeden Fall ist es so«, sagte Payne, ohne auf Werners Protest einzugehen, »daß wir uns vor Beginn des Verfahrens mit allen Zeugen zusammensetzen und unsere Zeugen darauf vorbereiten, für das Medical Center auszusagen. Das ist die Phase, die wir als Prozeßvorbereitung bezeichnen. Das eigentliche Ziel besteht jedoch in der Wahrheitsfindung. Und nachdem wir die Wahrheit in Erfahrung gebracht haben, unterweisen wir die Zeugen, wie sie die Wahrheit vorteilhaft formulieren.«

»Ich verstehe«, sagte Werner.

»Gut«, sagte Payne. »Sie müssen begreifen, daß wir die Wahrheit erfahren müssen, *bevor* wir den Fall vorbereiten und bevor wir die Zeugen vorbereiten. Zur Verteidigung des Medical Center und zur Verteidigung aller namentlich aufgelisteten Personen einschließlich der Ihren ist es absolut notwendig, daß wir die Wahrheit wissen. Sonst können wir nämlich keine richtige Entscheidung darüber treffen, wie wir den Fall angehen – ob wir uns mit der Anklage gütlich einigen oder eine Gegenklage einreichen, wen wir als Zeugen benennen et cetera.«

»Ich verstehe«, sagte Werner, der plötzlich merkte, daß sein Blickfeld sich im Gleichtakt mit dem Pulsschlag ausweitete und verengte. Vielleicht litt er unter einer zeitweiligen Trübung der Sehfähigkeit auf Grund einer vorübergehenden Beeinträchtigung der Hirndurchblutung?

»Nehmen wir einmal an, daß Ihnen gewisse Fakten bekannt wären, welche Sie oder das Medical Center in ein schlechtes Licht rücken könnten, falls Sie in den Zeugenstand gerufen würden. Es wäre denkbar, daß Sie solche Fakten ungern enthüllen, weil Sie Repressalien befürchten, entweder juristisch oder seitens Ihrer Vorgesetzten im Medical Center. Aus dem Grund habe ich Dr. Hofstader um Teilnahme an dieser Zusammenkunft gebeten. Sie müssen sich klarmachen, daß in gerichtlichen Auseinandersetzungen, die von kompetenten Anwälten geführt werden, die Wahrheit immer herauskommt; es ist nur eine Frage der Zeit. Sie müssen sich auch bewußt sein, daß es sowohl für Sie persönlich wie für das Medical Center erheblich besser ist, wenn die Wahrheit eher früher als später herauskommt. Falls wir die Fakten im Frühstadium des Verfahrens aufdecken, können wir Beweismaterial erstellen, um negative Fakten zu entschärfen; wir können sie erklären; wir können die andere Seite der Medaille präsentieren; wir können, falls es denn unbedingt sein muß, einen außergerichtlichen Vergleich schließen, damit diese negativen Fakten nicht im Gerichtssaal an die Öffentlichkeit kommen. Wir können negative Fakten jedoch nur dann verbessern, wenn wir von ihnen wissen.«

»Ich verstehe«, sagte Werner.

»Nun bin ich mir ganz sicher, daß Dr. Hofstader, Mr. Wilson und Sie selbst den Eindruck teilen, daß ich zuviel rede. Wir haben Sie schließlich hergebeten, um zu erfahren, was *Sie* uns mitzuteilen haben. Ist Ihnen vielleicht irgendeine Sache in den Sinn gekommen, die Ms. Potters Anwalt veranlaßt haben könnte, Sie als Zeugen für ihre Sache zu benennen?«

Payne nahm einen leeren Notizblock aus seiner Aktenmappe und zückte seinen Füllfederhalter.

Werner blickte sich in dem Raum um, als wäre er aufrichtig bemüht, sich an etwas zu erinnern. »Ich ... ich wüßte nicht, was das sein könnte. Ich habe mit beiden Familienangehörigen mehrmals gesprochen, kann mich aber wirklich nicht an Äußerungen erinnern, die Ms. Potter in diesem Prozeß von Nutzen sein könnten.«

»Sie wird nachzuweisen versuchen, daß der Patient sich in einem decerebralen Dauerzustand befindet und daß weitere ärztliche Behandlung zwecklos wäre«, lockte Payne. »Sie können sich nicht erinnern, ihr etwas mitgeteilt zu haben, das ihr zum Beweis dieser Behauptung dienen könnte?«

Vor seinem inneren Auge sah Werner wieder die Szene, als Felicia ihm die Hand auf den Oberschenkel gelegt hatte: »Sag mir einfach nur, daß ich das Richtige mache«, hatte sie zu ihm gesagt. »Damit meine Seele Ruhe hat und ich nachts schlafen kann.«

»Mir kommt dazu nichts in den Sinn«, sagte Werner.

»Ich verstehe«, sagte Payne mit einem leichten Lächeln.

Werner spürte, daß ihn Payne verspottete. Payne hatte nur deshalb »Ich verstehe« gesagt, weil er wußte, daß Werner das Wort aus purer Nervosität dauernd wiederholt hatte.

Payne hob die Hand und kratzte sich langsam und systematisch das Ohrläppchen – aber nicht etwa, weil es juckte, sondern weil sich in dem Ohrläppchen eine Schalttafel befand, mit der er den Röntgenblick seiner grünen Augen noch schärfer einstellte.

»Vielleicht sollte ich noch auf einen anderen Punkt hinweisen«, sagte Payne und rückte seine Stahlbrille zurecht, um sein Opfer noch gründlicher ins Visier zu nehmen. »Einmal angenommen, Sie hätten vielleicht etwas geäußert, das den Standpunkt der Gegenseite vor Gericht stützen würde, und es nur ... vergessen«, sagte Payne nach Einschub einer neuerlichen vorgetäuschten Denkpause. »Sie haben ihr etwas gesagt, können sich jetzt aber nicht mehr daran erinnern. Die Verteidigungstaktik, die Ronald Reagan anwandte: Ich-glaube-da-kann-ich-mich-nicht-erinnern. Nehmen wir nur einmal an, das träfe auch bei Ihnen zu.«

Werner zuckte mit den Schultern. »Wenn ich mich nicht erinnern kann, dann weiß ich doch auch nicht –«

»Genau«, fiel Payne ihm ins Wort, »und gemäß der gesetzlichen Vorschriften betreffend Hörensagen wäre es anderen Zeugen verwehrt, Ihre in Vergessenheit geratenen Äußerungen zu bezeugen.«

Werner empfand eine überbordende Erleichterung. Aber natürlich! Felicia konnte doch gar nicht bezeugen, was er angeblich geäußert hätte. Es wäre reines Hörensagen!

»In puncto Hörensagen gibt es allerdings eine Ausnahme«, fuhr Payne fort und entwand Werner unerbittlich jeglichen Fetzen Hoffnung. »In diesem Verfahren werden Sie persönlich als Einzelperson belangt. Das heißt, Sie sind – wie die Juristen es ausdrücken – Partei. Die Äußerungen einer Person, die bei einem Prozeß Partei ist, werden als möglicherweise ihrem Eigeninteresse schädlich betrachtet, mit der Konsequenz, daß solche Äußerungen durch andere Zeugen bezeugt werden dürfen – auch wenn Sie vorgeben, sich nicht an sie zu erinnern.«

Werner war am Ende. Es konnte nur noch Minuten dauern, bis er ohnmächtig umfallen oder sich übergeben würde, was Paynes Verdacht, er halte Informationen zurück, natürlich erhärten würde. Er sah, wie Payne ihn durch die Stahlbrille fixierte, und die Poren auf Paynes Gesicht schienen plötzlich zu atmen, die Haare zu wachsen. Jedesmal, wenn Payne beim Sprechen innehielt, um Werners Reaktionen zu taxieren, kräuselten sich seine angespannten Kinnmuskeln. Die Hand- und Gesichtsmuskeln sagten ihm: »Es sind die gleichen Muskeln, die ich, Mitchell Payne, als Staatsanwalt eingesetzt habe, wenn ich notorische Lügner in die Gaskammer schickte. Lügen Sie mich bloß nicht an. Es wäre ein böser Fehler.«

»Wie gesagt«, betonte Werner. »Ich kann mich an nichts erinnern.«

»Ich verstehe«, sagte Payne mit neuerlichem Lächeln. »Und ich hoffe, *Sie* werden verstehen, daß wir im Interesse allgemeiner Gründlichkeit Ihre Gespräche mit den Familienangehörigen eins nach dem anderen durchgehen müssen. Auf die Weise können wir absolut sichergehen, daß es nichts gibt, was Hatchett vor Gericht gegen uns verwenden könnte.«

Zweieinhalb Stunden später stellte Payne Werner noch immer geduldig Fragen bezüglich seiner Unterredungen mit den Töchtern von Bett Fünf, und Werner stand ihm immer noch ängstlich besorgt Rede und Antwort. Wilson und Hofstader waren längst gegangen, doch Payne löcherte ihn weiter. Werner hatte den Eindruck, daß Payne bei ihm auf einen Nervenzusammenbruch oder einen Herzanfall hinarbeitete – um so einen potentiell ungünstigen Zeugen schon vor Beginn des Verfahrens zu eliminieren.

Seine Gespräche mit Constance Potter gab Werner vollinhaltlich zu; von seinen Gesprächen mit Felicia erwähnte er dagegen nur zwei: die Unterredungen, die er in der Kabine von Bett Fünf und im Kaffeeraum mit ihr geführt hatte.

In beiden Fällen verhörte Payne ihn auf erschöpfende Weise zu allen Gesprächsdetails. Anschließend wollte er wissen: »Fällt Ihnen sonst noch etwas zu diesen Gesprächen ein? Etwas, das Sie mir nicht bereits erzählt haben? Gab es da noch etwas, das Sie oder aber Ms. Potter ausgesprochen haben und das Sie mir gegenüber bisher nicht erwähnten?«

Am Ende ging Payne seine Notizen noch einmal Seite für Seite durch. Danach sah er Werner mit seinen grünen Augen durchdringend an. »Wir kommen zum Schluß unserer ersten Vorbereitungssitzung. Ich glaube, Sie werden die Bedeutung dieser Sitzung zu schätzen wissen, wenn der Verhandlungstermin näherrückt und wir der Wahrheit näherkommen.«

»Ich verstehe«, sagte Werner müde. Er versuchte sich den schweißfeuchten rechten Handteller am Hosenbein trockenzuwischen, weil er davon ausging, Payne zu guter Letzt wieder die Hand schütteln zu müssen.

»Da ist noch ein Punkt«, sagte Payne, in einem Ton, als ob er Werners inneren Aufschrei hören könnte: *Nein. Was denn noch?*

»Ich habe die Bedeutung der Wahrheit unterstrichen, ihr wichtigstes Merkmal jedoch zu erwähnen vergessen: Die Wahrheit ändert sich nie. Sie sagten, Sie hätten bisher noch nie mit einer gerichtlichen Auseinandersetzung zu tun gehabt?«

»Ja, das stimmt«, sagte Werner.

»Ich gehe davon aus, daß Sie bisher noch nie als Zeuge ausgesagt haben?«

»Nein, noch nie«, sagte Werner.

»Was heißt, daß Sie bisher auch noch keinem Kreuzverhör unterzogen wurden.« Payne grinste und warf ihm einen Blick zu, der soviel bedeutete wie: »Ich mache das jetzt schon seit fünfundzwanzig Jahren – und Sie haben noch keinen Gerichtssaal von innen gesehen!«

»Ein Kreuzverhör kann eine äußerst unangenehme Erfahrung sein – selbst für einen Zeugen, der die Wahrheit sagt. Es ist fast unmöglich, erfolgreich zu lügen«, sagte Payne. »Die Lüge verändert sich dauernd. Die Wahrheit aber ist immer die gleiche. Sofern der ehrliche Zeuge durch die Befragung verwirrt wird, braucht er sich nur an die Wahrheit zu erinnern, sich an sie zu klammern und auf alle Fragen stets die gleichen, in sich stimmigen Antworten zu geben; das gilt auch für Fragen, auf die der Zeuge nicht vorbereitet ist. Falls der Zeuge aber nicht die Wahrheit sagt, wird seine oder ihre Geschichte Wandlungen durchmachen. Ein guter Anwalt wird die Abweichungen mühelos erkennen und den Zeugen die Geschichte weiterhin umändern lassen, um ihn schließlich mit jeder einzelnen Variante zu konfrontieren und ihn aufzufordern, sie zu erklären. In seiner Panik kann der Zeuge sich dann nicht an die ursprüngliche Wahrheit klammern, weil er ja unter Eid lügt – und das ist ein schweres Vergehen. Es wird unweigerlich zu weiteren Veränderungen kommen. Und wie Sie sich vorstellen können, wird damit alles nur noch schlimmer ... Es kann eine äußerst demütigende Erfahrung sein.«

»Ich verstehe«, sagte Werner.

»Im übrigen habe ich noch ein Letztes zu erwähnen vergessen. Die Klägerin hat also offenbar vor, Sie bei der Verhandlung als Zeugen aufzurufen. Gemäß den geltenden Verfahrensregeln werden Sie ein Zeuge der Gegenpartei sein – obwohl Sie für das Medical Center arbeiten. Das heißt, daß Hatchett Sie in einem gewöhnlichen Verhör einfach und direkt befragen wird«, sagte Payne mit einem Lächeln, »und ich Sie ins Kreuzverhör nehme.«

»Ich verstehe«, sagte Werner und konnte sich lebhaft vorstellen, wie die grünen Röntgenaugen Paynes ihn im Gerichtssaal durchbohren würden. Er wischte sich die rechte Hand erneut am Hosenbein ab.

Payne überreichte ihm seine Visitenkarte. »Hier haben Sie meine Privatnummer, meine Büronummer und die Nummer meines Autotelefons. Wenn Ihnen etwas einfällt, was Sie mir noch nicht erzählt haben, rufen Sie mich an. Unverzüglich.«

»Bestimmt«, sagte Werner.

»Ich möchte Ihnen für Ihre Geduld und für die Zeit danken, die Sie mir geschenkt haben«, sagte Payne. »Und gestatten Sie mir, daß ich Ihnen im voraus für die Zeit danke, die wir in weiteren Unterredungen zur Vorbereitung dieses wichtigen Falles miteinander verbringen werden.«

»Gewiß«, sagte Werner.

»Ich werde sehen, was ich meinerseits tun kann«, versprach Payne. »Ich habe früher einmal am Oberlandesgericht mit Hatchett zusammengearbeitet. Vielleicht gibt er mir ja einen Hinweis, warum er Sie als Zeugen aufrufen möchte.«

Payne erhob sich und schüttelte Werner die feuchte Hand. Werner spürte geradezu, wie Paynes kühle, trockene Hand seinen Schweiß aufnahm, um eine Probe zu bekommen, die er mit dem Lügendetektor analysieren konnte.

»Ich bin sicher, daß Sie sehr erleichtert wären, falls ich herausfinde, was Hatchett im Schilde führt«, sagte Payne, der noch immer Werners Hand hielt und ihn mit forschendem Blick musterte.

»Ja«, sagte Werner. »Ganz gewiß.«

»Auf die eine oder andere Weise werden wir vor Beginn der Verhandlung bestimmt herausbekommen, was da im Gange ist«, meinte Payne lächelnd. »Ich habe nun schon ein Vierteljahrhundert Erfahrung mit solchen Sachen, und es ist noch kein einziges Mal vorgekommen, daß ich im Gerichtssaal eine Überraschung erleben mußte. Ich weiß vor dem Prozeßtag lückenlos über meine Zeugen und den ganzen Fall Bescheid.« Das Lächeln verschwand von Paynes Gesicht. »Zufälle ereignen sich am Tisch des gegnerischen Anwalts, aber nie an meinem.«

»Ich verstehe«, sagte Werner.

Nachdem er endlich aus dem Konferenzraum entkommen war, begab Werner sich zum Bereitschaftsraum für Assistenzärzte, wo er im Badezimmer vor einem Ventilator stehenblieb. Er lehnte sich über das Waschbecken und betrachtete sein vor Schlafmangel bleiches Gesicht im Spiegel. Seine Lippen waren blau. Auf seinem Hemd trat in dunklen Ringen der Schweiß hervor. Unter dem Kinn entdeckte er eine Stelle mit wilden Bartstoppeln; es war die Stelle, die er bei der Rasur um 6.30 Uhr, vor seiner Rückkehr ins Todeslabor, übersehen hatte. Er konnte sehen, wie die Haut unter den Augen tiefdunkle Flecken bekam. *Ich sterbe,* dachte er. *Ich zahle einen zu hohen Preis für das Geld, das ich in diesem Beruf zu verdienen gedenke.*

Lebhafte, sonnenhelle Halluzinationen drängten mit ihm in den Lift. Es waren mindestens ein Dutzend Menschen, die da in dem hermetisch abgeschlossenen Raum mit ihm zusammen eingepfercht waren. Keiner sagte ein Wort. Alle rangen um die gleiche Luft. Er vergaß seine ganze Wissenschaft und sehnte sich bloß noch nach Trunkenheit und Träumen.

Werner fand ein leeres Konferenzzimmer mit Telefon und bekam eine Amtsleitung. Er rief Felicia an und hinterließ auf ihrem Anrufbeantworter eine dringende Nachricht, seinen Namen und die Nummer der Krankenhauszentrale.

Er war viel zu erschöpft, um das ganze Ausmaß seiner neuentstandenen juristischen Probleme zu erfassen. Vielleicht war die

Zeugenvorladung unter Strafandrohung nur wieder so eine juristische Formalität des übergenauen Anwalts von Felicia. Vielleicht würde er ja am Ende gar nicht aussagen müssen. Und wenn doch, so würde vielleicht über seine persönliche Beziehung mit Felicia nichts herauskommen. Vielleicht schaffte er es, sich durch das ganze Kreuzverhör hindurchzulügen. Payne versuchte nur, ihn auszutricksen. Wilson hatte Payne zweifellos mitgeteilt, daß Werner die ganze Nacht über Bereitschaftsdienst gehabt hatte, und Payne hatte die Gelegenheit genutzt und versucht, ihn zu knacken. Er bräuchte nur einmal eine Nacht durchzuschlafen, dachte Werner, dann würde er schon mit Payne klarkommen.

Er sank auf seinen Stuhl am Monitorpult und frohlockte. Er war wieder daheim, in der Welt der Medizin.

»Sie werden bei Bett Fünf von Familie erwartet«, teilte ihm eine fette Krankenschwester mit.

Werners Herz tat einen Freudensprung, sackte aber gleich wieder ab, weil ihm einfiel, daß Felicia sich ja in Los Angeles aufhielt. Es war Connie, die auf ihn wartete.

Sie leistete Bett Fünf Gesellschaft; die Augen des Patienten waren in seinem Komazustand geöffnet. Sie hielt seine rechte Hand und las ihm laut aus der Bibel vor: »Der Mensch kann Liebe nicht von Haß trennen; beide erscheinen gleichermaßen eitel, insofern als uns allen das gleiche Los zuteil wird, den Gerechten und den Ungerechten, den Guten wie den Bösen, den Reinen und Unreinen, dem, der Opfer darbringt, und dem, der keine Opfer bringt. So wie es den Guten ereilt, ereilt es auch den Sünder; den, der leichterdings flucht, wie auch den, der den Fluch fürchtet. Von allen Dingen unter der Sonne ist dies das Ärgste, daß alle das Gleiche ereilt. Darum ist der Verstand der Menschen voll des Bösen und Wahnsinn in ihren Herzen, solange sie leben; und danach gehen sie zu den Toten.«

Sie legte das Buch beiseite und wandte sich mit grimmigem Lächeln Werner zu.

»Sie wirken aber sehr müde«, sagte sie. »Sie sehen gar nicht gut aus.«

»Danke«, sagte er automatisch und dachte sich: *Du siehst nie gut aus, aber das sage ich dir ja auch nicht ins Gesicht.*

»Sie machen keinen glücklichen Eindruck«, sagte Connie.

»Ich bin einfach müde«, sagte Werner. »Ich hatte die ganze Nacht Dienst.« *Acht Stunden Schlaf, und meine Probleme sind gelöst,* dachte er. *Mir geht's mit dem Aufwachen morgen früh besser, aber du wirst dann immer noch dick und verrückt sein.*

Sie tätschelte Bett Fünf die Hand. »Wir haben eine schwere Zeit durchzumachen, Doktor.«

»Ich weiß«, sagte Werner.

»Wir müssen wachsam bleiben«, sagte Connie. »Alle Absichten und Motive sind suspekt.«

Werners Blick traf sich kurz mit dem ihren. Dann schaute er abrupt weg. Nach seiner Begegnung mit Payne hatte er die Befürchtung, daß selbst ein Blick als Beweismittel gegen ihn verwendet werden könnte.

»Wessen Absichten und Motive?« fragte Werner und betrachtete den weißen Kopf von Bett Fünf in den Kissen.

»Hat sie Sie bereits ausgetrickst?« fragte Connie.

Werner drückte einen Knopf an einem CO_2-Monitor und korrigierte die Einstellung; es gab ihm einen Grund, Connie nicht anzuschauen.

»Sie glaubt, das Testament meines Vaters würde sie unabhängig machen«, sagte Connie. »Doch ihr Herz ist kleiner als ihre Gedanken. Sie möchte ihn töten, aber das Meer kann sie nicht leertrinken. Sie vermag den Horizont nicht mit einem Schwamm wegzuwischen oder die Erde von der Sonne loszuketten. Wenn Vater einmal tot ist, wird sie den kalten Atem des leeren Alls spüren. Sie wird nicht mehr wissen, was oben und was unten ist. Die Nächte werden ihr länger werden, sie wird die Totengräber hören, die ihn unter die Erde bringen, und den Geruch seiner Verwesung riechen. Welche Spielchen wird sie nicht erfinden müssen, um der Selbstverachtung zu entgehen! Welche Orgien der Selbsttäuschung!«

Werner überlegte, ob sich da der Ausbruch einer Psychose ankündigte. Er hatte schon Patienten *nach* dem Ausbruch erlebt, aber noch nie einen miterlebt.

»Ich bin für die medizinischen Bedürfnisse dieses Patienten zuständig«, sagte Werner und blickte sie über den ausgemergelten Rumpf von Bett Fünf hinweg an. »Haben Sie Fragen zur medizinischen Versorgung dieses Patienten?«

»Werden Sie ihr das Blut abwischen, Dr. Ernst?« fragte Connie. »Und wenn sie nachts aufwacht, weil ihr der Schrei ›Mörderin‹ in den Ohren tönt – wollen *Sie* ihr dann erzählen, daß es nicht stimmt?«

Werner verließ die Kabine von Bett Fünf und instruierte Marie Soundso, die Seelsorgeabteilung anzurufen, damit man unverzüglich einen Händchenhalter zur Intensivstation des neunten Stocks entsende. Eine Unterredung mit Constance – das hatte ihm wirklich noch gefehlt! Damit ihn anschließend womöglich auch noch ihr Anwalt unter Strafandrohung als Zeugen vorlud!

Den restlichen Vormittag kümmerte er sich um eine neue Patientin, einen 75jährigen Lungenfall, in Bett Vier. Er hatte die Anweisungen zu ihrer Behandlung gerade schriftlich festgehalten, als ihm sein Piepser einen externen Anruf signalisierte.

Er suchte sich ein unbesetztes Besprechungszimmer und meldete sich bei der Zentrale.

»Ist mein Vater okay?«

Es war Felicia.

»Ja, dein Vater ist okay«, sagte Werner. »Nur daß jetzt mir das Ende bevorsteht. Dein Anwalt hat eine gerichtliche Vorladung ins Krankenhaus geschickt, die mich zwingt, bei der Verhandlung als Zeuge auszusagen«, brüllte er. »Ich sitze total in der Scheiße. Du hast mir versichert, daß ihr mich nicht als Zeugen braucht, und ich habe dir geglaubt.«

Der Schrecken und die Panik, die er während seines Verhörs durch Payne empfunden hatte, kamen in Form eines Wutausbruchs zurück.

»Ich hatte befürchtet, daß es dazu kommen könnte«, sagte sie, und es klang ehrlich besorgt. »Mein Anwalt flippt aus. Ich war vor meiner Abreise noch mal bei ihm. Er hat von mir verlangt, daß ich ihm alles, wirklich alles berichte, was du gesagt hast, und ich hab' mir keine Gedanken gemacht und hab' ihm einfach erzählt, du hättest mir gesagt, daß ich genau das Richtige mache. Daraufhin hat er erklärt, daß er dich unter Strafandrohung als

Zeugen vorladen wollte, nur für den Fall, daß wir vielleicht doch auf deine Aussage angewiesen sein sollten. Er hat erklärt, alles, was du mir gesagt hättest, wäre Beweismaterial, das sich vor Gericht verwenden ließe, und daß ich es meinem Vater schuldig sei, dafür zu sorgen, daß der Richter dies Beweismaterial erführe.«

Unter Werners Brustbein bildete sich eine kalte Masse, die größer und größer wurde, bis sie Herz und Lungen bedrängte. Herzbeuteltamponade.

»Du darfst es nicht dulden, daß dein Anwalt unsere persönliche Beziehung in die Sache hineinzieht!« sagte Werner.

»Das hab' ich ihm ja auch gesagt«, erwiderte sie. »Daraufhin hat er mir erklärt, daß ich an meinen Vater denken müßte und nicht an dich.«

»Du mußt dir klarmachen, daß ein Anwalt nur so etwas wie ein Automechaniker ist«, erklärte Werner, der seine Stimme von Schreck und Zorn frei und ruhig hielt. »*Du* gibst die Anweisungen, und wenn er sich nicht daran hält, nimmst du dir einen andern.«

»Wie komisch«, seufzte sie. »Mein Anwalt hat mir nämlich gesagt, daß Ärzte auch bloß wie Automechaniker sind, und wenn ich dir sage, was du machen sollst, und du tust es nicht, dann müßte ich eben einen andern Arzt suchen.«

»Dein Vater ist mein Patient«, sagte Werner kurzangebunden. »Und *er* hat mir noch nicht gesagt, was ich tun soll.«

»Das ist echt komisch«, seufzte sie. »Ihr Männer klingt doch alle gleich. Mein Anwalt hat mir nämlich gesagt, daß er als Anwalt mich *und* meinen Vater vertritt, bis das Gericht für Vater eine Art Vormund bestellt. Und außerdem hat er gesagt, er würde die Vorladung unter Strafandrohung erlassen, ganz gleich, ob ich das will oder nicht, weil mein Vater eben auch sein Klient wäre, und er wäre es ihm schuldig, sicherzustellen, daß du vor Gericht aussagst, was du wirklich denkst.«

»Du darfst es ihm nicht durchgehen lassen, daß er mich zur Zeugenaussage zwingt«, sagte Werner. Er konnte sich nicht entschließen, ob er den Satz besser im Ton einer flehentlichen Bitte oder direkt als Anweisung formulieren sollte. »Du kannst doch nicht über uns beide aussagen, und ich kann es auch nicht.«

»Du solltest froh sein, daß du bloß eine Zeugenvorladung gekriegt hast«, sagte sie in einem merkwürdigen Ton. »Mein Anwalt ist absolut ausgerastet. Er hat mir geraten, dich zu verklagen, weil du versucht hast, die Situation auszunutzen, als ich wegen der Krankheit meines Vaters ganz durcheinander war. Wenn ich *die* Geschichte einer Jury erzählen würde, hat er gesagt, könnte ich eine Million Dollar für mich herausholen, und mit deiner Karriere wäre es aus und vorbei. Wart mal 'ne Sekunde«, sagte sie.

Werner konnte hören, wie sie am anderen Ende der Leitung in Los Angeles mit ihren Werbetypen sprach. Er malte sich die Szene aus – er sah sich vor einer Geschworenenjury an einen Tisch gefesselt, während Payne und Felicias Anwalt abwechselnd mit dem Finger auf ihn deuteten und ihn als moralisches Monster brandmarkten.

Sie meldete sich zurück.

»Ich muß in drei Minuten weg«, sagte sie. »Ich ruf' dich heut' abend an.«

»Beantworte mir noch eine Frage. Nur damit ich mich drauf einstellen kann«, sagte er traurig. »Wirst du also weiterhin einen Anwalt beschäftigen, der mich verklagen will, weil ich dich angeblich ausgenutzt habe?«

»Ich hab' ja versucht, ihm zu erklären, was wir füreinander fühlen«, sagte sie, »aber da hab' ich plötzlich gemerkt, daß ich mir gar nicht sicher war. Ich meine, ich weiß, was *ich* manchmal für dich fühle, doch du ... Wie ich dir immer wieder gesagt habe: Du erzählst mir ja nie, was du denkst.«

»Aber wir sind doch ... zusammengewesen«, sagte Werner. »Du hast doch selbst gesagt, daß es schön war. So habe ich es auch empfunden«, sagte Werner. »Intimität ist ein Gefühl. Mit Worten kann man keine Intimität schaffen.«

»Mit Intimität hatte das überhaupt nichts zu tun, sagt mein Anwalt. Er hat mir erklärt, daß ich mich in einer sehr verwundbaren Lage befand und du die Situation ausgenutzt hast.«

»*Ich* soll *dich* ausgenutzt haben?« schrie Werner in den Hörer. »Hast du ihm auch erzählt, was du von mir wolltest? Was meint er wohl, wie die Geschworenen *darauf* reagieren würden?«

»Das hätte ich doch nur aus Not und Verzweiflung getan, sagt er. Weil ich nicht wußte, was ich tun könnte, damit das Leiden meines Vaters ein Ende findet. Mein Anwalt hat ganz furchtbare Dinge gesagt. Er hat gesagt, daß du mir nicht helfen würdest, dem Leiden meines Vaters ein Ende zu machen, außer wenn ich vorher mit dir schlafen würde. Und das, hat er gesagt, wäre eine Verletzung deiner ethischen Pflicht gegenüber meinem Vater und mir. Ich hab' ihm gesagt, daß es überhaupt nicht so war, und daraufhin hat er gesagt, daß ich viel zu durcheinander und befangen wäre, um das objektiv zu sehen. Er will dich noch immer deshalb verklagen, und ich sag' ihm immer wieder, daß ich das nicht will. Ich finde es aber sehr schwer.«

»*Schwer?* Was soll da schwer sein?« sagte Werner, der den Schweiß seiner Handfläche am Hörer spürte. »Willst du etwa zulassen, daß er mich mit all diesen albernen Beschuldigungen vor Gericht bringt?«

»Ich habe diese Beschuldigungen zuerst auch für albern gehalten«, sagte sie. »Aber mein Anwalt erzählt mir Sachen, die mich nachdenklich machen. Laß mich dir eine Frage stellen. Nur als Beispiel. Du erinnerst dich an die Nacht, als mein Vater fast gestorben wäre? Während der Nacht, die ich in deiner Wohnung verbrachte? Nicht die, als die Sache mit dem Code passierte, sondern die erste Nacht, als er Probleme mit dem Herzen hatte. Du erinnerst dich?«

»Jaja«, sagte Werner ungeduldig.

»Gut. Also mein Anwalt erhält wöchentlich die auf den neuesten Stand gebrachten Krankenunterlagen. Und er hat mir erzählt, daß die Krankenschwester dich daheim angerufen und dir berichtet hat, daß mein Vater sehr krank wäre und ein Herzstillstand drohte. Laut meinem Anwalt hat die Krankenschwester ins Patientenblatt eingetragen, daß Dr. Butz und Dr. Ernst davon verständigt wurden.«

Werner spürte eine neue innere Hitzewelle gegen seinen Brustkasten explodieren.

»Da möchte ich doch gern wissen, warum du mir nichts davon gesagt hast«, sagte sie.

»Das ist ein Irrtum«, sagte Werner, der plötzlich den eigenen

Schweißgeruch wahrnahm. »Ich bin nur einmal zu Hause angerufen worden, und zwar als ich dir von dem Blau-Code erzählt habe.«

Kurzes Schweigen am anderen Ende der Leitung.

»Es war aber nicht so, daß das *Krankenhaus* angerufen hat in der Nacht, als er den Blau-Code hatte«, sagte sie dann. »Sondern *du* hast dort angerufen. Kannst du dich erinnern?«

»Das hab' ich doch gemeint«, sagte er. »Ich meinte die Nacht, als ich angerufen habe. Und das war das einzige Mal.«

»Vielleicht handelt es sich ja tatsächlich um einen Irrtum«, sagte sie. »Ich weiß nicht. Es ist nur so eine Sache, die mein Anwalt immer wieder aufs Trapez bringt.«

»Ich finde das unglaublich«, sagte Werner. »Ich hatte gedacht, daß wir beide uns etwas bedeuten. Wenn wir bloß die Anwälte aus dem Wege schaffen könnten, würdest du es verstehen.«

»Ich wünschte, daß es eine Möglichkeit gäbe, die ganze Geschichte zum Verschwinden zu bringen«, sagte sie schluchzend. »Das ganze schreckliche Durcheinander mit meinem Vater. Die Anwälte, den Prozeß, alles, was damit zusammenhängt. Ich wünschte, daß es sich einfach in Luft auflösen würde. Damit es mit uns beiden noch einmal von vorne anfangen könnte.«

Vernahm er einen neuen Ton von Zärtlichkeit in ihrer Stimme?

»Jetzt muß ich aber wirklich gehn«, sagte sie. »Wenn du mich zum Weinen bringst, ist die ganze Arbeit an meinem Gesicht zunichte, zwei Stunden lang hab' ich's für die Filmaufnahmen zurechtgemacht. Ich ruf' wieder an. Vielleicht wird ja irgendwas passieren. Vielleicht kommt es ja gar nicht zur Gerichtsverhandlung.«

»Vielleicht nimmst du dir einen anderen Anwalt«, sagte er.

»Ich glaub' nicht, daß ich das kann«, sagte sie. »Mach dir keine falschen Hoffnungen. Unternimm selber was.«

14

Um 19 Uhr kam er nach Hause und wartete auf ihren Anruf. Um 21 Uhr begann er, ihren Anrufbeantworter anzuwählen. Um 22 Uhr erfragte er bei der Fernauskunft die Nummer von Renée Feral Cosmetics. Unter der Nummer antwortete ein Band und teilte mit, daß er während der Geschäftszeiten anrufen sollte.

Er versuchte einzuschlafen. Umsonst.

Im Laufe seiner Assistenz-Zeit hatte er Schläfrigkeit als Zone zwischen zwei Wachphasen begreifen gelernt. Die meisten Menschen gehen von einem Zustand ausgeruhten Wachseins in den abendlichen Zustand von Schläfrigkeit über und anschließend zu Bett. So kommt es zu der weitverbreiteten, irrigen Vorstellung, daß man um so müder wird, je länger man wachbleibt. Assistenzärzte kommen dagegen sehr bald zu der Erkenntnis, daß der Zustand der Schläfrigkeit nur acht Stunden dauert. Dann setzt die andere, unangenehme Phase hellwacher nervöser Erschöpfung ein, der böse Zwilling des normalen Wachseins.

Werner wurde von einer Stimme in seinem Unbewußten erbarmungslos terrorisiert: *Hast du nicht vor rund zwölf Stunden erklärt, du müßtest unbedingt wachbleiben? Geht in Ordnung. Hast du ein Kartenspiel da?*

Schließlich schloß der Whisky ihm die Augen und tauchte ihn in einen hypnagogen Zustand. Woraufhin prompt Constance vor ihm erschien, gekleidet wie eine der drei Hexenschwestern aus ›Macbeth‹, und ihn in einem Kessel doppelter Mühsal umrührte. »Beende deinen Schlaf!« donnerte sie. »Werner mordet den Schlaf ... den Tod von jedem Lebenstag, das Bad der wunden Müh ... Schlaft nicht mehr! Werner mordet den Schlaf, und drum wird der Arzt nicht schlafen mehr, Werner nicht schlafen mehr! Der Doktor darf nicht schlafen mehr!«

Er wachte um drei Uhr früh auf und ging zum Kühlschrank. Nahm eine Zweiliterflasche heraus, die halb voll war mit abgestandener Cola, und ein Paket mit Käse, der Scheibe für Scheibe separat eingewickelt war. Er schüttelte die Cola, ohne auch nur einen Hauch von Sprudeln auszulösen. Er riß eine Käsescheibe auf und goß sich ein Glas von dem braunen Zuckerwasser ein.

Nur gut, daß sie nicht angerufen hatte. Und nur gut, daß er sie nicht erreicht hatte. In seiner schlaflosen Angst hätte er die Selbstbeherrschung verlieren und sie ihren Anwälten in die Arme treiben können. Darauf warteten die doch bloß.

Dank des Schlafs hatte er nun wieder einen klaren Kopf. Die Lösung des Problems bestand darin, Bett Fünf vor den Intrigen der Anwälte *und* dem Übereifer der Ärzte zu retten. Der Schlaf hatte ihm bewußt gemacht, daß Bett Fünf in dem Krieg zwischen Juristen, Ärzten und Familienangehörigen lediglich eine Bauernfigur war. Werner schaute voraus in die Zukunft: Er sah auf der einen Seite des Bettes von Bett Fünf drei Anwälte und auf der anderen drei Ärzte sitzen. Hin und her ging die Kabbelei zwischen ihnen, tage-, wochen-, monatelang; die Anwälte wurden nach Stundensätzen, die Ärzte gemäß der angewandten medizinischen Verfahren bezahlt.

Er begriff außerdem, daß das juristische Drama, das um Bett Fünf ausbrach, genau die Art von Schlamassel darstellte, für den es keine Lösung geben konnte und der deshalb einen Sündenbock erforderte. Er spürte beinah, wie ihm Hörner und Hufe eines Sündenbocks wuchsen. Die feierliche Opferung würde während der Gerichtsverhandlung erfolgen, wo Hatchett und die übrigen Anwälte Werner die Sünden und desperaten Motive des ganzes Stammes von Bett Fünf anhängen würden; anschließend würde man ihn mit Schimpf und Schande davonjagen.

Wenn es nach den Anwälten ginge, würden wir in die primitiven Epochen der Zauberer und Medizinmänner zurückkehren. In jenen herrlichen Zeiten brachte die Gemeinschaft einen Sterbenden zum Hause des Medizinmanns. Falls es dem Kranken daraufhin besserging, erhielt der Medizinmann Geschenke in

Form von Rindern und Getreide; falls der Kranke starb, wurde der Medizinmann zu Tode gesteinigt und mit zwei geschlachteten Hühnern auf einem Floß ausgesetzt.

Die Alternative lautete schlicht und einfach so: entweder Werners Karriere, die eben erst angefangen hatte, oder das Leben von Bett Fünf, das so gut wie vorbei war. Aber davon mußte kein Menschen, auch Felicia nicht, je erfahren.

Um 06.45 Uhr saß er wieder am Schaltpult und folgte dem Herzrhythmus von Bett Fünf auf dem Monitor. Er zog das Krankenblatt hervor und fand dort einen Bericht von Dr. Hofstader mit der Zusammenfassung der Gutachten zweier Neurologen, die vor Gericht als Sachverständige aussagen sollten: Das eine Gutachten war von der Klägerin, also von Felicia, das andere vom Medical Center in Auftrag gegeben worden.

Der Sachverständige der Klägerin kam zu dem Schluß, daß Bett Fünf sich in einem anhaltenden decerebralen Zustand befand – eine Art andauernde Bewußtlosigkeit bei geöffneten Augen. Obwohl Bett Fünf deutliche Vigilanzschwankungen hatte, nahm er sich selbst und seine Umgebung nicht mehr wahr. Er hatte einen funktionierenden Hirnstamm, jedoch überhaupt keine Hirnrindentätigkeit. Er hatte die Fähigkeit, bewußt zu kauen und zu schlucken, verloren, weil dazu zwei intakte Hirnhälften erforderlich waren. Der Glukose-Stoffwechselumsatz in der Hirnrinde war nicht mit einem Bewußtseinszustand in Einklang zu bringen. Weil Bett Fünf sich für die Dauer von zwei Monaten in einem anhaltenden decerebralen Zustand befunden hatte, bestand die sehr hohe Wahrscheinlichkeit, daß dieser Zustand sich nicht mehr ändern und eine Gastrostomie dem Patienten und seiner Familie keinen Nutzen bringen würde. Der Neurologe wies darauf hin, daß seine Analyse anhand der Richtlinien des Vorstands der American Academy of Neurology erstellt war.

Der neurologische Sachverständige des Medical Center folgerte, daß die Ergebnisse der Computertomographie (CAT), der Positronemissionstomographie (PET) und der Kernspinresonanztomographie (MRI) nicht eindeutig waren und daß der Glukose-Stoffwechselumsatz in den Hirnhälften trotz Minderung keineswegs definitiv einen Totalverlust der Hirnrindentätigkeit anzeigte. Bei Anwesenheit anderer Personen im Raum hob der Patient häufig den Kopf. Der Sachverständige stellte außerdem eine breite Skala zufälliger oder spontaner Bewegungen fest, insbesondere das wiederholte Klopfen mit den Fingern der rechten Hand auf dem Bettgestell, die er als primitiven Versuch des Kommunizierens mit der Außenwelt interpretierte. Der Sachverständige persönlich hatte die rechte Hand von Bett Fünf bei drei Gelegenheiten von den Bettstangen entfernt, woraufhin die Hand von Bett Fünf jedesmal wieder langsam zu der Stange zurückgewandert sei, um die bewußte Klopftätigkeit von neuem aufzunehmen – offenbar in dem Bemühen, die Aufmerksamkeit der ihn umgebenden Personen zu gewinnen.

Der vom Krankenhaus bestellte Sachverständige räumte ein, daß Bett Fünf anscheinend nicht in der Lage war, direkt und ständig auf Befehle zu reagieren, die Hand zu drücken oder den Kopf zu heben; doch die Fähigkeit und der Wunsch zu kommunizieren könne durchaus sprunghaft und periodisch sein. Unter persönlicher Beobachtung des Sachverständigen hatte Bett Fünf positiv reagiert auf acht von zwölf Aufforderungen, die Hand des Sprechers zu drücken, und er hatte auf fünf Aufforderungen, den Kopf zu heben, dreimal den Kopf gehoben.

Der Sachverständige folgerte, daß zwei Monate ein nicht ausreichender Zeitraum seien, um mit medizinischer Gewißheit zu behaupten, daß Bett Fünf keine berechenbare Chance hätte, das kognitive, vernünftige Denkvermögen wiederzugewinnen. Er gab außerdem der Vermutung Ausdruck, daß die neurologischen Mängel und der verminderte Glukose-Stoffwechselumsatz in der Hirnrinde bei Bett Fünf auf seine geschwächte Körperkondition und auf ein Nahrungsdefizit zurückzuführen sein könnten. Der Experte empfahl die Einführung des Gastrostomie-Schlauchs und anschließend mindestens vier Wochen angemessene Ernährung, wonach die Untersuchungen per CAT, PET und MRI wiederholt werden müßten.

Neben Werners Arm tauchte Poindexter auf. Er war bleich, noch bleicher als er nach einer Friedhofsschicht normalerweise aussah.

»Kann ich Sie einen Moment sprechen?« fragte Poindexter. »Bei Bett Fünf.«

»Was ist los?« sagte Werner und folgte Poindexter in die Kabine, die von Maschinen überquoll.

Bett Fünf war so gebrechlich und blau wie eh und je. In Erinnerung an Hofstaders Bericht glitt Werners Blick sofort zu den Fingern, die auf die Bettstangen klopften.

»Ich habe Sie bei der Lektüre von Hofstaders Zusammenfassung der beiden Gutachten gesehen«, sagte Poindexter. »Ich selber habe sie zu Beginn meiner Nachtschicht studiert.«

Poindexter machte ein verlegenes Gesicht, als sei er unsicher, ob er Werner überhaupt berichten sollte, was ihn innerlich beschäftigte.

»Haben Sie gewußt, daß er Signalgast der US Navy war?« fragte Poindexter.

»Nein«, sagte Werner, der sich dann jedoch sofort wieder an Felicias Erzählung von dem Unfall auf See und vom Wunsch ihres Vaters erinnerte, daß er nicht auf künstliche Weise am Leben erhalten werden wollte, falls ihm etwas zustoßen sollte.

»Sie haben die Dicke gesehen, die jeden Tag mit der Bibel herkommt?«

»Constance Potter«, sagte Werner.

»Richtig«, sagte Poindexter. »Die redet gern ein bißchen viel, und so hat sie mir unter anderm auch erzählt, daß er Signalgast war.«

»Na und?« sagte Werner und musterte Poindexter, der auf ganz untypische Art und Weise erregt und unsicher wirkte.

»Es ist so«, sagte Poindexter, »daß ich nach Lektüre der Zusammenfassung gestern abend plötzlich über das Fingerklopfen nachdenken mußte. Und ich begann mich zu fragen ... Könnte nicht der vom Medical Center bestellte Neurologe recht haben? Was wäre, wenn dies Klopfen tatsächlich ein bewußter Versuch wäre, uns etwas mitzuteilen?«

»Reden Sie keinen Blödsinn«, sagte Werner. »Sie leiden offenbar unter Schlafmangel.«

»Ich habe immer wieder drüber nachdenken müssen, daß er Signalgast war«, sagte Poindexter, »weil ich viele Jahre lang

Amateurfunker gewesen bin. Ein Signalgast würde die Morsezeichen kennen.«

»Ich nehme meine Bemerkung zurück«, sagte Werner. »Es liegt nicht am fehlenden Schlaf; vielmehr leiden Sie unter zeitweiligen Ischämie-Attacken, die die Blutzufuhr zum Gehirn verhindern.«

Poindexter lief rot an. »Wenn Sie die Dicke bei ihm in der Kabine gesehen hätten! Sie glaubt, daß sie richtige Gespräche mit ihm führt. Das hat mich nachdenklich gemacht. Wenn er uns nun wirklich hören könnte? Oder wenn er uns tatsächlich etwas mitteilen wollte?«

»Wenn er uns etwas mitteilen wollte«, sagte Werner, »dann würde er Ihnen bei Aufforderung auch die Hand drücken. Nach allem, was wir ihm angetan haben, würde er dann die Hand ausstrecken und uns die Eier abreißen. Er würde Ihnen einen Stoß in die Rippen geben, wenn Sie kommen und Ihre stündlichen Routineaufgaben erledigen. Nehmen Sie doch Verstand an, Poindexter. Wenn er genügend bei Bewußtsein wäre, um Morsezeichen zu geben, würde er sich im Bett aufsetzen und Ihnen ins Gesicht spucken.«

»Das hatte ich ja auch gemeint«, sagte Poindexter. »Aber dann habe ich mich gefragt, ob es sich nicht um irgendein merkwürdiges neurologisches Mangelphänomen handeln könnte. Oder daß die Schlaganfälle bei ihm eventuell alle Verständigungsmöglichkeiten abgeblockt hätten – bis auf eine. Es gibt doch Schlaganfall-Patienten, die lesen und schreiben, aber nicht sprechen können? Wenn er nun eine Blutung im motorischen Sprachzentrum oder irgendein Gerinnsel an sonst einer ausgefallenen Stelle hätte? Sie wissen doch, was neurologisch alles möglich ist. Ich will ja nicht behaupten, daß er Morsezeichen sendet. War nur so eine wilde Vermutung.«

»Ganz richtig«, sagte Werner, der das Schwirren der zitternden Finger betrachtete.

»Egal«, sagte Poindexter. »Um 02.30 Uhr habe ich damit angefangen, seine Finger zu beobachten und mich zu fragen, einfach so, was er wohl mitteilen wollte, *falls* er Morsezeichen sendete.«

»Ich werde jetzt verschwinden«, sagte Werner, »und niemandem von diesem Gespräch zwischen uns erzählen. Damit es Ihnen vor niemandem außer mir peinlich sein muß.«

Poindexter lachte. »Na schön. Nur so als Scherz.« Er zog einen Notizblock heraus, auf dem Punkte und Striche waren.

»Ich nehme an, daß es sich um die berühmte Ansprache von Gettysburg in Morsecode handelt«, sagte Werner.

Poindexter lachte von neuem. »Sie wissen, wie die Morsezeichen funktionieren?«

»Nein«, sagte Werner, »aber diesem Blatt nach zu urteilen, sind 39 Schimpansen mit einem Bleistift und einem Zettel in einem Zimmer eingesperrt gewesen.«

»Buchstaben werden mit Punkten und Strichen angegeben«, erklärte Poindexter. »Ein Punkt ist ein kurzer Druck auf die Morsetaste, ein Strich dauert dreimal so lang wie ein Punkt. Als Pfadfinder haben Sie doch bestimmt das SOS-Morsezeichen gelernt: Punkt Punkt Punkt – Strich Strich Strich – Punkt Punkt Punkt. Dreimal Punkt, dreimal Strich, dreimal Punkt. Die einzelnen Buchstaben werden durch Unterbrechungen von der Dauer eines Striches getrennt, Wörter durch Unterbrechungen in der Länge von zwei Strichen.«

»Und jetzt«, sagte Poindexter, der zur zitternden Hand von Bett Fünf hinüberging, »beobachten Sie bitte die Finger ein paar Minuten lang. Nehmen Sie einfach nur einmal an, daß seine Finger anstatt aufs Bettgestell auf eine Morsetaste hämmern. Die Finger geben nämlich kurze und lange Klopfzeichen mit dazwischenliegenden Pausen.«

»Klar«, sagte Werner, »und der Weihnachtsmann und der Osterhase besuchen einmal jährlich binnen 24 Stunden alle Wohnungen auf Erden.«

Werner schaute auf die zitternden Hände, die gegen die Bettstangen schlugen.

»Mir kommt das nicht so vor, als ob er drei Punkte, drei Striche und drei Punkte klopfen würde«, sagte Werner.

»Tut er auch nicht«, sagte Poindexter. »Er sendet kein SOS. Das habe ich vorhin nur so erwähnt – als Beispiel.«

»Ich nehme aber doch an, daß Sie aus diesen Zeichen eine Botschaft entschlüsselt haben. Sonst hätten Sie mir das alles bestimmt nicht erzählt«, sagte Werner.

»So ist es«, sagte Poindexter leise und wandte sich ab.

»Nun?« sagte Werner. »Was möchte er denn? Daß ihm jemand seine Hose bringt, damit er sich einen Cheeseburger und eine Portion Pommes frites holen gehen kann?«

»Nein«, sagte Poindexter. »Er sagt immer das gleiche. Immer und immer wieder dasselbe. Hier, sehen Sie.«

Poindexter reichte Werner den Block. Die Punkte und Striche waren über den entsprechenden Buchstaben und den Wörtern gruppiert. Sie lauteten: »HAST DU MICH LIEB«.

Beim Lesen der Wörter überkam Werner tiefe Depression. Wie war es nur möglich, daß der beste Pfleger der Station ihm etwas dermaßen Verrücktes erzählte?

»Sie wollen allen Ernstes behaupten, daß er permanent die Frage stellt: ›HAST DU MICH LIEB‹?« sagte Werner. »Und als nächstes werden Sie mir klarmachen wollen, daß er ein Beatles-Fan ist. Daß er ein Lied von ihnen ganz besonders gern hat. Und morgen wird er uns dann morsemäßig signalisieren ›I Wanna Hold Your Hand‹.«

Werner zügelte seinen Zorn; denn Poindexter war ein vorbildlicher Pfleger, und das in einem Berufszweig, in dem es nur so wimmelte von Beschränkten.

»Okay«, sagte Werner. »Wir wollen einmal annehmen, daß Sie da einer Sache auf der Spur sind. Nehmen wir einmal an, daß er tatsächlich alle Verständigungsmöglichkeiten außer Fingerklopfen verloren hat. Warum stellen Sie ihm nicht einfach eine Frage und warten ab, ob er daraufhin eine andere als die übliche Botschaft klopft? Wie wäre es für den Anfang mit der Frage: ›Leide ich unter Gehirnerweichung oder senden Sie wirklich Morsezeichen?‹ Und dann wollen wir mal sehen, was er darauf antwortet.«

»Das habe ich schon probiert«, sagte Poindexter.

»Und?« fragte Werner.

»Er hat wieder nur geklopft: ›HAST DU MICH LIEB‹.«

»Haben Sie ihm noch eine andere Frage gestellt?«

»Ja«, sagte Poindexter. »Ich habe ihn gefragt, ob er mich hören kann. Und er hat wieder geantwortet: ›HAST DU MICH LIEB‹.«

»Poindexter«, sagte Werner seufzend, »es ist typisch für Patienten im decerebralen Zustand, daß sie nur über eine kleine Skala von Bewegungen verfügen, die immer wiederholt werden. Es handelt sich um Moro-Reflexe, unwillkürliches Zittern, faszikuläre Zuckungen, Zeichen neuromuskulärer Übererregbarkeit und Muskelkontraktionen. Was Sie hier vor sich sehen, sind die Äußerungen eines beschädigten Gehirns, das ein Schema von Nervenimpulsen aussendet.«

»Ich weiß nicht«, sagte Poindexter. »Ich begreife es einfach nicht. Ich verstehe nicht, warum er immer wieder die gleiche Mitteilung sendet. Ich kann nur sagen, daß es für mich so aussieht, als ob er Morsezeichen sendet. Und wie sollte ein Hirnstamm denn immer wieder das gleiche komplizierte Muster senden können?«

»Wenn dieser Mensch stirbt«, sagte Werner, »wird die Autopsie eine enorme Schädigung beider Gehirnhälften ergeben. Das wissen Sie genausogut wie ich. Bei einer Batterie, die in einer Schüssel Sagopudding liegt, würde ein höherer Kognitionsgrad in Erscheinung treten als hier bei ihm.«

»Vermutlich«, sagte Poindexter.

»Wollen Sie etwas von dieser Geschichte in seinem Krankenblatt aufschreiben?« fragte Werner.

»Ich hatte erst einmal mit Ihnen drüber sprechen wollen«, sagte Poindexter.

»Ich werde Ihnen nicht sagen, was Sie eintragen sollen«, betonte Werner. »Wenn ich an Ihrer Stelle wäre, würde ich aber keine bloßen Spekulationen eintragen – schon gar nicht nach einer durchgearbeiteten, schlaflosen Nacht.«

Poindexter legte den Notizblock weg und hielt Bett Fünf die Hand. »Es wäre wohl am besten, wenn ich mich auf den Eintrag beschränke, daß ich eventuelle Versuche intendierter Kommunikation in Bewegungen der rechten Hand des Patienten entdeckt habe, daß ich die Mitteilungen jedoch nicht verifizieren konnte. Im übrigen stimmen meine Beobachtungen mit der Position des Medical Center im anstehenden Gerichtsverfahren überein.«

Werner zuckte die Achseln. »Aber stimmen Ihre Beobachtungen auch mit der Realität überein?«

»Ich muß jetzt die stündlichen Checks durchführen«, sagte Poindexter und überprüfte die Dopamin-Lösung an der Tropfinfusion.

»Wieviel FI O_2?« fragte Werner.

»75 Prozent«, sagte Poindexter.

Werner kehrte zum Schaltpult zurück und las noch einmal die Zusammenfassung der Gutachten durch. Grau, grau, grau. Die Hautfarbe von Bett Fünf war grau. Sein Haar war grau. Sein Gehirn war grau. Er war weder tot noch lebendig; er befand sich in einer Grauzone zwischen Tod und Leben. Werner nahm sich in den Unterlagen von Bett Fünf die Vermerke der Krankenschwestern vor. Er hatte Mühe, sie zu finden, weil er, wie die meisten Ärzte, gewöhnlich keine Zeit darauf verschwendete, die Stellungnahmen der Schwestern zu lesen.

Ganz wie erwartet, hatten auch mehrere Krankenschwestern die offizielle Linie des Medical Center übernommen. Marie Soundso hatte die Beobachtung von Tränen in den Augen von Bett Fünf festgehalten; sie hatte die Tränen während des Besuchs seiner Töchter bemerkt. Marie Soundso hatte sich größte Mühe gegeben, nachdrücklich auszuführen, daß ihrer gelehrten Auffassung zufolge der Tränenfluß um etliches reichhaltiger gewesen sei als die Sekretionen, welche durch die reflektorische Augenbewegung abgesondert werden, die das Auge feucht halten. Marie erlaubte sich die Hypothese, daß Bett Fünf Tränen produzierte, weil er Gefühle empfand.

Der Hippopanz hatte notiert, daß bei zwei von drei Aufforderungen Bett Fünf sein Haupt aus den Kopfkissen gehoben hätte und sie »spürte«, daß der Patient sich ihrer Anwesenheit bewußt wurde, wenn sie in seiner Kabine weilte. *Da ist der Glukose-Stoffwechselumsatz völlig unerheblich,* dachte Werner. *Wenn Martha Henderson etwas »spürt«, dann kann es nur so sein, daß bei den Tests etwas nicht gestimmt hat.*

Werner begriff, worauf das alles hinauslief: auf ein Gerichtsverfahren nämlich. Im Anschluß an den Prozeß wegen der ärztlichen Behandlung von Bett Fünf würde Felicias Anwalt ein hysterisch aufgeladenes Verfahren wegen versuchter Verführung der labilen Tochter des Patienten durch Werner anstrengen. Und Werner hatte genügend Fernsehen geschaut, um zu begreifen, was ihn vor Gericht erwartete.

»Meine Damen und Herren Geschworenen, es handelt sich hier um den Fall eines Arztes, der seine von Berufs wegen gegebene Macht und Vorrangstellung mißbrauchte, um eine verwundbare, emotional verstörte Frau auszunutzen. Felicia Potters Vater war der Patient des angeklagten Dr. Peter Werner Ernst. Mr. Potter war monatelang todkrank und gegen seinen eigenen wie den Willen seiner Tochter auf der Intensivstation nur mit Hilfe von Maschinen am Leben gehalten worden. Felicia wollte dem Leiden ihres Vaters ein Ende bereiten, doch die Ärzte lehnten es ab.

Als sie in ihrer Not und Verzweiflung nicht mehr weiterwußte, wandte sie sich hilfesuchend an den Angeklagten. Dr. Ernst führte sie in einen Besprechungsraum des Krankenhauses, wo er ihr eröffnete, daß ihr keine andere Wahl bliebe als in die weitere medizinische Behandlung ihres Vaters einzuwilligen. Im Verlauf von mehreren Wochen, während derer ihr Vater auf der Intensivstation im Sterben lag, traf Dr. Ernst sich mit Felicia Potter einmal in ihrer und zweimal in seiner eigenen Wohnung, wo er mit ihr zum Geschlechtsverkehr zu gelangen versuchte. Sie wies sein Ansinnen zurück, und nach der Zurückweisung hat er sie bedrängt, umschmeichelt und ihr sogar gedroht.«

»Dr. Ernst«, würde daraufhin der Anwalt fortfahren, »wo sind Sie am Abend des 4. August gegen ungefähr 21 Uhr gewesen?«

»Ich war zu Hause. In meiner Wohnung.«

»Waren Sie allein?«

»Nein. Ich hatte Besuch von Felicia Potter.«

»Machen Sie dem Zeugen deutlich, daß er die Fragen schlicht mit Ja oder Nein zu beantworten hat.«

»Haben Sie während des Besuchs von Miss Potter Anrufe vom Krankenhaus entgegengenommen?«

»Nein.«
»Nein? Ihnen ist eine Krankenschwester namens Stella Stanley bekannt?«
»Ja.«
»Wenn nun die Schwester Stella Stanley in den Krankenunterlagen des Patienten für die Nacht des 4. August vermerkte, sie habe Ihnen mitgeteilt, daß sich Ihr Patient Mr. Potter nach einem Herzstillstand in kritischem Zustand befand – dann muß es sich wohl um einen Irrtum ihrerseits gehandelt haben, wenn ich mich nicht irre?«
»So ist es.«

Damit würde er nie im Leben durchkommen. Constance, Dr. Hofstader, Payne, Wilson, möglicherweise sogar Poindexter und Stella – alle würden sie Stellung gegen ihn beziehen. Na gut, er würde es zugeben.

»Ja, ich habe von Miss Stella Stanley einen Anruf wegen des Patienten in Bett Fünf der Intensivstation im neunten Stock erhalten.«
»Und der Patient in Bett Fünf der Intensivstation des neunten Stocks war der Vater von Miss Potter. Ist das korrekt?«
»Das ist korrekt.«
»Haben Sie Miss Potter unterrichtet, daß ihr Vater sich in einem ernsthaften Zustand befand?«
»Nein.«
»Und warum nicht?«
»Ich dachte, daß es sie aufregen würde.«
»Sie wollen sagen, daß Sie glaubten, der ernste Gesundheitszustand ihres Vaters würde sie aufregen und daß Sie es ihr aus diesem Grunde nicht mitgeteilt haben?«
»Ja.«
»Befanden Sie sich auch am Abend des 5. August mit Miss Potter zusammen in Ihrer Wohnung?«
»Ja.«
»Haben Sie zu dieser Zeit vom Krankenhaus eine weitere Mitteilung über Miss Potters Vater erhalten?«

»Ja. Als ich wegen eines anderen Patienten im Krankenhaus anrief, habe ich erfahren, daß Miss Potters Vater einen Herzstillstand erlitten hatte.«

»Haben Sie diese Information Miss Potter mitgeteilt?«

»Ja.«

»Das heißt, am 4. August haben Sie Miss Potter nicht mitgeteilt, daß ihr Vater sich in einem ernsthaften Zustand befand, weil Sie glaubten, daß es sie aufregen könnte. Vierundzwanzig Stunden später, am 5. August, haben Sie Miss Potter jedoch freimütig berichtet, daß Ihr Vater einen Herzstillstand erlitten hatte und wiederbelebt worden war. Könnten Sie uns das bitte erklären, Dr. Ernst?«

Er durfte es nicht dazu kommen lassen. Es würde für ihn das Ende bedeuten. Sechs Jahre brutal schwerer Arbeit, Büffeln, schlaflose Nächte und halluzinöse Tage, Selbstüberwindung und Selbstverleugnung – und dort im Zeugenstand würde für ihn auf einmal alles aus und vorbei sein. Er würde sich einen eigenen Anwalt besorgen müssen – Kostenpunkt tausend Dollar die Stunde. Und das Verfahren konnte sich über Jahre hinziehen.

»Nachdem Sie in der Nacht des 4. August den Anruf von der Schwester Stella Stanley erhalten und erfahren hatten, daß Miss Potters Vater sich an der Schwelle des Todes befand – haben Sie da nochmals versucht, mit Miss Potter zum Geschlechtsverkehr zu gelangen?«

»Wie oft haben Sie mit Miss Potter Geschlechtsverkehr gehabt?«

»Haben Sie Miss Potter je den Vorschlag gemacht, sie zu ›behandeln‹ und sie mit Medikamenten zu versorgen, die es ihr erleichtern würden, mit Ihnen Geschlechtsverkehr zu haben?«

»Sie müssen verstehen«, hatte ihm Payne erklärt, »daß in Verfahren, die von kompetenten Anwälten geführt werden, die Wahrheit immer herauskommt; es ist nur eine Frage der Zeit.«

Die Wahrheit durfte nicht ans Licht kommen. Und es gab

auch eine – und nur eine – Möglichkeit, dafür zu sorgen, daß sie nicht ans Licht kam. Die Verhandlung fand statt, weil Felicia ein Gerichtsurteil gegen die weitere medizinische Behandlung des Patienten zu erreichen suchte. Ohne Patient würde es keine Verhandlung geben.

Poindexter ging nach Hause; den Dienst in der Kabine von Bett Fünf übernahm eine Krankenschwester. Um 09.00 Uhr führte die Krankenschwester die stündlichen Routinechecks durch und hängte eine neue Dopamin-Lösung ein. Labortechniker zapften Bett Fünf Blutproben ab, ein Röntgentechniker machte eine Brustaufnahme, um festzustellen, ob die Antibiotika mit der Lungenentzündung fertigwurden. Der Beatmungsspezialist überprüfte das Beatmungsgerät und verließ die Kabine wieder.

Auf einem Rollwagen wurde eine Neueinlieferung für Bett Sieben gebracht. Eine kleine Gruppe versammelte sich dort, eine Krankenschwester las den Technikern und Therapeuten, die mit ihren Maschinen bereitstanden, die ärztlichen Anweisungen laut vor.

Werner schlüpfte zu Bett Fünf hinein, reduzierte die Dopaminzufuhr und stellte die FI O_2-Menge auf Raumluft herunter. Zwanzig Sekunden später war er wieder am Monitorpult. Ein ganz klein bißchen außer Atem, mit einem flauen Gefühl in der Magengegend, doch ohne große Schuldgefühle. So leicht war das! Einfach nur zwei mechanische Umstellungen bei zwei Maschinen. Er hatte Bett Fünf nichts angetan. Er hatte Bett Fünf nicht einmal berührt. Werner entfernte lediglich mechanische Hürden für Bett Fünf, damit Bett Fünf seinen friedlichen Abstieg weiterverfolgen konnte. In einer halben Stunde würde Bett Fünf ewig glücklich sein, Werner war um eine Gerichtsverhandlung herumgekommen und alles wieder in Ordnung.

Sein einziger Fehler war gewesen, Felicia zu vertrauen, obwohl ihr offenbar nicht zu trauen war.

Um 09.15 Uhr bemerkte Werner auf dem Monitor einen Zackenausfall. Es ging also schon los. Und er beobachtete, wie die Krankenschwestern sich um die Neueinlieferung in Bett Sieben scharten.

Die Stationssekretärin brachte ihm ein Telefon. »Für Sie«,

sagte sie. »Ein interner Anruf. Mr. Wilson von der Rechtsabteilung.«

»Hier Dr. Ernst«, sagte Werner und beobachtete einen weiteren Zackenausfall auf dem Monitor. Die Sekretärin ließ sich mit einer Nonne von der Seelsorgeabteilung auf ein Gespräch ein.

»Wir haben die Dokumente, Ernst«, sagte Wilson. »Ich rufe nur an, weil ich dachte, daß es Sie interessiert.«

»Was für Dokumente?« sagte Werner, der sich innerlich wand bei der Aussicht auf ein voraussichtlich langes Telefonat. Womöglich schaffte er es dann nicht rechtzeitig zu Bett Fünf, bevor die Krankenschwester zu ihrer halbstündlichen Routineprüfung des Blutdrucks zurückkehrte.

»Die Offenlegung der prozeßwichtigen Unterlagen seitens der Gegenpartei«, sagte Wilson gereizt. »Das Testament, die Stiftungsurkunde, alles.«

Und Werner mußte unbedingt zu Bett Fünf zurück, um die Maschinen wieder auf Normalstellung zu bringen, bevor der Patient kodierte; sonst könnte das Blau-Code-Team entdecken, daß das Beatmungsgerät nur Zimmerluft zuführte und das Dopamin abgedreht war.

Werners Herz tat eine voreilige Kammersystole, als die Stationssekretärin die Nonne von der Seelsorgeabteilung in die Kabine von Bett Fünf begleitete. Was hatte die dort zu suchen?

»Na großartig«, sagte Werner.

»Großartig?« sagte Wilson. »Das ist überhaupt nicht großartig. Es ist genau so, wie wir vermutet haben. Es handelt sich bei der ganzen Geschichte um einen Kampf zwischen den beiden Töchtern um das testamentarische Stiftungsvermögen, das Ehefrau Nummer Zwei hinterlassen hat – Felicias Mama.«

»Was soll das heißen?« sagte Werner, und während er den Abbruch eines plötzlichen Ansatzes von Herzflattern auf dem Monitor von Bett Fünf registrierte, beobachtete er gleichzeitig die Nonne in der Kabine von Bett Fünf. Der Rhythmus kehrte zum normalen Kurvenverlauf zurück.

»Das soll heißen«, sagte Wilson, der langsam ärgerlich wurde, »daß wir über die kompletten Stiftungsunterlagen verfügen und uns das Testament von Bett Fünf vorliegt. Die Stiftung sieht vor, daß im Fall des Todes von Bett Fünf vor seinem siebzigsten Geburtstag die gesamte Stiftung mit Erträgen, Kapital, einfach allem, an Miss Felicia Potter geht. Zwei Millionen Mäuse frei von sämtlichen Steuern und Lasten.«

Werner mußte schlucken. Er starrte durch die Scheiben in die Kabine von Bett Fünf. Sein Magen verkrampfte sich und spritzte Verdauungssäfte in die Speiseröhre hoch.

»Sind Sie sicher?« sagte Werner, der die brennende Säure hinunterschluckte und das Dopamin im Auge behielt. Er schaute auf die Armbanduhr. Es war 09.22 Uhr. Er sah, daß die Nonne die Hand von Bett Fünf hielt.

»Wie meinen Sie das – ob ich mir sicher bin?« bellte Wilson. »Vor mir liegt eine notariell beglaubigte Abschrift der Stiftungsurkunde, die von den Fachjuristen für Stiftungs- und Erbrecht in Paynes Kanzlei bereits durchkämmt worden ist. Miss Felicia bekommt alles – wenn Bett Fünf innerhalb der nächsten vierzehn Tage den langen Weg in die Nacht antritt.«

Ein weiteres kurzes Flattern auf dem Monitor. Eine Krankenschwester warf einen flüchtigen Blick auf die Monitore und verschwand wieder in der Kabine von Bett Sieben. Die Nonne bei Bett Fünf schloß die Augen. Ob sie betete?

»Und nun raten Sie mal, was geschieht, falls er seinen siebzigsten Geburtstag überlebt? Dann geht das ganze Paket an die alte Constance. Dann erhält gemäß der Reinnachlaß-Klausel des Testaments *Constance* das gesamte Stiftungsvermögen. Miss Felicia würde von ihrem Alten einige geringfügige Trusts erben, doch die Stiftung von Felicias Mutter ginge testamentarisch komplett an Constance. Nach meinem Dafürhalten spielen beide das gleiche Spiel.«

»Aber –«

»Aber was?« sagte Wilson.

»Ich hatte gedacht, daß die Stiftung zur Hälfte an beide Töchter geht. So hatte ich Sie während unserer ersten Unterredung verstanden.«

»Nein, Sir«, sagte Wilson. »Ich hatte gesagt, daß wir es nicht wüßten. Und jetzt wissen wir es. Felicia Potter erhält den ganzen

Plunder, falls der alte Herr innerhalb der nächsten zwei Wochen das Zeitliche segnet. Falls nicht, geht der ganze Plunder an Constance.«

»Woher kam das Testament?« fragte Werner.

»Einen Moment«, sagte Wilson, der hörbar in den Papieren blätterte. »Das Testament ist von Miss Felicias Anwalt zu uns gekommen. Es hat anscheinend in einem Safe gelegen.«

»Ist es das einzige Testament?« fragte Werner, dem es kalt über den Rücken lief.

»Selbstverständlich ist es das einzige Testament«, sagte Wilson. »Wir haben es mit guten Juristen zu tun, die sich an die Regeln halten. Wenn einer von diesen beiden Herren Anwälten über ein weiteres Testament verfügte, hätte er es auch vorgezeigt. Das dürfen Sie mir wirklich glauben. Es handelt sich hier nämlich um eine beschleunigte Offenlegung der prozeßwichtigen Unterlagen *unter gerichtlicher Aufsicht.* Wenn es da zu Vertuschungen käme, würde der Richter dem Verantwortlichen ein paar Finger abhacken. Was bringt Sie überhaupt auf die Idee, daß es noch ein anderes Testament geben könnte?«

»Nichts«, sagte Werner. »Ich habe nur mal eine Fernsehsendung gesehen, die hat mich auf die Idee gebracht, daß es vielleicht noch ein zweites Testament geben –«

»Ich muß Sie warnen«, sagte Wilson. »Payne ist überzeugt, daß Sie Dinge wissen, die Sie uns verschweigen. Ich sage ihm unentwegt, daß Sie bloß unerfahren sind und uns bestimmt nichts verheimlichen. Sie sehen doch, was für ein Spiel hier gespielt wird«, sagte Wilson. »Diese beiden Weiber behandeln das Leben ihres Vaters wie ein Aktienbezugsrecht. Das könnte für alle Beteiligten eine schmutzige Sache werden. Ich wage zu vermuten, daß aus dieser Sache noch drei bis vier separate Verfahren erwachsen – von strafrechtlichen Klagen ganz zu schweigen, falls da etwas hintenherum läuft. Für Sie ist es deshalb wirklich wichtig, auf der richtigen Seite zu stehen, wenn die Sache vor Gericht geht.«

»Ich verstehe«, sagte Werner.

Werner legte auf und begab sich zu Bett Fünf. Die Nonne schlug die Augen auf und lächelte.

»Verzeihung«, sagte Werner, der einen Augenblick lang verwirrt war.

Er drehte das Dopamin auf die ursprüngliche Höhe und sah, wie die Nonne ihre Augen wieder zumachte. Er stand auf der anderen Seite des Bettes, ihr genau gegenüber, gleich neben dem Beatmungsgerät, nah genug jedenfalls, um den Sauerstoff in weniger als einer Sekunde wieder auf 75 Prozent zu stellen, falls es notwendig werden sollte.

Mißbraucht! Das ging ihm alles viel zu schnell. Er war mißbraucht worden. Spielte das aber hinsichtlich seiner persönlichen Pläne für Bett Fünf überhaupt eine Rolle? Falls er den Sauerstoff wieder hochstellte, konnte er Bett Fünf eventuell noch retten. Vielleicht konnte er ja beweisen, daß Felicia ihn nur als Mittel zum Zweck benutzt hatte, daß sie das alles von Anfang an geplant hatte. Dann saß sie selber im Schlamassel. Konnte er das aber beweisen? Und selbst wenn er es nachzuweisen vermöchte – würde er nicht vor den Augen Hofstaders und der übrigen Kollegen als ziemlicher Trottel dastehen? Mit Sicherheit würden ihn aber die Anwälte des Medical Center nicht verteidigen, als Strafe dafür, daß er den großen Payne belogen hatte, wenn nicht aus anderen, juristisch triftigeren Gründen.

Für Bett Fünf war nichts von alledem von irgendwelcher Bedeutung. Für ihn war es nach wie vor wichtig, daß er starb.

Die Nonne nahm die zuckende Hand von Bett Fünf zwischen beide Hände. Sie trug ein Habit aus grobem braunen Stoff, der ihr Haupt bedeckte, einen Strick als Gürtel und hatte einen Rosenkranz umgehängt.

»Entschuldigung«, sagte Werner.

Sie schlug erneut die Augen auf und lächelte ihn wieder an.

»Darf ich Ihnen eine Frage stellen?« sagte Werner. »Haben Sie von ihm irgendeinen Hinweis erhalten, daß er noch immer ... irgendwie bei Bewußtsein ist?«

Die Nonne zuckte die Schultern, schaute auf die Totenmaske von Bett Fünf herab und lächelte.

»Ich bin nicht qualifiziert, solche Dinge festzustellen«, sagte sie. »Das fällt vermutlich in Ihre Obliegenheiten, Doktor. Ich bin eine Nonne. Ich bete.«

Werner beobachtete wieder die zuckenden Finger von Bett Fünf in den Händen der Nonne. »Ich hatte mich nur gefragt, ob Sie ihn vielleicht trösten, weil Sie irgendein Anzeichen entdeckt hätten, daß er noch immer ... bei Bewußtsein ist?«

Sie schenkte ihm neuerlich ein freundliches Lächeln. »Das ist doch gar nicht wichtig, oder?« sagte sie und streichelte Bett Fünf die Hand. »Ich bin nicht einmal sicher, daß ich weiß, was das bedeutet. Beim Beten spricht man mit kleinen, schlichten Worten. ›Bewußtsein‹ ist dagegen ein großes Wort. Ich bin überzeugt, daß der Begriff ›Bewußtsein‹ medizinische und juristische Dimensionen enthält, die meinen armseligen Verstand übersteigen. Ich würde ihm so oder so Trost spenden. Ganz gleich, ob er bei Bewußtsein ist oder nicht.«

Werner ließ nicht locker. »Aber wenn er nicht bei Bewußtsein wäre, würde er doch gar nicht spüren, daß Sie ihn trösten, nicht wahr?«

»Sie sind für mich zu klug«, sagte sie mit einem aufrichtigen Lächeln. »Ich vergesse einfach immer wieder, was man mit Worten alles machen kann. Mir hat einmal jemand gesagt, daß Gott dem Menschen die Sprache geschenkt habe, damit der Mensch seine Gedanken verstecken könne. Ich bin immer wieder erstaunt, was Menschen mit Worten alles anfangen können.«

Sie streichelte Bett Fünf die Hand, dann strich sie ihm über die Stirn.

»Ich meinte wohl folgendes«, platzte Werner heraus, der beschloß, die Sache im Interesse der Wissenschaft weiterzuverfolgen: »Was wäre, wenn er bereits tot wäre? Sie wissen, daß diese Maschinen«, sagte er mit einer ausladenden Handbewegung, »Menschen lange Zeit am Leben halten können, nachdem sie eigentlich schon tot sind.«

»Das ist ganz unwichtig«, sagte sie. »Ich bete für ihn, und ich bin für ihn da, falls er mich braucht. Meine Gebete und Gott der Vater sind bei ihm, wenn er tot ist, und meine Gebete und Gott der Vater sind auch bei ihm, wenn er nicht tot ist.«

»Aber wenn er tot ist«, sagte Werner, musterte die Hand von Bett Fünf von neuem und beschloß, die Sache klar und deutlich zu formulieren, »dann kann er doch nicht fühlen, daß Sie ihm die

Hand halten, stimmt's? Er weiß gar nicht, daß Sie seine Hand halten, genausowenig wie eine –«

»Leiche«, sagte sie und fing Werners Blick auf. »Genausowenig wie eine Leiche es merken würde?«

»Ich denke schon«, sagte Werner. »Ja, so wenig wie eine Leiche es merken würde.«

»Ich glaube, Sie messen dem Tod mehr Bedeutung zu, als ihm zukommt«, sagte sie. »In Ihrem Beruf ist er ein wichtiger Vorfall. In meinem Feld dagegen ist er nicht so wichtig. Für uns ist das ein freudiges Ereignis, das wir feiern wie einen runden Geburtstag oder eine Silberhochzeit. Doch für die Person, die stirbt, ändert sich kaum etwas. Ich stelle es mir so ähnlich vor wie das Entkleiden. Wenn wir unsere Kleidung ausziehen, sehen wir anders aus, aber dann gehen wir zu Bett und denken über die gleichen Dinge nach, über die wir nachdachten, als wir angezogen waren.«

Werner bemerkte, daß der Herzrhythmus von Bett Fünf gestört war.

»Die Menschen denken gewöhnlich, daß der Tod alles verändert«, sagte sie. »Sie stellen sich das Sterben so vor, als ob wir in ein großes, herrliches Haus umziehen. Aber Menschen, die in ein großes, herrliches Haus umziehen, bleiben selber ziemlich unverändert. Wenn sie vor dem Umzug unglücklich waren, werden sie auch in dem großen herrlichen Haus unglücklich sein. So ist das auch mit dem Tod. Die Menschen glauben, daß sie auf eine bestimmte Weise leben und dann sterben und danach auf gänzlich andere Weise leben. Sie meinen vielleicht, daß sie ihr ganzes Leben lang nur an materielle Dinge denken und diese Dinge dann einfach vergessen können, wenn sie ihre Kleider abgelegt haben.«

»Nach dem Tod«, sagte Werner, »wenn die Ewigkeit beginnt, sind wir körperlos, da wird es nichts Materielles mehr geben. Das ist doch ein großer Unterschied.«

»Genau«, sagte sie. »Wir werden nach dem Tod von den gleichen Dingen besessen sein wie im Leben – nur werden diese Dinge dann eben nicht vorhanden sein. Wenn wir im Leben nur das Geld liebten, werden wir es nach dem Tod noch mehr lieben und die Ewigkeit in der verzweifelten Suche nach Geld durchwandern. Wenn wir Macht, Ruhm, Essen oder einen anderen Götzen liebten, werden wir wie diese Götzen. Wir werden von ihnen besessen sein, im Leben wie im Tod. Doch Sie haben einen Irrtum begangen. Sie haben gesagt: ›Nach dem Tod, wenn die Ewigkeit beginnt.‹ Und genau da liegt die Quelle der ganzen Verwirrung. Die Ewigkeit ist nämlich ohne Anfang, und sie ist ohne Ende. Ewigkeit kann nicht nach dem Leben beginnen; sie schließt per definitionem das Leben ein. Sie kann nicht nach irgend etwas anfangen; sie ist allumfassend. Wir schaffen tagtäglich Ewigkeit, in jeder Stunde, mit jeder Sekunde. Wir wählen und entscheiden, was unsere Ewigkeit sein wird.«

Werner stellte die Sauerstoffmenge am Beatmungsgerät hoch.

»Aber was ist mit solchen Menschen?« fragte Werner und umfaßte mit einer Bewegung des Kopfes die ganze Intensivstation. »Ihr Leben besteht nur aus Leiden. Wollen Sie etwa behaupten, daß sie auf immer und ewig leiden müssen?«

»Wir leiden alle«, sagte sie. »Das Leid lehrt uns, einander zu lieben. Wenn wir andere Menschen leiden sehen, lieben wir sie, und wir trösten sie, weil auch wir gelitten haben und uns erinnern, wie es ist, Schmerz oder Einsamkeit zu erdulden, und wie gut es tut, wenn sich uns eine kühle Hand auf die Stirn legt – daß uns ein Mensch ohne jeden Grund liebt.«

Ihre Stimme lähmte ihn. Er spürte, wie er eine Gänsehaut bekam. Am liebsten hätte er seinen Kopf in ihre Hände gelegt.

»Diese Maschinen. Das Krankenhausgebäude. Sie und ich. Das alles ist Hülle«, sagte sie mit einer Bewegung der Hand. »Zur gegebenen Zeit werden Sie in der Lage sein, es wie einen Vorhang zu teilen.«

»Wir beide sehen die Welt wohl mit anderen Augen«, sagte Werner.

»Wirklich?« fragte sie. »Mir hat einmal ein Lehrer erklärt: ›Gib acht, wie du die Welt siehst, weil sie dann auch so *ist.*‹«

Sie lächelte ihm freundlich zu. »Nehmen Sie sich selbst als Beispiel«, sagte sie.

»Mich?« sagte Werner. »Wie bitte?«

»Sie lieben wahrscheinlich die Wissenschaft, doch Sie lieben sie deshalb, weil Sie sie zum Wohl und Trost der Menschen nutzen. Falls Sie die Wissenschaft nur um ihrer selbst willen liebten, wäre sie ein Götze, und Sie würden Götzendienst treiben statt Medizin zu praktizieren. Das würden Sie doch bestimmt nicht tun.«

»Nein«, sagte Werner. »Bestimmt nicht.« Er spürte, wie sich in seinem rechten Auge eine Träne löste und wandte sich ab, damit sie es nicht bemerkte.

»Die Wahrheit sieht so aus, Schwester, daß ich die Wissenschaft gar nicht liebe. Ich weiß gar nicht, wozu ich da bin.«

»Aber natürlich wissen Sie das«, sagte sie. »Sie sind da, um diesem Mann hier zu helfen. Er leidet.«

»Aber so einfach ist das nicht«, sagte Werner. »Die Sache ist sehr kompliziert. In welchem Sinn helfen? Was bedeutet das Wort ›Hilfe‹ überhaupt? Dieser Mann wird von Menschen mißbraucht. Ich – ich habe ihn auch mißbraucht. Andere Menschen haben mich und ihn mißbraucht.«

»Es ist immer so gewesen, daß Menschen einander mißbrauchen«, sagte sie und schenkte ihm ein freundliches Lächeln. »Aber Sie wollen ja damit aufhören, zu mißbrauchen und mißbraucht zu werden. Sonst würden Sie doch jetzt nicht dies Gespräch mit mir führen, nicht wahr?«

»Wahrscheinlich nicht«, sagte Werner und begann offen zu weinen.

»Beten Sie. Hören Sie auf Ihre innere Stimme und vertrauen Sie auf Gott«, sagte sie. »Sie versuchen, zuviel zu verstehen. Der Verstand wird stets verdunkeln, was wir im Schatten belassen möchten. Dieser Mann ist Ihr Vater. Sie müssen ihn lieben und ihn trösten. Falls Sie beide tot und ohne Kleider wären – würden Sie ihn dann umarmen oder würden Sie sich von ihm abwenden?«

Werner schaute auf den purpurn anlaufenden Totenschädel von Bett Fünf. »Ich würde mich schämen«, sagte Werner und wischte sich Tränen von den Wangen.

»Weil Sie ihn mißbraucht haben, und weil Sie ihn nicht lieben«, sagte sie. »Aber Sie können sich ändern. Sie können sich selbst darin unterweisen, das zu lieben, was wichtig ist und immer noch existiert, wenn Sie Ihre Kleidung abstreifen und sich für die Nacht hinlegen.«

»Nach dem, was Sie sagen«, sagte Werner, »ist es aber doch so, daß alles, was wir lieben – ganz gleich, was es ist –, nach unserem Tod nicht mehr bei uns sein wird. Unser Körper, unser Verstand, alles wird fort sein«, sagte Werner. »Außer unserer Seele, was immer das ist, und der Ewigkeit.«

»Nein«, sagte sie und sah Werner über Bett Fünf hinweg offen in die Augen. »Ich werde noch immer hier sein und die Hand dieses Mannes halten und beten. Sie werden immer noch hier sein und mir diese wichtigen Fragen stellen und sich bemühen, mich zu lieben und diesen Mann hier zu lieben und sich selber zu lieben. Gott der Vater wird immer noch hier sein und alle, die je gelebt haben, werden ebenfalls noch immer da sein. Und sie alle werden uns beobachten. Und wir werden dieses wichtige Gespräch führen. Immer und ewig.«

Werner hörte, wie der Code durchgesagt wurde.

»Schwester«, sagte er mit versagender Stimme, während ihm wieder die Tränen in die Augen stiegen, »ich muß Sie bitten, jetzt hinauszugehen, denn hier werden gleich eine Menge Leute hereinstürzen.«

Werner zeigte auf den Monitor. »Herzstillstand.«

Dank an Frank Majka, Paul Johnson, M. D., und Paul Gilmore, M. D., für ihr sorgfältiges Lesen und ihre Hilfe bei der Überarbeitung.
Dank auch an Bryan Cave für seine großzügige Unterstützung und an Lisa D. McLaughlin für ihre sachverständige Auskunft über Stiftungen.
Und Dank an Jean Naggar und Adrian Zackheim, die das Manuskript von der Straße geholt und es zu ihrer Sache gemacht haben.